TAMI HOAG

Mangrovenfieber

Buch

Serena Sheridan kehrt von New Orleans zurück in die schwülen Sümpfe Louisianas, um ihren verschollenen Großvater zu suchen. Doch niemand scheint bereit, sie auf ihrem gefährlichen Weg zu begleiten. Bis auf einen: Lucky Doucet, ebenso wild und geheimnisvoll wie der Sumpf, ein Mann mit dunkler Vergangenheit und einer mysteriösen Anziehungskraft, der Serena von Anfang an zu erliegen droht, gegen die sie sich aber mit allen Mitteln wehrt. Und auch Lucky, für den die schicke Lady in dem feinen Kostüm so ungefähr alles verkörpert, was er verabscheut, weiß, daß er dem Zauber ihrer grünen Augen nicht lange wiederstehen wird. Als Draufgänger und Abenteurer ist er durchaus bereit, mit dem Feuer zu spielen, solange eins klar ist: Sein Herz darf sie nicht erobern. Doch plötzlich merkt er, wie ein Traumbild mehr und mehr von ihm Besitz ergreift: Serena zu »Lucky's Lady« zu machen.

Autorin

Seitdem Tami Hoag mit ihrem ersten Roman 1988 auf Anhieb ein großer Erfolg gelang, erobern ihre Liebesromane regelmäßig sämtliche Bestseller-Listen. Für ihre Bücher erhielt sie mehrere Auszeichnungen. Tami Hoag lebt mit ihrem Mann in einem alten Farmhaus in Minnesota.

TAMI HOAG

Mangrovenfieber

Roman

Aus dem Amerikanischen
von Christoph Göhler

PORTO BELLO

Die Originalausgabe erschien unter dem Titel
»Lucky's Lady«
bei Bantam Books, New York

Umwelthinweis:
Alle bedruckten Materialien dieses Taschenbuches
sind chlorfrei und umweltschonend.

Portobello Taschenbücher erscheinen im Goldmann Verlag,
einem Unternehmen der Verlagsgruppe Bertelsmann GmbH

Einmalige Sonderausgabe Januar 2001

Umschlaggestaltung: Design Team München
Umschlagillustration: Agentur Schlück/Ennis
Satz: IBV Satz- und Datentechnik GmbH, Berlin
Druck: Elsnerdruck, Berlin
Verlagsnummer: 55180
RM · Herstellung: Schröder
Made in Germany
ISBN 3-442-55180-3
www.portobello-verlag.de

1 3 5 7 9 10 8 6 4 2

»Le cœur a ses raisons
que la raison ne connait
point.«

Das Herz hat Gründe,
von denen der Verstand nichts weiß.

FRANZÖSISCHES
SPRICHWORT

1. KAPITEL

»*Was* wollen Sie, *chère*?«

Serena Sheridan atmete tief durch und versuchte es noch einmal. »Ich brauche einen Führer für die Sümpfe.«

Der alte Lawrence Gauthier lachte, als hätte sie einen unglaublichen Witz gemacht. Seine Stimme schallte durch den Laden und übertönte die Cajun-Musik aus dem Radio, das auf dem vollgepackten Regal hinter ihm stand, wie auch den Lärm des Profiwrestling-Turniers aus dem Schwarzweißfernseher auf der Theke. Lawrence saß auf einem Hocker hinter der Theke und hatte die dürren Beine übereinandergeschlagen. Mit dem tief zwischen die hochgezogenen, schmächtigen Schultern geschobenen Kopf erinnerte er an einen Reiher in Ruheposition. Aus seinem schmalen Gesicht stachen eine scharfe Nase und tiefschwarze, perlengleiche Augen hervor. Seine Haut war braungebrannt und gegerbt wie altes Leder.

Sein Lachen ging in einem Hustenanfall unter. Er langte nach seinem Zigarettentabak und schüttelte den Kopf. »Was wollen Sie denn da, *chère*? Etwa Krabben fischen?« Er lachte wieder, wobei er versuchte, das Zigarettenpapier anzulecken, ohne mit dem Kopfschütteln aufzuhören.

Serena strich mit den Händen über ihren makellosen, austernfarbenen Leinenblazer, den sie über dem dazugehörenden, schmalen Rock trug. Vermutlich war es kaum die geeignete Kleidung, um in so einen Laden zu spazieren, geschweige denn, um eine derartige Bitte vorzubringen. »Nein, ich will nicht fischen.«

Sie schaute sich im Laden um, weil sie hoffte, irgend jemanden zu entdecken, der ihr helfen könnte. Es war gegen Mittag, und Lawrence schien der einzige Mensch in dem schmuddligen, düsteren Sportgeschäft zu sein, obwohl ein Klopfen aus dem Hintergrund zu hören war, wo sich eine noch schmuddligere

Werkstatt befand, wie Serena wußte, in der Männer an ihren Booten herumbastelten, Bier tranken, Anglerlatein zum besten gaben und Pornohefte kreisen ließen.

Sie wußte das, weil sie sich früher dort hineingeschlichen hatte. Eigensinnig, wie sie als Kind gewesen war, hatte sie sich nicht damit abfinden können, daß sie nicht mit ihrem Großvater hineindurfte, und hatte sich deshalb in seinem Binsenboot unter einer Plane versteckt. Ihr Wortschatz war an jenem Tag um ein paar auserlesene Worte bereichert worden, die ihr die Haushälterin später mit Seife aus dem Mund zu waschen versuchte.

»Ich suche meinen Großvater, Mr. Gauthier«, sagte sie. »Anscheinend ist er in seiner Angelhütte. Ich brauche jemand, der mich dorthin bringt.«

Lawrence schaute sie an und kniff die Augen zusammen. Schließlich zielte er mit einem knorrigen Finger auf sie. »Hey, Sie sind das Sheridan-Mädel, das weggegangen ist, um Doktor zu werden, stimmt's?«

»Ja.«

»Yeah, yeah. *Mais yeah!*« Er lachte, als würde ihn sein gutes Gedächtnis kitzeln. »Sie suchen nach Big Giff.«

»Ja, aber ich brauche jemanden, der mich zu ihm bringt. Ich brauche einen Führer.«

Er schüttelte den Kopf und lächelte sie wieder an, als wäre sie ein nettes, aber unglaublich begriffsstutziges Kind. »*Non, chérie,* alle unsere Führer sind bis Montag ausgebucht. 'ne Menge Leute kommen zur Zeit zum Angeln. Außerdem ist keiner so verrückt, zu Giff rauszufahren. Schließlich hat niemand Lust, sich die Rübe runterschießen zu lassen!«

Er sog an seiner kleinen Zigarette, die er in einer unbewußt europäischen Geste zwischen Daumen und Zeigefinger hielt. Die Zigarette war zur Hälfte abgebrannt, als er den Rauch wieder ausatmete. Er streckte seine freie Hand aus und tätschelte Serenas Wange. »Ja, ja, *ma jolie fille,* niemand ist so verrückt, zu Big Giff rauszufahren.«

Kaum hatte er das gesagt, ertönte ein lautes Gepolter im Laden hinter ihm, dem ein drastischer französischer Fluch folgte.

Lawrences Hand verharrte auf dem Weg zu dem Blechaschenbecher auf der Theke, ein diabolischer Glanz trat in seine Augen, und ein kleines Lächeln zuckte um seine Mundwinkel. »Also, vielleicht gibt es doch jemanden. Wie dringend ist es denn, *chère*?«

Serena schluckte den Angstkloß in ihrer Kehle hinunter und faltete die Hände vor dem Bauch wie ein Schulmädchen. Jetzt durfte sie keinen Rückzieher machen. »Es ist unaufschiebbar. Ich muß zu ihm.«

Er legte den Kopf zur Seite und zuckte in gallischer Manier mit den Achseln, dann brüllte er über die Schulter hinweg: »Étienne! *Viens ici!*«

Worauf Serena gefaßt gewesen war, wußte sie nicht genau – jedenfalls nicht auf den Mann, der jetzt die Türöffnung ausfüllte. Sein plötzliches Erscheinen traf sie mit der Wucht einer Explosion. Sie spürte einen dumpfen Schlag in ihrer Brust, und ihr wurden wahrhaftig die Knie weich – ein Phänomen, an das sie bis dato nicht geglaubt hatte.

Der erste Eindruck war der von roher Gewalt. Breite Schultern, dicker Bizeps. Seine nackte, unter einem dünnen Schweißfilm glänzende Brust war fest und breit, dazu von harten Muskeln unter straffer, brauner Haut überzogen. Der kräftige Oberkörper verengte sich nach unten zu einer schlanken Taille und einem unter festen Muskelsträngen liegenden Magen. Der Oberkörper wurde von schwarzem Haar überzogen, das unter einer tief sitzenden, ausgewaschenen grünen Arbeitshose verschwand. Serena war überzeugt, daß ihr nichts begegnen würde, was den Begriff »Tier im Manne« besser verkörperte, und wenn sie hundert Jahre alt würde.

Als sie den Blick zu seinem Gesicht hob, spürte sie, wie ihr ein Schauer über den ganzen Körper lief, unter dem sich ihre Kopfhaut zusammenzog und ihre Finger zu kribbeln begannen. Unter schläfrigen, unbewegten Lidern starrten bernsteinfarbene Augen sie an, die Augen eines Panthers. Die dichten Brauen waren vollkommen gerade, seine Nase kühn und fast adlerhaft. Am meisten setzte jedoch sein Mund ihren Nerven zu. Er war breit, und die Lippen waren so meisterhaft geschwungen, so unglaublich sinnlich, daß sie einem Luxuscallgirl zur Ehre gereicht hätten. Auf einem so männlichen Gesicht – markant, voller harter Kanten und mit leichtem Bartschatten – wirkte dieser Mund wie eine sexuelle Provokation.

Er musterte sie mit unterschwelliger Verachtung, was darauf schließen ließ, daß er sich nicht viel aus Frauen machte, wenn er nicht gerade mit ihnen schlief, wozu er öfter als die meisten Männer in der Lage zu sein schien. Er zog eine Zigarette hinter dem Ohr hervor, pflanzte sie in einen Mundwinkel, zündete sie an und sagte etwas in maschinengewehrschnellem Cajun-Französisch zu Lawrence Gauthier. Vor Jahrzehnten war die Sprache, ein Dialekt, den kein Pariser verstand, durch das Schulsystem in Louisiana beinahe ausgelöscht worden. Inzwischen feierte sie dank der neuesten Begeisterung für alles aus dem Cajun ein Comeback, aber trotzdem wurde sie nur wenig gesprochen. Der Mann sprach sie wie seine Muttersprache.

Serena war im französischen Dreieck Louisianas aufgewachsen und kannte viele der eigentümlichen Worte und Sätze, doch er sprach zu schnell, als daß sie mehr als den grundlegenden Sinn seiner Bemerkung verstanden hätte. Der ließ sich auch an Gauthiers Reaktion erkennen – er lachte wieder, bis er einen Hustenanfall bekam, und hieb seinem überheblichen Freund auf die Schulter.

Serena begannen vor Verlegenheit die Wangen zu brennen, als der Mann zum Ende der Theke geschlendert kam und sich mit der Hüfte dagegen lehnte. Die ganze Zeit über musterten sie seine trägen bernsteinfarbenen Augen eingehend. Sie spürte seinen Blick, der wie eine körperliche Liebkosung gemächlich über ihren Busen, ihren Bauch, die geschwungene Hüfte und an ihren Beinen entlangglitt. Sie hätte nicht geglaubt, daß sie sich in ihrem schicken Kostüm so nackt fühlen könnte.

Er zog lässig an seiner Zigarette, atmete den Rauch aus und machte erneut eine Bemerkung, die Gauthier zum Wiehern brachte. Serena bedachte ihn mit ihrem kühlsten Blick und wappnete sich mit Herablassung. »Verzeihen Sie, aber man hat mich gelehrt, daß es äußerst unhöflich ist, ein Gespräch zu führen, an dem nicht alle Beteiligten teilnehmen können.«

Eine schwarze Braue zog sich höhnisch nach oben, und ein Winkel dieses so bemerkenswerten Mundes hob sich zu einem winzigen Lächeln. Für Serena sah er aus wie ein Teufel auf Amphetamin. Er antwortete ihr mit tiefer, kehlig schnurrender Stimme, die wie Samt über ihre Sinne streichelte. »Ich habe ihm gesagt, daß Sie nicht so aussehen, als würden Sie ohne weiteres die Beine breit machen«, meinte er. Sein Akzent war voll und sinnlich wie der Cajun-Schlamm. »Was soll ich also mit Ihnen? Ich interessiere mich nicht für *américaines ladies*.«

Die letzten Worte dehnte er voller Verachtung. Serena zupfte an ihrem Blazer, wie um die Uniform ihres Berufsstandes zu kontrollieren. Ihr Kinn reckte sich über dem züchtigen Kragen ihrer roten Seidenbluse ein bißchen höher. »Seien Sie sicher, daß ich mich für Sie genausowenig *interessiere*.«

Er stieß sich von der Theke ab und kam mit der arroganten Grazie eines geborenen Athleten auf sie zu. Serena wich keinen Zentimeter, obwohl er so nahe kam, daß sie die Wärme seines großen Körpers spürte. Das Herz schlug ihr bis zum Hals hinauf, als er auf sie herabstarrte und eine Hand hob, um ihr damit übers Haar zu streichen.

»Ihre Augen sagen mir etwas anderes, *chère catin*.«

Serena holte tief Luft und hielt den Atem an, weil sie das Gefühl hatte, jeden Augenblick vor Zorn zu explodieren. Sie schlug seine Hand weg und trat einen Schritt zurück. »Ich bin nicht hergekommen, um mich beleidigen oder anmachen zu lassen. Ich bin hergekommen, weil ich einen Führer suche, Mr. –«

»Doucet«, ergänzte er. »Étienne Doucet. Man nennt mich Lucky.«

Serena erinnerte sich dunkel an einen Lucky Doucet in der High School. Er war ein paar Klassen über ihr gewesen, ein Athlet und Einzelgänger mit schlechtem Ruf. Die Mädchen, die sich in der Schule vor allem für Jungen interessiert hatten, waren beinahe in Ohnmacht gefallen, wenn nur sein Name fiel. Serena hatte damals anderweitige Interessen gehabt.

Jetzt betrachtete sie ihn genauer. Den Ruf, den er sich damals zugelegt hatte, hatte er seitdem kultiviert, das stand fest. Er sah aus wie die Verkörperung des Wortes *Ärger*. Schon der bloße Gedanke, ihn anheuern zu wollen, war verrückt. Aber dann fiel ihr Gifford ein. Sie mußte ihn sehen, mußte um jeden Preis herausfinden, warum er Chanson du Terre verlassen hatte, mußte alles tun, um ihn zur Heimkehr zu bewegen. So grob sich Gifford Sheridan auch gerne gab, er war und blieb ein Achtundsiebzigjähriger mit einem Herzleiden.

»Ich bin Serena Sheridan«, sagte sie so gleichmütig wie möglich.

Lucky Doucet blinzelte. In seinem Kiefer spannte sich ein Muskel an und lockerte sich wieder. »Ich weiß, wer Sie sind«, sagte er eigenartig abwehrend. Serena ging darüber hinweg, weil sie es nicht für bedeutsam hielt.

»Ich bin hergekommen, um einen Führer zu engagieren, Mr. Doucet. Gifford Sheridan ist mein Großvater. Ich suche jemanden, der mich zu seiner Hütte bringt. Mr. Gauthier hat mir gesagt, daß alle guten Führer das Wochenende über ausgebucht sind. Anscheinend sind nur Sie übrig. Sind Sie an dem Job interessiert oder nicht?«

Lucky wich zurück und lehnte sich lässig an die Theke. Hinter ihm hatte Lawrence vom Wrestling-Programm auf eine Unterhaltungsshow umgeschaltet. Im Hintergrund sang Iry LeJeune in kratzigem Französisch »La Jolie Blonde« im Radio. *Die hübsche Blondine.* Wie passend. Er zog an seiner Zigarette und sog den Rauch in alle Winkel seiner Lunge, als könnte er damit die Gefühle ausräuchern, die plötzlich in ihm wach wurden und an ihren Fesseln zerrten.

Als er aus dem Hinterzimmer getreten war, hatte ihn ihr Anblick wie ein Schlag in den Solarplexus getroffen. *Shelby.* Der Schreck hatte Erinnerungen und Gefühle aufgewühlt wie Schlamm und tote Schlingpflanzen im Kielwasser eines Außenborders – Schmerz, Wut, Angst wurden in seinem Inneren wach. Schmerz und Wut waren alte Begleiter. Angst hatte er vor dem Verlust der Selbstbeherrschung, die ihm durch die Finger schlüpfte wie ein nasses Seil. Er bekam die Gefühle nicht unter Kontrolle, obwohl er sich sagte, daß dies nicht die Frau aus seiner Vergangenheit war, sondern ihre Schwester, ein Mensch, mit dem er noch nie Kontakt gehabt hatte. Und auch keinen wollte. Immerhin waren sie Zwillinge, und als solche vielleicht nicht gerade identisch, aber aus dem gleichen Holz geschnitzt.

Er starrte die Frau vor sich an und versuchte, alle persönlichen Gefühle außer acht zu lassen, um sich nur auf ihre äußere Erscheinung zu konzentrieren. Das hätte nicht schwer sein dürfen; sie war wunderschön. Von den makellos frisierten, honigfarbenen Haaren bis zu den Spitzen der beigen Pumps strahlte sie Klasse aus. Alles an ihr wäre würdig gewesen, in Alabaster geschnitzt und in einem Museum ausgestellt zu werden. Sein Blick tastete ihr Gesicht ab, ein Engelsgesicht mit feinen Knochen und flinken, dunklen Augen, aus denen ihm momentan Feuer entgegensprühte. Verlangen regte sich in ihm.

Er fluchte, warf die Zigarette auf den abgetretenen Holzboden und trat sie mit der Schuhspitze aus. Ohne hinzusehen zog er hinter der Theke eine Flasche Jack Daniels hervor und genehmigte sich einen großzügigen Schluck. Lawrence sagte nichts dazu, sondern zog nur die Stirn in Falten, schaute weg und legte den Kopf in schweigendem Tadel zur Seite. Lucky stellte die Flasche zurück und verfluchte die Skrupel, die er jetzt dort spürte, wo einst sein Gewissen Platz gehabt hatte.

Verdammt. Er verfluchte Gifford Sheridan für seine Enkelinnen, die aussahen wie der Himmel auf Erden. Er verfluchte die Frauen im allgemeinen und sich selbst im besonderen. Wenn er nur einen Funken Verstand besaß, würde er Miss Serena aus dem Laden werfen. Er würde sich um seinen eigenen Kram kümmern und sich einen Dreck darum scheren, was die Sheridans taten oder nicht taten.

Irgendwann hatte er beschlossen, sein Leben ganz für sich allein zu leben – und dennoch drängten sich ihm immer wieder Fremde auf. Er wollte sich nicht einmischen. Er hatte keine Lust auf den Ärger, der sich auf Chanson du Terre, der Plantage der Sheridans, zusammenbraute, wollte die vergangenen Schmerzen nicht wieder wachrütteln. Aber Giff hatte ihn bis zu einem gewissen Grad schon in die Sache hineingezogen, und für ihn stand zuviel auf dem Spiel, als daß er es ablehnen konnte, eine so kleine Rolle in dem Drama zu spielen.

Er verfluchte sich für sein Mitgefühl. Er hatte geglaubt, darüberzustehen, hatte geglaubt, die Fähigkeit, Mitgefühl zu empfinden, wäre von seinen schlimmen Erfahrungen weggeätzt worden. Aber er spürte sie, und das bedeutete, daß er die Stärke aufbringen mußte, damit umzugehen. Mochte Gott ihm beistehen.

Serena warf ihm einen letzten vernichtenden Blick zu, machte dann auf ihren dünnen, teuren Absätzen kehrt und marschierte auf die Ladentür zu. Lucky fluchte leise in sich hinein, lief ihr nach und hielt sie am Arm zurück.

»Wohin wollen Sie, Süße? Ich hab' nie gesagt, daß ich Sie nicht hinführen würde.«

Sie schaute vielsagend auf die schmutzige Hand, die ihren Oberarm umklammert hielt, und blickte ihm dann hoheitsvoll in die Augen. »Vielleicht nehme *ich Sie* ja nicht, Mr. Doucet.«

»So wie ich es sehe, bleibt Ihnen gar nichts anderes übrig. Niemand sonst bringt Sie zu Giff raus.« Er lachte freudlos. »Niemand sonst ist so verrückt.«

»Nur Sie?«

Er lächelte wie ein Krokodil und beugte sich über sie, bis sein Mund nur eine Handbreit über ihren süßen, verführerischen Lippen schwebte. »Ganz recht«, flüsterte er. »Ich bin schon jenseits von Gut und Böse. Ich tue alles. Sie können jeden in der Stadt fragen. Alle werden Ihnen das gleiche sagen – *Il n'a rien il va pas faire.* Es gibt nichts, was er nicht tut.«

»Nun, ich bin Psychologin«, erwiderte sie mit saccharinsüßem Lächeln. »Da sollten wir doch hervorragend miteinander auskommen, nicht wahr?«

Er ließ ihren Arm los, als hätte sie ihm eben mitgeteilt, sie habe Lepra. Der überhebliche, männlich-arrogante Ausdruck verschwand augenblicklich, und sein Gesicht wurde leer und undurchschaubar. Er drehte sich um und ging zu einer offenstehenden Seitentür, die direkt auf ein Dock führte.

Serena blieb einen Augenblick lang stehen, den Blick starr auf Lucky Doucets breiten, nackten Rücken gerichtet, und versuchte, neue Kraft zu sammeln. Ihre Knie waren weich wie Gelee, und ihr Magen flatterte. Sie spürte, wie der alte Lawrence sie anstarrte, aber sie rührte sich nicht. Noch nie hatte sie so... primitiv auf einen Mann reagiert. Sie war eine intelligente, gebildete Frau, eine Frau, die stolz darauf war, in jeder Situation die Beherrschung zu behalten. Nun gerieten unter dem Ansturm Lucky Doucets die Grundfesten dieser Selbstbeherrschung ins Wanken, und das gefiel ihr ganz und gar nicht. Er war unhöflich und arrogant und... alle anderen Worte, die ihr in den Sinn kamen, waren viel zu schmeichelhaft. Was bedeutete es schon, wie er aussah? Er war ein Neandertaler.

Er war auch ihre einzige Hoffnung, zu Giff zu gelangen. Und sie mußte zu ihm. Jemand mußte herausfinden, was überhaupt los war. Shelby hatte behauptet, keine Ahnung zu haben, warum Gifford plötzlich die Plantage verlassen und sich in den Sumpf zurückgezogen hatte. Vielleicht hatte er es nur satt, ständig Shelby und ihre Familie um sich zu haben, während deren neues Haus im Bau war, aber vielleicht steckte auch mehr dahinter. Es sah ihm gar nicht ähnlich, sich in einer so betriebsamen Jahreszeit abzusetzen und seinem Verwalter die Zügel der Zuckerrohrplantage in die Hände zu legen.

Shelby hatte mürrisch angedeutet, daß Gifford langsam senil werde. Serena konnte sich ihren Großvater nicht anders als mit messerscharfem Verstand vorstellen, doch andererseits hatte sie ihn schon lange nicht mehr gesehen. Ihre Praxis in Charleston hielt sie zu sehr auf Trab, als daß sie oft hätte verreisen können. Sie hatte sich auf diesen Besuch gefreut und darauf, das Haus ihrer Ahnen im Frühlingsschmuck zu genießen. Dann hatte Shelby ihr noch an der Tür offenbart, daß Gifford in den Sumpf verschwunden war.

Seit zwei Wochen war er dort draußen. Zwei Wochen, ohne etwas von sich hören zu lassen, und Shelby hatte nichts Besseres zu tun, als sich darüber zu beklagen.

»Was erwartest du denn von mir?« hatte sie gefragt. »Soll ich ihm etwa nachlaufen? Ich habe zwei Kinder zu versorgen, eine Immobilienfirma zu führen und einen Ehemann, und ich leite die Spendenkampagne der Junior League für die hungernden Bauern von Guatemala. Ich trage Verantwortung, Serena! Ich kann nicht einfach in ein Boot hüpfen und ihm nachfahren! Außerdem würde er sowieso nicht auf mich hören. Und du kannst auch nicht verlangen, daß Mason hinausfährt. Du weißt, wie gemein Gifford zu ihm ist. Ich bin mit meinem Latein am Ende, was ihn betrifft. Du bist die Psychologin. Fahr du doch raus und versuch, diesen Dickschädel zur Vernunft zu bringen.«

Fahr du doch raus. In den Sumpf. Der Vorschlag ließ Serena das Blut in den Adern gefrieren. Es gefror ihr jetzt noch. Aber sie war wütend und starrsinnig genug gewesen, um ihre Angst für einen Augenblick zu überwinden. Ohne sich noch lange umzuziehen, war sie aus dem Haus gestürmt, um sich einen Führer zu suchen. Sie durfte einfach nicht an ihre Angst denken. Sie mußte ihren Großvater sehen, und nur ein Weg führte zu ihm. Sie mußte den Ort aufsuchen, der für sie die Hölle auf Erden war, und der einzige Mensch, der sie dorthin bringen konnte, war eben hinausgegangen.

Serena eilte Lucky Doucet nach. Sie versuchte, in ihrem engen Rock und den hohen Schuhen, die nicht gerade für einen Spaziergang auf groben Planken gedacht waren, schnell zu laufen. Die Mittagssonne blendete sie, als sie auf den Bootssteg trat. In der schwülen, windstillen Luft hing der Gestank von schmutzigem Wasser und Benzin. Lucky stand an der offenen Tür zur Werkstatt.

»Wir haben noch nicht über Ihr Honorar gesprochen«, sagte Serena, ohne darauf Rücksicht zu nehmen, daß er es sich inzwischen anders überlegt haben könnte. Sie bemühte sich, ruhig zu atmen, als sie vor seiner Brust stand. Selbst aus der Nähe wirkte er wie aus Bronze gegossen, nicht wie ein Mensch aus Fleisch und Blut.

Er schaute so entrüstet auf sie herab, als hätte sie eben seine Mutter beleidigt. »Ich brauche Ihr Geld nicht«, erklärte er verächtlich.

Serena verdrehte die Augen und hob die Hände in einer Geste absoluter Kapitulation. »Verzeihen Sie, daß ich gedacht habe, Sie würden für einen ordentlichen Auftrag einen ordentlichen Lohn erwarten. Wie töricht von mir.«

Er ging nicht darauf ein, sondern bückte sich, um einen schweren Karton voller ölverschmierter Motorteile hochzuheben. Er hob ihn so mühelos wie ein Kätzchen und setzte ihn auf einer Werkbank ab, um darin zu kramen. Sein abweisendes Benehmen ärgerte sie ungemein.

»Warum machen Sie die Sache so kompliziert?« fragte Serena.

Er drehte ihr den Kopf zu und schenkte ihr ein hinterhältiges, höhnisches Lächeln. »Weil ich ein komplizierter Mensch bin. Ich dachte, das hätten Sie inzwischen gemerkt. Sie sind doch eine intelligente Frau.«

»Ehrlich gesagt überrascht es mich, daß Sie einer Frau ein Gehirn zugestehen. Ich hätte Sie für einen Mann gehalten, der sich nur einen einzigen Zweck für eine Frau denken kann.«

»Ich habe gesagt, daß Sie intelligent sind, nicht nützlich. Ich weiß nicht, wie nützlich Sie sind, bis Sie nackt unter mir liegen.«

Ein glühendheißer Blitz durchfuhr Serena. Sie schrieb ihn ihrer Wut zu. Bestimmt hatte er nichts mit der unvermittelt auftauchenden Vorstellung zu tun, mit diesem Barbaren im Bett zu liegen. Sie verschränkte abwehrend die Arme vor der Brust und schaute sich mit übertriebenem Erstaunen um, bevor sie Lucky streitlustig ansah. »Verzeihen Sie, ich wollte nur nachsehen, ob es mich vielleicht in die Steinzeit verschlagen hat. Wollen Sie mir eins mit dem Dinosaurierknochen überziehen und mich in Ihre Höhle schleifen, Conan?«

Er hob warnend den Finger und zog die Brauen finster über den funkelnden Augen zusammen. »Sie haben ein loses Mundwerk, *chère*.«

Er kam auf sie zugeschlurft, bis sie gegen den Türrahmen gepreßt wurde. Ein erstes Japsen konnte sich Serena gerade noch verkneifen, aber das zweite entfuhr ihr, als seine gespreizten Schenkel die ihren berührten. Er stemmte seine Unterarme gegen das Holz über ihrem Kopf und beugte sich zu ihr herab. Sein Atem strich warm über ihre Wange und roch nach Tabak und Whisky.

»Ich habe noch *nie* eine Frau gezwungen«, sagte Lucky tief und leise. Seine Augen brannten sich wie geschmolzenes Gold in die ihren. »Das habe ich nicht nötig.«

Verzückt und gebannt starrte er auf ihren Mund. Er war rosa und sah weich aus, und er hätte ihn so gern geschmeckt, aber diesen Luxus versagte er sich. Sie war eine verwöhnte reiche Schlampe, und er wollte nichts mit ihr zu tun haben. Er war ein gebranntes Kind. *Dieu*, er hatte seine erste Lektion von ihrer Zwillingsschwester gelernt! Sich noch einmal in Gefahr zu begeben, hätte bedeutet, sich den Dämonen des Wahnsinns endgültig zu ergeben.

Trotzdem durchströmte ihn das Verlangen warm wie Fieber. Der dezente, teure Duft ihres Parfüms war verführerisch. Er senkte den Kopf über die Mulde unter ihrem Hals und kämpfte gegen den Wunsch an, die empfindsamen Stellen unter ihrem Ohr und über dem züchtigen, hochstehenden Kragen ihrer dunkelrosa Bluse zu küssen. Er spürte, wie sein Geschlecht heiß und schwer wurde.

»Ich brauche Sie als Führer«, preßte sie zwischen zusammengebissenen Zähnen hervor. Ihre Stimme bebte vor Zorn oder Verlangen oder beidem. »Nicht als Zuchthengst.«

Lucky dankte ihr insgeheim dafür, daß Sie den Bann gebrochen hatte. Er trat zurück, stellte ein Bein vor und hakte den Daumen in eine Gürtelschlaufe. »Warum nicht, Engelchen? Ich verspreche Ihnen den Ritt Ihres Lebens.«

Sie funkelte ihn voller Abscheu an und ging bis ans äußerste Ende des Anlegestegs, wo sie stocksteif stehenblieb. Zweifellos hatte er ihr weibliches Feingefühl auf nicht wieder gutzumachende Weise verletzt, dachte er. Wunderbar. Genau das hatte er gewollt. Je mehr emotionale Distanz er zu Serena bewahrte, desto besser. Seine Mutter hätte ihm die Haut abgezogen, wenn sie gehört hätte, wie er mit dieser Frau sprach, aber hier ging es nicht um gutes Benehmen, hier ging es ums Überleben.

Er hob die Schachtel mit den Motorteilen hoch, marschierte damit über den Steg und rief im Gehen über die Schulter zurück: »Also, kommen Sie, *chère*, oder was? Ich hab' nicht den ganzen Tag Zeit.«

Serena drehte sich um und beobachtete fassungslos, wie er über den abgenutzten Anlegesteg stapfte. Jetzt erst fiel ihr auf, daß sein Haar fast so lang war wie ihres; er hatte es mit einem ledernen Schnürsenkel im Nacken zum Zopf gebunden. Ein Pirat. Daran erinnerte er sie – in seinem Aussehen *und* seinem Benehmen.

»Wollen Sie *jetzt* los?« fragte sie, bevor sie ihm nachlief.

Er antwortete nicht. Ganz offensichtlich wollte er jetzt los. Serena verfluchte Lucky Doucet und alle Pfennigabsätze in einem Atemzug und beschleunigte ihre Schritte. Es gab ja viele reinrassige Mistkerle, aber dieser Typ schoß den Vogel ab. Und sie hätte ihm gern persönlich die Medaille angesteckt, am liebsten direkt auf seine nackte Kupferkesselbrust. In Charleston hätte sie sich nie im Leben so behandeln lassen. Sie besaß zuviel Vernunft und Selbstachtung, um sich auf das Zähm-den-Wilden-Mann-Spielchen einzulassen, ganz gleich, wie unwiderstehlich sexy der Wilde Mann auch sein mochte. Aber sie waren nicht in Charleston. Sie waren im Süden Louisianas, am Rande des Atchafalaya-Gebiets, das zu den unberührtesten, unerschlossensten Sümpfen in den Vereinigten Staaten gehörte. Und Lucky Doucet war kein Maschinist oder Bauarbeiter, der sich mit einem unterkühlten Blick einschüchtern ließ. Er war mit keinem anderen Geschöpf zu vergleichen und nur unwesentlich zivilisierter als das Bayouland um sie herum.

Unvermittelt verfing sich der Absatz eines Pumps zwischen den Planken auf dem Steg und brach ab, so daß Serena um ein Haar kopfüber in das Ölwasser geflogen wäre. Laut fluchend strauchelte sie, behindert durch den engen Rock um ihre Knie, vorwärts und fing sich gerade noch, ehe es zu spät war.

Lucky hielt inne und drehte sich mit gespielter Empörung zu ihr um. »Aber Miss Serena, was sind das für Ausdrücke! Was werden die Damen in der Junior League dazu sagen?«

Sie kniff die Augen zusammen und fauchte ihn an, während sie auf ihrem kaputten Schuh herumhüpfte und sich den anderen vom Fuß zog. Sowie sie ihren Fuß auf das Holz setzte, bohrte sich ein Spreißel in ihre Fußsohle, doch sie verkniff sich den Aufschrei und zwang sich, den Schmerz zu ignorieren. Sie humpelte auf Lucky zu, bemüht, wenigstens einen Hauch von Würde zu bewahren.

»Ich kann nicht sofort fahren, Mr. Doucet«, erklärte sie spröde. »Ich dachte eher an morgen früh.«

Er zuckte vollkommen ungerührt mit den Achseln. Ein breites Grinsen zierte sein Gesicht. »Tja, schade, Schatz, denn wenn Sie mit mir fahren wollen, müssen Sie jetzt gleich fahren.«

2. KAPITEL

So wie es aussah, zog sie auf jeden Fall den kürzeren. Wenn sie standhaft blieb, war das Unternehmen geplatzt. Wenn sie nachgab, würde sie damit gegen ihren Stolz handeln und Mr. Machos aufgeblasenes Ego weiter anschwellen lassen. Langsam und tief atmete Serena die dampfend schwüle und metallisch bitterschmeckende Luft ein. Unter Aufbietung all ihrer Würde reckte sie die schlanke Nase hoch und bedachte Lucky mit einem langen, herablassenden Blick.

Seine Augen blitzten wie Golddublonen hinter den lächerlich langen, fast getuscht wirkenden Wimpern. Ein Winkel seines vollen Mundes ringelte sich wie ein Katzenschwanz nach oben. »Was ist denn los, *chère*? Geben Sie lieber Befehle, als welche zu befolgen? Nun, ich bin nicht Ihr Diener. Wenn Sie mitfahren wollen, dann klettern Sie ins Boot. Wenn Sie jemand rumschikanieren wollen, dann können Sie zu Fuß gehen.«

Serena hatte das Gefühl, daß das Blut in ihren Adern anfing zu kochen. Sie biß die Zähne zusammen und verkniff sich unter Aufbietung all ihrer Selbstbeherrschung die Bemerkung, wohin sich Lucky Doucet ihrer Meinung nach sein Boot schieben konnte. Ihrem Namen zum Trotz, der »die Gelassene« bedeutete, war ihre Gelassenheit lediglich ein Schild, ein Schutzmechanismus, Tarnung. Ihr ganzes Leben hatte sie gegen Anfälle von Wut und Sturheit ankämpfen müssen. Jetzt rang sie ersteres mit Hilfe des zweiten nieder. Der Mann versuchte, sie um jeden Preis wütend zu machen, deshalb weigerte sie sich stur, die Fassung zu verlieren.

»Sie sind ein erstaunlich unangenehmer Mensch, Mr. Doucet«, bemerkte sie so vollkommen ruhig, als mache sie eine Bemerkung über das Wetter.

»Ich versuche immer, mein Bestes zu geben.«

»Wie bewundernswert.«

»Kommen Sie endlich?« Er stellte seine Schachtel auf dem Steg ab, setzte sich daneben und ließ seine langen Beine über dem Wasser baumeln.

»Ich muß in Chanson du Terre haltmachen, um mir ein paar Sachen zu holen. Das macht Ihnen doch nichts aus, oder?«

Er sah sie ausdruckslos an.

Serena deutete ungeduldig auf das Kostüm, das sie trug. »Sie erwarten doch hoffentlich nicht, daß ich in dieser Aufmachung in die Sümpfe fahre?«

Er runzelte die Stirn und brummte etwas, wobei er sich in sein Boot hinabließ. »*Non.* Kommen Sie, ich war sowieso schon viel zu lang hier. Sehen Sie nur, was ich mir aufgehalst habe. Jetzt darf ich Sie durch die Gegend schippern.«

Serena trat ans Ende des Bootsstegs und schaute hinunter. Erst jetzt begriff sie wirklich, wie verrückt das ganze Vorhaben war. Luckys Boot war höchstens vier Meter lang, dünn wie eine Bohnenstange und dem Aussehen nach so stabil wie ein treibendes Blatt. Jeder Insasse war nur eine Armeslänge von dem schwarzen Wasser des Bayous entfernt.

Angst stieg ihr in die Kehle und klemmte sich darin fest wie ein Tennisball. Was war mit ihr los? Hatte sie endgültig den Verstand verloren? Sie war im Begriff, ihr Leben in die Hände eines Mannes zu geben, neben dem sie nicht einmal im Bus hätte sitzen wollen, und sich von ihm in einem Boot, das etwa so seetauglich aussah wie ein löchriger Schuh, in die tiefsten Sümpfe verschleppen zu lassen.

In die Sümpfe. Wo alles möglich war. Wo Menschen verschwanden und nie wieder auftauchten.

Ein Schauer jagte ihr über die Haut. Sie biß die Zähne zusammen und hielt die Luft an, als hätte sie nie etwas von den Entspannungstechniken gehört, die sie ihren Patienten beibrachte. Zu lange schon war sie nicht mehr von solcher Angst gepackt worden. Die Intensität überraschte sie. Das Gefühl schwoll an und sammelte sich tief in ihrer Kehle wie ein Schrei, der nach oben drängte.

Lucky stand in der Piroge und beobachtete grollend ihr Zaudern. Dann wurde ihr Gesicht kalkweiß, und sein Groll verwandelte sich in etwas anderes, dem er lieber keinen Namen geben wollte. Serena Sheridan war wie eine Lady aufgetreten, die sich in fast jeder Situation zurechtfand. Sie hatte ihm entschlossener als die meisten Männer die Stirn geboten. Jetzt sah sie aus wie eine Porzellanfigur, die an übergroßem innerem Druck zu zerbrechen drohte. Er bedauerte sie plötzlich.

Er mahlte mit den Kiefern; das Gefühl war ihm zuwider, und doch ließ er es zu. Er hielt sich gern für hartgesotten, aber er konnte nicht einfach tatenlos zusehen, wie sie zerbrach. Er rechtfertigte sich damit, daß er keine Lust hatte, mit einer hysterischen Frau fertig werden zu müssen. Außerdem war er bereits zu dem Schluß gekommen, daß es am sichersten war, wenn sie ständig wütend auf ihn war. Jeder Mann nahm sich vor einer Schlange in Angriffsstellung in acht; die scheinbar Trägen, in der Sonne Dösenden waren viel gefährlicher.

»Gefällt Ihnen mein Boot etwa nicht, *chère*?« knurrte er. Der Spott in seiner Stimme war nicht zu überhören.

»Äh – also –« Serena tauchte mühsam aus ihrer Trance auf und versuchte, sich nicht auf ihre Erinnerung, sondern auf das Boot und den Mann darin zu konzentrieren, der lässig an der langen Stakstange lehnte. »Eigentlich hatte ich mir die Sache ein bißchen anders vorgestellt. Haben Sie nichts... Größeres?«

»Eine Jacht vielleicht?« fragte er sarkastisch. »Wir sind hier nicht auf der Fifth Avenue, Süße. Ich habe keine Kollektion, aus der Sie sich was aussuchen können. Kommen Sie jetzt runter, oder soll ich Ihnen den ganzen Tag unter den Rock schauen?«

Ein willkommener Schwall heißer Wut verdrängte die innere Kälte, die Serena hatte zittern lassen. Sie kniff die Augen zusammen, preßte wütend die Knie zusammen und zog den engen Rock noch fester. Dann packte sie mit einer Hand ihre Tasche und den Schuh und ließ sich umständlich auf den groben Bohlen des Bootssteges nieder. Sie schwenkte die Beine über den Rand und schnitt eine Grimasse, als sie spürte, wie hinten an ihrem Bein eine Laufmasche hochlief.

Sie schaute auf die Piroge hinab, die sanft auf dem öligen Wasser schaukelte, und wieder bekam sie vor Angst kaum noch Luft. Seit fünfzehn Jahren war sie in keinem Boot mehr in die Bayous gefahren. Wahrscheinlich hätte sie sich nicht einmal an Bord der *Queen Elizabeth II.* sicher gefühlt, von dieser Nußschale aus Zypressenplanken ganz zu schweigen. Aber warum hatte er nicht wenigstens einen hübschen großen Aluminiumkahn mit Außenbordmotor? Niemand benutzte heute noch Pirogen... außer Lucky Doucet.

»Mir reicht meine Piroge vollkommen«, meinte Lucky, während er ihr die Hände entgegenstreckte. »Was glauben Sie denn – daß ich in einem Kabinenkreuzer rumbrause, nur weil ich vielleicht einmal das Glück haben könnte, eine *belle* an einen Ort zu fahren, an dem sie gar nichts zu suchen hat?«

Serena blitzte ihn zornig an. »Nein. Ich habe bloß gehofft, daß Sie wider alle Erwartung nicht ganz so unzivilisiert wären, wie Sie aussehen.«

Er lachte und faßte mit seinen großen Händen um ihre schlanke Taille. Serenas Augen weiteten sich überrascht, als er die Daumen hochstellte und damit über die Unterseite ihrer Brüste strich. Die Berührung löste einen Funkenschauer in ihr aus. Sie quiekte protestierend, während er sie ins Boot hob. Die Piroge schwankte unter seinen gespreizten Beinen; sie opferte ihren Stolz der Angst, ließ Schuh und Handtasche fallen und krallte sich an Luckys Arm fest.

Einen Augenblick lang hielt sie sich an ihm fest, als würde nur noch er sie davor bewahren, im Schlund der Hölle zu versinken, und in diesem Augenblick brandmarkte er mit seinem festen, männlichen Leib ihren Körper. Jede Sehne, jeder Muskel prägte sich unauslöschlich in ihr Gedächtnis ein. Ihre Brüste preßten sich gegen seine Rippen, ihr Bauch wölbte sich gegen seinen Unterleib, unterstützt von seinen Händen, die sie am Rücken hielten und gegen ihn drückten. Seine Schenkel standen fest wie Eichenstämme vor den ihren. Ein primitiver Instinkt löste einen Schauer aus, der langsam über ihren Rücken kroch, als sie zu ihm aufsah.

Er schenkte ihr ein Lächeln, das dem Teufel persönlich eine Gänsehaut eingejagt hätte. »Oh, ich bin mindestens so unzivilisiert, wie ich aussehe.« Seine Stimme sank zu dem kehligen Schnurren herab, das ihre Nerven wie eine Stimmgabel in Schwingungen versetzte. »Wollen Sie das etwa ändern, *chère*? Wollen Sie mich etwa zähmen?«

Ganz gegen ihren Willen erregte sie dieser Vorschlag. Es war, als explodiere ein Feuerwerk in ihrer Magengrube, und sie verfluchte das Gefühl, weil sie wußte, daß es der pure Wahnsinn war. Wer sich vornahm, Lucky Doucet zu zähmen, handelte sich nichts als Ärger ein. Trotzdem ließ dieses Gefühl sie nicht los, wenn sie zu ihm aufschaute und den harten, mit einem Bartschatten überzogenen Kiefer und diesen dekadenten Mund sah. Er ließ zu, daß sie sich einen Zentimeter von ihm abdrückte, aber erst, nachdem er ihr deutlich gemacht hatte, daß er sie den ganzen Tag so halten konnte, wenn es ihm gefiel.

»Sie zähmen?« wiederholte Serena ironisch und zog eine fein geschwungene Braue hoch. »Kann ich Sie nicht einfach kastrieren lassen?«

»Das brauchen Sie nicht.« Er versetzte ihr einen kleinen Schubs, der sie wenig elegant auf die Sitzplanke plumpsen ließ, und drehte sich weg, um die Schachtel mit den Motorteilen ins Boot zu heben. »Ich würde Sie nicht mal mit einer Fahnenstange anrühren, *Lady*.«

»*Das ist* die erste gute Nachricht heute«, knurrte Serena. Sie ignorierte die Nadelstiche, die seine Bemerkung ihrem weiblichen Ego versetzte. Ebenso wie den naheliegenden Vergleich, der sich zwischen Lucky Doucet und einer Fahnenstange anbot.

Sie wedelte sich mit der Hand Luft zu, weil sie sich plötzlich erhitzt fühlte, und schaute zu, wie Lucky die Schachtel vom Anlegesteg hob. Die Rückenmuskeln hüpften und rollten unter der straffen, dunklen Haut. Er stellte die Schachtel im Bug des Bootes ab, arbeitete sich dann geschickt zum Heck vor, trat dabei über *die Spannleiste und über den Sitz, wobei er das wacklige Boot gefährlich ins Wippen brachte.*

Serenas Finger klammerten sich wie Schraubstockklemmen

um die Sitzplanke, und ihr Blick heftete sich sehnsüchtig auf ein glänzendes Aluminiumboot weiter unten am Pier. Verglichen mit der selbstgebauten Piroge wirkte es riesig und luxuriös. Ein fetter Kerl mit New-Orleans-Saints-Kappe und einem karierten Hemd, dem er die Ärmel abgeschnitten hatte, saß im Heck und riß an der Leine des Außenbordmotors.

»Vielleicht beschließen Sie ja demnächst, uns ins zwanzigste Jahrhundert nachzukommen«, bemerkte Serena und bedachte Lucky mit einem zuckersüßen Lächeln. »Heutzutage benutzt man Motoren.«

Lucky starrte auf das Öl und das Benzin, das jedesmal von dem Außenborder ins Wasser schwappte, wenn der Fette an der Leine zerrte. Er zog die Brauen tief über die Augen und nahm seine Stakstange auf. »Ich nicht.«

Er stieß die Piroge von dem Bootssteg ab und wendete den Bug Richtung Süden.

Serena wirbelte herum und schaute ihn erschrocken über die Schulter an. »Das ist nicht der Weg zu Chanson du Terre oder zu Giffords Hütte. Wohin bringen Sie mich, Mr. Doucet?«

Lucky sah sie finster an, hob die Augen aber gleich wieder, um sich den Anblick ihrer Brüste zu ersparen, die sich gegen die dünne Seidenbluse preßten. »Meinen Sie, ich habe nichts anderes zu tun, als Ihr hübsches Gesicht den Bayou auf und ab zu schippern?«

Ganz offensichtlich war er nicht gewillt, eine weitergehende Antwort zu geben. Seine Miene machte deutlich, daß er das Thema für erledigt hielt, und Serena wollte ihr Glück nicht überstrapazieren. Schließlich betrieb er kein Taxiunternehmen. Sie konnte seine Zeit nicht für sich beanspruchen. So wie er sich aufführte, war es ohnehin ein Wunder, daß er sich bereiterklärt hatte, sie zu fahren.

Sie wandte sich wieder nach vorne und versuchte, sich auf die Landschaft statt auf das Boot zu konzentrieren, das geschmeidig durch das dunkle Wasser schnitt. Sie befanden sich am Südrand des Ortes, und die einzigen Gebäude am Ufer des Bayous waren ab und zu ein Anglergeschäft sowie ein paar verfallene Schuppen aus Teerpappe auf Pfählen neben Bootshäusern aus rostigem Wellblech.

Ein spindelbeiniger Graureiher stand zwischen den Rohrkolben am Ufer und schaute ihnen nach. Serena betrachtete ihn wie das Motiv eines Gemäldes: eine graziöse Gestalt vor orangeblühenden Klettertrompeten und dunkelgrünem Farn. Im Hintergrund reckten Zürgelbäume ihre Äste in den porzellanblauen Himmel, und von den uralten Eichen hingen zerschlissene Banner aus staubgrauem Virginiamoos.

Langsam wurde offenbar, welches Ziel sie ansteuerten. Lucky stakte auf das Ufer und auf ein Dock zu, das zum Schutz mit entenmuschelverkrusteten Reifen behangen war. Weiter hinten erhob sich auf Pfählen ein scheunengroßes Gebäude, ein unauffälliges, schindelgedecktes Haus, von dem die Farbe abblätterte und das ein Schild über dem Vordach hatte, auf dem in halbmetergroßen roten Buchstaben MOSQUITO MOUTON'S stand. Obwohl es erst Mittag war, parkten mehrere Autos auf dem muschelbestreuten Parkplatz, und Zydeco-Musik driftete in Schwaden, untermalt von gelegentlichem Lachen und Grölen, aus den doppelten Fliegentüren.

»Eine *Bar?*« brauste Serena auf. Sie drehte sich entrüstet zu Lucky um, der längsseits mit dem Boot am Pier anlegte. »Deshalb mußten Sie einen Umweg machen? Wegen einer *Bar?*«

»Ich habe hier etwas zu erledigen«, antwortete er. »Es wird nicht lange dauern. Sie warten im Boot.«

»Ich soll im Boot –?« Sie ließ den Satz unvollendet und beobachtete fassungslos, wie er sich auf das Dock hievte und in Richtung Bar verschwand, ohne sich umzusehen. »Also gut.«

Gott allein wußte, was er hier zu erledigen hatte oder wie lange es dauern würde. Während dessen konnte sie in diesem dämlichen Boot hocken, bis sie schwarz wurde. Die Sonne, die in der feuchten Luft noch heißer wirkte, brannte auf sie herab. Sie spürte, wie ihr das Leinenkostüm am Leibe verwelkte gleich einer Orchidee ohne Wasser. Aber es war ohnehin nicht mehr zu retten, dachte sie und begutachtete mit einer Grimasse den schmierigen Handabdruck auf dem Ärmel.

Sie verfluchte ihr ungestümes Temperament, das sie hierher gebracht hatte. Wenn sie sich nicht von Shelby hätte aufstacheln lassen, sofort loszuziehen und sich einen Führer zu suchen... Wenn sie sich nicht von alten Schuldgefühlen hätte leiten lassen... Wenn sie sich Zeit gelassen hätte, alles ruhig und rational durchzudenken, so wie sie es in Charleston getan hätte...

So konnte es einem gehen, wenn man heimkehrte. In Charleston hatte sie sich eine neue Persönlichkeit aufgebaut, ein maßgeschneidertes Selbstbild für jenen Bekanntenkreis, den sie sich selbst erwählt hatte. Aber hier war sie daheim, und sowie sie hier ankam, wurde sie wieder zu Gifford Sheridans Enkelin, Shelby Sheridans Zwillingsschwester, zur ehemaligen Leiterin des Diskussionsclubs in der High School. Alte Gefühle und alte Verhaltensmuster erhoben sich wie Geister aus ihren Gräbern und sprengten die schützende Rüstung, die sie sich als Erwachsene zugelegt hatte.

Auch deshalb blieb sie lieber weg. Ihr gefiel, was sie in Charleston war – cine kompetente Frau, die ihr Leben im Griff hatte. Hier dagegen hatte sie nie das Gefühl, etwas im Griff zu haben. Schon die Atmosphäre beraubte sie jeder Selbstsicherheit und bewirkte, daß sie sich unruhig und unsicher fühlte.

Dieser Schuppen, Mosquito Mouton's, war das ideale Beispiel dafür. Es war der verrufenste Fleck weit und breit. Sie hatte gehört, daß hier nur Schläger und weißer Abschaum verkehrten, und daß ein anständiges Mädchen sich nicht einmal in Rufweite dieses Etablissements wagte. Jetzt, wo sie in Lucky Doucets Piroge saß, mußte sie sich zusammenreißen, um sich nicht umzuschauen, ob sie vielleicht ein Bekannter sah. Sie kam sich vor wie ein Kind, das zum erstenmal die Schule schwänzt.

Sie verschränkte die Arme vor der Brust, seufzte innig, schloß die Augen und sehnte sich nach ihrer kühlen, hübschen Wohnung in Charleston. Sie war in weichen Farben und ausgesprochen feminin eingerichtet und bot einen Blick aufs Wasser. Im Hof war ein Garten, und sie war weit, weit weg von allen Sümpfen und Lucky Doucet.

Sobald die Fliegentür hinter ihm zuknallte, drehten sich alle Köpfe zu ihm um.

Die Bar war etwa halbvoll und würde bei Sonnenuntergang aus allen Nähten platzen. Mouton's war der Inbegriff des Lasters. Im Hinterzimmer wurde gespielt, und es gab Mädchen, die für Geld oder nur zum Spaß einfach alles taten. Hier ließ sich der Weg zu einem Hundekampf oder einer Prügelei oder einem Puff oder einem jener Sündenpfuhle erfragen, die es im zivilisierten Süden angeblich längst nicht mehr gab.

Hier traf man auf Wilderer und Männer, deren Vergangenheit unergründlicher war als der Sumpf. Und selbst unter ihnen galt Lucky Doucet als außerordentlich gefährlich. Die Männer musterten ihn mißtrauisch, die Frauen begehrlich, aber niemand wagte sich in seine Nähe.

Der Barkeeper, ein korpulenter Mann mit dichtem, kurz geschnittenem, grau gesprenkeltem Bart, stöhnte und verdrehte die Augen, als hätte er Schmerzen. Er hob den Lappen hoch, mit dem er gerade die Theke abgewischt hatte, und betupfte sich damit das Doppelkinn wie eine alte Matrone, die eine Ohnmacht abzuwehren versucht.

»Jesus, Lucky, ich will keinen Ärger hier drin«, jammerte er und kam zu Lucky ans Ende der Theke gewatschelt. Seine kleinen Wurstfinger schlangen sich in einer beschwörenden Geste um den Lappen. »Ich hab' gerade erst alles geflickt, was letztesmal kaputtgegangen ist.«

Lucky zuckte übertrieben mit den Achseln und blinzelte unschuldig. »Ärger? Ich und Ärger, Skeeter? Herrgott, ich bin doch bloß auf einen Drink hergekommen. Gib mir einen Schuß und eine Flasche Jax.«

Gebete murmelnd eilte Skeeter davon, um die Bestellung auszuführen. Schweiß perlte auf seinem kahlen Hinterkopf wie Wasser auf einer Bowlingkugel.

Luckys Blick erfaßte Pou Perret, eine kleine Bisamratte von einem Mann mit pockennarbigem Gesicht und dünnem, traurigem Schnurrbart. Er saß am anderen Ende der Bar, in ein Gespräch mit einem ortsansässigen Hahnenkampfschiedsrichter vertieft. Lucky packte seine Bierflasche am Hals, schlenderte die Theke entlang und tippte dem Schiedsrichter auf die Schulter. »Hey, Kumpel, ich glaube, deine Mama hat dich eben gerufen.«

Der Mann drehte sich zu Lucky um und räumte augenblicklich seinen Hocker. Nach einem nervösen Blick in Perrets Richtung verzog er sich in die rauchigeren Regionen der Bar. Mit der Flasche an den Lippen kletterte Lucky auf den Hocker und hakte die Stiefelabsätze über der verchromten Fußstütze ein.

»Wie läuft's, Pou? Wo ist Willis? Sitzt hinten und bescheißt beim *bourré*? Und du mußt hier draußen Schmiere stehen, kleines Wiesel?«

Perret warf ihm einen wütenden Blick zu und rückte ans äußerste Ende seines Hockers wie ein Hund, der sich vor dem Tritt fürchtet. Er murmelte eine Obszönität in seinen Bart.

»Das ist anatomisch leider unmöglich, *mon ami*«, antwortete Lucky und nahm wieder einen Schluck Bier. »Siehst du, was du alles gelernt hättest, wenn du nicht in der sechsten Klasse von der Schule gegangen wärst? Wahrscheinlich probierst du seitdem genau das, was du mir eben vorgeschlagen hast.« Er lachte über Perrets beleidigte Miene und bediente sich aus einem Päckchen Zigaretten, das auf der Theke lag. Er zündete sich eine an und zog gemächlich daran. Dann stieß er den Rauch aus, zuckte mit den Achseln und grinste breit. »Na ja, vielleicht hilft dir ja Willis dabei, stimmt's?«

Perrets Hundeaugen verengten sich zu Schlitzen. »Du Bastard.«

Luckys Miene wurde gefährlich ruhig. Das Lächeln verharrte auf seinem Gesicht, begann aber etwas auszustrahlen, das selbst einen Schwachsinnigen zum Nachdenken darüber gebracht hätte, ob es klug war, sich mit ihm anzulegen. »Sag das nicht vor meiner *maman*, sonst schneid' ich dir die Zunge raus, *cher*«, erklärte er mit samtweicher Stimme. »Meine Leute sind anständig, vergiß das nicht.«

»Yeah«, gab Perret widerstrebend zu und ruckte wie ein Geier mit dem Kopf zwischen den knochigen Schultern auf und ab. Er kratzte sich durch das schmutzige schwarze T-Shirt hindurch an der Brust, dann erwachte seine Kampflust noch einmal. »Wie konnten sie bloß ein Kind wie dich kriegen?«

Luckys Augen glühten im Dämmerlicht und bohrten sich in Perrets Frettchengesicht. »Ich bin ein Wechselbalg, wußtest du das nicht? Ich komme geradewegs aus der Hölle.«

Perret rutschte auf seinem Hocker hin und her. Aberglaube leuchtete aus seinen dunklen Augen. Er legte eine Hand auf die Münze, die er an einem Band um den Hals trug. Mit einer schnellen Handbewegung grabschte er seine Zigaretten und schüttelte sich selbst eine heraus. Dann warf er Lucky einen Blick aus dem Augenwinkel zu. »Was willst du, Doucet?«

Lucky ließ sich mit der Antwort Zeit, stand auf, schob den Barhocker zur Seite, so daß er bequem an der Bar lehnen konnte. Er legte seine Zigarette im Aschenbecher ab und nahm einen großen Schluck Bier, bevor er sich Perret wieder zuwandte.

»Du hast in den letzten Wochen in der falschen Gegend rumgeschnüffelt, du Laus«, sagte er ruhig. »Ich glaube, es wäre gesünder für dich, wenn du dich nicht mehr im Sumpf blicken ließest.«

Perret schnitt eine Grimasse und tat die Warnung mit einem Achselzucken ab. »Wir leben in einem freien Land. Der Sumpf gehört dir nicht allein, Doucet.«

Lucky zog eine Braue hoch. »Nicht? Aber dieses Messer gehört mir allein, stimmt's?« Er zog sein Jagdmesser aus der Scheide. Dann packte er Perrets T-Shirt mit der Faust und beugte sich vor, bis Perret fast vom Hocker kippte. Die breite Klinge funkelte nur wenige Zentimeter vor der Nase des Kleinen. »Und ich kann dich damit kleinschnitzeln und den Krokodilen vorwerfen, stimmt's?«

Abrupt erstarben alle Gespräche in der Bar. Hinter der Theke wimmerte und bekreuzigte sich Skeeter Mouton, um dann ein Stoßgebet für seine Bar zum Himmel zu schicken. Clifton Cheniers Akkordeon quäkte aus der Jukebox. Es klang heiser und so fehl am Platz wie eine Reggaeband in der Kirche.

»Hör auf, Lucky, schnitzel ihn bloß nicht hier drin klein«, flehte Skeeter. »Das Blut krieg' ich nie wieder weg!«

Perret wurde grau und schluckte, als müßte er einen Stein hinunterwürgen. Seine Augen schossen zwischen Luckys Gesicht und der Messerklinge hin und her.

Plötzlich geriet hinten im Raum etwas in Bewegung; eine Tür sprang auf, und ein paar Männer stürmten herein. Ihre Mienen verrieten teils lebhafte Neugier, teils heiße Wut. Angeführt wurden sie von Mean Gene Willis. Willis war Ölarbeiter im Golf gewesen und hatte im Staatsgefängnis von Angola gesessen. Er war ein stattlicher Mann mit Fäusten wie Landschinken und einem Gesicht wie einem blutigen Steak. Mit mordlustig brennenden Augen kam er schnurstracks auf Lucky zu.

Lucky ließ von Perret ab, packte sein immer noch volles Whiskyglas und schleuderte es Willis ins Gesicht. Der Riese heulte auf und warf sich blindlings auf Lucky, der ihm jedoch mit einem Tritt in den Bierbauch zuvorkam. Perret nutzte die Gelegenheit, schnappte sich Luckys Bierflasche und schlug an der Theke den Flaschenhals ab. Doch gerade als er den Hals in Luckys Gesicht stoßen wollte, ging ein Schuß los. Frauen kreischten. Jemand riß mit dem Fuß den Stecker aus der Jukebox. Plötzlich herrschte gespenstische Stille, dann erscholl eine Männerstimme.

»Das reicht! Wer nicht augenblicklich Ruhe gibt, den knall' ich ab und behaupte, es wäre Notwehr gewesen.«

Perret ließ die Flasche fallen und huschte wie eine Ratte außer Sichtweite. Willis lag stöhnend auf dem Boden und hielt sich den Bauch.

Lucky trat lässig zurück, steckte das Messer wieder in die Scheide und musterte ausgiebig den uniformierten Wildhüter, der mit Willis aus dem Hinterzimmer gestürmt war. Lucky war mit Perry Davis zur Schule gegangen und haßte ihn schon von jeher. Davis war ein babygesichtiger Blonder und nervtötender Angeber, eine Eigenschaft, die sich seit der Kindheit nur verschlimmert hatte, vor allem angesichts der Tatsache, daß er ein lausiger Wildhüter war.

Lucky nahm seine Zigarette aus dem Aschenbecher und nahm einen langen Zug. »Hat man das damit gemeint, als man deine

Abteilung ›*Wildlife* and Fisheries‹ nannte, Davis? Daß du in einer Kaschemme *bourré* spielst?«

Davis sah ihn kalt an. »Was ich hier tue, geht dich nichts an, Doucet.«

»Wirklich nicht? Ein angesehener Regierungsbeamter, der das Geld anständiger Steuerzahler verspielt? Und das soll mich nichts angehen?«

»Was kümmert dich das? Ich bezweifle, daß du Steuern zahlst, und du bist auch garantiert nicht anständig.«

Lucky lachte trocken. »Ganz recht, *cher*, das bin ich nicht. Vergiß das lieber nicht.«

»Willst du mir etwa drohen, Doucet?«

»Ich und drohen? Ich drohe niemals.« Luckys Blick wurde kalt und hart wie poliertes Messing, und seine Stimme ein kleines bißchen leiser. »Das habe ich nicht nötig.«

Ein Muskel zuckte nervös in Davis' Kiefer. »Mir machst du keine Angst, Lucky.«

Lucky lächelte. »Dann stimmt es also nicht, was die Leute über dich sagen, wie? Du bist doch so beschränkt, wie du aussiehst.«

Davis' Gesicht lief fleckigrot an, aber er sagte nichts. Er steckte die Waffe in das Halfter und begann, die Gäste wieder auf ihre Plätze zurückzuscheuchen.

Willis rappelte sich langsam auf. Zusammengekrümmt und mit einem Arm vor dem Bauch starrte er wütend zu Lucky hoch. »Dich krieg' ich noch, du dreckiger Hurensohn. Wart's bloß ab.«

Lucky ließ die Zigarette fallen und trat sie mit dem Fuß aus. »Mein Gott, ich werd' vor Angst nicht schlafen können«, antwortete er gedehnt. »Bleib aus meinem Sumpf raus, Willis.«

Als er sich zur Tür umdrehte, um seinen Abgang zu machen, machte sein Herz einen Satz. Direkt vor ihm stand Serena Sheridan, die Kalbsledertasche vor die Brust gepreßt, mit großen Augen und weit offenem, hübschem Mund. In ihrem spießigen Kostüm und den zurückgekämmten Haaren wirkte sie wie eine alte Jungfer, die zum erstenmal einen nackten Mann sieht.

Lucky fluchte vor sich hin. Er war das alles so leid. Er hätte leicht ohne Menschen wie Gene Willis und Pou Perret leben können. Und er hatte hundertprozentig nicht darum gebeten, den Babysitter für Serena Sheridan zu spielen. All das gehörte zu den anderen Leben, die sich immer wieder in seines drängten, und all das war verdammt ärgerlich.

Er nahm Serena am Arm und schob sie in Richtung Tür. »Sie tauchen wirklich gern an Orten auf, wo Sie nicht hingehören, wie?«

Serena sah zu ihm auf, sagte aber nichts. Jeder Mensch, der halbwegs bei Sinnen war, hätte erkannt, daß Lucky Doucet ein Raufbold war; doch bis zu diesem Augenblick war ihr nicht bewußt gewesen, wie grob, ja wie gefährlich er sein konnte. Irgendwie hatte die Tatsache, daß er ihren Großvater kannte, ihren Instinkt für Gefahr betäubt. Was eben geschehen war, hatte sie endlich klarsehen lassen.

Er war ein Wilderer, ein Dieb. Er bedrohte Menschen mit dem Messer und trotzte der Staatsgewalt. Er hatte dem Wildhüter praktisch ins Gesicht gelacht. Gott allein wußte, welche Gesetze er noch ohne Bedenken brach.

»Serena? Serena Sheridan?« Perry Davis trat mit fragender Miene vor sie hin. Ihm war deutlich anzusehen, daß er nicht überraschter hätte sein können, wenn er sie am Arm eines Zyklopen angetroffen hätte. »Belästigt Sie dieser Mann vielleicht?«

Serenas Blick flog zwischen ihm und Lucky hin und her. Dies war ihre letzte Chance. Dies war der Augenblick in jedem Film, wo alle der Heldin zuriefen, endlich loszulaufen. Aber irgendwie schien ihr die Stimme zu versagen, und dann war die Gelegenheit vertan.

»Verzieh dich, Davis«, knurrte Lucky. »Die Dame gehört zu mir.«

Davis sah keineswegs überzeugt aus, aber als Serena keine Anstalten machte zu widersprechen, zuckte er mit den Achseln und wandte sich ab.

»Kennen Sie den Kerl?« fragte Lucky und lenkte sie wieder in Richtung Tür.

»Er ist ein Freund der Familie.«

Lucky schniefte. »Sie sollten sich Ihre Freunde besser aussuchen, Süße.«

Serena hätte fast losgelacht. Sie schüttelte den Kopf und ließ sich die ganze Szene noch einmal durch den Kopf gehen. Was, zum Teufel, tat sie hier eigentlich? Warum nutzte sie nicht die Gelegenheit, ihn loszuwerden? Sie betrachtete ihn halb verwundert und suchte nach irgendeinem Anzeichen dafür, daß irgendwo unter all dem ungehobelten Machogehabe etwas wie blankes Silber aufblitzte.

»Ich dachte, Sie sollten im Boot warten«, grummelte er ärgerlich, wich jedoch ihrem Blick aus.

»Ich *habe* im Boot gewartet, bis eine Wagenladung Ölarbeiter auftauchte. Damit hatte ich die Wahl zwischen zwei Übeln. Ich dachte, drinnen wäre es wahrscheinlich noch sicherer als draußen.«

»Jetzt sind Sie nicht mehr so sicher?«

Er öffnete ihr die Tür, und sie trat hinaus unter das Vordach, wo sie ein Chor von Pfiffen und eindeutigen Angeboten empfing. Sie schloß die Augen, seufzte lang und rieb sich die Schläfen. Heute war einfach nicht ihr Tag.

Die Fliegentür schlug hinter ihr, und der Lärm verstummte abrupt, als Lucky neben sie trat und seinen Arm um sie legte. Es war eine besitzergreifende, beschützende Geste, die nichts Sexuelles oder Bedrohliches an sich hatte. Überrascht sah Serena zu ihm auf. Er blickte die Ölarbeiter, die sich auf der breiten Veranda versammelt hatten, herausfordernd an.

»Bringt man euch da, wo ihr herkommt, keinen Benimm bei?« fragte er mit jener samtweichen Stimme, bei der sich die Härchen in Serenas Nacken aufstellten.

Niemand antwortete. Die Männer, die auf Bohrtürmen arbeiteten, waren aus grobem Holz geschnitzt. Sie würden vor keinem Kampf zurückschrecken, aber sie schienen auch nicht gewillt, einen vom Zaun zu brechen. Sie sind wohl vernünftiger als ich, dachte Serena. Vielleicht waren sie Lucky und seinem Freund Mr. Messer schon einmal begegnet. Wahrscheinlich fragten sie sich alle, was sie mit dem gefährlichsten Mann von ganz Louisiana zu schaffen hatte.

Sie reckte ihr Kinn vor und bot alles auf, was ihr an Haltung geblieben war, dann ließ sie sich von Lucky die Stufen hinab und über den Parkplatz führen.

»Ich möchte jetzt heim, wenn es Ihnen nichts ausmacht«, sagte sie. »Ich habe gesehen, daß Sie sehr beschäftigt sind, Mr. Doucet. Ich werde mir jemanden suchen, der mich morgen zu Gifford bringt.«

Lucky blieb stocksteif stehen und stemmte die Hände in die Hüften. Er schaute auf das Bayou hinaus, blinzelte gegen die Sonne und atmete langsam zwischen zusammengebissenen Zähnen hindurch aus.

Das war idiotisch. Er wollte sie doch loswerden, oder etwa nicht? Er wollte, daß sie das Schlimmste von ihm glaubte, oder etwa nicht? Er hätte froh sein müssen, daß sie endlich aufgeben wollte, aber das war er nicht. *Dieu*, er war wahrhaftig ein Masochist! Warum sollte er sich darum scheren, ob eine Frau wie Serena Sheridan ihn verachtete und fürchtete? Dieses Gefühl wurde hundertzehnprozentig erwidert. Er konnte sie nicht ansehen, ohne daß...

Was?

Daß ihm heiß wurde. Aber das war nur eine instinktive Reaktion. Er war ein Mann mit ausgeprägtem sexuellem Appetit; natürlich begehrte er sie. Jeder Mann mit ein bißchen Gefühl unterhalb der Gürtellinie hätte sie begehrt. Sie besaß etwas von der kühlen, vergeistigten Schönheit einer Göttin. Natürlich machte ihn das verrückt. Natürlich wollte er ihr die Nadeln aus dem Haar ziehen und in der honigfarbenen, seidigen Masse wühlen. Natürlich wollte er sich zwischen diesen langen, schlanken Beinen vergraben. Natürlich wollte er diese vollen, stolzen Brüste streicheln und küssen. Aber er wußte nur allzu gut, daß unter diesen hübschen Brüsten die pure Bosheit lauern konnte.

Wut. Das war es, was er wirklich empfand, ermahnte er sich. Wut. Haß. Sie war Shelbys Zwillingsschwester. Sie war Shelby und dazu Doktor der Psychologie – *Dieu*, was für ein Alptraum!

Aber sie war auch Giff Sheridans Enkelin. Und er hatte Giff ein Versprechen gegeben. Er seufzte und stieß einen leisen, französischen Fluch aus.

»Passen Sie auf«, sagte er ruhig. »Ich weiß nicht, was Sie da drin gesehen oder gehört haben, aber das hat nichts damit zu tun, daß ich Sie zu Giff bringe. Ich verspreche, daß ich Sie heil dort abliefern werde. Ich werde Sie nicht an die Alligatoren verfüttern und Sie an keinen Mädchenhändler verschachern oder sonstwas. Giff ist mein Freund.«

Serena sah ihn aufmerksam und erstaunt an. Auf seinen hohen Wangenknochen lagen rote Flecken. Er scharrte mit dem Stiefel in den zerstoßenen Muschelschalen auf dem Parkplatz und wich ihrem Blick aus. Er sah tatsächlich zerknirscht und verlegen und... süß aus.

Mein Gott, was war bloß in sie gefahren? Kleine Hündchen waren süß. Pfadfinder waren süß. Lucky Doucet war ein ausgewachsener Tiger. Wahrscheinlich verschlang er einen Pfadfinder zum Mittagessen, genehmigte sich ein paar Hündchen als Nachtisch und pulte sich mit prüden blonden Psychologinnen, die in jedem Menschen unbedingt etwas Gutes entdecken wollten, die Zähne sauber. Sie hatte keinen Grund, sich den Kopf über ihn zu zerbrechen. Sie hatte allen Grund, sich vor ihm zu fürchten... aber das tat sie nicht.

Ganz offensichtlich verlor sie ihren Verstand. Das lag an der Umgebung, dieser wilden, urweltlichen Umgebung, und an den tausend Gerüchen, die ihr das Gehirn vernebelten. Ihr letztes bißchen gesunder Menschenverstand mahnte sie, diesem Mann nicht über den Weg zu trauen, aber sie konnte sich nicht dazu durchringen, einfach wegzugehen.

»Das verblüfft mich«, sagte sie schließlich.

»Was?« Er sah sie mißtrauisch an. »Daß ich Sie an keinen Mädchenhändler verkaufen würde?«

Ein Mundwinkel verzog sich zu einem spröden Lächeln, dann ging sie weiter auf das Dock zu. »Daß Sie einen Freund haben.«

Chanson du Terre. Serena würde dieses Anblicks nie müde werden, und wenn sie hundert Jahre werden sollte. Er vermittelte ihr das Gefühl von Sicherheit und Beständigkeit. Die Sheridans wohnten darin, seit sie es 1789 beim Kartenspielen gewonnen hatten. Auch wenn sie es sich selbst vielleicht nicht ausgesucht hätte, war es doch ihr Erbe.

Das Haus stand am Ende einer Allee moosbehangener, uralter Eichen, deren breite Kronen sich über der Auffahrt zu einem hohen Baldachin schlossen. Es war eine Art kreolisches Schloß, eine Kombination aus französischem Provinz- und westindischem Stil, mit tief herabgezogenem Dach und breiten Galerien auf beiden Etagen.

Auf den ersten Blick sah das Haus aus wie immer – elegant, einladend, eindrucksvoll, aber nicht protzig. Dann blinzelte sie den Glorienschein der Erinnerung weg und sah es, wie es wirklich war, so als würde sie es zum allerersten mal sehen.

Das Dach war nach den schweren Frühlingsregen in einem erbärmlichen Zustand. Überall fehlten Ziegel, und über dem westlichen Gaubenfenster war eine knallblaue Persenning ausgebreitet worden. Die Säulen im Obergeschoß mußten dringend gestrichen werden, und im Geländer fehlten mehrere Sprossen, was dem Haus ein breites, zahnlückiges Grinsen verlieh. Die Ziegelmauer im Erdgeschoß und die Holzverschalung im Obergeschoß waren immer noch gelb gestrichen, aber das Buttergelb ihrer Erinnerung war mit der Zeit zu der Farbe alten Pergaments verblichen.

Die Erinnerungen waren schmeichelhaft, befand Serena; in Wirklichkeit kam sie sich vor, als würde sie einen geliebten Verwandten besuchen, der in ihrer Abwesenheit zum Greis geworden war.

Schuhe und Tasche fest vor ihre Brust gepreßt, machte sie sich eilig humpelnd auf den Weg über den breiten Rasen. Im Obergeschoß flog eine Fliegentür auf, und ihre Nichte und ihr Neffe kamen wie Rennpferde aus der Startbox geschossen. Die sechsjährige Lacey kam kreischend die breite Treppe heruntergerannt, ein Wirbelwind aus blonden Löckchen und rosa Schleifchen, dicht gefolgt von dem achtjährigen John Mason, der einen Ochsenfrosch in beiden Händen hielt und das Grinsen eines Wahnsinnigen zur Schau stellte.

»John Mason, laß deine Schwester in Ruhe!« rief Shelby Sheridan-Talbot, die hinter ihnen auf die Galerie geeilt kam.

Sie war den Bruchteil eines Zentimeters kleiner als Serena und ein kleines bißchen weicher, weiblicher gebaut. Ihre braunen Augen wirkten etwas exotischer, und ihr Mund schien in einem ständigen kleinen Schmollen gefangen zu sein. Abgesehen von diesen kleinen Unterschieden waren sie äußerlich identisch. Shelby sah aus, als sei sie auf dem Weg zur Handelskammer. Sie trug ein knallgelbes Kostüm, dessen Jacke der augenblicklichen femininen Mode entsprechend über den Hüften ausgestellt war. Die smaragdgrüne Seidenbluse unter der Jacke wurde von einer bombastischen, zuckerdosengroßen Brosche an ihrem Hals geschmückt. Im Vergleich dazu kam sich Serena wie eine Landstreicherin vor.

»O mein Gott, Serena!« rief Shelby theatralisch aus. Sie preßte sich die perfekt manikürten Hände auf die Wangen. Der Diamantring neben dem ausladenden, viereckig geschliffenen Topas war groß genug, um eine Katze damit zu ersticken. »Was in aller Welt ist denn passiert? Du siehst aus, als wärst du überfallen oder von einem Laster überfahren worden oder beides zugleich.«

»Vielen, vielen Dank.« Serena schleppte sich die Stufen hoch und wünschte sich mitleidslos, als Einzelkind zur Welt gekommen zu sein. Shelbys Launen waren unberechenbar wie das Wetter – aus heiterem Himmel konnte in Sekundenschnelle ein Sturm losbrechen. Besonders gern spielte sie das frivole Dummerchen. Ihr ständig überdrehtes Benehmen war extrem ermüdend, und sie besaß die Gabe, voller Unschuld die größten Gemeinheiten von sich zu geben, was jedes Gespräch mit ihr zur Qual machte.

Als Serena finster dreinblickend die Galerie hinaufhumpelte, wich Shelby mit angeekelter Miene zurück, ängstlich darauf bedacht, nicht mit ihr in Berührung zu kommen.

»Es war ein schwerer Tag für mich, Shelby, und ich habe nicht die Zeit, ihn dir in allen grausigen Details zu schildern«, sagte Serena. »Ich muß mich umziehen und dann gleich wieder weg. Kannst du bitte dafür sorgen, daß jemand meinen Wagen aus der Stadt herbringt? Ich habe ihn bei Gauthier stehenlassen.«

Shelbys vorgetäuschtes Mitgefühl verwandelte sich blitzschnell in kindischen Trotz. »Natürlich, Serena. Ich habe nichts Besseres zu tun, als den Botenjungen für dich zu spielen. Herrje, du kommst so zerrupft nach Hause, als hätte dich eine Katze reingeschleift, jagst mir einen Höllenschrecken ein, und das erste, was ich von dir höre, ist ein Befehl. Aber so warst du schon immer.«

Serena humpelte an ihrer Schwester vorbei. Sie bezweifelte stark, daß sich Shelby auch nur einen einzigen Gedanken darüber gemacht hatte, wohin sie gegangen war. Shelby war voll und ganz mit ihren Kindern, ihrer Garderobe und ihren Aufgaben in der Gemeinde beschäftigt – die sie nicht aus bürgerlichem Pflichtgefühl übernommen hatte, sondern des gesellschaftlichen Ansehens wegen. Sie war so hübsch und flach wie ein Lilienteich in einem japanischen Garten.

Serena trat ins Haus und hinkte durch den Gang. Sie bedauerte, daß sie keine Zeit hatte, die Atmosphäre ihres Geburtshauses auf sich wirken zu lassen. Abgesehen von einer größeren Renovierung Anfang des 19. Jahrhunderts und der Installation von Wasser- und Stromleitungen war während all der Jahre kaum etwas am Haus verändert worden. Es war eine Schatztruhe voller Erbstücke und Antiquitäten, das jedem Museumskurator den Mund wäßrig gemacht hätte. Aber Serena hatte keine Zeit, die zypressengetäfelten, mattgold gestrichenen Wände oder die verblichenen Perserteppiche zu bewundern, die sich in juwelengleicher Farbenpracht über die alten Holzböden ergossen. Sie marschierte direkt in ihr altes Zimmer, wo sie heute morgen nur ihre Koffer abgestellt hatte, bevor sie wütend und eingeschnappt aus dem Haus gestürmt war, um sich einen Führer zu suchen.

»Du willst weg?« fragte Shelby unvermittelt, als wären Serenas Worte eben erst durch den Wall der Entrüstung in ihr Bewußtsein gedrungen. Sie zupfte Serena am Ärmel ihres verknitterten Jacketts wie ein Kind, das um die Aufmerksamkeit seiner Mutter bettelt. »Wohin denn?«

»Gifford suchen.«

»Du kannst jetzt nicht fort!« heulte Shelby theatralisch auf, während sie Serena in ihr Zimmer folgte. Sie stellte sich so hin, daß ihre Schwester sie nicht übersehen konnte, setzte ihre elendigste Miene auf und rang, um den Effekt noch zu steigern, die Hände. »Du kannst jetzt nicht fort! Du bist doch eben erst angekommen! Ich hab' dir noch gar nichts über unser neues Haus erzählen können oder darüber, wie gut die Kinder in der Schule geworden sind oder daß ich vielleicht von der Handelskammer zur Geschäftsfrau des Jahres ernannt werde. Du kannst jetzt nicht fort!«

Serena ignorierte das Diktat und begann, sich auszuziehen. Die schmutzigen Kleider warf sie in einem Haufen auf den Boden. Stirnrunzelnd betrachtete sie den Koffer auf dem Bett; sie wußte, daß sie nichts Passendes für eine Reise in die Sümpfe darin finden würde. Sie war zwar als Kind Gifford durch die Zuckerrohrfelder nachgelaufen, aber die Frau, zu der sie in Charleston herangewachsen war, hatte keinen Bedarf mehr an Jeans oder Gummistiefeln.

»Und Odille macht heute abend eine Lammkeule«, setzte Shelby nach. Sie flatterte unruhig und nervös durchs Zimmer wie ein Schmetterling und blieb nur stehen, um ein Spitzendeckchen zurechtzurücken oder auf der Kirschholzkommode die Schnittblumen in der Porzellanvase umzuarrangieren. »Du weißt gar nicht, welche Schlachten ich geschlagen habe, um sie dazu zu bringen. Ehrlich, die Frau ist so widerspenstig, wie der Tag lang ist. Seit Mason und ich hier eingezogen sind, macht sie uns das Leben schwer. Und sie jagt den Kindern Angst ein! Sie glauben, sie ist eine Hexe. Bestimmt hat sie die Kleinen mit ihren Schauermärchen verhext. Das würde zu ihr passen. Ich weiß gar nicht, warum Gifford sie nicht entläßt.«

»Ich glaube, er streitet zu gern mit ihr.« Serena mußte lächeln, als sie sich vorstellte, wie sich die zänkische Odille mit dem nicht minder zänkischen Gifford anlegte.

Odille Fontenot war so unansehnlich und arbeitete so schwer wie ein Muli. Über ihr großes Knochengestell schien die nachtschwarze Haut eines viel kleineren Menschen gespannt worden zu sein, und aus ihren strahlend türkisfarbenen Augen loderte die Kraft ihrer Persönlichkeit hell wie eine Gasflamme. Sie war mürrisch und abergläubisch und eigensinnig. Sie war Haushälterin geworden, nachdem Serena und Shelby das Haus verlassen hatten und Mae, ihre Kinderfrau, sich zur Ruhe gesetzt hatte. Odille war inzwischen weit über sechzig, aber niemand sah ihr ihr Alter an, und niemand hatte den Mut, sie danach zu fragen.

Serena öffnete ihren Koffer und zog weiße, enganliegende Leggings heraus, dazu ein Stricktop mit breiten weiß-roten Streifen. Ein kurzer Blick in den schräghängenden Spiegel über der Kommode bestätigte ihre Befürchtung, daß sich ihre Frisur auflöste, aber sie hatte keine Zeit, etwas daran zu ändern.

»Außerdem«, fuhr sie mit erstickter Stimme fort, während sie sich das Top über den Kopf zog, »ist Odilles Bruder Giffords bester Freund.«

Shelby hörte augenblicklich auf, den Schnickschnack auf der Kommode umzuarrangieren, und warf dem Spiegelbild ihrer Schwester einen bohrenden Blick zu. »Heißt das etwa, du willst Gifford *hinterherfahren*? Du willst raus in den Sumpf?«

Serena zog den Reißverschluß ihrer Hose zu und stellte sich Shelbys Blick. »Das hast du mir doch selbst geraten«, erwiderte sie mit vorgetäuschter Ruhe.

Shelbys Wangen bekamen unter dem perfekten Make-up rote Flecken, und sie wandte plötzlich betreten den Blick ab. »Aber das habe ich doch nicht ernst gemeint. Um Gottes willen, Serena – *du* willst in die Sümpfe?«

»Was hast du denn gedacht, Shelby? Daß ich nichts tun würde? Hast du gedacht, ich würde die Sache einfach auf sich beruhen lassen?«

Shelby drehte sich zu ihr um; ihre Stimmung war schon wieder umgeschwungen. »So wie ich, soll das heißen, nicht wahr?« Sie kniff die Augen zusammen und schloß den Mund zu einem verärgerten Spalt. »Es tut mir leid, Serena, wenn ich deinen Ansprüchen nicht gerecht werde, aber ich muß mich auch um andere Dinge kümmern. Wenn Gifford mitten in einem gottverlassenen, schlangenverseuchten Sumpf leben will, dann kann ich nicht einfach alles stehen und liegen lassen und ihm nachlaufen.«

»Das brauchst du auch nicht«, bestätigte Serena müde. »Weil ich ihm nämlich nachlaufe.«

»Ja.« Shelby flatterte an die Glastüren, durch die man auf die Galerie gelangte. Sie zog den Vorhangstoff durch die Finger, dann wirbelte sie herum und warf das Haar zurück. »Giff wird begeistert sein, wenn er sieht, daß du deine Angst endlich überwunden hast.«

Der lange, durchdringende Blick, mit dem Serena ihre Zwillingsschwester ansah, war voller Wut und Schmerz, aber sie kommentierte Shelbys Bemerkung nicht. Sie wollte nicht. Sie hatte nie mit Shelby über ihre Angst vor dem Sumpf gesprochen, ihr nie erklärt, woher sie kam. Das Thema war schon vor Jahren stillschweigend zum Tabu erhoben worden. Es war ein gefährliches Niemandsland, an dessen Grenzen sich Shelby nur heranwagte, wenn sie wütend auf ihre Schwester war.

Serena war nicht einmal überzeugt, daß ihre Schwester wußte, welche Zerstörungskraft dieses Thema in sich barg. Shelby war nicht dumm; sie überschätzte nur die Wichtigkeit aller Dinge, die mit ihr zu tun hatten, und unterschätzte demzufolge alles andere.

Serena schlüpfte in ihre roten Leinenespandrilles und ließ ihren Koffer hörbar zuschnappen. Sie hatte keine Zeit, ihre Schwester zu analysieren, selbst wenn sie es gewollt hätte. Sie durfte ihr Boot nicht verpassen.

»Ich gehe jetzt«, sagte sie leise und mit äußerster Selbstbeherrschung. »Ich weiß nicht, wann ich zurückkomme. So wie ich Gifford kenne, kann das ein oder zwei Tage dauern.«

Sie nahm die Reisetasche und hievte den Koffer vom Bett. Ohne auch nur einen Blick in Shelbys Richtung zu werfen, ging sie aus dem Zimmer und auf die Haustür zu.

»Serena, warte!« rief Shelby ihr nach und lief ihr in den Flur hinterher. Ihre Stimme klang zerknirscht.

»Ich kann nicht warten. Lucky hat mir zehn Minuten gegeben, und ich bin überzeugt, daß er schon aus purer Bösartigkeit ohne mich fährt, wenn ich nicht pünktlich bin.«

»Lucky?« Shelby hielt plötzlich inne, als sie den Namen wiederholte. »Welcher Lucky?«

»Lucky Doucet«, antwortete Serena und stieß mit der Hüfte die Fliegentür auf. »Er bringt mich zu Giff.«

Shelby entgleiste das plötzlich blaß gewordene Gesicht, aber Serena schaute nicht hin.

»Herr im Himmel, Serena«, hauchte sie und trippelte ihr auf die Galerie nach. »Du kannst mit ihm nicht fahren. Weißt du denn nicht, was man sich über ihn erzählt?«

»Ich kann es mir denken.«

»Mein Gott«, erklärte Shelby beschwörend, wobei sie sich mit einer Hand den Busen tätschelte und sich mit der anderen Luft zufächelte wie eine *belle* des 19. Jahrhunderts. »Ich weiß gar nicht, wie sich seine arme Mutter noch in die Öffentlichkeit wagen kann. Und dabei ist sie die liebenswerteste Frau, die man sich nur vorstellen kann. Die ganze Familie ist reizend, alle haben das College besucht und weiß Gott was noch gemacht, aber dieser – dieser – Lucky... meine Güte, er macht ihnen bloß Ärger. Er lebt wie ein Tier da draußen im Sumpf, seit er aus der Armee entlassen wurde. Die Leute sagen, er sei halb verrückt.«

»Die Leute könnten recht haben«, gab Serena zu, die sich daran erinnerte, was Lucky zu diesem Thema gesagt hatte. »Aber ich habe sonst niemanden gefunden.«

»Also, ich finde, du solltest lieber nicht mit ihm fahren. Wer weiß, was er tun oder sagen wird?«

Serena seufzte schwer. »Shelby. Eine von uns beiden *muß* mit Gifford reden. Du willst nicht, und Lucky Doucet ist der einzige, der mich zu ihm bringen kann.«

Shelby schob schmollend die Unterlippe vor und schlug die Augen nieder. »Also, ich finde, du solltest das nicht tun, basta.«

»Ich habe deine Einwände gehört, aber jetzt muß ich gehen. Entschuldige mich bitte bei Odille.«

»Sei vorsichtig.«

Der zaghafte Rat ihrer Schwester ließ Serena auf der letzten Stufe innehalten. Es irritierte sie jedesmal, wenn ihre Schwester echte Fürsorge zeigte – was selten genug vorkam. Shelby war fast immer voll und ganz mit sich selbst beschäftigt. Sie konnte albern und frivol, kleinlich und nötigenfalls ausgesprochen grausam sein. In seltenen Momenten aber brachte sie ihren Mitmenschen aufrichtige Zuneigung, Fürsorge, Liebe entgegen, die sie darbot wie ein Juwel. Diese Geste war ebenso anrührend wie beunruhigend.

»Das werde ich«, antwortete Serena ruhig.

Sie überquerte erneut in humpelndem Lauf den Rasen. Der Koffer donnerte ihr gegen das Bein, und in ihrem Fuß pochte der Spreißel, den sie sich immer noch nicht gezogen hatte. Sie zwang sich, auf den Anlegesteg zu schauen, und versuchte erfolglos, Shelby aus ihren Gedanken zu verbannen.

Immer schon hatten die Menschen Bemerkungen darüber gemacht, wie nah, wie vertraut sie einander als Zwillinge sein müßten, wie einzigartig ihre Verbindung wohl war. Serena hatte diese Bemerkungen immer amüsiert über sich ergehen lassen. Sie und Shelby waren sich nie nahe gewesen. Von ihrem Äußeren abgesehen waren sie so verschieden wie Tag und Nacht, wie Sommer und Winter. Shelby hatte dafür gesorgt, daß sie von Geburt an Rivalinnen gewesen waren. Shelby schien es Serena immer übelgenommen zu haben, daß sie zur gleichen Zeit geboren worden war, so als hätte Serena das absichtlich getan, um Shelbys Ruhm zu mindern. Im Versuch, dieser ständigen Rivalität zu entgehen, hatte sich Serena immer weiter von ihrer Schwester entfernt, hatte eigene Interessen entwickelt, eigene Träume gesponnen und dadurch den Graben zwischen ihnen weiter vertieft.

Serena hatte immer bedauert, daß sie einander nicht näher standen. Als Zwillingsschwester einer vollkommen Fremden fühlte sie sich noch einsamer als ein Einzelkind. Aber sie waren zu verschieden, lebten in verschiedenen Welten, die sich nirgendwo zu berühren schienen. Sie besaßen keine telepathischen Fähigkeiten. Manchmal war es, als würden sie nicht einmal dieselbe Sprache sprechen. Einzig und allein ihr Blut, ihr Erbe und Chanson de la Terre konnten sie verbinden.

Ihre Beziehung war vielschichtig und kompliziert. Als Psychologin hätte Serena so etwas vielleicht fasziniert – hätte es sich um Fremde gehandelt und wäre sie in der Lage gewesen, kühl und objektiv darüber zu urteilen. Aber sie hatte zu wenig Abstand; zu viele schmerzhafte Erinnerungen umschlangen wie Efeu die verschiedenen Facetten ihrer Beziehung, und sie hatte zuviel Angst vor dem, was sich darunter verbarg, zuviel Angst, daß ihre Beziehung so vertrocknet und tot sein könnte wie ein vom Unkraut erstickter Keim. Und was sollte dann werden? Sie würde die Hoffnung aufgeben müssen, die sie immer noch in einem Winkel ihres Herzens hegte. Es war leichter für sie beide, alles so zu belassen, wie es war.

Als sie sich dem Bootssteg näherte, kamen ihr Nichte und Neffe schreiend entgegengerannt, als wäre ihnen der Leibhaftige auf den Fersen. Sie schossen vorbei, ohne auch nur langsamer zu werden, zurück zum sicheren Haus und zu ihrer Mutter. Lucky stand auf dem Steg, rauchte eine Zigarette und hatte ein Bein vorgestellt; ein gemeines Lächeln spielte um einen Mundwinkel. Serena sah ihn wütend an.

»Kann man Sie nicht mal zehn Minuten allein lassen, ohne daß Sie auf jemanden losgehen?«

»Die zehn Minuten waren vor fünf Minuten um. Sie haben Glück, daß ich nicht ohne Sie gefahren bin.«

»Das ist Ansichtssache«, brummte sie. »Was haben Sie zu ihnen gesagt? Sie sollten sich schämen, kleinen Kindern Angst einzujagen.«

Lucky verdrehte die Augen und schnippte den Zigarettenstummel in den Bayou. »Die beiden sind ein Alptraum.«

»Das würde ich nicht vor Shelby sagen, wenn ich Sie wäre.«

»Der könnte ich noch ganz andere Sachen sagen«, bemerkte er beinahe für sich.

Serena sah ihn neugierig an. Sein Gesicht wirkte plötzlich kalt und verschlossen. Er hatte eine Tür zugeschlagen, aber es reizte sie, wenigstens daran zu rütteln. »Sie kennen meine Schwester?« fragte sie. Es erschien ihr so unwahrscheinlich, wie... wie ihr Vorhaben, mit ihm in die Sümpfe zu fahren.

Lucky antwortete nicht. Er hatte mit niemandem über seine Beziehung zu Shelby Sheridan gesprochen – keinem Bruder, keinem Fremden, keinem Priester. Er hatte ganz bestimmt nicht vor, mit ihrer Zwillingsschwester darüber zu sprechen. Das war in einem anderen Leben, einer anderen Welt geschehen. Es war besser, die Wunde vernarben zu lassen, wenn sie schon nicht heilte. Um keinen Preis der Welt würde er sie vor dieser Frau wieder aufreißen. Sie war nicht nur Shelbys Schwester, sie war noch dazu Psychologin. Das letzte, was er brauchte, war ein studiertes Mädchen, das in seiner Psyche herumstocherte.

Er betrachtete das Gepäck, das sie mitgebracht hatte, und ihre modische Ausstattung. »Glauben Sie eigentlich, wir fahren zum Club Med, *chère*?«

Serena bedachte ihn mit einem hoheitsvollen Prinzessinnenblick. »Nur zu Ihrer Information, Mr. Doucet: Meine Garderobe beinhaltet keine Sammlung von Kampfanzügen oder Stiefeln. Sie werden das vielleicht nicht glauben, aber ich finde kein besonderes Vergnügen daran, meine Freizeit in irgendwelchen Sümpfen zu verbringen.«

»Oh, das glaube ich Ihnen sofort. Bestimmt sind Sie viel zu beschäftigt damit, Dinnerparties zu geben und in Konzerte zu rennen, um an den Sumpf zu denken.«

»Warum sollte ich daran denken? Er braucht mich schließlich nicht. Er ist einfach da.«

Nicht mehr lang. Nicht, wenn es nach deiner Schwester geht. Die Gedanken zuckten Lucky durch den Kopf, aber er sprach sie nicht aus. Er war schon tief genug in die Sache verwickelt, indem er Serena zu Giffords Hütte brachte und diesen eigenartigen Erkundungsauftrag übernahm. Es war nicht seine Sache, den Sumpf zu retten. Das konnte es nicht sein. *Dieu,* er hatte schon alle Hände voll damit zu tun, sich selbst zu retten.

Was für einen Sinn hätte es auch gehabt, mit Serena zu streiten? Sie war eine aalglatte, intellektuelle Stadtpflanze, die offensichtlich nichts für das Land übrig hatte, in dem sie aufgewachsen war. Was kümmerte es sie, wenn Tristar Chemicals ein empfindsames Ökosystem ruinierte, dem die Menschen schon seit Jahren Gewalt antaten? Wenn ihn nicht alles täuschte, wußte sie über die Sache sowieso Bescheid und fuhr nur zu Giff hinaus, weil sie ihn bearbeiten wollte, sein Land zu verkaufen. Schließlich war sie Shelbys Zwillingsschwester. Was konnte man von ihr außer Verrat und Betrug schon erwarten?

Er betrachtete sie in den tantenhaften kleinen Designersachen, die sie jetzt trug. Sie war auf einem Geldhaufen geboren worden und an elegante Sachen gewöhnt. Es war anzunehmen, daß sie noch mehr wollte. So waren alle Frauen ihrer Klasse: Egal, was sonst in der Welt passierte – Hauptsache, sie lebten im Luxus. Sie würde ihm nicht zuhören. Er war nur Mittel zum Zweck… wie damals.

»Steigen Sie ins Boot«, knurrte er. Die schlechte Laune überrollte ihn wie eine Flutwelle.

Sie machte noch einen Schritt auf ihn zu, das Kinn trotzig erhoben. »Wissen Sie, Mr. Doucet, wir beide würden wesentlich besser miteinander auskommen, wenn Sie aufhören würden, mich ständig herumzukommandieren.«

Lucky verringerte den Abstand zwischen ihnen beiden bis auf ein Minimum, versuchte sie mit seiner Größe und der Kraft seines Zornes einzuschüchtern. »Ich will nicht mit Ihnen auskommen. Ist das klar, *Miz* Sheridan?«

»Kristallklar.«

Sie legte den Kopf in den Nacken und stellte sich seinem Blick, entschlossen, nicht vor ihm zurückzuweichen. Lucky stockte der Atem. *Bon Dieu,* war sie schön! Seine Augen schienen nicht begreifen zu wollen, daß er sich um jeden Preis von ihr fernhalten sollte. Seine Hormone schienen nicht zu begreifen, daß sie ihm mehr Ärger machen würde, als ihm gut tat. Er beugte sich vor, und einen kurzen Moment lockte ihn ihr Parfüm noch näher, loderte eine heiße, strahlendhelle Begierde in ihm auf, die seine ganze Vernunft wegsengte.

Sein Blick glitt über die elegant geschwungene Wange und den Kiefer, die wie Engelsflügel geschwungenen Brauen, den zartrosafarbenen Bogen ihres Mundes. In diesem Augenblick wollte er nur eines – sie küssen, diese Lippen berühren, ihr mit den Fingerspitzen über Kinn und Wange fahren und die goldenen Haarsträhnen zurückstreichen, die sich aus ihrer strengen Frisur gelöst hatten. Er wollte sie küssen, schmecken, seine Zunge in ihren Mund versenken. Es war verrückt.

Verrückt.

Er schauderte und riß sich von ihrem Anblick los. Ohne ein Wort schnappte er ihr das Gepäck aus der Hand, drehte ihr den Rücken zu und stieg damit in die Piroge. Er stellte die Tasche auf dem flachen Schiffsboden ab, vorn im Bug neben der übrigen Ladung, dann kletterte er ins Heck, wo er die Stakstange aufnahm. Seine Hände zitterten.

Herr im Himmel, dachte er, während er die Stange fester umklammerte und den Blick abwandte, während Serena sich ins Boot herabließ; je schneller er sie bei Gifford ablieferte, desto besser. Er brauchte diese Marter nicht. Er wollte nur endlich in Frieden gelassen werden.

Frieden, höhnte eine Stimme in seinem Kopf, was sollte das sein? Ein Traum. Etwas, nach dem er sich ständig sehnte und das unerreichbar schien. Etwas, das Serena Sheridan mühelos zuzufliegen schien, dachte er; ihre ruhige Ausstrahlung umhüllte sie wie ein Königsmantel, während sie sich vorsichtig auf der Sitzbank in der Piroge niederließ. Unwillkürlich beneidete er sie darum. Aber warum sollte sie keinen inneren Frieden spüren? Schließlich war sie eine kalte, gefühllose Schlampe, genau wie ihre Schwester. Nichts würde ihren Panzer aus Selbstsucht durchdringen. Er bewahrte sie vor Mitleid und Schmerz.

Er seufzte tief, stieß das Boot vom Steg ab und lenkte es herum, bis der Bug flußaufwärts zeigte, fort von der Zivilisation und hin zu seinem Heim, seiner Heimat – den Zypressensümpfen des Bayou Noir. Er richtete seine Gedanken auf die Wildnis, die seine Rettung gewesen war, und schaute kein einziges Mal zurück auf Chanson du Terre, wo auf der Galerie ein kleiner, gelber Fleck zu sehen war.

4. KAPITEL

Serena war jedesmal wie erschlagen von der Größe des Sumpfes. Das wenige Land, das es in dieser Gegend gab, war von labyrinthartigen Wasserläufen durchzogen. Einige waren so breit, daß sie alles zu verschlingen schienen, was sich ihnen in den Weg stellte, andere so schmal, daß sie eher Tümpelketten glichen, die sich durch das Dickicht von Weiden und moosbehangenen Harthölzern zogen. So weit das Auge reichte, gab es nur Wasser und Wald, verwoben im ewigen Kampf miteinander – das Wasser fraß das Land, und neues Land erhob sich aus dem Wasser.

Hier konnte man wahrhaftig tagelang an den Bayous entlangwandern, um an einen nur wenige Meilen entfernten Ort zu gelangen. Hier wanden und schlängelten sich die Pfade, bildeten Schleifen oder endeten im Nichts, bis der Wanderer jede Orientierung verlor. Hier raubten einem die tiefen Schatten jedes Zeitgefühl.

Nur wenige Menschen lebten in diesem Gebiet. Die paar, die immer noch ihren Unterhalt im Sumpf verdienten, hatten sich meist in die Zivilisation mit ihren Annehmlichkeiten und ihrem Komfort zurückgezogen und brausten morgens im Aluminiumboot in die Sümpfe, um vor dem Abend wieder in ihre Häuser zurückzukehren. Nachts gehörten die Bayous den wilden Tieren, den Schlangen und Alligatoren... und Lucky Doucet.

Der Wasserarm, auf dem sie fuhren, verästelte sich wie ein Sprung auf der Windschutzscheibe. Serena kam es vor, als würde Lucky vollkommen willkürlich abbiegen, die Piroge nach Osten, dann nach Westen, dann nach Süden und kurz darauf wieder nach Norden lenken. Sie waren noch keine dreißig Minuten unterwegs, und schon hatte sie jegliche Orientierung verloren. Die Angst raubte ihr die Fähigkeit, sich die Route einzuprägen. Stocksteif hockte sie auf der harten Bank, die Arme dicht an den Körper gepreßt, die Finger um das Holz gekrallt, die Muskeln verspannt, als müßte sie einen Schlag abwehren.

»Was ist denn, Kleine? Haben Sie Angst, daß das Boot sinkt?« Lucky unterstrich die Frage, indem er das Gewicht verlagerte und die Piroge zum Schaukeln brachte.

Serena spürte, wie ihr das wenige, was sie im Magen hatte, in die Kehle stieg. Sie schluckte schwer und konzentrierte sich darauf, ihre Angst unter einer Hülle vorgetäuschter Gelassenheit zu verbergen. *Laß ihn nicht wissen, daß du Angst hast. Laß ihn nicht wissen, daß du Angst hast.*

»Na-natürlich nicht«, stammelte sie.

Lucky schniefte beleidigt. »In diese Piroge kommt kein Tropfen Wasser, außer wenn es regnet. Ich habe sie selbst gebaut. Mit der kann man sogar auf Tau fahren.«

»Leben Sie davon? Vom Pirogenbauen?« fragte Serena und schaute auf den Wirrwarr vorn im Boot. Dort lagen durcheinander Jutetaschen, Zwiebelsäcke, Krabbennetze aus Draht und Nylon, ein Bündel Moskitonetze, Anglerausrüstung. Ihr fiel das Messer ein, das er trug, und sie korrigierte sich. Wildererausrüstung.

»*Non*«, antwortete er knapp.

»Was machen Sie dann?« Sie drehte sich um und blinzelte zu ihm hoch. Er ragte riesenhaft über ihr auf. Sie fragte sich, ob er die Gelegenheit nutzen würde, um sie anzulügen oder um sie zu schockieren, indem er die Wahrheit sagte. Er tat keines von beidem.

»Ich mach', was mir gefällt.«

Serena zog eine Braue hoch. »Wird das gut bezahlt?«

Lucky wandte den Kopf ab, so daß sie sein Profil sah. »*Pas de bétises*«, murmelte er. »Manchmal zahlt es sich überhaupt nicht aus.«

Er stieß die Stange in den schlammigen Untergrund und drückte sie weg. Das Boot machte einen Satz nach vorn bis an den Rand einer schwimmenden Insel aus Wasserhyazinthen, zerbrechlich aussehenden, lavendelfarbenen Blüten über einer dichten Masse grüner Blätter. Sie bogen wieder ab, und das Bayou wurde schmaler und dunkler. Die Piroge glitt über das tintenschwarze Wasser wie ein Schlittschuhläufer über Eis, durchschnitt eine Scholle grüner Entengrütze. Dann hielten sie auf einen schmalen Wasserlauf zu, der sich wie ein Laubengang unter den tiefhängenden Ästen einiger Trauerweiden hindurchwand.

Serena atmete tief und langsam durch, bevor sie in den überwucherten Tunnel einfuhren. Die Kehle war ihr wie zugeschnürt, als das Licht plötzlich wegblieb. Die Weidenzweige strichen wie Schlangenzungen über ihre Haut, und alle Härchen stellten sich ihr auf.

Als das Boot auf der anderen Seite des Tunnels herauskam, hatten sie einen blinden Passagier an Bord. Eine dicke schwarze Schlange lag wie ein vergessenes Elektrokabel zusammengerollt auf dem Boden der Piroge, direkt vor Serenas roten Schuhen. Serena versuchte zu schreien, konnte aber nicht. Sie machte einen Satz rückwärts, riß die Beine hoch und brachte die Piroge gefährlich ins Schwanken. Sie wollte fliehen, reagierte rein instinktiv. Sie hätte sich vielleicht aus dem Boot gestürzt, wenn Lucky sie nicht festgehalten hätte.

Er preßte sie mit einem sehnigen Arm gegen seine Brust und bog sie nach hinten, während er hinunterlangte, die Schlange hochhob und ins Wasser schleuderte.

»Nur eine kleine Rattenschlange«, bemerkte er verächtlich und ließ Serena los.

Mit zitternden Knien befreite sich Serena aus seiner Umarmung. Schaudernd sah sie der Schlange nach, die mit hoch erhobenem Kopf und wellenförmigen Bewegungen, die an ein Band im Wind erinnerten, ans Ufer schwamm. Und wenn es eine Gummischlange von Woolworth gewesen wäre – es war eine Schlange. Dennoch behagte es ihr nicht, daß dieser Mann von ihrer Angst wußte, deshalb zwang sie sich sofort wieder zur Selbstbeherrschung. Selbstkontrolle war ihr bester Schutz.

»Verzeihen Sie, daß ich so hysterisch reagiert habe«, erklärte sie spröde.

Lucky starrte wütend auf ihren Hinterkopf. Konnte denn gar nichts ihren Panzer durchdringen? Als sie die Schlange gesehen hatte, war ihre Maske für einen kurzen Augenblick abgefallen, aber in Windeseile hatte sie sich wieder in Miss Supercool verwandelt und sich für ihr Benehmen entschuldigt, als hätte sie bloß beim Mittagessen gerülpst. Er hatte sie nur eine Sekunde lang an seinem Körper gespürt, aber das hatte gereicht, um ihm das Gefühl zu geben, als müsse er gleich platzen; sie dagegen hatte sich vollkommen ungerührt wieder hingesetzt.

Wut brach in ihm aus. Wie konnte sie nur so gleichgültig bleiben? Wie konnte er sie nur so begehren? Wie konnte er sie nur so anstarren, so nach ihr verlangen, trotz allem, was sie getan hatte –

Was *ihre Schwester* getan hatte...

In ihm wurde es totenstill. Plötzlich begriff er, was er da tat – er setzte Serena und Shelby gleich, ließ uralten Haß hochsteigen wie faulige Gase, die am Boden eines Teiches gefangen gewesen waren. All den Jahren zum Trotz war der Haß immer noch da, quälend wie eh und je.

»*C'est une affaire à plus finir*«, brummte er und schüttelte den Kopf, um ihn klar zu bekommen.

»Verzeihung?« Serena drehte sich um und schaute ihn fragend an.

»Ich sagte, Sie sollten sich lieber an den Anblick von Schlangen gewöhnen, wenn Sie hier draußen bleiben wollen, Süße. Es gibt hier fünfzehn ungiftige und sechs giftige Arten – Korallenschlangen, peitschenlange Wassermokassins und armdicke Kupferkopfkobras.«

Serena kniff die Augen zu, als könne sie sich auf diese Weise vor seinen Worten verschließen. Ihr Gehirn nutzte die plötzlich leere Leinwand, um eine besonders gräßliche Erinnerung aufleuchten zu lassen – schlammiges Wasser, das um sie herum blubberte, drei dunkle, dünne Silhouetten, schwarz und pfeilköpfig, die sich unter ihr wanden, die blaßrosa Mäuler öffneten, auf sie zukamen...

Was, zum Teufel, war in sie gefahren, hierherzukommen? Sie

haßte diesen Sumpf. Er jagte ihr mehr Angst ein als alles andere auf der Welt. Er beraubte sie jeder Selbstbeherrschung. Sie öffnete die Augen und schaute auf geisterhaft graue Zypressenstümpfe, auf das undurchdringliche Dickicht dahinter, das sich in dunklen Schatten verlor und mit Moosfetzen behangen war. Es war wie in einem Alptraum.

Tränen brannten Serena in den Augen. Sie versuchte, ihre Fassade der Gelassenheit aufrechtzuerhalten, aber sie spürte, daß sie abbröckelte wie unter schweißnassen Händen, die sich verzweifelt daran festzuhalten versuchten. Bis jetzt hatte sie sich an ihre Sturheit und ihre Wut klammern können, doch nun schienen der Zorn und der Starrsinn sie im Stich zu lassen, bis sie ganz und gar der Angst ausgeliefert war.

Du mußt denken, Serena. Denk an irgendwas, egal was.

Dieses Boot ist so verdammt klein.

»Geben Sie mir die Feldflasche.«

Ihr Herz machte einen Satz, als sie Luckys Stimme hörte. Augenblicklich kehrte sie in die Wirklichkeit zurück. Froh über die Ablenkung, hob sie die Feldflasche auf, reichte sie ihm, drehte sich dabei zur Seite und sah ihn an.

»Bitte, Miss Sheridan?« meinte sie zuckersüß. »Danke, Miss Sheridan. Es ist mir ein Vergnügen, Mr. Doucet.«

Lucky verdrehte die Augen. Er schraubte den Verschluß von der Flasche und nahm einen großen Schluck. Sein Adamsapfel hüpfte rhythmisch, während er trank.

»Was trinken Sie da?« Serena versuchte, nicht auf seinen starken, festen Hals zu starren.

Er wischte sich den Mund mit dem Handrücken ab. »Wasser«, log er.

Serena schaute auf die Feldflasche. Unbewußt fuhr sie sich mit der Zungenspitze über die Unterlippe und schluckte.

In Luckys Adern begann es zu brennen.

Er streckte ihr die Feldflasche höflich entgegen. Es machte ihn wütend, daß ihm etwas an ihrem Wohlbefinden lag, und noch wütender, daß er die Reaktionen seines Körpers auf sie nicht unter Kontrolle hatte.

Sie nahm die Feldflasche und schnüffelte mißtrauisch an der Öffnung.

»Das ist kein Wasser, das ist Schnaps.« Sie schnitt eine Grimasse.

Lucky starrte sie wütend an. »Mit Wasser drin.«

Serena schnaubte abfällig. »Sie trinken es wie Wasser. Wahrscheinlich haben Sie deshalb ein so ungefälliges Wesen.«

»Mir gefällt mein Wesen, so wie es ist«, knurrte er.

»Da sind Sie aber der einzige, soweit ich das überblicke.« Sie schnüffelte wieder an der Feldflasche und verzog erneut das Gesicht.

»Trinken Sie jetzt endlich, oder haben Sie Angst, sich was einzufangen, wenn Sie mit Leuten wie mir aus einer Flasche trinken?« fragte Lucky sarkastisch.

Serenas Augen wurden schmal, dann nahm sie einen Schluck aus der Feldflasche, teils um ihn zu widerlegen, teils um sich Mut zu machen. Als Psychologin behagte ihr der zweite Grund keineswegs. Es war ein Fehler, Alkoholkonsum rational begründen zu wollen. Aber sie hörte nicht auf die tadelnde innere Stimme. Hier draußen war sie keine Psychologin; sie hatte bloß Angst. Nackte, grauenvolle Angst. Sie hätte fast alles getan, um ihr zu entkommen. Zumindest würde ihr diese Erfahrung dazu verhelfen, wieder Mitleid mit jenen Patienten zu empfinden, die unter Phobien litten.

Wie sie vermutet hatte, hatte das Gebräu in der Feldflasche nie das Regal eines Schnapsladens geziert. Es war schwarzgebrannt und so stark, daß man den Alkoholgehalt wahrscheinlich nicht mehr in Prozenten angeben konnte. Man hätte damit Farbe verdünnen oder Batterien auffüllen können. Flüssiges Feuer brannte sich durch ihre Kehle und brodelte dann in ihrem Magen, bis sich die Wärme im ganzen Körper ausgebreitet hatte. Als wäre ihr noch nicht warm genug, wenn sie ihren Fährmann anschaute, dachte sie und verfluchte ihre Hormone.

Vielleicht war die physische Anziehungskraft, die er auf sie ausübte, eine Art vorübergehende Geisteskrankheit, überlegte sie. Vielleicht wollte sich ihr Gehirn mit Lucky Doucets meterbreiten Schultern, den Pantheraugen und dem Kurtisanenmund ja von den Sümpfen ablenken. Nur das ergab Sinn. Abgesehen von seinem Aussehen war die Liste seiner Fehler endlos. Er war unhöflich, primitiv, chauvinistisch, anmaßend, arrogant, launisch, und er trank. Keine vernünftige Frau mit einem Funken Selbstachtung würde auch nur einen einzigen Gedanken daran verlieren, sich auf irgendeine Weise mit ihm einzulassen.

Ihr Blick wanderte noch einmal über seinen Körper. Also gut, vielleicht auf *eine* Weise... aber natürlich war sie daran nicht interessiert. Sie stürzte sich nicht in ausschließlich sexuelle Affären. Genaugenommen hatte sie sich seit scheinbar ewigen Zeiten in keine Affäre mehr gestürzt.

Sie war vollauf mit ihrer Praxis und mit der freiwilligen Arbeit in einer psychiatrischen Klinik in einem Armenviertel Charlestons beschäftigt. Sie hatte Freunde und einen angenehmen Bekanntenkreis, aber sie war frei von allen romantischen Anwandlungen. Sie war mit einem Psychologen verheiratet gewesen, aber die Ehe war an mangelnder Begeisterung auf beiden Seiten gescheitert. Die Verbindung hatte auf Freundschaft, gemeinsamen Interessen und Bequemlichkeit beruht. Es hatte ihr merklich an jenem intensiven physischen Magnetismus gefehlt, der oft die einzelnen Aspekte einer Beziehung zusammenhält. Sie hatten sich auseinandergelebt und waren vier Jahre nach der Hochzeit in Freundschaft geschieden worden.

Seit der Scheidung hatte sich Serena hin und wieder mit Männern getroffen, aber keinen gefunden, der sie zu mehr als einem gelegentlichen Rendezvous bewegen konnte. Sie war zu der Überzeugung gelangt, daß sie im Grunde ein asexuelles Wesen war. Sie hatte in ihrem Gemahl keine besondere Leidenschaft entfacht, und auch er hatte sie nicht zu jener alles betäubenden Ekstase hinreißen können, von der ihr andere Frauen erzählt hatten. Sie war einfach nicht dazu geschaffen, so auf einen Mann zu reagieren. Wahrscheinlich hatte das etwas mit ihrer Angst davor zu tun, die Kontrolle über sich zu verlieren. Doch als sie jetzt auf Lucky Doucet schaute, kam ihr der Gedanke, daß sie sich diesbezüglich vielleicht geirrt haben könnte.

»Gefall' ich Ihnen, Süße?« fragte er lässig und gedehnt und starrte sie mit seinen nie blinzelnden, bernsteinfarbenen Augen an.

»Nicht besonders.« Sie stieß ihm die Feldflasche entgegen, damit er nicht die verräterische Farbe bemerkte, die ihr die Wangen wärmte.

»Das ist gelogen.«

Es war eher eine Feststellung als eine Beschuldigung. Er nahm die Feldflasche und berührte dabei absichtlich ihre Fingerspitzen. Serena riß die Hand zurück, was ihr ein hämisches Lachen einbrachte.

Serena reckte ihr Kinn vor. »Sie haben eine erstaunlich hohe Meinung von sich, Mr. Doucet.«

»O nein, *chère*, ich sag' nur, was ich sehe.«

»Dann würde ich Ihnen raten, möglichst bald zum Augenarzt zu gehen. Eine gute Brille könnte ganze Heerscharen von Frauen vor Ihrer unangenehmen Gesellschaft bewahren.«

Ihre Blicke trafen und maßen sich – ihrer war kühl, seiner brannte vor Wut. Sie gratulierte sich dazu, eine potentiell katastrophale sexuelle Situation entschärft zu haben. Er gratulierte sich dazu, ihre Wut wieder angeheizt zu haben. Beide hielten dem Blick stand. Die Luft um sie herum knisterte vor Spannung.

Am Ostufer des Bayous wachte ein Alligator aus einem Schläfchen auf, pflügte durch dichte Farnstauden und Sennessträucher und glitt ins Wasser.

Serena sprang fast vom Sitz, fuhr herum und starrte mit großen Augen auf das Tier. Der Alligator schwamm zwischen Schilfstauden im flachen Wasser, nur wenige Meter von der Piroge entfernt. Der lange, krustige Kopf ragte knapp über die undurchsichtige Wasseroberfläche und starrte zurück.

Lucky lachte bellend. »*Mais non, mon ange,* der Alligator kriegt Sie nicht. Es sei denn, ich werfe Sie über Bord, was vielleicht das Klügste wäre.«

»Zum Glück ist Klugheit nicht Ihre Stärke«, grummelte Serena, schnappte ihm die Feldflasche weg und trank sich noch einmal falschen Mut an.

Und wie klug ist es, sich mit so einem Kerl anzulegen, Serena? Herr im Himmel, er war ein Wilderer und Schwarzbrenner und weiß Gott was noch. Sein heimtückisches Grinsen erinnerte sie an den nahen Alligator und jagte ihr einen Schauer über den Rücken.

»Kein Wunder, daß Gifford sich hier verkrochen hat.« Er nahm die Stakstange wieder auf, winkelte den dicken Bizeps an und stieß das Boot vorwärts. »Kein Mann könnte es mit zweien von Ihrer Sorte in einem Haus aushalten.«

Serena hielt den Blick auf den Alligator gerichtet und beide Hände an der Sitzplanke. »Nur zu Ihrer Information: Meine Schwester und ich sind uns überhaupt nicht ähnlich.«

»Ich weiß, wie Ihre Schwester ist.«

Die kalte Ablehnung in seiner Antwort bewirkte, daß sie sich zu ihm umschaute. »Woher? Ich kann mir nicht vorstellen, daß Sie beide in den gleichen gesellschaftlichen Kreisen verkehren.«

Lucky antwortete nicht darauf. Die Tür in seinem Geist knallte wieder zu. Serena glaubte beinahe, sie zufliegen zu hören. Er schaute an ihr vorbei, als hätte sie sich in Luft aufgelöst. Sein Gesicht war wieder eine steinerne Maske. Sein Schweigen gestattete ihr, eigene Schlüsse zu ziehen.

Vielleicht hatte sich Shelby gegen Wilderer oder Kaschemmen wie Mosquito Mouton's ausgesprochen. Es sähe Shelby ähnlich, sich auf ein Seifenkistchen zu stellen und in aller Öffentlichkeit gegen jene Menschen zu wettern, die ihr nicht behagten. Ihre Ansichten würden bei den angeseheneren Mitgliedern der Gemeinde auf breite Zustimmung stoßen, was ihrem Ego enorm schmeicheln würde. Shelby hatte schon immer Anerkennung und Lob gebraucht, und sie war bereit, alles zu tun, um beides zu bekommen. Sie würde nicht davor zurückschrecken, sich mit einem so gefährlichen Mann wie Lucky Doucet anzulegen. Sie hatte sich bestimmt lange überlegt, welchen Lohn ihr eine solche Aktion einbringen würde, und keinen einzigen Gedanken daran verschwendet, welche Scherereien sie sich damit einhandelte.

Serena fragte sich, ob ihrer Schwester klar war, daß sie sich einen Mann zum Feind gemacht hatte, der ein Jagdmesser von der Größe eines Türkensäbels mit sich herumtrug.

Sie fuhren weiter über das Bayou. Die Stille des Sumpfes war ebenso schwer und niederdrückend wie die Hitze. Je dichter die Vegetation wurde, desto belastender wurde die Stille. Sie zerrte an Serenas Nerven, spannte sie derart an, daß schon der unschuldige Schrei eines Reihers sie zum Vibrieren brachte.

Je tiefer sie in die Wildnis eindrangen, desto weniger sah es so aus, als hätte sich je ein Mensch so weit vorgewagt. Das einzige Zeichen menschlicher Zivilisation, das Serena auffiel, war hin und wieder ein farbiges Plastikband an einem Ast, mit dem der Standort einer Krabbenfalle markiert wurde.

Lucky hielt vor einem dieser Bänder an – einem roten, das am Ast eines Weidensprößlings befestigt war – und machte sich daran, das Streichnetz einzuholen, das im flachen Wasser darunter ausgelegt worden war. In den dünnen Maschen tummelten sich die roten Krabben. Er erntete vier Netze entlang demselben Ufer, leerte den Inhalt in die Zwiebelsäcke, die er im Bug der Piroge verstaut hatte, und konzentrierte sich ganz auf seine Aufgabe, als wäre Serena nicht mehr als ein lästiges Gepäckstück. Sie beobachtete ihn neugierig, traute sich aber nicht zu fragen, ob die abgeernteten Fallen seine waren.

»Sind wir bald da?« fragte sie, als Lucky die Piroge wieder ostwärts und dann nordwärts stakte.

»Bald. Sie werden es merken, wenn wir bei Gifford sind.«

»Das bezweifle ich. Ich war seit Jahren nicht mehr draußen.«

»Sie werden es merken«, versicherte er ihr.

»Woran?«

»An den Schüssen.«

Serena zog ein Gesicht. »Das ist lächerlich. Der alte Lawrence hat auch schon etwas in der Art gesagt. Ich weiß, daß mein Großvater manchmal streitsüchtig ist, aber auf Menschen schießen? Das ist absurd. Warum sollte er auf Menschen schießen?«

»Um sie fortzujagen.«

»Aber warum sollte er die Leute fortjagen wollen?«

»Damit sie ihn in Ruhe lassen.«

Serena schüttelte ungeduldig den Kopf. »Ich verstehe das alles nicht. Es sieht Gifford gar nicht ähnlich, die Plantage so lange allein zu lassen, nicht einmal während der Krabbensaison.«

»Er hat seine Gründe«, antwortete Lucky geheimnisvoll.

Serena sah ihn lange fragend an. Es gefiel ihr nicht, daß dieser Mann anscheinend mehr über ihre Familienangelegenheiten wußte als sie selbst. Plötzlich kam sie sich wie eine Außenseiterin vor. Und es warf ein grelles Licht auf ihr Versagen als Enkelin. Sie kam nicht oft genug nach Hause, informierte sich nicht darüber, was zu Hause passierte, rief nicht oft genug an. Die Liste der Versäumnisse war noch länger und verstärkte ihre Schuldgefühle weiter. Trotzdem konnte sie sich die entscheidende Frage nicht verkneifen.

»Und was für Gründe sollen das sein, Mr. Doucet?« Sie schaute ihn fragend an.

Sein Gesicht blieb ausdruckslos. »Fragen Sie Gifford, wenn Sie es wirklich wissen wollen. Ich mische mich nicht in anderer Leute Angelegenheiten.«

»Wie angenehm für Sie. So brauchen Sie sich um niemanden zu kümmern und müssen sich vor niemandem rechtfertigen.«

»Ganz genau, Süße.«

»Warum bringen Sie mich dann hierher, wo Sie doch ganz offensichtlich lieber allein gefahren wären?«

Lucky blitzte sie an und zog seine schwarzen Brauen wie zwei Gewitterwolken über den Augen zusammen. Schließlich warnte er sie mit leiser, samtiger Stimme: »Versuchen Sie bloß nicht, in meinem Kopf rumzubohren, Dr. Sheridan.«

Serena verdrehte die Augen. »Gott behüte. Lieber würde ich in eine Schlangengrube springen.«

Das kommt aufs gleiche raus, *chérie*, dachte Lucky bei sich, aber er sprach den Gedanken nicht aus. Auf eine solche Bemerkung würde sich jeder Psychologe stürzen. Er kam auch so zurecht. Wenn sich die Leute nicht ständig in seine Angelegenheiten mischen würden, ginge es ihm geradezu ausgezeichnet.

»Wie kommt's, daß Sie nicht wissen, warum sich Gifford hierher verzogen hat?« fragte er, zum Angriff übergehend. »Haben

Sie nicht mit Ihrem Opa telefoniert? Vielleicht ist es Ihnen ja egal, was hier unten so passiert. Vielleicht liegt Ihnen ja gar nichts an dem Sumpf oder Chanson du Terre, wie?«

»Was soll das?« erboste sich Serena. Sie schluckte den Köder wie ein Barsch die Fliege. »Natürlich liegt mir etwas an Chanson du Terre. Es ist unser Familiensitz.«

Lucky zuckte mit den Achseln. »Sie leben aber nicht dort.«

»Wo ich lebe, geht Sie nichts an.«

»Stimmt genau. Es geht mich auch nichts an, wenn jemand vorhat, das Haus mit Bulldozern plattzuwalzen. Schließlich hat nicht meine Familie seit über zweihundert Jahren auf dem Land gelebt und gearbeitet.«

Serena starrte ihn an. Sie fühlte sich, als hätte er ihr mit dem Hammer auf die Brust gehauen. »Was meinen Sie mit plattwalzen? Wovon reden Sie?«

»Von Chanson du Terre, Engelchen. Ihre Schwester will es an Tristar Chemicals verkaufen.«

»Das ist doch absurd!« entfuhr es ihr. Sie lachte, so abwegig kam ihr die Behauptung vor. »Shelby würde Chanson du Terre ebensowenig verkaufen, wie Scarlett O'Hara Tara verhökern würde! Ganz offensichtlich kennen Sie meine Schwester *nicht*! Das würde sie nie tun. Niemals.«

Sie lachte weiter, schüttelte den Kopf und versuchte, die entsetzliche Gewißheit in Luckys Augen zu übersehen. Der Blick sollte ihr versichern, daß er vieles wußte, von dem sie keine Ahnung hatte. Ein Teil ihrer selbst verwarf diese Möglichkeit rundheraus, aber zugleich begann eine unangenehme Vorahnung an ihr zu nagen.

Ihr blieb jedoch keine Zeit für weitere Fragen oder einen Streit, denn als sie um eine Windung des Bayous bogen, ging mit ohrenbetäubendem Lärm ein Schuß los – der direkt auf sie gerichtet war.

5. KAPITEL

Diesmal hatte Serena keine Schwierigkeiten zu schreien. Sie kreischte auf, ließ sich am Boden der Piroge auf die Knie fallen und schirmte den Kopf mit den Armen ab. Schrotkörner schlugen vor ihnen in das Bayou und ließen schlammiges Wasser und zerfetzte Lilienblätter aufspritzen.

Ihr erster Gedanke war, daß ihnen einer der Männer auflauerte, in deren Gebiet Lucky gewildert hatte. Vielleicht handelte es sich sogar um den rechtmäßigen Eigentümer der Krabben, die in den Zwiebelsäcken vor ihrer Nase zappelten. Sie wartete auf eine zweite Salve und fragte sich, ob Lucky wohl irgendwo ein Gewehr versteckt hatte, mit dem er sich verteidigen konnte. Aber die ersten Schüsse verhallten. In der einsetzenden Stille hob sie den Kopf ein paar Zentimeter hoch und schielte zwischen den Fingern hindurch.

Gifford stand breitbeinig am Ufer, das rauchende Gewehr lässig in den großen Händen. Er war ein großer, gut gebauter Mann, dem das Alter nur an dem dichten, schneeweißen Haar anzusehen war, aus dem ihm eine vorwitzige Locke in die breite Stirn fiel. Mit seinen breiten Schultern und der schmalen Taille sah er immer noch fit genug aus, einen Bären aufs Kreuz zu legen. Seine Miene verriet deutlich, wie schlecht gelaunt er war – die buschigen weißen Brauen lagen tief über den Augen, das Kinn war aggressiv vorgereckt. Seine große Nase war während der Jahre auf den Feldern unter der gnadenlosen Sonne des Südens rot geworden.

»Verdammt noch mal, Lucky!« brüllte er mit einem donnernden Bariton, der dem Gewehr an Lautstärke nicht nachstand. »Ich dachte, du wärst dieser Bastard Burke.«

»Nee«, rief Lucky zurück und stakte das Boot weiter vorwärts, als würde es ihm nicht das geringste ausmachen, unter Beschuß genommen zu werden. »Aber vielleicht erschießt du mich ja doch, wenn du siehst, wen ich dir mitgebracht habe.«

Serena richtete sich auf, fuhr herum, um ihm einen finsteren Blick zuzuwerfen, und drehte sich dann zu ihrem Großvater um. Mit einer Hand strich sie sich das Haar aus den Augen, mit der anderen hielt sie sich an der Piroge fest, um nicht umzukippen. Die widersprüchlichsten Gefühle rangen in ihrer Brust, als sie den Mann sah, der sie im wesentlichen erzogen hatte. Im Augenblick floß allerdings noch so viel Adrenalin durch ihre Adern, und auch der Schuß gellte ihr noch so laut in den Ohren, daß der Zorn die Oberhand gewann.

Die Piroge glitt an einen verwitterten Bootssteg aus knorrigen Pfählen und vernarbten Planken. Serena wartete nicht einmal, bis das Boot angelegt hatte. Hastig und ungeschickt kletterte sie aus der Piroge und zog sich auf den wackligen Steg. Die Piroge glitt unter ihr weg, als sie sich davon abstieß, so daß sie ausrutschte und sich das Schienbein aufschlug, aber immerhin schaffte sie es, nicht ins Schlammwasser zurückzufallen. Schmutzig, aufgelöst, mit Blutflecken auf dem ehemals makellos weißen Hosenbein und wild zerzaustem, auf die Schultern herabhängendem Haar und hinkend stürmte sie ans Festland.

»Verdammt noch mal, Gifford, was, zum Teufel, soll das? Auf Menschen zu schießen! Du hast sie wohl nicht alle!«

Gifford sah sie finster an. »Jesus Christus. Was für undamenhafte Ausdrücke sind denn das?«

»Ausdrücke, die ich von dir gelernt habe!« gab Serena postwendend zurück. Sie pflanzte sich vor ihm auf, stemmte die Hände in die Hüften und starrte ihm so trotzig wie sie nur konnte ins Gesicht.

»Hm, hm.« Dem konnte Gifford nicht widersprechen. Er klappte das Gewehr auf und zog die Patrone heraus, die er in die Brusttasche seines verblichenen Flanellhemdes fallen ließ. »Ich wette, oben in Charleston verwendest du solche Ausdrücke nicht.«

»Ich bin nicht oben in Charleston.«

»Ausnahmsweise«, schnaubte er. »Was hast du hier draußen

zu suchen?« Er zog die Brauen wieder herab und sah Serena in die Augen. »Ich hätte bei allen Höllenteufeln nicht erwartet, dich in einer Piroge durch den Sumpf fahren zu sehen.«

»Du kannst mir glauben, daß ich das nicht zum Spaß mache.« Serena warf einen wütenden Blick in Luckys Richtung. »Ich kann mir tausend schönere Freizeitbeschäftigungen vorstellen, und wesentlich angenehmere Gesellschaft dazu.«

»Sie nimmt Anstoß an meinem Temperament.« Lucky gesellte sich mit spöttischem Lächeln zu ihnen; in seiner Faust baumelte ein Zwiebelsack voller Krabben.

»Unter anderem«, fauchte Serena.

Lucky blieb neben ihr stehen, ließ den Sack fallen und zündete sich, ohne den Blick von Serena zu nehmen, die Zigarette an, die in seinem Mundwinkel hing. Sie spürte, wie sich sein Blick, heiß wie die glühende Zigarettenspitze, in ihr Inneres brannte. Ihre Wangen färbten sich rosa.

Er legte den Kopf in den Nacken und blies eine dünne Rauchsäule in die Luft. »Schätze, ich muß mal meine Benimmlehrerin anrufen, damit sie mir Nachhilfe gibt«, bemerkte er gedehnt.

»Glauben Sie ihm kein Wort, Miz 'Rena.« Pepper Fontenot lachte kratzig, erhob sich aus seinem Liegestuhl und kam herbeigeschlendert. Pepper war dünn, drahtig und hatte die gleiche nachtschwarze Haut und die gleichen hellen Augen wie seine Schwester, die berühmte Odille. Irgendwie hatte er es geschafft, sein fröhliches Wesen zu bewahren, obwohl er sein ganzes Leben mit Odille verbracht hatte, und er besaß ein breites Lächeln, mit dem er sich genauso wohl zu fühlen schien wie in seinen verblichenen Overalls. Er schlug Lucky auf die Schulter. »Dieser Kerl kann einem Alligator das Leder abschwatzen, wenn er nur will.«

Serena zog eine Braue hoch und drehte sich zu Lucky um. »Dann hat er wohl nicht gewollt.«

»Vielleicht lag's an der Gesellschaft«, schlug Lucky zwischen zusammengebissenen Zähnen vor.

Serena unterdrückte das kindische Bedürfnis, ihm die Zunge herauszustrecken, und widmete sich wieder ihrem Großvater.

»Du könntest auch mal sagen, wie sehr du dich freust, mich zu sehen.« Sie konnte nicht verhehlen, daß sie sein unterkühlter Empfang schmerzte.

»Das könnte ich. Aber erst, wenn ich weiß, was du hier draußen tust.«

»Was *ich* hier draußen tue!« wiederholte sie ungläubig und legte sich die Hand flach auf die Brust. »Ich bin hier, weil du dich aus dem Staub gemacht hast, ohne irgend jemandem ein Wort zu sagen. Ich komme zu Besuch, und als erstes muß ich erfahren, daß du vor zwei Wochen verschwunden bist und seitdem nichts mehr von dir hast hören lassen. Was hätte ich deiner Meinung nach sagen sollen? Etwa: ›Ach Mensch, zu schade, daß ich ihn verpaßt habe‹, und dann einfach Ferien machen? Mein Gott, Gifford, wir wußten nicht einmal, ob du überhaupt noch am Leben bist!«

»Ich bin noch am Leben«, knurrte er. »Wenn du nur deswegen hergekommen bist, kannst du jetzt umkehren. So schnell wirst du nicht erben. Nicht, wenn ich es verhindern kann.«

»Wie kannst du nur etwas so Gemeines sagen?«

»So etwas kann jeder sagen, wenn er auf die 80 zugeht, 'ne kaputte Pumpe hat und mit zwei undankbaren Enkelinnen geschlagen ist.«

Er ließ das Gewehr entschlossen zuschnappen, drehte sich um und stapfte davon.

Serena war wie vor den Kopf geschlagen und schaute zu, wie er den leichten Hang zur Hütte hinaufstieg. Jedesmal wenn sie Gifford in Fleisch und Blut gegenüberstand, erstaunte es sie, wie sehr sie sich nach seiner Liebe und Anerkennung verzehrte und wie sehr es sie schmerzte, wenn er ihr beides verweigerte. Es war, als würde sie in dem Augenblick, in dem sie ihm gegenübertrat, wieder zum Kind.

Sie war müde und frustriert, hungrig und schmutzig. Sie wollte sich nur noch in die Arme ihres Großvaters schmiegen und endlich die Willenskraft vergessen können, die sie hierher gebracht hatte. Sie wollte endlich zittern dürfen und, wie als kleines Mädchen, von Giff ihre Ängste verscheuchen lassen.

Aber das kam nicht in Frage. Sie war kein Kind mehr, und Gifford hatte schon lange kein Verständnis mehr für ihre Angst vor dem Sumpf.

Als sie nach einer in seinen Maßstäben angemessenen Zeitspanne nicht über ihre Angst hinweggekommen war, hatte sich sein Mitleid langsam in unterschwellige Mißbilligung und Enttäuschung verwandelt, die seitdem ihre Beziehung kennzeichneten. Er hielt sie für feige. Jetzt, wo sie ihn weggehen sah, wünschte sie, er würde begreifen, wieviel Mut es sie gekostet hatte, zu ihm zu kommen.

»Yeah, es ist doch nichts so herzerwärmend wie ein Familientreffen«, murmelte Lucky. Auch er schaute dem Alten nach.

Serena funkelte ihn an. »Halten Sie den Rand, Doucet.« Sie stampfte ihrem Großvater nach, daß ihre Espandrilles in dem feuchten, schwammigen Dreck versanken, der die Hütte umgab.

Die Hütte war ein primitiver viereckiger Bau, der mit braunen Asphaltschindeln verkleidet war. Zum Schutz vor der unausweichlichen Frühlingsflut hoben ihn knorrige Zypressenpfähle einen Meter über den Boden. Das Dach bestand aus rostfleckigem Wellblech, aus dem in eigenwilligem Winkel ein Ofenrohr ragte. Die Vordertür war in einem Blau gestrichen, das in den Augen schmerzte. Die beiden kleinen Fenster in der Vorderseite waren vorhanglos.

In der Hütte fehlte es an allen Annehmlichkeiten und an allem, was man unter dem Begriff Einrichtung hätte zusammenfassen können, es sei denn, man bezeichnete damit auch Regale voller Geweihe. Serena war überzeugt, daß sich seit ihrem letzten Besuch hier draußen nichts verändert hatte. Die Jagdhütte war eine jener männlichen Bastionen, aus denen alles Ästhetische und Gefällige verbannt war. Bestimmt stand drinnen noch dasselbe altmodische, abgewohnte Mobiliar, das die Heilsarmee nicht einmal vor zwanzig Jahren angenommen hätte. Der Boden der zwei Räume war wahrscheinlich immer noch mit demselben gräßlichen grauen Linoleum belegt, einer unzerstörbaren Scheußlichkeit, die angeblich ewig haltbar sein sollte und es leider Gottes auch war.

Aber Serena würde sich erst später davon überzeugen können, denn Gifford ging nicht in die Hütte. Er erklomm die Treppe zur Hälfte, drehte sich dann um und ließ sich auf die Stufen plumpsen, das Gewehr quer über dem Schoß, als wolle er ihr den Weg versperren. Serena zögerte gerade so lange, daß die immer traurigen Jagdhunde, die hinter dem Holzschuppen hervorgerannt kamen, sie anspringen und ihre Pfotenabdrücke auf ihrer Bluse hinterlassen konnten. Sie stöhnte und scheuchte die Tiere schimpfend weg.

»Früher hast du Hunde geliebt«, knurrte Gifford mit finsterem, mißbilligendem Blick. »Wahrscheinlich sind solche Hunde oben in Charleston verboten.«

Serena blieb am Fuß der Treppe stehen und zielte mit dem Zeigefinger auf ihn. »Fang gar nicht erst damit an, Gifford. Fang gar nicht erst damit an, wie Charleston mich verändert hat.«

»Das hat es, Teufel noch mal.«

»Aber ich bin nicht hergekommen, um darüber mit dir zu diskutieren.«

Gifford fluchte ausgiebig und wortgewaltig. »Man kann heute einfach nicht mehr in Frieden leben«, wandte er sich schließlich an die Welt im allgemeinen. »Ich bin hierhergekommen, weil ich meine Ruhe haben wollte, nicht weil ich irgendeinen dämlichen Diskussionszirkel gründen wollte.«

Serena überging seinen Protest und bohrte nach: »Es ist doch sonst nicht deine Art, einfach so abzuhauen, schon gar nicht zu dieser Jahreszeit. Dazu gibt es zuviel Arbeit auf der Plantage.«

Er zog den Kopf zwischen die schweren Schultern und schaute störrisch auf seine Füße. »Dafür habe ich schließlich Arnaud. Er ist der Verwalter, verdammt noch mal, also soll er doch verwalten. Müde alte Männer wie ich nehmen sich öfter mal ein paar Tage frei und gehen zum Angeln.«

»Obwohl du wußtest, daß ich zu Besuch komme?« Serena schnaubte wenig damenhaft. Es kostete sie Kraft, nicht zu zeigen, wie verletzt sie war. »Und seit wann bist du ein müder alter Mann?«

»Seit mir klar ist, daß ich keinen Erben habe, der auch nur einen Rattenschwanz für all das geben würde, wofür ich mir den Buckel krumm geschuftet habe.«

»Du lieber Himmel, Gifford!« fuhr sie ihn an. »Wovon redest du überhaupt?«

»Davon, daß du 800 Meilen weit weg wohnst und es deine Schwester gar nicht erwarten kann, die Plantage zu verkaufen.«

»Was soll dieser Unfug, daß Shelby Chanson du Terre verkaufen will?« fragte Serena irritiert. »So etwas Lächerliches habe ich in meinem ganzen Leben noch nicht gehört. Schon als kleines Mädchen hat sie ständig erzählt, daß sie erst heiraten und dann auf der Plantage leben will, wenn sie erwachsen ist. Es würde ihr nicht im Traum einfallen, Chanson du Terre zu verkaufen!«

»Nun, das zeigt nur, wie wenig du von deiner eigenen Familie weißt, junge Dame«, verkündete Gifford hoheitsvoll.

»Ach, verflucht und zugenäht!« Serena unterbrach sich unvermittelt. Sie mußte erst ihre Wut zügeln, sonst konnte jedes weitere Wort verheerend sein. Sie preßte die Lippen zusammen und marschierte vor der Treppe auf und ab, die Hände krampfhaft vor der Brust verschränkt, als drohe sie zu platzen.

»Ich weiß wirklich nicht mehr, was ich glauben soll«, murmelte sie eher zu sich als zu Gifford gewandt. »Alle Welt erzählt mir, Shelby hätte den Verstand verloren und wolle Chanson du Terre verkaufen. Shelby erzählt mir, daß sie glaubt, du seist senil geworden –«

»Senil!« Gifford schoß wie eine Rakete von seinem Platz hoch und richtete sich zu voller Größe auf. Sein faltiges Gesicht verfärbte sich zu einem gefährlich aussehenden Kastanienbraun. »Bei Gott, das schlägt dem Faß den Boden aus! Bist du deshalb hier, Serena? Ist das etwa ein beruflicher Besuch? Willst du mal nachsehen, ob der Alte wirklich plemplem ist? Damit ihr mich von diesem kaltärschigen Rechtsanwalt, den Shelby geheiratet hat, für unzurechnungsfähig erklären lassen könnt? Damit ihr das Gut verkaufen und von dem leben könnt, was ich im Schweiße meines Angesichts erarbeitet habe? Bei allen Heiligen – bei Gott – nur über meine Leiche!«

Er umklammerte das Geländer mit einer Hand, das Gewehr mit der anderen und stieß die Luft zwischen den Zähnen aus.

Serena rannte die Treppe hoch. Ihr Herz pochte wie wild. »Um Gottes willen, Gifford, setz dich hin!«

Er folgte ihr widerspruchslos. Die Knie knickten ein, und der Hintern kam mit einem dumpfen Schlag auf der alten Stufe auf. Seine Muskeln erschlafften. Die breiten Schultern sackten in sich zusammen, und er atmete tief und ungleichmäßig durch. Er fischte in seiner Hemdtasche nach einer Pille, zog dabei die leere Patrone heraus und warf sie gleichgültig beiseite.

Am ganzen Leib zitternd, kniete Serena vor ihm nieder. Sie preßte sich die Hand vor den Mund und versuchte, nicht zu weinen. Zum allerersten mal wurde ihr wirklich bewußt, wie alt er war – und wie sterblich. Sie beobachtete, wie er sich eine kleine Pille unter die Zunge schob, und verfolgte mit angehaltenem Atem, wie seine Gesichtsfarbe langsam wieder von Rot zu Blaßgrau wechselte. Er schien vor ihren Augen plötzlich um zwanzig Jahre gealtert, und sein unglaubliches inneres Feuer schien zu schrumpfen wie eine Flamme, die man kleiner gedreht hat.

»Ist alles in Ordnung, Giff?« fragte Lucky. Seine dunkle Stimme klang angespannt. Erst jetzt merkte Serena, daß er direkt hinter ihr stand. Er beugte sich herab, um Giffords Gesicht genauer zu sehen, und legte in einer Geste, die vielleicht als beruhigend gedacht war, eine Hand auf ihre Schulter.

Gifford murmelte einen seiner sehr phantasievollen Flüche.

Pepper streckte seinen Kopf unter dem Treppengeländer durch und ließ ein erleichtertes Lächeln aufblitzen. »Wenn er noch so fluchen tut, dann is' er in Ordnung. Wenn er aufhörn tut mit dem Fluchen, dann könnt ihr ihn fragen, ob er tot is'.«

»Schlaumeier«, knurrte Gifford.

Pepper lachte heiser und zog seinen Kopf zurück, um den Sack voll zappelnder Krabben vor den Hunden in Sicherheit zu bringen, die interessiert daran schnüffelten und mit den Pfoten daran herumspielten.

Serena spürte, wie ihr vor Erleichterung die Knie weich wurden. Sie konnte nicht anders, als ihrem Großvater eine Hand aufs Knie zu legen, nur um sich zu vergewissern. »Du solltest reingehen und dich hinlegen, Giff. Wir können uns später unterhalten.«

»Ich brauch' mich nicht hinzulegen«, schnappte der Alte. »Mir ist bloß ein bißchen schwindlig, sonst nix. Ich wette, bei so einem Trubel würde jedem schwindlig werden. Die Sache macht mich so wütend, daß ich fast ständig rot sehe. Ein einziges Mal mach' ich eine Bemerkung übers Verkaufen, und deine Schwester, die nicht mal Eiswasser in der Hölle an den Mann bringen würde, läuft los und kommt postwendend mit einem Käufer zurück. Bei Judas und allen Priestern. Und wo steckst du? Du verpaßt den Leuten in Caroline eine Gehirnwäsche, als gäb's in Louisiana nicht genug Übergeschnappte.«

»Wir können darüber sprechen, wenn wir zu Hause sind«, schlug Serena leise vor.

Hundert Fragen schwirrten ihr durch den Kopf. Warum hatte Shelby sie nicht angerufen, als Gifford verschwunden war? Warum hatte sie geleugnet, den Grund für Giffords Verschwinden zu kennen? Warum hätte Gifford eine Bemerkung darüber machen sollen, daß er die Plantage verkaufen wollte, und warum sollte Shelby damit einverstanden sein und sogar einen Käufer auftreiben?

Serena fühlte sich plötzlich wie Alice im Wunderland. Sie stand mühsam auf und wischte sich die letzten Tränen aus den Augen. Die Fragen würden warten müssen. Jetzt konnte sie Giff nicht in die Mangel nehmen, sonst bekäme er am Ende einen zweiten Anfall. Es würde sich alles klären, wenn sie erst zu Hause waren. Und je eher sie dorthin kamen, desto besser.

Sie drehte sich zum Bootssteg um. Giffords Aluminiumboot war gegenüber der Piroge vertäut. »Pepper, würden Sie das Boot klarmachen?«

Pepper schüttelte den Kopf und lächelte sie so ähnlich an wie vorhin Lawrence Gauthier. »O nein, *chère*. Dazu lieb' ich das Leben zu sehr. Fragen Sie Giff, er will bestimmt nirgends nich' hin.«

Serena wandte sich wieder ihrem Großvater zu. Er wich ihrem Blick aus. »Gifford, bitte. Du kannst nicht hier draußen bleiben.«

»Zum Teufel, natürlich kann ich.«

Sie versuchte es mit Lucky.

Er zuckte mit den Achseln und zog sich physisch aus dem Gespräch zurück. »Wir leben in einem freien Land.«

»Ich kann das einfach nicht glauben.« Mit zitternden Händen strich sich Serena das Haar aus dem Gesicht. »Verdammt, Gifford, du bist gerade eben um Haaresbreite an einem Herzinfarkt vorbeigeschrammt. Du kannst nicht hier draußen bleiben!«

»Ich kann tun und lassen, was mir gefällt, junge Dame.« Mühevoll richtete er sich auf. Er schwankte ein bißchen, hielt sich aber so fest am Geländer ein, daß die Knöchel weiß hervortraten. »Ich lasse weder dich noch deine Schwester über mein Leben bestimmen.«

Serena warf einen letzten hilfesuchenden Blick auf Pepper und Lucky, aber ohne Erfolg. Pepper scharrte mit den Füßen und starrte auf den Krabbensack, um ihrem Blick auszuweichen. Lucky stellte sich ihrem Blick, sagte aber kein Wort und bot keine Hilfe. Sie schüttelte den Kopf. »Ich glaube, ihr seid alle wahnsinnig geworden.«

»Na wunderbar, warum gehst du dann nicht einfach zurück nach Charleston, wo du dir keine Gedanken über deine verrückten Verwandten zu machen brauchst?« Giffords Stimme war kalt. »Aus den Augen, aus dem Sinn. Dir ist doch egal, was hier unten passiert.«

Serena hob die Hand, um ihm das Wort abzuschneiden, und blinzelte ein paarmal, um die schon wieder aufsteigenden Zornestränen zurückzuhalten. »Ich werde jetzt nicht mit dir darüber sprechen, Gifford. Das werde ich nicht.«

»Wunderbar. Dann verschwinde endlich von hier. Laß mich in Ruhe.«

»Ich gehe nirgendwohin«, erklärte sie. »Ich bleibe hier, bis ich dich überzeugt habe, heimzukommen.«

»Den Teufel wirst du. Das lasse ich nicht zu«, bellte Gifford. »Lucky, du bringst sie zurück nach Chanson du Terre.«

Lucky machte noch einen Schritt zurück. Die Brauen hingen gefährlich tief über seinen Augen. »Vergiß es. Ich bin kein gottverdammter Fährmann. Ich bring' sie ganz bestimmt nicht zurück nach Chanson du Terre. Es wird schon dunkel. Ich habe zu tun.«

»Dann kann sie bei dir bleiben, denn sie wird ganz bestimmt nicht hierbleiben«, verkündete Gifford. »Ich bin hier rausgekommen, weil ich *keine* undankbaren Frauen mehr sehen wollte.«

»Bei *ihm* bleiben!« wiederholte Serena erschrocken.

»Bei *mir* bleiben!« Beim bloßen Gedanken daran stockte Lucky der Atem.

Sie betrachteten einander mit nacktem Entsetzen, das Gifford nicht entging. Der Alte zog eine Braue hoch.

»Sie bleibt nicht bei mir.« verkündete Lucky voller Inbrunst. »Das kommt nicht in Frage. Überhaupt nicht in Frage.«

Sein Haus war ihm heilig. Es war der Ort, an dem er seine Wunden heilte, an dem er wenigstens etwas Frieden fand. Es war seine Fluchtburg, die letzte Bastion, die ihn vor dem Wahnsinn bewahrte. Der letzte Mensch, den er in seinem Haus haben wollte, war diese Frau, eine Frau, die er wider alle Vernunft begehrte, eine Frau, die ihn mit Erinnerungen an die Peinigungen und den Verrat einer anderen Frau quälte.

»*Non, non*«, murmelte er kopfschüttelnd. »*Ça c'est de la couillonade.*«

Gifford schnaubte. »Du hältst mich also auch für verrückt? Bei Gott, ihr beide habt einander verdient. Ihr könnt euch ja heute nacht bei einer Tasse Kaffee zusammensetzen und euch gegenseitig erzählen, wie man sich am besten um seine Verantwortung drückt.«

Lucky machte auf dem Absatz kehrt, stampfte drei Stufen hoch und wedelte mit dem Zeigefinger drohend vor Giffords Nase. »Du wagst dich auf dünnes Eis, alter Mann«, stieß er zwischen zusammengebissenen Zähnen hervor. »Ich schulde dir nichts. Ich schulde auch Chanson du Terre nichts.«

»Ja, ja, natürlich«, gab Gifford sarkastisch zurück. Luckys

wutentbrannter Blick machte ihm keine Angst; er war zu alt, um sich vor dem Tod zu fürchten. »Du schuldest überhaupt niemandem was. Du bist dein eigener Herr. Wie schön für dich, Lucky. Du kannst dir auf die Schulter klopfen, wenn der Sumpf erst umgekippt und alles tot ist.«

»Red du mir nicht von Verantwortung, Gifford«, fuhr Lucky ihn an. »Du trägst selbst welche. Und wo steckst du? Hier draußen beim Angeln und beim Tontaubenschießen auf den Vertreter von Tristar. Was, zum Teufel, soll das bringen?«

»Ich erledige die Sache eben auf meine Art.«

»*Mais yeah.*« Lucky lachte bitter. »Indem du *nichts* erledigst.«

Serena trat zwischen die beiden. »Verzeihung. Habe ich in dieser Sache nicht auch ein Wort mitzureden?«

Beide Männer funkelten sie zornig an und antworteten in donnerndem Chor: »Nein!«

Fassungslos stolperte sie eine Stufe hinunter.

Lucky sprang von der Treppe und begann wieder auf und ab zu marschieren. Er kannte Gifford – er war störrischer als zehn Maulesel. Wenn er sagte, er würde Serena nicht in die Hütte lassen, dann meinte er das auch. Notfalls würde er sie die ganze Nacht auf der Türschwelle hocken lassen. Die Vorstellung widerstrebte Lucky, obwohl er sich längst für gefühllos gehalten hatte.

Er schaute aus dem Augenwinkel auf Serena und erging sich in einem unhörbaren Schwall obszöner Flüche. Sie war genauso stolz und eigensinnig wie ihr Großvater. Sie würde dem Alten keinen Fingerbreit nachgeben. Dabei hatte sie beinahe geweint, so sehr sorgte sie sich um ihn. Offensichtlich liebte sie ihn. Und der alte Gifford hatte ihr dafür einen emotionalen Magenschwinger versetzt. Sie sah aus wie eine Treibhausblume, die man im Gewitter aus dem Glashaus geworfen hatte – dreckig, müde, abgekämpft.

Und Gifford war entschlossen, sie abzuweisen.

Verdammt.

Es war nicht so, daß ihm etwas an ihr *lag*, redete sich Lucky ein. Und es war nicht so, daß er in die Sache hineingezogen werden *wollte*. Es ging ihn nichts an, wie Gifford seine Enkelin behandelte. Soweit er wußte, verdiente sie es durchaus, die ganze Nacht auf der Veranda zu verbringen. Aber die äußeren Umstände machten ihm zu schaffen – schon wieder ein Beispiel dafür, wie sich die Probleme anderer Menschen in sein Leben drängten. Der Sumpf war seine Welt. Er konnte den Gedanken nicht ertragen, daß er zerstört werden sollte.

Er seufzte tief und fuhr sich mit den Händen durchs Haar. Welche Möglichkeiten blieben ihm? Er wollte, daß Gifford das Problem Tristar löste, ehe es zu einer Katastrophe kam – ehe Gifford Len Burke abknallte oder Shelby die Plantage an ein Unternehmen verscherbelte, das deswegen in Verruf geraten war, weil es die Umwelt zugrunde richtete. Das bedeutete, daß Gifford zurückkehren und sich den Problemen stellen mußte. Serena hatte sich in den Kopf gesetzt, ihn zurückzubringen, und sie war weiß Gott dickköpfig genug, ihn zu überreden, wenn sie nur ausreichend Gelegenheit dazu bekam. Dies wiederum bedeutete, daß sie in der Nähe des alten Mannes und außer Reichweite ihrer giftsprühenden Schwester bleiben mußte. Und das bedeutete…

Hölle und Verdammnis.

Er betrachtete das Dilemma aus einem anderen Blickwinkel. Wie lange würde Serena brauchen, um Gifford zur Heimkehr zu bewegen? Ein oder zwei Tage. Allerhöchstens drei. Wie lange konnte ein Mann ihre Quengelei schon ertragen? Außerdem brauchte Lucky ja nicht bei ihr zu bleiben, wenn sie in seinem Haus war. Er hatte genug zu tun, um sich anderweitig zu beschäftigen. Trotzdem gefiel ihm die Vorstellung nicht, daß er in die Ecke getrieben worden war.

Er blieb abrupt stehen und funkelte Gifford zornig an. »Also gut«, knurrte er leise. »Ich behalte sie.«

Gifford konnte sich ein Lächeln kaum verkneifen.

Serena fiel der Kiefer herunter.

Eine lange Sekunde sagte niemand ein Wort. In der Luft baute sich eine solche Spannung auf, daß die Hunde zu winseln begannen und sich an einen sicheren Ort verzogen.

»Mich behalten?« wiederholte Serena leise, ohne den Blick von Lucky zu nehmen. *»Mich behalten!«* Ihre Stimme legte mehrere Dezibel zu. Sie stemmte die Hände in die Hüften und beugte sich über ihn. Endlich war sie einmal größer als er. »Sie werden mich ganz bestimmt nicht behalten!« Sie schoß mit zornesrotem Gesicht zu Gifford herum. »Ich werde nicht bei diesem Menschen bleiben! Ich weiß kaum etwas über ihn, und was ich weiß, ist nicht gerade schmeichelhaft. Um Himmels willen, Gifford, du kannst doch nicht im Ernst erwarten, daß ich bei ihm übernachte!«

»Wer weiß schon, was ich erwarte«, wandte Gifford scheinbar gekränkt ein. »Ich bin ja nur ein verrückter alter Mann, der auf den Tod wartet.«

»Hör sofort auf damit!« schrie Serena. Sie sah ihn im fahlen Licht des Spätnachmittags vor sich sitzen und spürte, wie sich die Angst gleich einem Ballon in ihrer Lunge aufblähte. Er sah jetzt genauso aus wie damals, als sie siebzehn gewesen war und der Sheriff sie nach Hause gebracht hatte, nachdem er sie und zwei andere Studentinnen mit einer Flasche billigen Weins unter der Tribüne des Footballstadions erwischt hatte.

Ihre Stimme sank zu einem Flüstern herab. »Gifford?«

Er schüttelte den Kopf. »Du brauchst mich gar nicht zu fragen, Serena. Ich bin so sauer, daß ich Reißzwecken spucken könnte. Du glaubst, du kannst hier einfach so vorbeischneien und alles mit ein, zwei Sätzen wieder geraderücken, nur weil du einen Wisch von der Uni und eine schicke Praxis oben in Charleston hast. Du hast keine Ahnung, was hier unten passiert, und im Grunde ist es dir ja auch egal. Du willst nur, daß alles wieder so wird, wie es immer war, damit du in Ruhe Ferien machen kannst.« Er schüttelte wieder den Kopf und stieß pustend die Luft aus. Langsam bekam er wieder Farbe. Röte stieg ihm vom Hals aufwärts ins Gesicht wie Quecksilber in einem Thermometer. »Und jetzt scher dich weg von hier. Bei Lucky bist du gut aufgehoben.«

Er drehte sich um, stiefelte die letzten paar Stufen hoch und verschwand dann in der Hütte, ohne sich noch einmal umzusehen. Serena hatte das Gefühl, als hätte ihr jemand mit einem Stein zwischen die Augen gehauen. Nun, sie hatte bekommen, was sie verdient hatte, oder etwa nicht? In seiner üblichen direkten Art hatte Gifford das Problem auf den Punkt gebracht. Sie *hatte* geglaubt, sie bräuchte nur herauszukommen, um die Sache zu klären, ihre Welt wieder ins Lot zu bringen und alles zu ihrer Zufriedenheit zu ordnen. Gifford hatte ihr beigebracht, den Stier stets bei den Hörnern zu packen. In Charleston ließ sich diese Taktik mit großem Erfolg anwenden, aber sie waren nicht in Charleston.

Zum Teufel mit diesem Sumpf. Sie schloß die Augen und fuhr sich mit den Händen übers Gesicht, ohne auf die Reste ihres Make-ups Rücksicht zu nehmen.

»Tut mir leid, Miz 'Rena.« Pepper erklomm die Stufen, blieb neben ihr stehen. In seiner Faust hing der Sack mit den krabbelnden, klickenden Krabben. »Sie kennen den alten Giff. Wenn er in Wut kommt, kann man nie wissen, was er alles sagen tut. Er meint's nich' so.«

Serena versuchte sich glücklos an einem Lächeln. »Bedeutet das, daß Sie mich doch heimfahren?«

Er runzelte die Stirn, ein Ausdruck, der vollkommen unpassend auf seinem Gesicht wirkte, fast als wüßte sein Mund nicht recht, was er dabei machen sollte. »Kann nich'. Das alte Boot läuft nich'. Lucky hat die Ersatzteile gebracht, aber das is' nich' alles. Ich brauch' noch'n paar Tage, bis ich sie repariert hab'.«

Serena hatte nicht geglaubt, daß ihr Mut noch tiefer sinken könnte. Sie hatte sich geirrt. Jetzt schien sie in ein bodenloses, schwarzes Loch zu fallen. Sie mußte wahrhaftig einen erbärmlichen Anblick bieten, denn Pepper unternahm nochmals den Versuch, die Stirn zu runzeln. Er scharrte mit den Füßen auf der abgetretenen Treppe, als wollte er gleich um sein Leben laufen.

Warum, warum nur hatte sie sich dazu verleiten lassen, hierherzukommen, statt erst herauszufinden, was eigentlich vor sich ging? Jetzt saß sie an diesem gottverlassenen Fleck fest. Von ihrem eigenen Großvater verstoßen. Er hatte sie einem Mann überlassen, der keine Skrupel kannte.

Ausdruckslos schaute sie Lucky an. Er stand gedankenversunken da, kraulte einen Hund am Kopf und beobachtete sie mit nicht zu deutender Miene. In den langen, tiefen Schatten der untergehenden Sonne sah er gefährlicher aus denn je.

»Steigen Sie ins Boot, *chère*«, sagte er leise. »Sieht aus, als müßten wir beide noch eine Weile miteinander auskommen.«

6. KAPITEL

»Kommen Sie«, sagte Lucky mit einer Kopfbewegung zur Piroge hin. »Ich bringe Sie morgen wieder her, dann können Sie ihn von Sonnenaufgang bis Sonnenuntergang bearbeiten.«

Serena folgte ihm unschlüssig ans Wasser. Sie schaute auf das Bayou und auf den dunklen Wald, der im Dämmerlicht bedrohlicher wirkte als je zuvor. Angst zehrte an den letzten Resten ihrer Widerstandskraft.

»Ich gebe Ihnen alles, wenn Sie mich nur heimbringen.« Die Worte waren ihr aus dem Mund geschlüpft, ohne daß sie es gewollt hatte, aber sie versuchte nicht, sie zurückzunehmen. Es war die Wahrheit. Sie hätte es vielleicht noch über sich gebracht, mit Gifford und Pepper in der Hütte zu übernachten, aber der Gedanke, bei einem Fremden – einem gefährlichen Fremden – zu bleiben, der ihre Angst bemerken würde... das war zuviel. In diesem Augenblick hätte sie ihm die Schlüssel zu ihrem Mercedes überlassen, hätte er sich nur bereit erklärt, sie in die Zivilisation zurückzubringen. Sie wünschte sich ein heißes Bad, etwas zu essen, ein Aspirin und eine Erklärung von ihrer Schwester – wenn auch nicht unbedingt in dieser Reihenfolge.

»Alles?« Lucky zog eine Braue hoch und lächelte sie bösartig an, während er darüber nachdachte. »Klingt vielversprechend, Süße, aber ich habe wirklich nicht die Zeit, Sie heute nacht zurückzubringen. Ich habe schon eine Verabredung.«

Serena biß die Zähne zusammen und preßte das Wort dazwischen durch: »Bitte.«

Lucky bückte sich, hob die Schachtel mit den Motorteilen aus dem Bug seines Bootes und stellte sie am Ufer ab. »Passen Sie auf, Engelchen.« Er richtete sich wieder auf und stemmte die Hände in die Hüften, direkt über dem niedrig hängenden Bund seiner Arbeitshose. »Sie glauben wahrscheinlich, ich bringe Sie jetzt zu mir nach Hause, binde Sie dort auf dem Bett fest und vernasche Sie die ganze Nacht, aber ich habe Wichtigeres zu tun. Sie werden sich mit Ihren Phantasien begnügen müssen.«

Serena warf ihm einen abscheuerfüllten Blick zu. Vollkommen ungerührt watete er ins Wasser und stieß die Piroge vom Land ab.

»Kommen Sie, Süße, *allons*. Steigen Sie ins Boot, sonst können Sie die Nacht zusammen mit Giffords Hunden im Holzschuppen verbringen.«

Was blieb ihr anderes übrig? Serena kannte ihren Großvater. Es war ihm durchaus zuzutrauen, daß er sie die ganze Nacht draußen ließ. Wütend genug schien er zu sein. Die Vorstellung, in einem Haus mit Lucky Doucet übernachten zu müssen, war nicht ganz so grauenvoll wie der Gedanke, die ganze Nacht alleine draußen zu bleiben.

Sie hüllte sich noch einmal in ihren inzwischen recht fadenscheinigen Mantel des Stolzes und stakste hinaus auf den baufälligen Steg, um ins Boot zu klettern.

Sie legten ab und fuhren noch tiefer in die Wildnis. Das Bayou verengte sich zu einem schmalen Korridor, der zu beiden Seiten von scheinbar undurchdringlichen Wäldern flankiert wurde. Zypressen und Tupelobäume standen wie natürliche Slalomstangen dunkel und schweigend im Flußbett. Die Abenddämmerung tauchte alles in ein glühendes, surrealistisches Licht.

Serena gab sich alle Mühe, den Rücken durchzudrücken und die Tränen zurückzuhalten. Jetzt, wo der Streit mit Gifford vorüber war und ihr Zorn sich gelegt hatte, hatte der Schmerz freie Bahn. Sie war Giffords wegen gekommen. Konnte er das nicht begreifen? Wie konnte er ihr vorwerfen, habgierig zu sein und nur an ihr Erbe zu denken? Sie hatte nie auch nur an seinen Tod gedacht und noch viel weniger daran, was er ihr hinterlassen könnte.

Gifford und tot. In Gedanken durchlebte sie noch einmal die grauenvollen Momente, als er blau angelaufen und zusammengebrochen war. Sie konnte den Gedanken nicht ertragen, ihn zu verlieren. Vor allem konnte sie den Gedanken nicht ertragen, ihn jetzt zu verlieren, wo er anscheinend so wütend auf sie und so enttäuscht von ihr war.

Tränen stiegen ihr in die Augen, die sie zornig wegblinzelte. Nur jetzt nicht weinen. Sie würde nicht vor Lucky Doucet weinen, nur damit er sich wieder lustig über sie machen konnte. Sie durfte sich nicht gehenlassen und losheulen, denn sie fürchtete, nicht mehr aufhören zu können, wenn sie erst einmal angefangen hatte. Und sie hatte noch so viel durchzustehen, bevor dieser Tag zu Ende war.

Es war keine verlockende Aussicht, dachte sie und kämpfte gegen die nächste Woge der Verzweiflung an. Sie fühlte sich schon jetzt, als hätte man sie die achthundert Meilen an den Haaren herbeigeschleift und ihr dann alle Glieder abgehackt. Die Person, die sie gestern noch gewesen war, war zur Unkenntlichkeit verstümmelt; dieser Sumpf, seine Menschen, die Erinnerungen und Gefühle, die er in ihr hervorrief, hatten ihr alles genommen. Sie hatte so viel durchgestanden, daß sie vollkommen erschöpft war, aber sie klammerte sich an das, was von ihrer Stärke und Würde noch geblieben war, und unterdrückte die Tränen.

Lucky stand hinter Serena und beobachtete, wie ihre Schultern leise zuckten. Er hörte, wie sie nach Luft schnappte, und begriff, daß sie verzweifelt versuchte, nicht zu weinen. Stolzes, dickköpfiges kleines Biest. Er spürte einen Stich in der Brust und versuchte ihn nach besten Kräften zu ignorieren.

Es fiel ihm nicht leicht, das Bild der eiskalten Zicke aufrechtzuerhalten, das er sich von ihr gemacht hatte. Die Frau, die seine Dienste in Anspruch genommen hatte, war eine makellos frisierte, hochnäsige, kühle Geschäftsfrau gewesen, die in ihrem Designerkostüm geradezu leidenschaftlich gefühllos gewirkt hatte. Es war keine Kunst gewesen, diese Frau nicht zu mögen. Aber diese Tarnung war längst verschwunden, und ihre Bemühungen, ruhig und beherrscht zu bleiben, wirkten nicht mehr irritierend, sondern rührend – oder sie wären es zumindest gewesen, wäre er dafür empfänglich gewesen.

Sie hickste und schniefte und schlug nach den Moskitos, die

sich in Schwärmen über dem Wasser versammelten, um ihr um den Kopf zu schwirren. Lucky biß die Zähne zusammen, um einen äußerst ungewohnten Anflug von Mitleid zu unterdrücken.

»Ich hasse diesen Sumpf«, verkündete Serena und klatschte mit beiden Händen nach den Moskitos. Der Schwarm teilte sich und sammelte sich wieder, um es an einer anderen Stelle zu probieren. Sie hickste und schniefte noch mal. Es klang, als wäre sie gefährlich nahe dran, laut loszuheulen. »Ich habe diesen Sumpf schon *immer* gehaßt.«

Phantastisch. Lucky zog die Stirn in Falten. Das Schicksal des Sumpfes lag in den Händen einer Frau, die ihn haßte.

Er brachte die Piroge zum Anhalten und sicherte die Stange. Dann arbeitete er sich vorsichtig um Serena herum. Nur knapp entging er einem Schlag in den Unterleib, den sie ihm auf der Jagd nach den Moskitos beinahe verpaßt hätte. Er nahm den Packen *baire*, den er vorne im Boot aufbewahrte, und warf das Netz über sie wie einen Sesselschoner über einen alten Stuhl.

»Jetzt hören Sie vielleicht auf, ständig rumzuzappeln, bevor Sie uns zum Kentern bringen und wir den Alligatoren zum Dinner dienen.«

Serena erbebte, als er die Alligatoren erwähnte, sah aber nicht ins Wasser, um nach ihnen Ausschau zu halten. »Danke für Ihr Mitgefühl«, antwortete sie trocken. »Warum lassen die Moskitos eigentlich ein riesiges, halbnacktes Ziel wie Sie in Ruhe?«

»Sie mögen Ihr Parfüm. Diese Mücken haben wirklich einen erlesenen Geschmack. Vielleicht möchten Sie ein paar von ihnen mit nach Charleston nehmen, *oui*?«

»Fangen Sie bloß nicht damit an«, warnte sie ihn. Ein dicker, steinerner Kloß saß ihr in der Kehle, der ihre Stimme heiser klingen ließ. »Sie wissen doch überhaupt nichts.«

»Ich weiß, daß Gifford Sie hier braucht«, sagte er, bevor er seinen Platz hinter ihr wieder einnahm. Die Piroge glitt weiter. »Das heißt, wenn Ihnen etwas an Ihrer Familientradition liegt. Aber vielleicht ist Ihnen die ja egal. Sie sagen, daß Sie diesen Sumpf hassen. Vielleicht würde es Ihnen ja gefallen, wenn er vergiftet und vernichtet würde?«

»Das würde Gifford niemals zulassen.«

»Gifford wird in dieser Angelegenheit bald nichts mehr zu sagen haben, wenn er sich nicht schleunigst der Sache annimmt. Er glaubt, es reicht, wenn er sich hier draußen versteckt und den Vertreter von Tristar unter Feuer nimmt, sobald der aufkreuzt.«

»Sie sagen das so, als würde er vor dem Problem davonlaufen. Gifford Sheridan hat in seinem ganzen Leben vor keinem Kampf gekniffen.«

»Diesmal kneift er.«

»Das ist ja lächerlich«, widersprach Serena beharrlich. »Wenn er nicht an Tristar verkaufen will, dann braucht er das denen nur zu sagen. Ich verstehe überhaupt nicht, wieso es dabei Probleme geben soll.«

»Also, ich finde, es gibt eine Menge Sachen hier, die Sie nicht verstehen«, merkte Lucky gedehnt an.

Wozu unter anderem auch *er* gehörte, dachte Serena und zupfte an ihrem Moskitonetz herum. Der Mann war voller Widersprüche. In einem Augenblick behandelte er sie wie den letzten Dreck, im nächsten warf er ein Moskitonetz über sie; einerseits erklärte er ihr, daß er sich nicht in anderer Leute Angelegenheiten mischte, und kommentierte im gleichen Atemzug die Situation. Sie hielt ihn nicht gerade für einen Ausbund an Mitleid, aber er bewahrte sie davor, die Nacht im Freien zu verbringen, und abgesehen von niederen Motiven war Mitleid das einzige Motiv, das sie sich vorstellen konnte.

Sie fragte sich, wie sein Lager wohl aussehen mochte. Sie machte sich nicht allzu viele Hoffnungen auf eine Luxusherberge. Ihre Vorstellung von einem Wildererunterschlupf entsprach in etwa der einer Höhle mit Tierfellen auf dem Boden. Sie sah einen Teerpappeverschlag mit schlammigem Hof vor sich, in dem kaputte Lichtmaschinen und leere Butangasflaschen verrotteten. Wahrscheinlich gab es auch einen baufälligen Schuppen voller Wildererwerkzeug, dazu Regale mit gestohlenen Pelzen und Eimer, in denen die Überreste toter Bisamratten schwammen. Bestimmt war es nicht gemütlicher als in Giffords Hütte. Sie konnte sich Lucky nicht beim Aufhängen von Gardinen vorstellen. Er schien eher zu der Sorte Mann zu gehören, die sich Playboy-Bilder an die Wand nagelt und das für Kunst hält.

Sie steuerten um eine Biegung des Bayous, und ein kleines, hübsches Haus kam in Sicht. Es stand auf einer kleinen Anhöhe inmitten einer Lichtung. Die Verkleidung aus verwittertem Zypressenholz schimmerte silbern in der Abendsonne. Es war ein Landhaus im typischen Louisiana-Stil, das sich auf dicken Pfählen über den feuchten Untergrund erhob. Ein paar Stufen führten auf die tiefe Veranda, hinter der Fenster mit Fensterläden und eine Fliegentür Akzente setzten. Eine Außentreppe reichte von der Veranda hinauf in den Speicher, der das Haus mitsamt der Veranda überdachte – ein charakteristisches Merkmal der Cajun-Architektur. Schlanke Holzsäulen stützten das überhängende Dach und verliehen dem kleinen Haus einen Hauch von Eleganz.

Serena war angenehm überrascht, mitten in der Wildnis etwas so Hübsches und Zivilisiertes zu entdecken, aber nichts hätte sie mehr überraschen können als Luckys Erklärung, daß er hier zu Hause sei.

Er quittierte die fassungslose Miene, mit der sie ihn durch das Moskitonetz anschaute, mit einem finsteren Blick. »Was ist denn, *chère*? Haben Sie einen windschiefen Verschlag erwartet, wo im Hof Schweine und Hühner im Müll scharren?«

»Hören Sie auf, mir Worte in den Mund zu legen«, grummelte sie. Sie weigerte sich, ihm ihre wenig schmeichelhaften Gedanken zu offenbaren, so deutlich sie auch gewesen sein mochten.

Luckys Mundwinkel zuckte hoch, und seine schwerlidrigen Augen richteten sich bohrend wie Laser auf ihre Lippen. »Was soll ich Ihnen denn hineinlegen?«

Unwillkürlich schossen Serena Bilder durch den Kopf, bei denen ihr Herz verräterisch zu hämmern begann. Sie mußte sich beherrschen, um den Blick nicht auf jenen Teil seines Körpers wandern zu lassen, der sich in ihrer Augenhöhe befand.

»Sie haben die Arroganz wohl für sich gepachtet, wie?« fragte sie, gleichermaßen entsetzt über sich selbst wie über ihn.

»Ich?« fragte er in aller Unschuld und klopfte sich mit der

Faust auf die Brust. »*Non.* Ich weiß bloß, was die Frauen wirklich wollen, sonst nichts.«

»Ich bin überzeugt, daß Sie nicht die leiseste Vorstellung davon haben, was die Frauen wirklich wollen«, widersprach Serena, während sie sich aus dem *baire* nestelte und es beiseite warf. Königinnenhaft bot sie Lucky ihre Hand dar und ließ sich von ihm auf den Bootssteg helfen. Sobald sie auf den festen Holzplanken stand, schenkte sie ihm ein herablassendes Lächeln. »Aber wenn Sie Ihre Theorien an sich selbst ausprobieren wollen, dann lassen Sie sich von mir nicht stören.«

Lucky schaute ihr nach und mußte unwillkürlich über ihre Schlagfertigkeit lächeln. Sie humpelte leicht, aber das beeinträchtigte das verlockende Schaukeln des perfekt geformten herzförmigen Hinterns in der engen weißen Hose kein bißchen. Die Begierde schnappte wie ein Klappmesser in seinem Unterleib auf. Vielleicht wußte er nicht, was Miss Sheridan wirklich wollte, aber er wußte verdammt gut, was sein Körper wollte.

Es würden ein paar sehr lange Tage werden.

Er zog die Piroge aus dem Wasser an Land, ließ sie dort mitsamt der Ladung an Koffern und Krabben stehen und gesellte sich zu Serena, die auf der Veranda wartete. Es behagte ihm nicht, daß sie hier war. Dieses Haus verriet zuviel über ihn. Solange sie hier war, konnte sie ihm gefährlich nahe kommen, wo er doch darauf bedacht sein mußte, sie sich emotional so weit wie möglich vom Leibe zu halten. Vielleicht begehrte er sie körperlich, aber das war auch schon alles. Es hatte lange gedauert, ehe er begriffen hatte, daß er niemand in die Mauern lassen durfte, die er um sich errichtet hatte. Es wäre sicherer gewesen, wenn er sie in dem Glauben hätte lassen können, daß er wie ein Tier in einem durchgerosteten Wohnwagen hauste.

»Schön wohnen Sie hier«, sagte sie höflich, während er die Stufen zur Veranda hochstiefelte.

»Es ist bloß ein Haus«, knurrte er und riß die Fliegentür auf. »Gehen Sie rein und setzen Sie sich hin. Ich werde Ihnen den Spreißel aus dem Fuß ziehen, sonst holen Sie sich noch eine Blutvergiftung.«

Serena entblößte die Zähne in einem Grinsen. »Was für ein galanter Gastgeber«, befand sie und spazierte ihm voran.

Das Innere des Hauses überraschte sie ebenso sehr wie das Äußere. Es gab zwei große Räume, die beide von der Eingangstür her einzusehen waren – eine Küche mit Eßecke, dazu ein Schlaf- und Wohnzimmer. Nirgendwo lagen dreckige Jagdstiefel herum, es gab keine Stapel alter Pornos, keine Wäscheberge, keine Türme dreckverkrusteter Töpfe und Pfannen. Soweit Serena auf den ersten Blick feststellen konnte, lag kein einziges Stäubchen auf dem Boden.

Lucky riß ein Streichholz an und entzündete ein paar Kerosinlampen auf dem Eßtisch, die das Zimmer in buttergelbes Licht tauchten, dann ging er wortlos aus dem Raum. Serena zog sich einen Stuhl heran und setzte sich, immer noch staunend. Die Einrichtung war asketisch, schlicht und sparsam, aber dadurch wirkte das Haus wie ein einziges Kunstwerk. Die Wände waren halbhoch mit gefirnißtem Zypressenholz getäfelt und dann mattweiß getüncht. Die Möbel wirkten wie säuberlich restaurierte Antiquitäten – ein breitplankiger Eßtisch aus Zypressenholz, ein massiver französischer Schrank an der Wand, Eichen- und Hickory-Stühle mit Lederpolstern. In der Küchenecke waren an einem breiten Balken mysteriöse Pflanzen an ihren Stengeln zum Trocknen aufgehängt worden. Statt eines Vorhangs schmückten Knoblauchzöpfe und Pfefferschnüre das Fenster über der Spüle.

Es schien einen Kühlschrank und laufendes Wasser zu geben, aber kein elektrisches Licht. Noch ein Widerspruch. Serena fühlte sich irgendwie unbehaglich, wenn sie daran dachte, daß er so gar nicht dem Bild entsprach, das sie sich von ihm gemacht hatte. Es wäre leicht gewesen, einen Mann nicht zu mögen, der in einem Schuppen hauste und vom Wildern lebte. Das Haus und seine Einrichtung setzten ihn in ein anderes Licht – eines, in dem er sich nicht gerne sehen ließ, wie sie aus seiner Miene schloß.

Er trat mit einem Arzneikoffer im sehnigen Arm aus einer Kammer – dem Bad, wie sie annahm –, setzte den Kasten auf dem Tisch ab, stellte einen Stuhl ihr gegenüber auf und riß ihren Fuß auf seinen Schoß, daß sie fast von ihrem Sitz flog. Er schleuderte ihren Schuh beiseite, starrte ihren nackten Fuß wutentbrannt an, hob ihn auf Augenhöhe und drehte ihn ins Licht. Serena klammerte sich mit einer Hand an der Stuhllehne, mit der anderen an der Tischkante fest und stemmte sich gegen den Druck, um nicht nach hinten zu kippen. Sie zuckte zusammen, als Lucky auf den Spreißel drückte.

»Sie sind genauso dickköpfig wie Ihr Großvater – den ganzen Tag mit diesem Stachel im Fuß rumzulaufen«, grummelte er und setzte die Pinzette an. *»Espèce de tête dure.«*

»Was heißt das? Autsch!«

»Daß Sie ein starrköpfiges Ding sind.«

»Autsch!« Sie versuchte, ihren Fuß freizubekommen.

»Halten Sie ruhig!«

»Sie Sadist!«

»Zappeln Sie nicht so!«

»Au-au-autsch!«

»Hab' ihn schon.«

Sie fühlte sich einen Augenblick angenehm erleichtert, als der Spreißel ihren Fuß verließ, aber die Erleichterung war nur von kurzer Dauer. Serena stieß die Luft durch die Zähne, als der Alkohol zu brennen begann, und blinzelte zornig die Tränen weg, die ihr in die Augen schossen.

»Ihre Tischmanieren lassen schwer zu wünschen übrig«, urteilte sie knapp.

Lucky hob den Kopf und starrte sie über ihre Zehen hinweg an. Seine Mundwinkel hoben sich. »Mag sein, dafür lassen meine *Bettmanieren* nichts zu wünschen übrig. Das kann ich Ihnen versprechen, *chère*.«

Serena stellte sich seinem hypnotischen Blick. Das Herz schlug ihr wie wild in der Kehle, als seine langen Finger zärtlich über ihren Fuß und den Knöchel strichen. Der Schmerz war augenblicklich wie weggeblasen. Begierde strömte weißglühend durch ihre Adern, erregend und erschreckend zugleich. Eigentlich reagierte sie nicht so auf Männer. Vor allem sollte sie nicht so auf *diesen* Mann reagieren. Wo war ihr gesunder Menschenverstand geblieben? Wo war ihre Selbstachtung?

Mühsam fand sie die Sprache wieder, aber ihre Stimme klang so leise und heiser, daß sie sie kaum wiedererkannte. »Das ist kein Versprechen, sondern eine Drohung.«

Lucky setzte ihren Fuß vorsichtig ab und stand langsam auf. Seine Finger schlossen sich um die Armlehnen des Stuhls, auf dem Serena saß, dann kippte er ihn auf die Hinterbeine und beugte sich über sie, ohne den Blick von ihr zu nehmen.

»Wirklich?« fragte er samtweich und leise. Sein Mund verharrte nur ein paar Fingerbreit über ihrem. »Fürchten Sie sich vor mir, *chère*?«

»Nein«, leugnete sie, doch das Zittern in ihrer Stimme strafte ihre Worte Lügen. Sie starrte mit großen Augen zu ihm auf; ihr Atem wehte in einem dünnen Strahl zwischen ihren leicht geöffneten Lippen hindurch. Unter seinem glühenden Blick wurde ihr warm, und plötzlich merkte sie, daß sie auf seinen Mund starrte, diesen unglaublich sinnlichen, schön geschwungenen Mund.

»Sie fürchten sich nicht vor mir?« fragte er mit hochgezogener Braue. Die Worte waren kaum zu verstehen. Er beugte sich noch tiefer. »Dann fürchten Sie sich vielleicht davor.«

Er kam langsam näher, berührte ihre Lippen mit den seinen.

Es war wie eine glühendheiße Explosion. Die Flammen loderten in ihnen und um sie auf, hell und heiß wie das Licht der Lampen auf dem Tisch. Serena unterdrückte einen kleinen Japser und zog Lucky enger an sich. Er drückte seinen Mund auf ihren, schwor sich, es nur ein einziges Mal zu probieren, nicht mehr, aber das Feuer verzehrte ihn, und das Blut kochte ihm in den Adern. Ein Kuß. Nur ein Kuß... würde nie genügen.

Ihr Mund war wie in Wein getränkte Seide – weich, süß, berauschend. Seine Zunge glitt zwischen ihre offenen Lippen, um intensiver zu schmecken. Er erforschte und betörte sie, und sie erwiderte rein instinktiv seine Liebkosungen. Ihre Zunge schlang sich um die seine. Er drang tiefer vor. Die Flammen schlugen höher.

Ein leiser Laut stieg aus Serenas Kehle, und ihre Arme legten sich um Luckys Hals. Sie spürte, wie ihr schwindlig wurde, so als würde ihr Körper über dem Stuhl schweben. Halb in Trance merkte sie, daß Lucky aufstand und sie dabei hochzog. Seine Arme schlossen sich fest wie Stahl um sie, hoben sie hoch, drückten sie an seinen Leib. Seine großen Hände legten sich auf ihren Rücken und hielten sie fest.

Seine Erregung war nicht zu leugnen. Sein erigiertes Glied preßte sich hart wie Granit und verführerisch wie die Sünde gegen ihren Bauch. Sie drängte sich gierig dagegen, reagierte, ohne nachzudenken. Aus den Tiefen seiner Brust stieg ein Grollen, und er begann sich in den Hüften zu bewegen, wobei er seine Zunge immer wieder in ihren Mund tauchte.

Mit einer Hand strich er über ihre vollen Hüften. Er umfaßte eine Backe ihres Hinterns und hob sie an, bis ihr Venushügel gegen sein hartes Glied drückte. Sie ließ einen leisen, ängstlichen Laut hören, und Lust überschwemmte ihn wie eine Flutwelle. Er begehrte sie. Bei Gott, wie begehrte er sie! Er wollte sie gleich hier und jetzt nehmen, auf dem Tisch, auf dem Boden. Es war Wahnsinn.

Wahnsinn.

Herr im Himmel, was tat er da? fragte er sich, als er endlich die Alarmglocken in seinem Kopf schrillen hörte. Was machte sie mit ihm? Er stieß sie so energisch von sich, daß sie rückwärts gegen den Stuhl stolperte, auf dem sie gesessen hatte. Sie starrte ihn mit großen, dunklen Augen an, aus denen eine verführerische Mischung von Leidenschaft und Furcht leuchtete. Ihr goldenes Haar hing ihr unordentlich über die Schultern. Ihr Mund zitterte, geschwollen und rot nach seinem Kuß. Sie starrte ihn an, als wäre er ein wildes, schreckliches Wesen.

Und wild fühlte er sich auch – unbeherrscht, jenseits aller Vernunft. Seine Brust hob sich wie ein Blasebalg, um ihm genug Sauerstoff für einen klaren Gedanken einzupumpen. Er fuhr sich mit den Fingern durchs Haar, senkte den Kopf, schloß die Augen. Kontrolle. Er mußte sich wieder unter Kontrolle bekommen.

Kontrolle. Sie hatte die Kontrolle verloren – über die Situation, über sich selbst. Serena schluckte schwer und preßte sich die Hand auf die wunden Lippen. Wie hatte das bloß geschehen können? Sie *mochte* den Mann nicht einmal. Aber sobald sein Mund den ihren berührt hatte, war etwas in ihr explodiert, das alles andere zum Schmelzen gebracht hatte. Es hatte nur noch seinen Mund, seinen Geschmack, die Kraft seiner Arme, seinen Körper an ihrem gegeben. Noch jetzt liefen Schockwellen durch ihren Körper wie Nachbeben nach einem großen Erdstoß. Gott stehe mir bei, flehte sie, sie kannte sich selbst nicht mehr. Wo blieb ihre ruhige Selbstdisziplin, ihre Ausbildung, ihre Fähigkeit, sich von einer Situation zu distanzieren und sie analytisch zu untersuchen?

Du willst ihn haben, Serena. Ist das nicht Analyse genug?

Verwirrt und fassungslos schüttelte sie den Kopf. »Vielleicht wäre es bei den Hunden doch sicherer gewesen«, murmelte sie.

Etwas blitzte in Luckys Augen auf. Seine Miene wurde starr. »*Non.* Du bist in diesem Haus sicher, Lady. Ich verschwinde.«

Er machte kehrt und stürmte ins Nebenzimmer. Ein paar Türen wurden so heftig zugeschlagen, daß Serena zusammenzuckte. Als er wieder auftauchte, trug er ein schwarzes T-Shirt, das wie aufgemalt an seinem Körper saß. Er zog ein Schulterhalfter über. Die Pistole darin sah aus, als könnte man einen Elefanten damit niederstrecken. Serena spürte, wie ihre Augen groß wurden und ihr das Kinn herunterklappte.

»Es ist doch keine Jagdsaison.« Ihr war gar nicht klar, daß sie den Gedanken laut ausgesprochen hatte, aber Lucky drehte sich um und bedachte sie mit einem langen und sehr verstörenden Blick. Seine Pantheraugen glühten unter den schweren, dunklen Brauen.

»Für das, was ich jage, schon«, erklärte er mit Seidenstimme.

Er zog die Waffe und prüfte, ob sie geladen war. Der Ladestreifen glitt mit einem leisen, glatten Zischen und Klicken zurück. Dann verschwand er, schlüpfte lautlos aus der Tür wie ein Schatten.

Serena spürte, wie sich ihr die Nackenhaare aufstellten. Einen langen Augenblick stand sie einfach da, zitternd vor Angst in der schwülheißen Nacht. Mit aller Kraft setzte sie schließlich die Füße in Bewegung und ging zur Fliegentür, um hinauszusehen.

Die Nacht war schwarz wie frischer Teer. Nur eine dünne Mondsichel schien auf das Bayou. Das Wasser glänzte wie eine Glasplatte. Sie glaubte zu sehen, wie Lucky seine Piroge zu ein paar Zypressen hin stakte, aber im nächsten Augenblick war er verschwunden, als wäre er ein Wesen der Nacht und könnte ganz nach Belieben auftauchen und verschwinden.

»Herr steh mir bei«, flüsterte sie und strich sich mit der Fingerspitze über die Unterlippe. »Auf was habe ich mich da bloß eingelassen?«

7. KAPITEL

Die Piroge schnitt leise wie ein Windhauch durch das tintenschwarze Wasser des Bayous. Nebelschwaden hingen wie Rauch zwischen den seidigschwarzen Baumstämmen. Ein süßlicher Duft lag fast greifbar und schwer wie das Parfüm einer Kurtisane in der Luft – der Duft von Geißblatt und Jasmin, Verbenen und Glyzinen, der sich mit dem dumpfen, metallischen Geruch des Wassers und des Morastes darunter vermischte. In die Gerüche flochten sich Geräusche – das Zirpen und Trillern der Insekten, das Quaken der Frösche, der Ruf einer Eule und das Rauschen ihrer Schwingen, als sie sich aus ihrem Horst erhob. In der Ferne brüllte ein Alligator, und eine Biberratte schrie. Dies war die Zeit, in der die Nachttiere jagten und gejagt wurden.

Lucky ließ sein Boot in den Schutz einer riesigen Eiche gleiten, deren Äste über das Wasser hingen. Die knorrigen Wurzeln hatten das Ufer abgenagt und eine winzige Bucht geschaffen, die gerade groß genug war, das Boot aufzunehmen. Das ausladende Dach des Baumes reichte weit übers Wasser, gesäumt von langen Moosbärten wie von einem mottenzerfressenen Vorhang. Es war das ideale Versteck.

Er schüttelte eine Zigarette aus der Packung in seiner Hemdtasche, zündete sie an und versuchte, sich mit einem tiefen Zug zu beruhigen. Die Spitze glomm rot in der schwarzen Nacht, das Streichholz traf zischend auf dem Wasser auf. Sein Körper vibrierte unter der Anspannung wie eine überlastete Starkstromleitung. Zum Teil hatte diese Anspannung mit der Aufgabe zu tun, die vor ihm lag, vor allem aber war es sexuelle Frustration. Noch nie in seinem ganzen Leben hatte er eine Frau so begehrt. Nie. Nicht einmal in seiner Jugend, als seine Hormone ständig unter Hochdruck gestanden hatten. Nicht einmal nach dem Jahr in einem mittelamerikanischen Gefängnis. Nie hatte er eine Frau mehr begehrt als Serena Sheridan. Ihr Kuß hatte ihn getroffen wie ein greller Blitz. Er zitterte immer noch unter seiner Wucht. Er war immer noch erregt.

Verdammt! Warum ausgerechnet sie? Warum ausgerechnet sie unter all den Frauen auf diesem Planeten? Wie war es möglich, daß er an Shelbys Falschheit dachte, wenn er ihr ins Gesicht sah, und sie trotzdem begehrte?

Sie war nicht Shelby. Das wußte er. Shelby wäre Gifford niemals nachgefahren. Sie hätte dem Alten niemals die Stirn geboten und sich auf einen Streit mit ihm eingelassen. Shelby versuchte ihren Willen eher mit klimpernden Wimpern und Schmollmündchen durchzusetzen. Nein, was die Persönlichkeit anging, waren sich die beiden Schwestern vollkommen fremd. Shelby kalkulierte mit ihrem Charme und ihrer vorgetäuschten Schüchternheit. Serena dagegen war direkt und schlagfertig. Dennoch wollte er sie nicht begehren. Sie stellte eine Bedrohung für seine geistige Gesundheit dar, denn sie erinnerte ihn zu sehr an die Vergangenheit und an jene Affäre, die sein Leben beinahe zu einer Katastrophe gemacht hätte.

Er hatte sich von Shelbys Charme überwältigen lassen, war ihr erlegen und hatte sich verloren. Damals war er Student an der Universität von Southwestern Louisiana in Lafayette gewesen, ein junger, heißblütiger und von sich selbst eingenommener Kerl. Er hatte die Welt im Sturm erobern wollen, war entschlossen gewesen, allen zu zeigen, wozu er fähig war. Der große, finstere Bub, der jedem angst machte, sollte der erste Doucet mit einem Collegeabschluß werden. Biologe wollte er werden. Shelby Sheridan an seiner Seite – und in seinem Bett – zu haben, gab ihm noch zusätzlich Auftrieb. In jenem Frühjahr hatte er die Welt am Wickel. Dann hatte sie sich umgedreht und ihm einen Tiefschlag versetzt.

Er war nur Mittel zum Zweck gewesen, ein Werkzeug, mit dem sich Shelby das verschaffte, was sie tatsächlich wollte – John Mason Talbot IV. Talbot schreckte vor dem Gedanken an eine Ehe zurück. Shelby ließ sich mit Lucky ein, um ihn eifersüchtig zu machen. Ein simpler, uralter Trick. Unangenehmerweise wurde sie von Lucky schwanger, doch diesem Problem wurde abgeholfen, sobald ihr Talbot den Ring an den Finger gesteckt hatte.

Lucky schmeckte immer noch die Bitterkeit. Er hatte eher seine Vorstellung von Shelby als Shelby selbst geliebt. Als sie ihn fallenließ, versetzte sie seinem jugendlichen Ego einen verheerenden Schlag. Als er von ihrer Abtreibung erfuhr, traf ihn das bis ins Mark. Gedankenlos und leichtfertig hatte Shelby seinen Stolz zerstört. Sie hatte mit ihrem Leben weitergemacht, als wäre nichts geschehen, während er verbittert und gedemütigt von der Schule gegangen war und all seine großen Pläne begraben hatte.

Mit jugendlichem Pathos sagte er sich von allem los, ging zur Armee und schlug damit den Weg in eine Schattenwelt ein, in der es kein Gut und Böse mehr gab, nur noch Befehle und Ziele, und in der ihm Stück für Stück seine Seele geraubt wurde.

13 Jahre waren vergangen, und immer noch schämte er sich dafür, daß ihn eine hübsche, dunkeläugige Blondine so zum Narren gehalten hatte.

Und nun führte ihn die nächste in Versuchung.

Er fluchte auf französisch und schnippte den Zigarettenstummel fort. Als hätte er nicht schon genug Probleme, mußte er alte Wunden wieder aufkratzen. Vielleicht war es das. Vielleicht wollte er Rache, wenn er Serena ansah. Oder vielleicht machte er die Sache nur unnötig kompliziert. Vielleicht war es nur Sex.

Zum Teufel, mit dem Sex hatte er keine Probleme. Der war bestimmt phantastisch. Das hatte er bereits gespürt. In dem Augenblick, in dem er ihren Mund berührt hatte, hatte er kaum noch an sich halten können. Und auch sie war plötzlich gar nicht mehr kühl gewesen, sondern hatte mit all dem Feuer auf ihn reagiert, mit dem sie zuvor ihren Sarkasmus angeheizt hatte. Nein, es machte ihm keine Probleme, mit Serena Sheridan zu schlafen. Bei der Vorstellung, diese äußerlich so kühle und innerlich so heiße Schönheit unter und bei sich zu haben, wurde ihm augenblicklich warm.

Er wollte nur vermeiden, daß es irgendwelche emotionalen

Verwicklungen gab. Aber er war klug genug, um das zu verhindern. Er würde Serena nicht so nahe an sich heranlassen. Schließlich ließ er niemanden nahe an sich heran, nicht einmal seine Familie. Was ihm von seiner Seele noch geblieben war, hütete er wie ein alter Geizkragen.

Das ferne Brummen eines Außenbordmotors riß Lucky aus seinen Gedanken. Augenblicklich hellwach verfolgte er das Geräusch. Es war nicht allzu weit entfernt – nur ein Bayou weiter, und es kam auf die Gabelung zu, bei der das kleine, namenlose Bayou abzweigte, in dem er wartete. Er war genau am richtigen Fleck. Ein gehässiges Lächeln breitete sich auf seinem dunklen Gesicht aus. Er zog eine Infrarotbrille aus seiner Werkzeugtasche, setzte sie auf, dann hob er sein *baire* hoch, deckte sich damit zu, legte die Waffe bereit und wartete.

Serena konnte nicht schlafen. Sie hatte es nicht einmal versucht. Die Erschöpfung saß ihr in den Knochen, aber die Angst saß noch tiefer. Sie war allein. Es schien kaum einen Unterschied zu machen, daß sie in einem Haus war und ein Dach über dem Kopf hatte. Sie war immer noch im Sumpf. Allein. Normalerweise hielt sie sich für einen kompetenten, starken, zuverlässigen Menschen, der fast alles bewältigte, was sich ihm in den Weg stellte. Aber das war zuviel für sie. Selbst nach all den Jahren war die Erinnerung zu stark. Jede Bewegung, jedes Geräusch, jeder Geruch machte sie lebendig. Sie hätte ihren linken Arm für ein Valium gegeben. Ein einziges. Nur um die kleinen Messer stumpfer zu machen, die ihr die Nervenenden aufschlitzten.

»Reiß dich zusammen, Serena«, murmelte sie laut und schlang sich in einer symbolischen Geste die Arme um den Leib. Nervös durchmaß sie das Eßzimmer. »Wenn dich deine Patienten so sehen könnten, würden sie ihre Neurosen einpacken und sich einen anderen Psychiater suchen.«

Etwas huschte rasselnd über die Veranda, als sie an der Fliegentür vorbeikam. Sie kreischte, machte vor Schreck einen Satz zurück, schlug mit dem Knie auf den Tisch und stieß sich die Zehen am Tischbein an. Unter einer Litanei von Flüchen humpelte sie um den Tisch herum.

Seit Lucky verschwunden war, hatte sie kaum etwas anderes getan, als nervös auf und ab zu marschieren. Sie hatte sich in dem winzigen, strahlend sauberen Bad Gesicht und Hände gewaschen, einen Kamm gefunden und ihr Haar gekämmt. Dann hatte sie sich ein schwammiges Toastbrot mit Erdnußbutter bestrichen und es im Laufen gegessen, weil sie zu nervös war, um ruhig sitzen zu bleiben. Im Grunde war sie auch zu aufgedreht zum Essen, aber sie wußte aus Erfahrung, daß Hunger ihre Paranoia nur noch steigerte. So hatte sie kauend Luckys Haus Zentimeter um Zentimeter abgegrast.

Es gab nichts, womit sie sich von ihrer Angst hätte ablenken können. Es gab keinen Fernseher, kein Radio, keine Stereoanlage. Auf einem Regal in der Küche erspähte sie ein Funkgerät, aber sie hatte keine Ahnung, wie man es bediente. Sie konnte sich nicht einmal die Zeit damit vertreiben, ihren Koffer aus- und umzupacken, denn der stand immer noch draußen.

Sie ging davon aus, daß Lucky ihr Gepäck aus der Piroge genommen hatte. Ein Wilderer würde sich kaum mit Seidenwäsche und einem Make-up-Köfferchen erwischen lassen wollen. Die anderen Kerle im Sumpf hätten auf dumme Gedanken kommen können. Aber selbst wenn er ihr Gepäck auf dem Bootssteg gelassen hatte, nutzte es ihr nichts, denn sie würde um keinen Preis der Welt hinausgehen, um es zu holen. Nachts wuselte der ganze Boden dort draußen. In ihrer Einbildung sah sie sich auf Zehenspitzen über Berge zappelnder Reptilien hinwegsteigen.

»Hör auf!« fauchte sie, als ihr der nächste Schauer über den Rücken lief und die Angst dick und klebrig wie Schmiere in ihrer Kehle hochstieg.

Irgendwo in weiter Ferne hörte sie ein Geräusch, das verdächtig nach Gewehrschüssen klang.

Lucky.

»O mein Gott«, hauchte Serena. Ihr Blick verschwamm, und sie hob eine zitternde Hand an ihre Lippen. Und wenn man nun auf ihn schoß? Und wenn er dabei getötet wurde? Und wenn der Schütze auf der Suche nach weiß Gott was hierher kam?

Ihr Herz hüpfte wie ein Gummiball hinter ihren Rippen; vorsichtig arbeitete sie sich zur Tür vor und versuchte angestrengt, etwas in der undurchdringlichen Schwärze dahinter zu erkennen. Einen Augenblick konnte sie nur das Blut in ihren Ohren brausen hören, dann vernahm sie kratziges Froschgequake. Etwas schrie, ein entsetzliches Geräusch wie von einem sterbenden Tier oder einer hysterisch gewordenen Frau. Der Schrei schnitt durch die Nacht wie ein Messer durch Seide, verhallte dann und hinterließ eine gespenstische Stille. Serena unterdrückte ein Schluchzen, trat von der Tür weg und zog sich ins Nebenzimmer zurück.

Sie nahm ihren Marsch wieder auf, schneller jetzt, vom Vorderfenster weg, am alten Pferdeledersofa vorbei, zum Bett und zurück. Die Wunde an ihrer Fußsohle war inzwischen taub vor Schmerz. Sie wünschte, sie würde noch weh tun; das hätte sie vielleicht von der entsetzlichen, erstickenden Angst abgelenkt.

Sie versuchte, sich auszumalen, was auf Chanson du Terre geschehen war, aber sie wußte noch zuwenig, um sich irgend etwas zusammenzureimen. Die Erinnerung an die letzten Augenblicke mit Lucky schwebte ihr durch den Kopf, aber sie verscheuchte sie. Sie wollte sich nicht ausmalen, was es bedeutete, mit einem Mann zusammen zu sein, der sich für verrückt hielt und mit einer Pistole durch die Gegend lief.

Ihr Zeh stieß an etwas Festes unter dem Bett, als sie gerade kehrt machen wollte, um den Rückweg zum Vorderfenster anzutreten. Unschlüssig drehte sie sich zum Bett um. Es war ein Mahagonibett mit Baldachin und eleganten Schnitzereien. Ein dickes Moskitonetz hing wie ein Vorhang über dem Kopfende. Die weiche, hellbraune Decke mit den indigofarbenen Streifen zeugte von exquisiter Cajun-Webarbeit.

Sie stellte sich vor, wie sich Lucky nackt darauf rekelte, und Verlangen flackerte tief in ihrem Inneren auf wie Glut unter der Asche. Sie konnte seine dunkle Haut auf den weißen Laken sehen, die wilde Mähne auf dem Kissen, die goldenen Augen, die sie verlangend und hypnotisierend anstarrten.

Serena schüttelte verwundert den Kopf. Wie konnte sie einen Mann begehren, der so gar nicht ihrem Idealbild eines modernen

Menschen entsprach? Natürlich gab es Frauen, die sich gerne dominieren ließen, die vor einem Mann wie Lucky Doucet hingeschmolzen wären wie Butter in der Sonne. Doch sie gehörte nicht dazu. Sie hatte immer für Gleichheit zwischen den Geschlechtern plädiert. Lucky war ein Rückfall in die Blütezeit männlichen Chauvinismus. Sie traute ihm nicht, mochte ihn nicht, respektierte ihn nicht. Wie konnte sie ihn begehren?

Ihr Blick wanderte wieder über das Bett, und kitzelnde, verführerische Begierde entfaltete sich in ihrem Unterleib wie eine große Blüte.

Sie zwang sich, an etwas anderes zu denken, kniete auf dem Webteppich vor dem Bett nieder und hob den Saum der Überdecke hoch. Ein paar große Kartons waren darunter verstaut. Sie streckte die Hand nach einem aus, hielt aber inne, als ihre Fingerspitzen die Pappe berührten. Vielleicht entdeckte sie ja etwas, von dem sie lieber nichts wissen wollte. Oder sie fand etwas, das ihr Aufschluß darüber gab, wer Lucky Doucet wirklich war. Unentschlossen knabberte sie an ihrer Unterlippe, bis ein eigenartiges Kratzen durchs Fenster drang und sie die Schachtel entschlossen an sich riß.

Der Karton war vollgepackt mit Büchern.

»Gott, wer hätte gedacht, daß er lesen kann«, murmelte sie vor sich hin.

Ihre Finger glitten sacht über die Rücken der gebundenen Bücher, die so sorgfältig verstaut worden waren. Es waren größtenteils Lehrbücher für Biologie, aber auch eine Shakespeare-Ausgabe war dabei, ein paar Werke über Kunstgeschichte und ein paar kleine, sehr alt aussehende Bände mit französischen Titeln in verblichenen Goldbuchstaben. Serena nahm vorsichtig eines der wissenschaftlichen Werke heraus und schlug es auf. Es roch muffig und süßlich, und die Seiten waren zusammengeklebt. Trotzdem gelang es ihr, das Titelblatt aufzuschlagen und den handgeschriebenen Eintrag in der oberen rechten Ecke zu lesen:

Étienne Doucet. USL. 1979

College. Sie versuchte sich auszumalen, wie Lucky mit einem Packen Bücher unter dem Arm durch die ehrwürdigen Hallen der USL wandelte, aber sie konnte sich lediglich vorstellen, wie er in Armeehosen, ohne Hemd und mit dem Gewehr in der Hand einen Turm hochkletterte. Dabei war er Student gewesen, und ein ernsthafter dazu, wenn man etwas auf diese Bücher geben konnte. Warum verdiente er sich dann seinen Lebensunterhalt auf so abscheuliche Weise?

»Ich bin schon jenseits von Gut und Böse. Ich tue alles.«

»Er lebt wie ein Tier da draußen im Sumpf, seit er aus der Armee entlassen wurde. Die Leute sagen, er sei verrückt.«

Was verschlug einen Kunst- und Biologiestudenten von der Universität zur Armee und von dort hierher? Was war passiert? Was hatte ihn zu dem groben, dumpfen Kerl gemacht, der er heute war?

Während ihr Gehirn sich mit dieser Frage herumschlug, stellte Serena das Buch zurück und schob die Schachtel wieder unter das Bett. Dann hockte sie sich auf die Bettkante und blieb lange nachdenklich dort sitzen. Ihr Blick schweifte durch den Raum, immer auf der Suche nach einem Schlüssel zu dem Rätsel, das Lucky hieß.

Die Stille drang ihr ganz langsam ins Bewußtsein. Als sie sie endlich bewußt wahrnahm, schien sie schon absolut zu sein. Die Nacht, die vor Lärm fast gebraust hatte, war plötzlich vollkommen ruhig. Furcht strich ihr wie eine eisige Hand über die Haut.

Sie fühlte sich so verletzlich. Wenn jemand von draußen ins Haus kommen wollte, stand ihm einzig und allein eine Fliegentür im Weg. Sie glaubte, einen Stiefel über die Veranda schleifen zu hören, aber das Geräusch verstummte so schnell, daß sie nicht sicher war, ob sie es sich nicht nur eingebildet hatte. Die Angst, die sich kurzzeitig zurückgezogen hatte, kehrte in einer Flutwelle zurück. Im Sumpf mußte man sich nachts nicht nur vor Schlangen und Alligatoren in acht nehmen. Die Gesichter der Männer, mit denen sich Lucky im Mosquito Mouton's angelegt hatte, kamen ihr so deutlich in den Sinn, daß ihr fast übel wurde; laut und deutlich hörte sie wieder die Drohung des Großen – *dich krieg' ich noch*…

Serena pustete die Kerosinlampe auf dem Nachttisch aus, und

das Zimmer versank im Dunkel. Mit einem schweren Messingkerzenleuchter bewaffnet schlich sie sich auf Zehenspitzen an die Vordertür. Lucky war bestimmt ein guter Kämpfer, aber sie hatte keine Lust, ein Nebenziel abzugeben, falls seine Feinde ihm einen Besuch zu Hause abstatten wollten.

Sie preßte den Rücken neben dem Fenster an die Wand und lauschte angestrengt. Nichts... ein ferner Schlag... oder war das ihr Herzschlag? Zentimeter für Zentimeter näherte sie sich der Tür, mit angehaltenem Atem und dem Kerzenhalter in der hoch erhobenen Faust.

Eine Hand packte von hinten ihren Arm.

Sie fand nicht einmal Zeit zum Schreien, so schnell wurde sie herumgerissen und an die Wand geschleudert. Eine riesige Hand legte sich über ihren Mund, und ein schwerer Männerkörper preßte sich auf ihren, klemmte sie lächerlich leicht mit seinem Gewicht fest. Der Kerzenhalter fiel ihr aus der Hand und schepperte über den Boden.

»Willst du mir ein paar Kerben in den Schädel hauen, Süße?«

Serena wurden die Knie weich. Die Spannung fiel von ihr ab und überließ sie der Angst wie einem Nachbeben. Lucky. Er nahm seine Hand von ihrem Mund und trat zurück; ein ironisches Lächeln zuckte um seine Lippen. Das Lächeln erstarb augenblicklich, als Serena sich auf ihn stürzte.

»Du Schwein! Was für eine bodenlose Gemeinheit!«

Er fing sie an den Handgelenken ab und hielt sie so auf Abstand. »Komm, reg dich ab!«

»Ich werde mich nicht abregen!« Sie zielte mit dem Fuß auf sein Schienbein, aber er wich dem Tritt mit Leichtigkeit aus, was sie nur noch wütender machte. »Wenn du wüßtest, wie ich mich gefürchtet habe – du Mistkerl!« tobte sie. Zornestränen quollen durch ihre Wimpern. Sie trat wieder und hörte ihn zu ihrer großen Zufriedenheit grunzen, als ihr Zeh ins Ziel traf. »Wenn du wüßtest...«

In diesem Augenblick holte sie alles ein. Die Angst, die Erinnerungen, der Streit mit Gifford, ihre Erschöpfung, die vergeblichen Versuche, Lucky zu treffen, brachen mit der Wucht eines

Güterzugs über sie herein. Sie brach den Kampf ab. Sein Griff lockerte sich, und sie riß ihre Arme aus seinen Händen. Dann drehte sie sich zur Tür und preßte sich die Hände vors Gesicht. Kurz bevor ihr Selbstvertrauen in sich zusammensackte wie ein Kartenhaus.

Sie wollte nach Hause. Sie wollte sich nicht mehr fürchten. Sie wollte sich nicht mit irgendwelchen Familienproblemen herumschlagen. Sie wollte sich nicht mit einem Mann wie Lucky messen.

Die Tränen kamen gegen ihren Willen, und sie hatte nicht die Kraft, sie zurückzuhalten. Sie rollten wie Perlen über ihre Wangen.

Lucky sah ihr mit wachsendem Entsetzen zu. Der Anblick einer weinenden Frau brachte in ihm alle Alarmglocken zum Schrillen. Er kam mit ihren schlagfertigen Antworten und ihrer Reserviertheit und mit dem Zorn zurecht, den er eben zu spüren bekommen hatte, aber mit Tränen … *Dieu!* Und das hier waren echte Tränen, kein falsches Gewimmere, um irgend etwas zu erreichen. Es waren echte Tränen, und es war klar, daß er sie nicht sehen sollte. Sie hatte ihm den Rücken und die steifen Schultern zugedreht und versuchte, sich wieder zu fangen. Hilflos stand er da, mit geballten Fäusten. Ihm kam wieder in den Sinn, wie sie auf dem Pier hinter Gauthier's gestanden hatte – wie die Farbe plötzlich aus ihrem Gesicht gewichen war, als sie seine Piroge gesehen hatte, wie zerbrechlich sie ihm da vorgekommen war. Und jetzt war es wieder da: dieses Gefühl, daß etwas in ihr zerbrochen war.

Ohne es zu wollen, hatte er Mitleid mit ihr. Er wußte, wie es war, wenn man plötzlich keine Kraft mehr hatte, wenn die Dunkelheit einem wie schwarze Tinte in die Glieder floß. Und wenn er sich hundertmal geschworen hatte, daß er sich höchstens körperlich mit ihr einlassen durfte. Und wenn er sich hundertmal einzureden versuchte, daß ihn das alles nichts anging. Solche Qualen konnte er nicht ignorieren.

»Komm«, sagte er und stellte sich direkt hinter sie. Er legte eine Hand auf ihre Schulter und drückte sanft, aber fest zu, obwohl Serena sie abzuschütteln versuchte. »Was ist denn, *chère*. Hab' ich dir einen Schrecken eingejagt? Das wollte ich nicht. Ich komme bloß nicht gern durch die Vordertür rein. Eine alte Gewohnheit, die mir mehr als einmal das Leben gerettet hat. Diesmal hab' ich mir zumindest eine Beule erspart«, ergänzte er und stieß mit der Stiefelspitze gegen den Kerzenhalter.

»Das ist es ja nicht«, flüsterte Serena unglücklich. Sie schüttelte den Kopf und versuchte, die Tränen hochzuschniefen, aber die tropften ihr immer weiter übers Gesicht. Sie fühlte sich zu erbärmlich, um sich noch an ihren Stolz zu klammern. Er war sowieso zu nichts nütze. Warum erzählte sie ihm nicht einfach alles? Wahrscheinlich dachte er ohnehin schon das Schlechteste von ihr – und wenn, was machte das schon? Sie brauchte sich vor ihm nicht zu rechtfertigen.

»Es ist dieser Sumpf«, sagte sie. Sie strich sich das Haar aus dem Gesicht und starrte durch die Tür in die Dunkelheit dahinter. »Er macht mir angst.«

»Hast du deshalb deine Tasche draußen stehen lassen?«

Serena nickte. »Bestimmt kommt dir das idiotisch vor, aber es ist mein schlimmster Alptraum, im Dunkeln dort hinauszugehen.«

»Aber warum?« Lucky trat einen Schritt zurück und nahm seine Hand von ihrer Schulter. »Warum macht dir dieser Sumpf solche Angst? Ist er zu schmutzig für dich? Zu unzivilisiert? Verträgt das dein Städtergemüt etwa nicht?«

Die Bitterkeit in seiner Stimme ätzte wie Säure an Serenas bloßliegenden Nerven. Sie wirbelte herum und starrte ihn wutentbrannt durch ihre Tränen an. »Hör auf. Du machst mich ganz krank mit deiner Hochnäsigkeit. Hör auf, mich runterzumachen, weil ich in der Stadt lebe, einer regelmäßigen Arbeit nachgehe und mich anständig kleide. Du weißt überhaupt nichts von mir. Du hast keine Ahnung, warum ich so viel Angst vor dem Sumpf habe.«

»Dann erzähl es mir.« Es klang wie eine Herausforderung. Er versuchte sich einzureden, daß ihn die Antwort nicht interessierte, und konnte sie doch kaum erwarten.

Serena atmete langsam und hörbar aus. Dann schlang sie die Arme um ihren Leib und drehte sich wieder zur Tür. »Mit siebzehn habe ich mich dort draußen verirrt.« Sie achtete sorgsam darauf, daß ihre Stimme kein Gefühl verriet. »Meine Schwester und ich und ein paar Freunde machten einen Ausflug in Giffs Aluboot. Wir machten Blödsinn und amüsierten uns. Wir hatten Proviant eingepackt und picknickten auf einer kleinen Lichtung. Ich wußte nicht, wo wir waren, aber der Junge, der das Boot steuerte, behauptete, sich auszukennen, deshalb machte ich mir keine Sorgen.

Shelby und ich gerieten wegen irgend etwas aneinander. Ich weiß nicht mal mehr, weswegen. Das war nicht ungewöhnlich – wir zankten uns ständig, ergriffen bei jeder Kleinigkeit gegeneinander Partei. Jedenfalls merkte ich, als wir aufbrechen wollten, daß ich meine Jacke auf der Lichtung hatte liegenlassen, also ging ich zurück, um sie zu holen. Shelby überredete den Jungen, der das Boot steuerte, ohne mich abzufahren.«

»Sie hat dich dort ausgesetzt. Allein.« Heiße, nackte Wut begann in Luckys Magengrube zu brodeln. *Shelby.* »Dieses Biest.«

Serena winkte mit einer Hand ab und schlang sie gleich wieder um sich. »Es war bloß ein schlechter Scherz. Sie wollte nicht, daß mir etwas passiert.«

»Wirklich nicht?« fragte Lucky tonlos nach.

»Nein. Natürlich nicht. Sie war bloß sauer auf mich und wollte mir einen Schrecken einjagen. Sie wollten mich allein lassen und mich eine Stunde später wieder auflesen, aber inzwischen kam ein Sturm auf.

Es war wie verhext. Der Himmel war eben noch blau gewesen und plötzlich war er nachtschwarz.« Sie sah es immer noch deutlich vor sich – die über den Sumpf rollenden Wolken, grau und schwarz mit einem Stich ins Gelbe, wie giftiger Qualm aus Hunderten von Fabrikschloten. Sie konnte immer noch die Luft schmecken, konnte immer noch spüren, wie sich alles duckte, bevor der Sturm losbrach. Sie konnte immer noch den ohrenbetäubenden Donner und das helle Krachen der Blitze hören, die den Himmel zerrissen.

»Es regnete so stark, daß man glauben konnte, es würde Eiszapfen hageln. Stundenlang ging das so, und als es endlich aufhörte zu blitzen und zu donnern, goß es noch weiter. Ich bekam immer mehr Angst. Ich wußte, daß mich in diesem Regen niemand holen konnte. Ich glaubte, wenn ich in die richtige Richtung ginge, würde ich vielleicht heimfinden. Doch das war ein Irrtum.«

Sie hielt inne, denn sie konnte einfach nicht darüber sprechen, wie es gewesen war, immer weiter zu laufen, den anschwellenden Flußläufen zu folgen, die sich erst hierhin, dann dorthin wanden, immer wieder die Richtung zu ändern, bis sie keine Ahnung mehr hatte, ob sie heimwärts oder geradewegs Richtung Hölle marschierte. Sie konnte ihm einfach nicht erzählen, wie schrecklich es gewesen war, die Nacht ohne ein Dach über dem Kopf, ohne Decke und ohne einen Bissen zu verbringen. Sie konnte nicht in Worte fassen, wie es war, auf einem Baumstumpf zu hocken, während das Wasser um sie herum immer höher stieg und drei Kobras sich auf ihr Refugium flüchteten.

Der innere Druck, den sie beim Durchleben dieser Erinnerungen empfand, machte es ihr unmöglich, weiter Ruhe vorzutäuschen. »An das meiste erinnere ich mich nicht einmal mehr«, flüsterte sie zittrig. »Ich habe eine Menge verdrängt. Ich weiß noch, daß es kalt und naß war... daß ich an meiner Angst zu ersticken glaubte... daß ich so zitterte, daß ich kaum laufen konnte. Ich erinnere mich noch an Giffords Gesicht, als sie mich fanden.«

»Wie lange brauchten sie dazu?«

»Zwei Tage.«

Lucky fluchte unhörbar. Er war in den Sümpfen aufgewachsen, war von Kind an mit seinem Vater und seinen Brüdern fischen und jagen gegangen, hatte die Bayous nur zum Spaß erforscht. Ihm machte es nichts aus, Tage in der Wildnis zu verbringen. Er kannte jede Pflanze, jedes Tier, jedes Insekt, jeden Zentimeter Schlamm und Wasser. Aber er konnte sich Serena als Mädchen vorstellen – eine nette, hübsche Debütantin, Mitglied des Country Clubs und Cheerleaderin –, und er konnte sich vorstellen, was sie durchgemacht hatte. Der Sumpf war gnadenlos, voller Schönheit, aber auch voller Grausamkeit. Er verzieh keinen Fehler. Serena war vollkommen unvorbereitet gewesen. Unter diesen Umständen war es ein Wunder, daß sie überlebt hatte.

Und alles war Shelbys Schuld gewesen.

Es war auch Shelbys Schuld, daß Serena jetzt vor ihm stand, verletzlich und bebend, als würde man ihr in regelmäßigen Abständen einen Stromstoß versetzen. Diese Angst hatte sie ihrer eigenen Schwester, ihrer Zwillingsschwester zu verdanken. Das war Lucky unbegreiflich. Was immer er auch getan haben mochte, er hatte niemals absichtlich einem Mitglied seiner Familie weh getan. Shelby schon. Shelby, der alles egal war, solange sie nur bekam, was sie wollte.

Er sah Serena an und spürte, wie sich Wut in ihm breitmachte. Wut und ein Gefühl, das er nicht als Beschützerdrang deuten wollte. Sie hatte ihm den Rücken zugewandt, aber er hatte sich ein bißchen zur Seite bewegt, so daß er ihr Profil erkennen konnte. Mit dem herabhängenden Haar und ohne Make-up sah sie unglaublich jung und traurig aus.

»Ich lag eine Woche im Krankenhaus«, sagte sie. »Ich hatte mir eine Unterkühlung und ein paar Schlangenbisse geholt. Wie man sieht, bin ich nie ganz darüber hinweggekommen.« Sie lachte kurz, aber ihr Lachen war ohne Humor, dafür voller Schmerz, Verbitterung und Scham. Sie schniefte und zuckte mit den Achseln. »Jetzt kennst du mein kleines, peinliches Geheimnis: Die ruhige, kühle Psychologin hat eine Phobie, die sie einfach nicht los wird.«

Lucky machte die Augen zu und schloß sie in seine Arme. Er hielt sie, weil er wußte, wie dringend sie Trost brauchte. Er hörte es in ihrer Stimme und konnte sich dem nicht verschließen. Er zog sie an seinen großen, festen Körper und sann geistesabwesend darüber nach, wie perfekt sie sich an ihn schmiegte.

Serena wehrte sich nicht gegen seine Umarmung. Sie wußte nicht genau, was es bedeuten sollte, daß dieser harte Mann sich plötzlich so fürsorglich zeigte, aber sie fügte sich. Sie lehnte sich gegen einen starken Körper und genoß die Sicherheit, die er ausstrahlte. Im Augenblick war es ihr egal, daß sie sich gestritten hatten und daß sie vollkommen verschieden waren. Er war einfach ein Mensch, der ihr den dringend benötigten Trost bot. Sie drehte den Kopf zur Seite und legte ihre Wange auf seine Brust, unter der fest und gleichmäßig sein Herz schlug.

»Wolltest du deshalb nicht in der Piroge herkommen, *oui*?« fragte er leise, wobei er seine Wange auf ihr Haar legte, ohne es überhaupt zu merken, jedenfalls ohne die Zärtlichkeit dieser Geste zu erkennen.

»Ich wollte überhaupt nicht herkommen, Punkt.«

»Warum bist du es trotzdem?«

»Weil ich mußte. Jemand mußte doch herkommen.«

»Daß du dich so vor dem Sumpf fürchtest – warum hast du mir das nicht eher gesagt?«

»Damit du dich lustig über mich gemacht hättest? Nein, danke. Ehrlich gesagt, habe ich nicht geglaubt, daß ein Mann wie du sich für meine Ängste interessieren würde.«

»Wir haben alle unsere Ängste, *chère*«, murmelte er.

Sie sah ihn über die Schulter hinweg an und zog eine Braue hoch. »Selbst der große, böse Lucky Doucet?«

Lucky schwieg. Es war eine Sache, sich Serenas Geständnis anzuhören, eine ganz andere dagegen, ihre Offenheit zu erwidern. Er durfte, konnte sie nicht so nahe an sich heranlassen. Es hatte ihn zuviel gekostet, sich wieder unter Kontrolle zu bekommen, als daß er sich jetzt von einer Psychologin sezieren lassen konnte.

»Wovor fürchtest du dich, Lucky?« flüsterte sie; ihre dunklen Augen glühten vor Neugier. Tränenspuren zogen sich über ihre Wangen, und ihr Mund sah weich und verletzlich aus.

»Vor nichts«, murmelte er und drehte sie in seinen Armen um. »Nichts.« Er senkte seinen Mund auf den ihren.

Er küßte sie innig, teilte ihre Lippen und ließ seine Zunge besitzergreifend in ihren Mund gleiten. Sie schmeckte salzig und süß und so verdammt gut, daß es ihm fast den Verstand raubte. Er strich mit der Hand über ihr seidiges Haar und über ihren Rücken bis zu den sanft geschwungenen Hüften.

Er hatte keine Sekunde lang aufgehört, sie zu begehren. Das Feuer war nur abgedeckt, nicht ausgelöscht worden. Die Flammen schlugen hoch, sobald sich ihr Mund unter seinem bewegte, sobald sich ihr Körper an den seinen drängte. Beim erstenmal war er zurückgezuckt, doch diesmal würde er nicht weichen. Er wollte sie. Es war bloße Begierde, nicht mehr, nichts Tieferes oder Komplizierteres als die uralte Geschichte – ein Mann, der eine Frau brauchte.

Er legte die Hand auf ihren Rücken und drückte sie fester an sich. Mit der anderen Hand tastete er nach dem Saum ihres Oberteils und ließ sie darunter gleiten, um die weiche, seidige Haut zu streicheln. Geschickt löste er den Vorderverschluß ihres Büstenhalters und umfaßte eine Brust. Es überraschte ihn, wie voll sie war. Aufgeregt bemerkte er, wie sich die Brustwarze unter der hauchzarten Berührung aufstellte.

Er löste seine Lippen von den ihren und strich ihr damit über Kinn und Ohr. Sie erschauerte, als er mit der Zungenspitze die empfindsame Ohrmuschel berührte, und hörte zitternd, was er ihr zuflüsterte. Seine Stimme war dunkel und heiß wie die Nacht.

»Ich will deine Brust in meinem Mund, *chère*. Ich will dich schmecken. Ich will an dir saugen.«

Ein leiser Laut stieg aus ihrer Kehle.

»Ich will in dir sein. Ich weiß, daß du eng und heiß und naß bist.«

Er beschwor derart sinnliche Bilder in Serena, daß ihr schwindlig wurde. Sie spürte, wie ihr heiß wurde, spürte das Verlangen wie ein Fieber. Es war verwirrend, berauschend, beängstigend. Ihr Körper drängte sich an seinen, verriet eigenmächtig seine Wünsche, noch während ihr Kopf darum rang, die Kontrolle zu behalten.

Er küßte sie auf den Hals, knabberte liebevoll an ihrer Haut. Serena hielt den Atem an, um nicht zu stöhnen, neigte aber unwillkürlich den Kopf, um ihm den Hals besser darzubieten. Er flüsterte ihr seine Wünsche noch einmal deutlicher ins Ohr, dann liebkoste er zärtlich die weichen Ohrläppchen.

»Nein«, stieß sie mühsam hervor. Es klang eher wie eine Frage als wie eine Antwort. »Nein«, wiederholte sie heftiger.

Lucky rollte ihre Brustwarze zwischen Daumen und Zeigefinger, strich fester über die geschwollene Knospe. Er hob den Kopf und starrte sie an. Seine Augen waren schwer und dunkel vor Begierde, und der dünne bernsteinfarbene Ring lag warm wie das Licht der Lampe auf dem Tisch um die schwarzen Pupillen.

»Ja, *chère*«, flüsterte er.

Serenas Blick heftete sich auf seinen Mund, diesen unglaublich sinnlichen Mund, der rot und naß nach dem Kuß glänzte. Sie starrte darauf, stellte sich vor, wie er an ihrer Brust lag, saugte, zupfte, wie seine Zunge die Warze umspielte, während die Finger die hochempfindliche Haut streichelten.

»Nein.« Das Wort war kaum mehr als ein Hauch. »Ich weiß doch gar nichts über dich.«

»Du weißt, daß ich ein Mann bin. Ich weiß, daß du eine Frau bist. Reicht das nicht?«

»Wir mögen einander nicht einmal.«

Lucky knurrte leise und kehlig, als sein Mund ihren berührte. »Ich mag dich, so wie du jetzt bist, Süße.« Er küßte sie zärtlich, tupfte sachte mit der Zungenspitze in ihren Mundwinkel.

»*J'aime faire l'amour avec toi.*« Er hauchte die Worte an ihre Lippen. »*Bien, ma chère, casse pas mon cœur.*«

Er hätte alles sagen können. Er hätte ihr erklären können, daß sie so häßlich sei wie ein Maultier, und hätte mit diesen Worten, dank seiner rauchigen Stimme mit dem vollen französischen Akzent, ihre Begierde genauso angefacht. Serena spürte, wie ihre Vernunft von dem Verlangen weggeschwemmt wurde. Arme und Beine wurden schwach und träge. Sie lehnte sich an Lucky, und sein Duft erfüllte sie – schwer und warm und unbestreitbar männlich.

Er küßte sie wieder, bis ihr ganzer Mund nach ihm schmeckte. Seine Finger lösten sich von ihrem Busen und umschlangen das Gelenk ihrer rechten Hand, die flach auf seiner Brust lag, schob sie tiefer und preßte sie auf sein hartes Geschlecht. Sie spürte, wie lang und wie hart es war, und stöhnte. Es war ein Laut, in dem sich Verlangen und Bewunderung mischten.

Er preßte sich gegen ihre Hand, liebkoste ihre Wange, flüsterte ihr ins Ohr: »Das gehört alles dir, mein Engel. Ich möchte es dir geben, *chère.*«

Serena legte ihre Finger behutsam auf sein Glied. Wieder überschwemmte sie eine Hitzewelle. O Gott, wie begehrte sie ihn. Sie begehrte einen Mann, dem sie eben erst begegnet war, der ihr ein Rätsel war, dessen überwältigende Männlichkeit sie zutiefst beängstigte.

Sie wandte den Kopf ab, um tief einzuatmen, und plötzlich fiel ihr Blick auf den Knauf der halbautomatischen Pistole, die unter seinen Rippen steckte. Ihr Herz setzte aus und schlug dann doppelt so schnell, als sie den Blick von der Waffe abwandte und auf seinen Oberarm sah. Ein häßlicher, fingerlanger Riß zog sich durch das Fleisch, umrandet von eingetrocknetem Blut.

Er war gefährlich. Ein Kriminelller. Ein Mann ohne Skrupel.

Innerlich gespalten und zitternd löste sich Serena aus seinem Griff. »Du blutest.«

»Was?«

»Dein Arm. Der neben der Waffe«, bemerkte sie spitz. »Er ist blutig.«

»Das hat nichts zu bedeuten.« Lucky streckte die Hand nach ihr aus.

Serena machte einen Schritt zurück, verschränkte die Arme vor der Brust, wich immer noch seinem Blick aus. »Für mich schon.«

Vorsichtig berührte er mit einer Hand ihr Haar und zwirbelte eine goldene Locke zwischen den Fingern. »Wenn ich ein Pflaster drauftue, gehst du dann mit mir ins Bett?«

»Nein.«

»Warum nicht?«

»Weil ich keine bedeutungslosen Liebesaffären mit Männern anfange, die ich kaum kenne«, erwiderte sie, bemüht, ihre kühle Fassade wieder zu errichten.

Lucky sah, wie sie das Kinn vorreckte und die Schultern

straffte. Es war ihm unbegreiflich, wie sie so leicht ihre Gefühle abschütteln konnte, während ihn die seinen immer noch fest im Griff hatten. »Du meinst, du schläfst nur mit einem Mann, wenn du glaubst, daß er dich heiratet«, erklärte er unverblümt.

»Das habe ich nicht gesagt.«

»*Mais non*, aber gemeint.«

»Auch nicht gemeint«, widersprach Serena. »Ich halte Sex nicht für irgendein Freizeitvergnügen. Ich gehe nicht mit Männern ins Bett, die kein Gefühl in eine Beziehung investieren wollen, nur weil sie zufällig gut bestückt sind. *Das* habe ich gemeint«, erklärte sie scharf. »Willst du mir jetzt etwa erklären, daß du mich liebst?«

Lucky rang sich ein Lachen ab. »Ganz bestimmt nicht.«

Serena biß die Zähne zusammen, denn unerwarteterweise versetzten ihr seine Worte einen schmerzhaften Stich. Natürlich würde er das nie sagen – heute so wenig wie zu irgendeiner anderen Gelegenheit. Und sie wollte das auch gar nicht. »Dann ist ja alles klar, oder?«

»Nur für heute nacht, Süße«, sagte er, legte einen Finger unter ihr Kinn und hob es an. Er senkte den Kopf und hauchte einen gespielt züchtigen Kuß auf ihre Lippen. »*Bonsoir, chérie*. Träum süß.«

Serena sah ihn zur Vordertür hinausspazieren. Sie hatte keine Ahnung, wohin er ging. Sie versuchte sich einzureden, daß es ihr egal war. Außerdem war sie sowieso zu erschöpft, um sich darüber Gedanken zu machen. Sie fühlte sich wie durch die Mangel gedreht. Jeder Muskel und jeder Knochen schmerzte.

Sie zwang sich, nicht auf das Bett zu blicken, als sie sich auf dem Sofa zusammenrollte und nicht mehr an Lucky zu denken versuchte – an seine Hitze, seine Leidenschaft... daran, wie er sie gehalten hatte, als sie ihm gesagt hatte, daß sie sich fürchtete...

8. KAPITEL

Serena saß in der Piroge und schirmte sich die Augen vor der grellen Morgensonne ab, die wie ein Feuerball hochgestiegen war und nun die tief liegenden Nebelschaden wegsengte. Es war noch nicht einmal Mittag, doch die Hitze drückte schon wie ein Pelzmantel im Juli. Sie trug eine ärmellose weiße Baumwollbluse und eine khakifarbene Hose, aber selbst diese Sommersachen klebten ihr am Leib und ließen sie von einem Badeanzug und einem faulen Tag am Strand träumen.

Das Wissen, daß Lucky hinter ihr stand, verstärkte ihr Unbehagen noch zusätzlich. Sie spürte seinen finsteren Blick und hielt sich besonders aufrecht, um ihm zu zeigen, daß sie sich von seiner schlechten Laune keinesfalls einschüchtern ließ.

Um halb acht hatte sie sich auf die Suche nach ihm gemacht, weil sie zu Gifford wollte – und weil sie nicht sicher war, was passieren würde, wenn sie zu lange allein mit Lucky war. Sie hatte ganze zwei Stunden geschlafen, nachdem sie in der Nacht zuvor auseinandergegangen waren. Und diese zwei Stunden waren voller erotischer Träume mit Mr. Na-wer-wohl gewesen. Sie wurde rot, wenn sie nur daran dachte. Sie würde sich hüten, diese Träume zu deuten.

Lucky Doucet bedeutete Ärger; er war ein Gesetzloser. Daß sein Körper einem Adonis zur Ehre gereicht hätte, konnte dabei keine Rolle spielen. Sie durfte sich nicht mit ihm einlassen. Wie ein Mantra betete sie sich das vor, aber immer wenn sie sich endlich überzeugt zu haben glaubte, schlich sich die Erinnerung in ihr Gedächtnis, wie er sie gehalten hatte, nachdem sie ihm von ihrer Odyssee durch den Sumpf erzählt hatte. Wie zärtlich, sanft und mitfühlend er plötzlich gewesen war...

Heute morgen war davon nichts mehr zu spüren. Nachdem sie die Vorder- und Hinterveranda abgesucht und nur drei kleine

Waschbären aufgestöbert hatte, die auf der Treppe herumtollten, war sie die Außentreppe zur Dachkammer hochgestiegen.

Lucky kam ihr entgegen, donnerte die Tür hinter sich zu, noch ehe sie den oberen Absatz erreicht hatte, und starrte sie aus verquollenen, blutunterlaufenen Augen an. Auf seinem Kinn lag ein dunkler Bartschatten, das Haar war ungekämmt und fiel ihm in wilden blauschwarzen Locken auf die Schultern.

»Was, zum Teufel, tust du hier oben?« fuhr er sie an. Seine Stimme war tief und rauh wie Schotter. »Du hast hier oben nichts zu suchen. Kapiert?«

»Warum?« fragte Serena mit hochgezogener Braue. »Versteckst du hier deine Leichen?«

»*C'est pas ton affaire*«, knurrte er. »Es geht dich einen feuchten Dreck an, was ich hier oben tue. Nichts, was eine hübsche Psychologin interessieren würde. Es ist bestimmt besser für dich, wenn du nichts davon weißt.«

Augenblicklich war Serenas Neugier geweckt. Was versteckte er dort oben? Diebesgut? Schwarzgebrannten Schnaps? Drogen? Waffen? Alles zusammen, oder etwas noch Schlimmeres?

»Es ist mir vollkommen egal, was du da drin tust«, verkündete sie so gelassen wie nur möglich. »Ich bin nur hochgekommen, um dich zu wecken.«

Er stellte sich auf die Stufe unter ihr, so daß er auf Augenhöhe mit ihr war. Sein Blick war auf berechnende Weise grausam und verführerisch zugleich. Er legte die Hand an ihre Wange und kam ihr so nahe, daß sein Mund den ihren fast berührte.

»Hast du's dir anders überlegt, Süße?«

»Ganz bestimmt nicht.» Sie verzog angeekelt das Gesicht, lehnte sich zurück, um seinem Atem zu entkommen, und wedelte den Geruch mit der Hand weg. »Du hast getrunken.«

»Und wie.« Lucky richtete sich auf. »Du solltest das auch mal versuchen. Es macht dich locker. Ich glaube, du könntest es brauchen.«

Mit dieser unverschämten Bemerkung drehte er sich um und stieg die Treppe hinunter. Seine schweren Stiefel machten kaum ein Geräusch auf den Holzstufen. Serena folgte in angemessenem Abstand. Die widersprüchlichen Seiten dieses Mannes und die widersprüchlichen Gefühle, die er in ihr hervorrief, machten ihr schwer zu schaffen. Ein Gedanke überwog jedoch alle anderen: Je schneller sie zu Gifford kam, desto eher war sie Lucky Doucet los und von dem eigenartigen Bann befreit, den er anscheinend über sie gelegt hatte.

Während sie ungeduldig am Tisch wartete, widmete sich Lucky in aller Ruhe der Morgenwäsche, rasierte sich erst, duschte dann und trat schließlich barbrüstig und nur mit einer vollkommen ausgebleichten Jeans bekleidet aus dem Bad. Sein nasses Haar war zurückgekämmt und mit einem ledernen Schnürsenkel zu einem Pferdeschwanz zusammengebunden. Ein rotes Tuch war um seinen rechten Oberarm gewickelt und verbarg die häßliche Wunde, die er sich in der vergangenen Nacht zugezogen hatte.

Serenas Blick heftete sich auf den Behelfsverband, und ihr Magen zog sich zusammen. Sie versuchte sich einzureden, daß das Gefühl lediglich auf den Abscheu davor, wie dieser Mann seinen Lebensunterhalt verdiente, zurückzuführen war, doch sie wußte, daß das nicht die ganze Wahrheit war. Der Knoten in ihrem Bauch war auch auf die Angst zurückzuführen, was ihm hätte zustoßen können, wenn die Kugel nicht nur seinen Arm getroffen hätte. Er wäre gestorben, und niemand hätte mehr die Chance gehabt, ihn umzumodeln.

Sie schreckte vor ihren eigenen Gedanken zurück. Sie führten in eine Sackgasse, auf eine Schnellstraße in Richtung Liebeskummer.

»Wahrscheinlich wirst du mir gleich erzählen, daß der andere Kerl noch viel übler aussieht«, sagte sie, ohne den Blick von dem Verband und dem muskulösen Arm darunter zu nehmen. Auf diese Weise konnte sie sich wenigstens von seiner Brust und den festen Muskeln unter seiner Bauchdecke ablenken.

Lucky blickte zerstreut auf das Tuch, als hätte er den Streifschuß vollkommen vergessen. Dann warf er Serena einen nachdenklichen Blick zu. »*Mais yeah*, aber andererseits war er schon vorher todhäßlich.«

»Solltest du mit dem Arm nicht zum Doktor gehen?«

»Du bist Doktor.« Seine Stimme klang tief und rauh, sein Blick nahm ihren gefangen. Er stützte die Arme auf die Stuhllehnen und beugte sich vor, bis sie seinen Atem spürte. »Willst du meinen Arm untersuchen?«

»Nein«, murmelte Serena und versuchte, die Hitzewellen zu ignorieren, die sie durchliefen. Er war ihr viel zu nahe. Sein Körper verströmte eine Energie, die ihren Verstand kurzschloß und die primitiven Instinkte tief unter ihrer kühlen Fassade anstachelte. Er roch männlich und sauber, und sie ertappte sich bei der Überlegung, wie es wohl sein mochte, ihn zu küssen, wenn er nach Zahnpasta und nicht nach Tabak schmeckte.

»Nein?« fragte er leise nach und zog eine schwarze Braue hoch. »Möchten Sie vielleicht etwas anderes an mir untersuchen, Dr. Sheridan?«

Ihr Gedächtnis ließ sich die Gelegenheit nicht entgehen, sie daran zu erinnern, wie er ihre Hand auf sein hartes Glied gelegt hatte. Serena verkniff sich einen Fluch, konnte aber nicht verhindern, daß sie rot wurde.

»Du brauchst es nur zu sagen, Süße«, versicherte ihr Lucky. »Dein Wunsch ist mir Befehl.«

Serena riß sich von seinem Blick los und antwortete mit zusammengebissenen Zähnen: »Ich wünschte, du würdest dir deine primitive Anmache sparen und mich endlich zu Gifford bringen.«

Er richtete sich auf; seine Miene war kalt und verschlossen. »Du kommst schon noch hin.«

»Wann?«

»Wenn ich dich hinbringe.«

Er verzog sich auf die hintere Veranda, wo er einen Teller mit Katzenfutter für die kleinen Waschbären aufstellte. Sein Blick warnte Serena davor, einen Kommentar abzugeben. Sie stand in der Hintertür und beobachtete schweigend, wie die kleinen Räuber um seine großen Füße tollten, um seine Aufmerksamkeit bettelten, mit seinen Schnürsenkeln spielten. Lucky knurrte etwas auf französisch, machte aber keine Anstalten, sie wegzuscheuchen. Er sah griesgrämig und verlegen aus, und Serena spürte zu ihrem Entsetzen, wie ihr Herz, das sie doch gegen ihn verhärten wollte, weich wurde.

»Es ist bloß leichter, sie zu füttern, als sie ständig in meinem Mülleimer zu haben, das ist alles«, rechtfertigte er sich. »Es sind trotzdem keine Haustiere.«

Kaum hatte er das ausgesprochen, da erhob sich ein Waschbär auf die Hinterbeine, keckerte laut und tippte ihm mit der Vorderpfote ans Hosenbein.

»Warum erschießt du sie nicht einfach?« fragte Serena zukkersüß. »Du könntest dir ein hübsches Hemd aus ihren Pelzen machen.«

Lucky kniff die Augen zusammen und knurrte sie an, aber der Effekt wurde von einem zweiten Waschbären zunichte gemacht, der von seinem Posten auf dem Verandageländer nach dem glänzenden Knopf an Luckys Hose fingerte. Lucky wich der Pfote aus und schalt den Bär in einem Schwall von Französisch. Der kleine Bär setzte sich auf und beklagte sich jaulend, bis Lucky ihn mürrisch hinter dem dreieckigen Ohr kraulte.

Serena spürte, wie ihr Herz verräterisch zu pochen begann. Der große böse Wilderer hatte ein Herz für Tiere. Sie zwang sich, zum Tisch zurückzugehen und dort zu warten.

Erst nach einem Frühstück aus gebratenem Katzenwels und einer Flasche Bier schickte Lucky sich an, sie zu Gifford zu bringen.

»Ich habe was Besseres zu tun, als den Chauffeur für dich zu spielen«, knurrte er, während er die Piroge vom Ufer weg stakte.

Serena warf ihm einen Blick über die Schulter zu. »Ich kann das langsam nicht mehr hören. Wenn du dich aus dieser Sache raushalten wolltest, dann hättest du mich gestern bei Gifford lassen sollen. Warum hast du mich denn hergebracht, wenn du zu beschäftigt bist, um mich wieder hinzubringen?«

Er zog eine Braue hoch, bis sie über dem Rand seiner verspiegelten Sonnenbrille zu sehen war. Die Geste war so lasziv, daß sie schon beleidigend wirkte. »Kannst du dir das nicht denken, Süße?«

Sie kniff nachdenklich die Augen zusammen. »Weißt du, ich glaube, du machst das absichtlich.«

»Was?«

»Diese beleidigenden, sexistischen Bemerkungen. Ich glaube, du willst mich wütend machen und vom Thema ablenken. Warum tust du das, Lucky? Fürchtest du dich davor, mit einer Frau ein ernsthaftes Gespräch zu führen?«

»Ich fürchte mich vor gar nichts.« Die Antwort kam ein bißchen zu schnell, und der Stoß, den er der Stakstange versetzte, war ein bißchen zu kräftig. »Und ganz bestimmt fürchte ich mich nicht vor dir.«

Schweigend setzten sie den Weg fort. Die Stille war stickig wie die schwüle Luft.

Diesmal wurden sie nicht mit Schüssen empfangen, als sie um die Biegung vor Giffords Hütte glitten. Gifford saß auf der Treppe und montierte Fliegenköder. Pepper Fontenot hatte es sich auf einem windschiefen grünweißen Gartenstuhl bequem gemacht und zu seinen Füßen auf einer Persenning die Einzelteile seines Außenbordmotors ausgebreitet. Aus einem Kofferradio auf der Veranda dröhnten die schrillen Klänge einer Cajun-Band.

»Hallo, Giff, was ist denn los? Ist dir die Munition ausgegangen oder was?« rief Lucky, bevor er das Boot an den baufälligen Bootssteg schob.

Gifford richtete sich mühsam auf und stemmte die breiten Hände in die Hüften. »Ach Quatsch, für dich ist mir mein schöner Schrot doch viel zu schade, Doucet.«

»Und was ist mit mir?« rief Serena. Sie wartete, bis Lucky die Piroge an Land gezogen hatte, und stieg dann über den Bug aus. Keinesfalls wollte sie noch einmal riskieren, sich auf diesem verrotteten Steg den Hals zu brechen.

Gifford starrte sie unerbittlich an, während sie sich am Fuß der Treppe aufbaute. »Ich dachte, du wärst schon wieder auf dem Weg nach Charleston.«

Serena schluckte schwer und erwiderte seinen Blick. »Ich habe dir gesagt, daß ich diesen Sumpf nicht ohne dich verlassen werde. Ich will, daß du mit mir zurück nach Chanson du Terre kommst.«

»Und ich hab' dir gesagt, daß ich nicht mitkomme. Du hast mir nichts zu befehlen, kleines Mädchen. Ich pfeif' drauf, wie viele Diplome du hast. Du kannst nicht bei der erstbesten Gelegenheit aus Louisiana abhauen und dann glauben, daß du dir nur ein Wochenende frei zu nehmen brauchst, um alles wieder einzurenken.«

Sie ließ sich nicht einschüchtern. Lucky sah, daß sie nicht einmal mit der Wimper zuckte. Er verfluchte Gifford für seine Unnachgiebigkeit und ermahnte sich gleich darauf, daß ihn das nichts anging. Er lehnte mit der Hüfte am Endpfosten des Geländers, steckte sich die vierte Zigarette an diesem Morgen an und sog den Rauch in seinen längst wunden Schlund.

Er fühlte sich wie ausgespuckt. Selbst unter günstigsten Umständen ließen ihn die Alpträume nicht mehr als ein paar Stunden am Stück schlafen, aber in der vergangenen Nacht war es noch schlimmer gewesen als sonst. Nicht einmal in den kurzen Augenblicken, wenn er eingeschlafen war, hatte ihn die Erinnerung an Schmerz und Verrat losgelassen. Als hätte sein Bewußtsein nicht schon ganze Arbeit geleistet, hatte ihn sein Unterbewußtsein immer wieder daran erinnert, daß die meisten seiner Probleme von schönen Frauen verursacht worden waren. Erst von Shelby, dann von Amalinda Roca, der hübschen kleinen Viper, die ihn mit ihrer Falschheit in ein mittelamerikanisches Gefängnis gebracht hatte.

Schließlich hatte er die Hoffnung auf Schlaf aufgegeben und versucht, seine schlechte Laune und sexuelle Frustration mit Whisky hinunterzuspülen, was ihm allerdings nichts außer einem kolossalen Kater eingebracht hatte. Jetzt pochte sein Schädel im Takt mit der Wunde in seinem Arm, die er Mean Gene Willis zu verdanken hatte.

»Du siehst verboten aus«, bemerkte Gifford, den Blick immer noch fest auf Serena gerichtet. Seine Stimme klang nicht mehr ganz so hart und verriet, daß er sich Sorgen machte. Nachdenklich betrachtete er die dunklen Ringe unter ihren Augen. Er sah auf Lucky, um sich von seinem schlechten Gewissen abzulenken. »Ihr seht beide verboten aus.«

»Vielleicht haben sie beide was Verbotenes gemacht«, warf Pepper ein. Er lachte fröhlich, als ihn Lucky ebenso wie Serena wütend anblickte. Gifford zog lediglich eine buschige weiße Braue hoch und musterte die beiden eingehend.

Serena fiel wieder ein, wie knapp sie gestern abend davongekommen war, und merkte, daß sie rot wurde. Nur die Vorsehung und die Pistole hatten sie davor bewahrt... Wenn der Anblick von Luckys Waffe sie nicht wie eine kalte Dusche abgeschreckt hätte, dann hätte sie jetzt bestimmt allen Grund gehabt zu erröten. Sie senkte den Kopf und stieg an ihrem Großvater vorbei die Treppe hoch, bis sie oben auf der Veranda stand.

»Ich könnte eine Tasse Kaffee gebrauchen. Pepper. Machen Sie ihn immer noch so stark?«

»Schwarz wie das Bayou hier und so stark, daß sich deine hübschen blonden Haare aufstellen tun, *pichouette*«, erklärte Pepper mit breitem Grinsen.

»Klingt phantastisch«, murmelte Serena und zog die Vordertür auf.

Gifford blieb auf der Treppe sitzen und starrte Lucky an. »Was hast du dazu zu sagen? Hast du dich an mein kleines Mädchen rangemacht?«

Lucky schob sich die Sonnenbrille in die Stirn und stellte sich streitlustig Giffords Blick. »Was kümmert dich das, alter Mann? Du willst doch bloß deine Zunge an ihr wetzen. Schließlich hast du sie selbst gestern abend vor die Tür gesetzt.«

»Ich habe meine Gründe.«

»So wie du auch deine Gründe dafür hast, dich hier draußen zu verkriechen?« Lucky schüttelte den Kopf und knurrte ein Schimpfwort. »Mach es ihr nicht zu schwer, Giff. Schließlich ist sie gekommen, oder nicht?«

»Klar, sie ist gekommen, und sie verschwindet auch wieder«, antwortete Gifford abfällig. »Bei der nächstbesten Gelegenheit. Ist ihr doch egal, was hier passiert. Das Mädel hat keinen Respekt vor der Familie und der Tradition.«

Lucky schnaubte. »Du hast schon eine komische Art, jemandem Respekt beizubringen. Sie mitten in der Nacht in den Sumpf zu schicken. Wahrscheinlich würde sie dir das Herz dafür rausreißen, wenn du eins hättest.«

Der Gedanke, daß Gifford von Serenas Ängsten gewußt und damit gespielt hatte, machte Lucky rasend. Daß sich deswegen sein Beschützerinstinkt regte, steigerte seine Wut noch mehr. Er fluchte wieder, warf den Zigarettenstummel zu Boden und trat ihn brutal mit der Stiefelspitze aus. »Ich sollte die Finger von euch allen lassen. Mit euch hat man nichts als Ärger.«

»Ich hab' gehört, du hast schon genug Ärger mit Perret und diesem Fiesling Willis«, mischte sich Pepper ein, der auf den Hinterbeinen seines Gartenstuhls wippte. Die hellen Augen funkelten wie Aquamarine in seinem dunklen Gesicht.

Lucky warf ihm einen finsteren Blick zu. »Wo hast du das gehört?«

»Ich, ich hab' das in meinen Ohren gehört.« Der Alte kicherte über seinen Witz, ohne sich um Luckys wütende Blicke zu scheren.

»Dann solltest du lieber deine Ohren anlegen, sonst schießt sie dir noch jemand weg.«

Die Warnung wurde von dem Knall der zuschlagenden Fliegentür unterstrichen, der wie die Platzpatrone aus einer Spielzeugpistole klang. Serena kam über die schmale Veranda und versuchte, sich auf den Dampf über ihrer Kaffeetasse zu konzentrieren statt auf die Unterhaltung, die sie hinter der Fliegentür Wort für Wort mitbekommen hatte.

»Du könntest es uns allen leichter machen, wenn du mir erklären würdest, was hier eigentlich vorgeht, Gifford.« Vorsichtig ließ sie sich auf der obersten Stufe nieder.

Gifford sah sie an und runzelte die Stirn. »Dir muß man wirklich alles erklären – wie einem verdammten Auslandskorrespondenten!«

Serena seufzte tief. Sie war zu erschöpft, als daß sie auch nur die Tasse an ihre Lippen heben konnte, um sich an dem phantastischen Elixier zu laben, das Pepper Fontenots Kaffee darstellte. »Gifford, bitte. Alle haben inzwischen begriffen, was du von meiner Lebensweise hältst. Ja, ich wohne weit weg. So was kommt vor, weißt du? Die Menschen werden erwachsen, ziehen fort, führen ihr eigenes Leben.«

»Du hast keinen Sinn für Tradition.«

»Ich lasse mich nicht von ihr versklaven, wenn du das meinst. Ich hänge an Chanson du Terre mit seiner Geschichte, aber ich werde keine Pflanzersfrau werden, nur um die Plantage am Leben zu erhalten. Shelby wollte doch immer die Tradition weiterführen, auf welche Weise auch immer. Mich hat es anderswohin verschlagen. Das bedeutet nicht, daß mir nichts an Chanson du Terre oder an dir liegt. Ich liebe euch beide.« Ihre großen, dunklen Augen sahen ihn ernst an. »Ist das das Geständnis, auf das du gewartet hast? Bist du jetzt glücklich?«

»Kaum«, brummte der Alte. Trotzdem rutschte er eine Stufe höher und setzte sich neben sie. »Wenn dir etwas an dem Haus liegen würde, wäre das nie passiert.«

»Und was genau ist passiert? Was ist los?«

Er zögerte lange, bedachte und verwarf verschiedene Möglichkeiten. Serena drängte ihn nicht, sondern blieb geduldig neben ihm sitzen und schlürfte ihren Kaffee. Schließlich seufzte er innig und pflügte sich mit einer Hand durchs Haar, daß sich die kurzen Strähnen aufstellten.

»Ein paar politische Hitzköpfe haben es sich in ihre Puddingköpfe gesetzt, Mason Talbot zum Politiker zu machen. Sie wollen ihn für die Wahlen nächstes Jahr aufstellen. Er ist hübsch und dumm genug, um gewählt zu werden. Er wird 'ne niedliche Marionette für die Ölmonarchen abgeben. Sein Daddy hat zwar sein ganzes Geld im Ölgeschäft verloren, aber er hat immer noch Beziehungen. Bestimmt würde sich der alte John Talbot freuen, wenn sein Sohn eines Tages im Gouverneurspalast säße.«

»Mason kandidiert fürs Parlament«, murmelte Serena stirnrunzelnd. »Komisch, daß Shelby mir das nicht erzählt hat.«

»Anscheinend hat Shelby dir eine ganze Menge nicht erzählt, *chère*«, kommentierte Lucky düster.

Serena warf ihm einen wütenden Blick zu und wandte sich

dann wieder Gifford zu. »Ich verstehe nicht, was das mit Chanson du Terre zu tun haben soll.«

»Überleg mal, Serena. Shelby setzt alles daran, daß Mason nach Baton Rouge geht. Sie werden die Plantage nicht mehr brauchen. In ihrem augenblicklichen Zustand ist sie bloß eine Belastung. Aber wenn ich sie verkaufen und Shelby vorzeitig ihr Erbe auszahlen würde, dann hätte Mason genug Geld, um sich jedes Amt der Welt zu kaufen.

Jeder Idiot weiß, daß man heutzutage die Wahlen mit Werbung gewinnt. Wenn Masons hübsches Gesicht erst auf allen Plakaten, im Fernsehen und auf jedem Bus zu sehen ist, schert sich kein Schwein mehr drum, daß er ein Strohkopf ist.«

Serena fühlte sich bemüßigt, für ihren abwesenden Schwager einzutreten. Sie hatte Mason immer gemocht. Er war für Giffords Geschmack zu lasch und vielleicht ein bißchen aufgeblasen, aber er hatte ein gutes Herz. »Mason ist kein Strohkopf. Er hat sein Juraexamen als Fünftbester gemacht.«

Gifford antwortete mit einem Schnauben, das besser als alle Worte verriet, was er von Juristen im allgemeinen hielt. »Deswegen braucht er noch lange keinen Grips zu haben. Das heißt bloß, daß er sich mit allen Schlupflöchern und Winkelzügen auskennt. Mein Gott, der Hund da drüben kann in Null Komma Nix jeden Waschbären aufstöbern, aber das macht ihn noch längst nicht zu Einstein.«

Es war sinnlos, mit ihm zu streiten, und sie waren vom Thema abgekommen. Serena fing noch einmal von vorne an. »Du hast gestern gesagt, du hättest mit Shelby über einen Verkauf gesprochen. Warum solltest du das tun, wenn du gar nicht verkaufen willst?«

Er starrte griesgrämig und betreten auf seine Stiefel. Schließlich antwortete er widerwillig wie ein Schulbub, der zugibt, daß er seinem Lehrer Kaugummi auf den Stuhl geklebt hat. »Ach, ich hab' doch bloß auf den Putz gehauen. Wir haben's hier nicht leicht – der Zuckerpreis ist letztes Jahr in den Keller gefallen, im Frühling gab's zuviel Regen, die Herstellungskosten steigen, und diese verdammte Benzinsteuer kostet uns bald Kopf und

Kragen. Ich hab' mir bloß ein bißchen Luft gemacht, um zu sehen, ob ich Shelby für irgendwas interessieren kann, auch damit sie aufhört, mir dauernd das Haus umzuräumen, während sie drin wohnt. Also sag' ich eines Abends beim Essen: ›Bei Gott, wenn ich mich hier nur abschufte, damit eines schönen Tages ein Fremder hereinspaziert kommt und alles übernimmt, dann kann ich genausogut gleich verkaufen und nach Tahiti ziehen.‹ Und eh ich weiß, wie mir geschieht, hab' ich diesen Kerl von Tristar am Hals.«

Serena hörte ihm stirnrunzelnd zu. Sie war überzeugt gewesen, daß Shelby Chanson du Terre um jeden Preis behalten wollte, wenn schon nicht der Tradition wegen, dann deshalb, weil es ein Statussymbol war – etwas, das Shelby nie und nimmer aufgeben würde. Aber wenn sie sich inzwischen höhere Ziele gesteckt hatte und deswegen das Haus verkaufen mußte, dann änderte das die Lage. Soweit sich Serena erinnerte, besaß Shelby ein unvergleichliches Talent, alles praktisch zu sehen.

»Warum ausgerechnet Tristar Chemical?« fragte sie.

Gifford zog müde die Achseln hoch. »Keine Ahnung. Wahrscheinlich gibt's da eine Verbindung über Masons Familie. Wie hätte sie sonst so schnell einen Käufer gefunden? Seit der Ölkrise ist der Markt hier unten weich wie Butter. Und Shelby könnte nicht mal Iglus an die Eskimos verkaufen. Das Büro in der Stadt überläßt ihr Mason doch bloß, damit sie Ruhe gibt. Du weißt, daß ich sie liebe, aber sie ist ein dummes kleines Ding. Das war sie schon immer. Sie ist bloß ins Immobiliengeschäft eingestiegen, weil sie sich da hübsch anziehen, wichtig machen und zu den Treffen der Handelskammer rennen kann.«

»Du willst also nicht verkaufen«, faßte Serena zusammen, der es unangenehm war, über ihre Zwillingsschwester zu sprechen. »Dann sag das den Leuten von Tristar, und die Sache ist gegessen.«

»Die lassen sich nicht so leicht abwimmeln«, knurrte er. »Dieser verdammte Burke ist wie eine Bulldogge. Der läßt sich weder mit Geld noch guten Worten abschütteln.«

Serena fixierte ihren Großvater mit jenem durchdringenden

Blick, den sie ihm abgeschaut hatte. »Gifford Sheridan, ich kann mich nicht erinnern, daß du jemals gekniffen hast.«

Er zog die Brauen zusammen. Sein scharfes Kinn hob sich energisch. »Ich kneife nicht.«

»Was tust du dann hier draußen?« fragte sie aufgebracht.

Er hob hoheitsvoll den Kopf, bis er so stur und unbeweglich aussah wie die Präsidentenporträts auf Mount Rushmore. »Ich erledige das auf meine Weise.«

Damit waren sie dort angekommen, wo sie angefangen hatten. Serena kniff eine Sekunde lang die Augen zusammen und konzentrierte sich auf die nadelstichartigen Schmerzen in ihrem Kopf. Sie nahm einen Schluck Kaffee in der vergeblichen Hoffnung, daß das Koffein ihr Energie geben würde. Statt dessen brannte der Kaffee wie Säure in ihrem Magen, bis ihr noch heißer wurde und sie sich noch elender fühlte.

Natürlich war Giffords Starrsinn nicht gerade aufbauend. Ebensowenig wie Luckys Blick, der ununterbrochen auf ihr ruhte. Er stand am Fuß der Treppe und starrte sie durch seine verspiegelte Sonnenbrille an, eine auch unter angenehmeren Umständen irritierende Erfahrung. Nur eines wäre noch schlimmer gewesen – wenn er keine Sonnenbrille getragen hätte. Nichts irritierte sie mehr als der heiße, bohrende Blick dieser bernsteingelben Augen.

Pepper durchbrach die angespannte Stille, indem er sich gemächlich aus seinem Stuhl erhob. Ohne ein Wort schlenderte er ans Bayou und blieb dort einen Augenblick stehen, als würde er die Aussicht genießen. Schließlich drehte er sich um, kam zurück, schaute Giff an und sagte: »Wir kriegen Besuch. Ich tu' nämlich den alten Johnson-Außenborder mit dem kaputten Ventil hör'n.«

Gifford fluchte, rappelte sich auf, eilte in die Hütte und kam mit dem Gewehr wieder herausgestürzt. Noch während er die Stufen herunterpolterte und über den Hof rannte, schob er Patronen in den aufgeklappten Zwölfkaliberlauf.

»Gifford!« Serena stellte die Kaffeetasse ab und lief ihm hinterher. »Gifford, um Himmels willen!«

Er schaffte es, einen Schuß abzufeuern, bevor sie ihn eingeholt hatte. Der Schrot schlug ins Wasser und ließ direkt vor dem Bug des Wildhüterbootes Fontänen aufsteigen. Perry Davis' Stimme krächzte aus einem Megaphon.

»Verdammt noch mal, Gifford, tun Sie das Gewehr weg!«

Gifford senkte die Waffe, ließ sie aber nicht los, obwohl Serena versuchte, sie ihm zu entwinden. Sie biß die Zähne zusammen, zählte bis zehn und versuchte, ruhig zu bleiben. Schließlich blickte sie auf zehn Jahre Erfahrung als Psychologin zurück. Es half alles nichts. Sie war sauer auf Gifford, und sie wußte, daß sie ihm einfach zu nahe stand, um jemals rational und objektiv mit ihm umgehen zu können.

Der Wildhüter stellte den Motor ab, so daß das Boot wenige Meter vom Ufer entfernt auf den Wellen schaukelte. Wütend und aufgeplustert stand Perry Davis hinter dem Steuer. Sein Babygesicht war hochrot angelaufen. Neben ihm stand ein großer, grobknochiger Mann mittleren Alters mit einem Fleischergesicht und vollem, stahlgrauem Haar, das mit viel Brillantine zurückgekämmt war. Er trug marineblaue Hosen und eine gestreifte Krawatte, die locker wie eine Henkerschlinge um den Kragen seines schweißfleckigen blauen Hemdes lag.

»Wenn Sie nicht aufhören, auf Menschen zu schießen, lasse ich Sie verhaften, Gifford«, drohte Davis, nachdem er das Megaphon ausgeschaltet hatte.

Lucky, der sich links neben Serena aufgebaut hatte, schnaubte verächtlich. »Du verhaftest doch sonst niemanden. Warum willst du ausgerechnet bei ihm anfangen?«

Der Wildhüter zog seinen Mund zu einem zornigen Strich zusammen. »Vielleicht fange ich ja bei dir an.«

Lucky schob sich die Sonnenbrille in die Stirn, sah Davis lange ruhig an und lächelte ganz leise. »Ach wirklich? Und wo ist deine Verstärkung?«

»Ich krieg' dich, Doucet, das verspreche ich dir«, erwiderte Davis mit ausgestrecktem Zeigefinger. »Daß ein Wahnsinniger wie du noch frei rumläuft, werden die Leute nicht ewig hinnehmen.«

Serena spürte die Spannung, die Lucky wie ein elektrisches Feld umgab. Seine Kiefer mahlten. Er schaute Davis unverwandt an und sagte kein weiteres Wort. Trotzdem fühlte sich Davis noch im Abstand von mehreren Metern so unbehaglich, daß er zurückwich; er tat, als wollte er nach dem Motor sehen und als wäre ihm Lucky und der Wortwechsel mit ihm plötzlich egal. Gifford nutzte die Stille.

»Burke, packen Sie Ihren Kram und hauen Sie ab.«

Ein strahlendes, unechtes Lächeln teilte das Fleischergesicht. »Das kann ich nicht, Partner. Wir haben noch etwas zu besprechen.«

»Was ich Ihnen zu sagen habe, kann ich nicht vor einer Dame sagen«, gab Gifford zurück. »Ihr Angebot interessiert mich nicht. Verziehen Sie sich wieder nach Texas, bevor ich Sie durchlöchere.«

»Gifford.« Serena schaffte es, wenigstens äußerlich kühl und beherrscht zu wirken. »Warum bittest du Mr. Burke nicht herein? Bestimmt können wir die Angelegenheit in einem offenen freundschaftlichen Gespräch regeln.«

Burke zuckte übertrieben mit den Achseln. »Die junge Dame hat wirklich Köpfchen, Gifford. Das habe ich schon immer gesagt. Sie sollten endlich auf sie hören.«

Serena begriff, daß der Tristar-Vertreter sie mit Shelby verwechselte, aber sie bekam keine Gelegenheit, den Irrtum aufzuklären.

»Ich brauch' auf niemanden zu hören!« brüllte Gifford. Wieder lief er vom Hals aufwärts rot an. »Ich bin doch nicht plemplem, mein Gott! Ich kann für mich selber denken. Und wenn hier einer offen spricht, dann höchstens meine alte Betsy.« Mit diesen Worten legte er das Gewehr wieder an.

»Gifford!« kreischte Serena und stürzte sich auf ihn.

Er drückte in dem Augenblick ab, in dem sie ihn aus dem Gleichgewicht brachte. Der Lauf wurde hochgerissen, und ein ohrenbetäubender Donner durchfuhr die Luft. Wasser spritzte an die Wand des Wildhüterbootes, Schlamm und Pflanzenfetzen regneten auf Burke und Davis herab. Die beiden Männer gingen in Deckung, hoben schützend die Arme über den Kopf und tauchten dann fluchend wieder auf.

Burke deutete warnend auf Gifford. »Jetzt reicht's, Sheridan. Sie sind ein verrückter alter Greis. Dafür gibt es genügend Zeugen. Ich kann den Sheriff herholen. Sie können doch nicht einfach auf jeden schießen, der Geschäfte mit Ihnen machen möchte.«

»Zum Teufel.« Gifford watete ins Wasser, den zornigen Blick fest auf Burke gerichtet. »Ich war schon immer dafür, die Jagdsaison für Texaner zu eröffnen. Dieser Staat wäre in wesentlich besserer Verfassung, wenn ihr geldgierigen Hundesöhne auf eurer Seite der Grenze bleiben würdet!«

Serena beäugte angeekelt das schlammige Wasser. Ein Angstschauer lief ihr langsam über den Rücken, dann schaute sie auf ihren Großvater, der auf das Boot des Wildhüters zuwatete, und wagte den ersten Schritt ins Wasser. Augenblicklich versanken ihre Schuhe im schlammigen Untergrund. Sie bekam Gifford an einer Gürtelschlaufe seiner Jeans zu fassen und versuchte, ihn aufs Trockene zurückzuzerren.

Burke war rot angelaufen; die Augen schienen ihm fast aus dem Kopf zu fallen, so als hätte plötzlich jemand seine Krawatte zugezogen und ihm die Luft abgeschnürt. »Machen Sie nur so weiter, Sheridan! Los, sagen Sie noch mal so was! Das wird sich gut bei Ihrer Entmündigung machen!«

Gifford versuchte, sich auf das Boot zu hechten, aber plötzlich tauchte Lucky vor ihm auf und legte ihm eine Hand auf die Brust.

»*C'est assez.* Geh jetzt ins Haus, *mon ami*«, riet er leise. »Mach schon.«

Der Alte blieb einen Augenblick zähneknirschend und vornübergebeugt stehen, die großen Hände fest um das Gewehr geklammert. Aus dem Kofferradio verbreitete Beausoleils »*J'ai Été au Zydeco*« vollkommen unpassenden Frohsinn.

»Gifford, bitte«, flüsterte Serena hinter ihm, die ihre Wange an seinen Rücken preßte, während ihre Füße immer tiefer im Schlamm versanken.

»Komm schon, Giff«, rief Pepper vom Ufer her. »Der ist doch den Aufstand nich' wert.«

Gifford knurrte einen Fluch, fuhr herum und watete zurück ans Ufer. Begleitet von Pepper, der aufgeregt flüsterte und gestikulierte, stapfte er zurück zur Hütte.

Dann lag Luckys Blick auf Serena. Sie stand bis zu den Knien im Bayou. Die Farbe war ihr aus dem Gesicht gewichen, und sie starrte ihn aus riesigen Augen an.

»*Foute ton camp d'ici*«, brummte er. »Mach, daß du weg kommst, *chère*. Ich erledige das schon.«

Langsam wich sie zurück, verzerrte ängstlich das Gesicht, als der Schlamm an ihren Schuhen saugte.

Lucky drehte sich um und watete auf das Boot zu, bis er direkt davor stand. Er stand bis zu den Hüften im Wasser. »So macht man keine Geschäfte, M'sieur Burke.« Seine Stimme war nur ein tiefes, rauhes Flüstern.

Burke beugte sich über die Bootswand, hielt sich mit beiden Händen fest und schaute Lucky eindringlich an. »Dann sorgen Sie dafür, daß Ihr Freund endlich kooperiert, mein Sohn«, antwortete der Texaner genauso leise, als müßte man etwas so Wichtiges höchst vertraulich behandeln. »Es hat meine Gesellschaft ganz schön was gekostet, sich für diesen Bauplatz zu entscheiden, und sie wird ihn bestimmt nicht aufgeben.«

»Soll das eine Drohung sein?«

»Das ist eine Tatsache, mein Sohn.«

Das bekam Lucky in den falschen Hals. Burkes Tonfall, seine Stimme, sein Akzent, sein Auftreten beschworen unangenehme Erinnerungen herauf. Einen winzigen Augenblick war er wieder in Mittelamerika, wo er von einem großen Texaner Befehle entgegennehmen mußte, der ihn verraten und verkauft hatte und der sein Team dazu benutzte, in die eigene Tasche zu arbeiten. Lucky hatte den Verräter auffliegen lassen, aber erst, nachdem er ein Jahr in der Hölle verbracht hatte. Blitzartig kam alles wieder hoch, und er ließ die geistigen Zügel einen Moment lang schleifen.

»Wissen Sie, in manchen Dingen irre ich mich vielleicht«, erklärte er Burke mit eiskaltem Lächeln. »Aber eins steht fest.« Plötzlich war das Lächeln wieder verschwunden. Er packte Burke am Krawattenknoten und zog an, bis der Mann auf Augenhöhe mit ihm war. »Ich bin nicht Ihr Sohn.«

Ehe der Tristar-Vertreter etwas darauf erwidern konnte, flog er über die Bootswand und tauchte kopfüber in das Bayou. Er platschte wie ein Wal ins Wasser und kam schlammspuckend wieder hoch.

»Sie sollten sich nicht so weit raushängen, *mon ami*«, sagte Lucky, während er gemächlich an Land watete. »Dabei kann man leicht reinfallen. Und man kann nie wissen, was hier alles rumschwimmt.«

Als wollte sie seine Worte bekräftigen, tauchte wie von Zauberhand eine Wasserschlange zwischen den Binsen am Ufer auf. Burke fluchte und kletterte mühsam wieder ins Boot. Davis half ihm, indem er ihn am Hosenboden packte und ihn hochhievte, wobei er Lucky anbrüllte:

»Ich meine es ernst, Doucet! Ich hab' die Nase voll von dir! Deine Tage hier draußen sind gezählt!«

Lucky schnitt eine Grimasse und winkte ab. Serena erwartete ihn mit funkelnden Augen am Ufer. Sie hatte wieder Farbe bekommen, bemerkte er.

»Haben Sie denn vor gar niemandem Respekt?« fragte sie sarkastisch.

»*Mais yeah*«, antwortete er schnodderig. »Vor meiner *maman*, meinem Papa, dem Papst. Len Burke ist nicht der Papst, Süße. Er ist wahrscheinlich nicht mal ein guter Katholik.« Er schenkte ihr einen unverschämt nachsichtigen Blick. Hinter ihnen röhrte der Bootsmotor auf und wurde dann leiser.

»Jetzt reicht's«, verkündete Serena, blieb stehen und warf verzweifelt die Arme hoch. »Mir langt es. Irgendwie macht dieser Sumpf die Menschen verrückt. Ich halte das nicht aus. Gifford rennt rum und schießt auf Menschen. Du – du –« Sie brachte kein Wort mehr heraus, so wütend war sie. Schließlich stampfte sie zornig mit dem Fuß auf. Anscheinend hatte sie hier draußen gar nichts unter Kontrolle – weder die Situation noch ihre Ängste, weder ihre Gefühle noch ihr Temperament, von diesem Mann ganz zu schweigen.

»Diese ganze Angelegenheit ist doch durch und durch lächerlich.« Energisch marschierte sie am Ufer auf und ab, die Arme fest vor der Brust verschränkt. »Warum hat Shelby mich nicht angerufen? Warum hat sie mir nicht sofort alles erklärt?«

»Oje«, gab Lucky mit geheuchelter Unschuld zu bedenken, »wollte sie dir am Ende gar nichts verraten? Wollte sie am Ende die ganze Sache durchziehen, ohne daß du etwas davon erfährst?«

Serena warf ihm einen Blick aus dem Augenwinkel zu. »Um Himmels willen, bei dir klingt das wie eine Riesenverschwörung.«

»Nur weil es eine Riesenverschwörung ist, Süße.« Er lehnte sich an den Stamm einer massigen Eiche, schüttelte eine Zigarette aus der Packung in seiner Hemdtasche und klemmte sie sich zwischen die Lippen, ohne sie anzuzünden.

»Mach dich nicht lächerlich«, fuhr ihn Serena an. »Willst du etwa behaupten, daß Shelby mit diesen Tristar-Leuten unter einer Decke steckt und ihren eigenen Großvater von seinem Land vertreiben will?«

Lucky zuckte mit den Achseln. »*C'est bien.* Du hast es auf den Punkt gebracht. Es ist doch ein Bombengeschäft. Sie kriegt eine hübsche, fette Kommission für den Verkauf und ihr Erbe dazu. Obendrein bringen sie und der politisch ehrgeizige Mr. Talbot Arbeitsplätze in einen Ort, der mitten in der Wirtschaftskrise steckt. So was macht sich ausgezeichnet in einem Wahljahr.«

Serena baute sich vor ihm auf; diesmal ließ sie es auf einen Streit ankommen. »Du liegst vollkommen daneben. Talbot hat nicht einen Funken Ehrgeiz im Leibe. Wenn er noch entspannter und gelassener wäre, würde er wahrscheinlich bei lebendigem Leibe begraben.«

»Du hast gehört, was dein Großpapa gesagt hat, *chère*. Es gibt Kräfte, die Talbot ins Amt heben wollen. Sein Daddy will das. Shelby will das. Glaubst du, er wird all diese Leute vor den Kopf stoßen? Glaubst du, Shelby würde das zulassen?«

»Du tust so, als wäre meine Schwester Lady Macbeth. Shelby ist bestimmt nicht so berechnend und falsch.«

Lucky wußte nur zu gut, wie berechnend und falsch Shelby sein konnte, aber er verschwieg seine eigenen Erfahrungen. Statt dessen spielte er auf Serenas an. »Wirklich nicht? Hast du vergessen, was du mir gestern abend erzählt hast? Sie hat dich hier draußen ausgesetzt. Du hättest umkommen können.«

»Das war ein Versehen, ein unglücklicher Streich.«

»Wirklich?«

Serena wich seinem ruhigen, fragenden Blick aus. Lucky riß alte Wunden auf, und dafür war jetzt nicht der richtige Augenblick. Außerdem war niemand so erleichtert gewesen wie Shelby, als Serena schließlich gefunden worden war. Ihre Schwester hatte an ihrem Krankenbett geweint und sie um Verzeihung angefleht... und ihr seitdem diese Angst vor dem Sumpf wieder und wieder ins Gedächtnis gerufen.

Serena verwarf die Zweifel, die an ihr zu nagen begannen. Die Beziehung zu ihrer Schwester war schon kompliziert genug, ohne daß Lucky mit seinen düsteren Andeutungen zusätzlich zu diesem Morast beitrug.

»Hör auf, mich gegen meine Schwester aufzuhetzen«, wehrte sie sich wütend. »Bei deinem Lebenswandel hast du bestimmt allen Grund, paranoid zu sein, aber davon lasse ich mich nicht anstecken.«

»Ihr Psychofuzzis habt auch dafür ein Wort, stimmt's?« fragte Lucky mit hochgezogener Braue. »Verdrängung?«

»Da wir gerade von Verdrängung sprechen«, brummte Serena, um das Thema zu wechseln. Sie hatte ihren Marsch wieder aufgenommen und schleuderte nun einen glühend zornigen Blick in Richtung Jagdhütte. »Ich begreife Gifford einfach nicht. Er behauptet, das auf *seine* Weise zu regeln. Aber er regelt überhaupt nichts. Er läßt mich alles –«

Die Erkenntnis traf sie wie ein Hammer. Ihr alles zu überlassen, war seine Weise, die Dinge zu regeln. Er wollte sie dazu zwingen, sich für die Plantage einzusetzen. Sie sollte das Banner weitertragen, für seine Sache kämpfen und dabei wieder Pflicht-

und Traditionsbewußtsein entwickeln. Herrgott, er hatte sie sogar in den Sumpf gelockt, an einen Ort, vor dem sie sich seit 15 Jahren fürchtete.

»Dieser alte Fuchs«, murmelte sie und stemmte die Hände in die Hüften. »Dieser gemeine Schuft.«

Er hatte sie herumgeschoben wie eine Schachfigur auf dem Brett, bis ihr keine Möglichkeit zu einem ehrenvollen Rückzug mehr geblieben war. Jetzt hatte sie sich eingemischt und würde ihr Bestes geben müssen, um alles ins Lot zu bringen, wenn sie nicht noch einmal vor Gifford das Gesicht verlieren wollte. Seinem Zorn hätte sie sich vielleicht noch gestellt, aber die Vorstellung, ihn noch einmal zu enttäuschen, war ihr unerträglich. Genau darauf hatte er gesetzt – und gewonnen, dieser alte Pferdedieb.

»Bring mich zurück«, sagte sie unvermittelt zu Lucky. »Bring mich zurück nach Chanson du Terre. Ich muß mit Shelby reden. Ich werde den Karren aus dem Dreck ziehen, so gut ich kann. Aber wenn Gifford glaubt, er braucht mir bloß ein schlechtes Gewissen zu machen, damit ich für immer hierbleibe, dann hat er sich geschnitten.«

9. KAPITEL

Lucky setzte sie an seinem Haus ab, nachdem er ihr erklärt hatte, daß er in einer Stunde zurück wäre und sie dann nach Chanson du Terre bringen würde. Serena sah ihn davonstaken und ging ins Haus. Es war still und kühl. Einer der kleinen Waschbären preßte die langen Vorderpfoten gegen die Hintertür und schielte zu ihr herein. Als Serena sich ihm näherte, quiekte er auf und hoppelte davon. Das Kratzen seiner Klauen auf den Holzplanken der Veranda klang wie das Geräusch, das Serena in der vergangenen Nacht fast zum Wahnsinn getrieben hatte. Sie stellte ihre Koffer an der Vordertür ab, durchstöberte Luckys kleinen Kühlschrank und machte sich ein Schinkensandwich, wobei sie sorgfältig darauf achtete, keine Krümel in der makellos sauberen Küche zu hinterlassen. Als das erledigt war, hatte sie immer noch vierzig Minuten zu warten.

Ihre Gedanken wandten sich der Frage zu, was sie auf Chanson du Terre erwartete. Es kam ihr alles so unwirklich vor. Daß Talbot fürs Parlament kandidierte. Daß Shelby gegen Gifford intrigieren sollte. Daß die Plantage auf dem Spiel stehen sollte.

Planierraupen, hatte Lucky gesagt. Tristar würde das Haus dem Erdboden gleichmachen, um Platz für Labore, Büros, Werk- und Lagerhallen zu schaffen. So abwegig die Vorstellung auch war, versetzte sie ihr doch einen schmerzhaften Stich. Es hatte die letzten Tage der französischen Herrschaft in Louisiana miterlebt und die glorreiche Vorkriegszeit. Yankees hatten auf dem Rasen campiert, und auf der Treppe waren noch Spuren zu sehen, die ein betrunkener Offizier mit seinem Pferd hinterlassen hatte. Das Haus hatte den Wiederaufbau und die Große Depression überlebt. Und all das nur, um jetzt nackter Geldgier zum Opfer zu fallen?

Nein. Natürlich nicht. Alle Mißverständnisse würden sich aufklären, und das Leben auf Chanson du Terre würde weitergehen wie zuvor. Gifford würde wieder das Kommando übernehmen, das er seit fast 60 Jahren innehatte.

Und wenn es Gifford nicht mehr gab und Shelby nach Baton Rouge gezogen war und Serena wieder in Charleston war… was dann?

»O nein, nicht mit mir«, murmelte Serena und stand von dem Stuhl am Tisch wieder auf. Genau das hatte Gifford beabsichtigt – ihre sentimentale Ader anzusprechen.

Statt dessen wandte sie ihre Gedanken einem anderen Rätsel zu – Lucky. Sie wanderte durch die beiden Räume in dem Haus, versuchte, aus der Einrichtung etwas über ihn zu erfahren. Es handelte sich um eine Übung zur Stärkung ihrer Wahrnehmungsfähigkeit und Intuition, redete sie sich ein, keinesfalls um einfache Neugier.

Sie fand nichts, was ihr Aufschluß über Lucky gegeben hätte. Zweckmäßige Möbel, die zufällig antik waren. Nichts Heiteres, nichts Persönliches, nichts, was mehr als einen ausgeprägten Sinn für Tradition und Ordnung verriet. Es gab keine Bücher, keine Zeitschriften, keine Fotos, keine Bilder an der Wand. Aber auch das war aufschlußreich. Er versteckte sich. Sein Haus lag in einem Versteck. In seinem Haus war alles Persönliche versteckt. Er gab nichts von sich preis, wenn es nicht unbedingt sein mußte.

Aber warum? Es war wohl kaum natürliche Schüchternheit. Es kam ihr eher so vor, als hätte er voller Bedacht ein Labyrinth an Mauern um sich errichtet. Wovor hatte ein Mann wie Lucky Angst? Er schien so zäh, so selbstbewußt zu sein. Und doch war er voller Widersprüche. Er pflegte verwaiste Waschbären. Er hatte sie vor Gifford in Schutz genommen. Er hatte sie in die Arme genommen, als sie sich elend und ängstlich gefühlt hatte.

Sie öffnete die Tür des Schranks im Eßzimmer. Er enthielt ausschließlich Dinge, die man in einem Eßzimmer erwartete. Serena stöhnte enttäuscht und zögerte einen Augenblick, bevor sie ins andere Zimmer ging, das, abgesehen von den wertvollen Möbeln, spartanisch wie eine Mönchszelle eingerichtet war.

»Volltreffer«, flüsterte sie, als sie die Tür des breiten Schranks aufzog, der gegenüber dem Bett stand.

Links gab es ein paar kleine Fächer, rechts eine Kleiderstange. Unten waren ein paar tiefe Schubladen eingelassen. Sie überflog seine Garderobe, die aus Jeans, Arbeitshosen, T-Shirts und einer ordenbehängten Uniform bestand. Die Uniform interessierte sie, doch die kleinen Regalbretter auf der linken Seite zogen zuallererst ihre Aufmerksamkeit auf sich.

Sie waren voller gerahmter Fotos. Die Familie Doucet in ihren verschiedenen Lebensstadien. Es gab ein vergilbtes Hochzeitsbild seiner Eltern – ein hübsches, lächelndes Paar, das sich verliebt anblickte. Daneben ein verwittertes Schwarzweißfoto seines Vaters, der den Arm um die Schulter eines schlaksigen, zahnlückig grinsenden Jungen mit einem riesigen Fisch in der Hand gelegt hatte. Lucky, vermutete sie, in früheren und fröhlicheren Jahren. Es gab neuere Fotos von anderen Familienmitgliedern, die alle unübersehbar miteinander verwandt waren, von Kindern in jedem Alter, süßen Babies in rüschenverzierten Taufkleidchen und Volksschülern mit leuchtenden Gesichtern und energisch niedergekämmten Locken bei der Erstkommunion.

Serena wurde es warm ums Herz, als sie diese Fotos betrachtete. Lucky hatte eine Familie, und er liebte sie. Er hätte sich nicht die Mühe gemacht, all diese Fotos rahmen zu lassen, wenn ihm nichts an diesen Menschen gelegen hätte. Warum sonderte er sich so von ihnen ab? Shelby hatte gesagt, seine Eltern seien nette Leute, anständige Leute. Fühlte sich Lucky aufgrund seines Lebenswandels ihrer unwürdig? Oder gab es da noch etwas, das ihn von ihnen trennte?

Sie berührte das Bild von Lucky und seinem Vater, strich mit den Fingerspitzen über das lächelnde Gesicht des Jungen. Was war geschehen? Was hatte diesen Jungen zu dem gefährlichen, düsteren Mann gemacht, der er heute war?

Serena spürte ein tiefes, weit über ihre professionelle Neugier hinausgehendes Verlangen, mehr über diesen Menschen zu erfahren. Sie wollte Luckys Geheimnis ergründen, wollte das Wesen dahinter erreichen, wollte ihm Trost und Frieden geben. Es war kein besonders kluger Wunsch, und er würde ihr nicht viel Freude bringen, trotzdem verschloß sie sich nicht davor. Sie blieb einfach still stehen, bedauerte Lucky, bedauerte sich selbst und wünschte inbrünstig, sie wäre in Charleston geblieben.

»Mom schickt dir einen Schokoladenkuchen und ein paar Plätzchen und zwei Baguettes, die sie heute gebacken hat. Ich stell' alles auf dem Tisch ab.«

Serena stieß einen Schrei aus und machte einen Satz rückwärts, als wäre der Schrank vor ihr zum Leben erwacht. Sie preßte sich die Hand aufs Herz, damit es ihr nicht aus dem Leib hüpfte, und wirbelte herum. In der Zimmertür stand ein ungefähr 13jährige Junge. Er war dünn wie eine Bohnenstange, trug zu kurze Jeans und ein T-Shirt, das Breaux Bridges zur Krabbenhauptstadt der Welt erklärte. Seine dunklen Augen waren weit aufgerissen.

»Sie sind nicht Lucky«, platzte es aus ihm heraus, »aber Lucky ist echt ein Glückspilz.«

Sobald er merkte, was er da gesagt hatte, wurde sein Gesicht so rot wie die umgekehrt aufgesetzte Baseballkappe auf seinem Kopf.

Zutiefst erleichtert lachte Serena. »Du hast mich erschreckt«, sagte sie und drückte die Schranktür wieder zu. »Lucky ist gerade nicht hier. Er kommt etwa in einer halben Stunde zurück. Ich bin Serena Sheridan.«

»Will Guidry.« Er machte vorsichtig einen Schritt nach vorn, wollte ihr schon die Hand geben, überlegte es sich aber plötzlich anders und prüfte erst, wie schmutzig sie war. Da sie relativ sauber war, streckte er sie wieder von sich und sah sie ängstlich an, als wäre er überzeugt, daß ihm jeder Kontakt mit ihr einen Stromschlag versetzen würde.

»Freut mich, dich kennenzulernen, Will.« Serena drückte seine Hand und ließ sie dann wieder los. »Möchtest du warten, bis Lucky zurückkommt?«

»Öh – tja – nö – ist schon okay«, stammelte der Junge. Er stopfte die Hände in die Hosentaschen und scharrte mit den riesigen Füßen, um sie dann anzustarren, als hätte er sie schon ewig nicht mehr gesehen. »Ich hab' bloß 'n paar Sachen gebracht. Mom sagt, sie weiß, daß er nie nix dafür nimmt –« Er schnitt eine Grimasse und verbesserte sich: »Nie *was* dafür nimmt, daß er die Wilderer von unseren Krabbennetzen wegjagt, aber sie hat gesagt, sie kann ihm ja wenigstens was Gutes backen, wo er doch so allein hier draußen lebt –« Er hielt inne und verzog wieder das Gesicht, als würde ihm ein unsichtbarer Manierenapparat bei jedem falschen Wort einen elektrischen Schlag versetzen. »Ich meine, er *hat* allein gelebt, bis Sie – Aber andererseits sind Sie vielleicht ja gar nicht – Ich meine, Sie könnten ja auch – Ach, Scheiße – Ich meine, Verzeihung –«

Serena starrte ihn an. »Was hast du gesagt?« fragte sie leise, ohne auf das verlegene Gestammel des Jungen einzugehen. »Hast du gesagt, daß er die Wilderer wegjagt?«

Will wetzte die Turnschuhe auf dem Boden, zuckte mit den Achseln und sah sie an, als würde er an ihrem Verstand zweifeln. »Hm, ja. Das macht er ja schließlich.«

»Aber ich habe geglaubt –« Serena klappte hörbar den Mund zu.

Sie hatte geglaubt, was Lucky ihr weismachen wollte. Sie hatte von Anfang an geglaubt, daß er ein Gesetzloser war, und er hatte sie in diesem Glauben gelassen und diesen Eindruck bei jeder sich bietenden Gelegenheit sogar noch bestärkt. Anscheinend wollte sie heute wirklich jeder an der Nase herumführen.

»Wir haben Ärger, wissen Sie«, erklärte Will düster und kratzte sich am knochigen Ellbogen. »Mein Dad is' am Golf auf Arbeitssuche, und Mom is' mit uns Kindern hiergeblieben. Die Wilderer haben geglaubt, daß sie unsere Netze plündern können. Aber Lucky hat's ihnen gezeigt.«

»Lucky«, murmelte Serena. Der große, böse Lucky Doucet. Retter verwaister Tiere. Beschützer der Schutzlosen. Der nicht wilderte, sondern die Wilderer von den Netzen der Frauen und Kinder vertrieb.

»Er is' schon ein Supertyp«, urteilte Will begeistert. »Aber das wissen Sie bestimmt.« Er zuckte zusammen und lief wieder rot an. Er war in dem Alter, in dem einfach alles eine sexuelle Bedeutung bekam und in dem jeder Fauxpas eine Katastrophe bedeutete. »Also, ich meine nicht, daß Sie es *wissen*. Ich meine, verstehen Sie…«

»Ich verstehe schon«, fiel sie ihm gedankenverloren ins Wort. Sie war immer noch zu verblüfft, um Mitleid mit dem armen Jungen zu haben.

Wenn Lucky kein Wilderer war, warum hatte er sie dann in dem Glauben gelassen? Und woher rührte die Feindseligkeit zwischen ihm und dem Wildhüter? Vielleicht konnten sie einander einfach nicht leiden. Vielleicht fand Lucky, daß Perry Davis seine Arbeit nicht ordentlich machte. Ihre Feindschaft konnte die verschiedensten Ursachen haben, und nicht alle mußten gut sein. Daß er kein Wilderer war, bedeutete nicht automatisch, daß er nicht etwas anderes auf dem Kerbholz hatte. Da war immer noch die Sache mit dem Schwarzgebrannten und das Zimmer oben, das sie nicht sehen sollte.

»Jedenfalls«, schluckte Will, »muß ich jetzt weg.« Er schlurfte zur Tür und schwenkte einen langen, schlaksigen Arm in Richtung Küche. »Ich hab' das Zeug in der Küche gelassen.«

»Ja, danke. Lucky wird sich bestimmt darüber freuen.« Serena erinnerte sich an ihre Manieren und lächelte. »Wiedersehen, Will.«

Er errötete, zuckte mit den Achseln und grinste verlegen. »Yeah, bis bald.«

Er stürmte aus der Vordertür und rannte zu einem Kanu, das am Ufer des Bayous lag. Serena schlenderte hinaus auf die Veranda und winkte ihm nach, während er davonpaddelte. Sein rotes Gesicht leuchtete noch aus der Ferne. Pubertät. Diese Hölle. Sie schüttelte halb amüsiert, halb mitleidig den Kopf und fragte sich, wie Lucky wohl in diesem Alter gewesen sein mochte.

Als gäbe ihr der Erwachsene noch nicht genug Stoff zum Nachdenken. Wenn er kein Wilderer war, was war er dann? Ein Schwarzbrenner? Ein Waffenschmuggler mit goldenem Herzen? Ihr Blick wanderte über die Veranda zu der Treppe, die zu dem verbotenen Zimmer hinaufführte.

Es geht dich einen feuchten Dreck an, was hier oben ist... Nichts, was eine hübsche Psychologin interessieren würde... Es ist bestimmt besser für dich, wenn du nichts davon weißt.

War es wirklich besser für sie, wenn sie nichts davon wußte, oder war es nur sicherer für ihn?

Ehe sie sich's versah, stand sie auf der Treppe. Sie versuchte nicht einmal zu bestimmen, ob sie das Bedürfnis trieb, diesen Mann zu verstehen, oder ob sie zu begreifen versuchte, warum sie sich so zu Lucky hingezogen fühlte. Sie versuchte statt dessen, überhaupt nicht zu denken. Fast als gehöre ihr Körper einem Fremden, beobachtete sie, wie ihre Füße Stufe um Stufe erklommen, wie ihre Hand nach dem Türknauf langte und ihn drehte, wie die Tür aufschwang.

Der Anblick traf sie vollkommen unvorbereitet. Das hatte sie in ihren wildesten Träumen nicht erwartet. Sie hatte geglaubt, auf alles vorbereitet zu sein – Kisten voller Waffen, Drogen, Schachteln voller Diebesgut – aber mit Schönheit, mit Kunst hatte sie nicht gerechnet.

Das Zimmer war voller Bilder. Leinwände stapelten sich an den Wänden. In der Mitte des offenen, luftigen Raumes stand eine Staffelei mit einem unvollendeten Werk.

Serena trat ins Zimmer und schaute sich wie benebelt um. Im Gegensatz zum Erdgeschoß war das Dachgeschoß nicht unterteilt, sondern bildete einen einzigen Raum mit Fenstern an beiden Giebeln und einer Reihe von Dachluken auf der Nordseite. Weiches Licht drang durch die Jalousien und floß in langen, goldenen Balken über den Boden. An einer Wand stand eine Werkbank, beladen mit Dosen voller Pinsel, mit Farbtuben, Skizzenblöcken, Stiften und bunt bekleckersten Lappen. Ein schweres Leintuch war als Teppich und Abdeckung unter der Staffelei ausgebreitet worden. Der Geruch von Ölfarbe und Lösungsmitteln hing schwer in der Luft wie billiges Parfüm.

Das also war Luckys tiefes, dunkles Geheimnis. Er war Künstler.

Serena trat um das Leintuch herum und betrachtete die Bilder, die an den Wänden lehnten. Alle zeigten den Sumpf als eine verlorene Landschaft voller Bäume und Nebel. Man spürte die Stille, das Gefühl des Wartens. Die Bilder waren von einer beängstigenden, eindringlichen Schönheit. Sie waren spannungsgeladen und sprachen von entsetzlicher Einsamkeit. Sie waren großartig und erschreckend zugleich.

Sie stand vor einem, das einen weißen Reiher darstellte. Der große Vogel wirkte klein und unbedeutend zwischen den großen, grauen Zypressenstämmen, den dunklen Virginiamoosfetzen und dem rauchgrauen Morgennebel. Sie hatte das Gefühl, als würde sie das Bild aus dem heißen, stickigen Raum herausziehen und sie ganz und gar verschlingen. Sie konnte den kalten Nebel spüren, den Sumpf riechen, die fernen Vogelschreie hören.

Alle Bilder strahlten diese Kraft aus, die den Betrachter zu einem Teil des Sumpfes und der Ängste des Künstlers werden ließ. Sie waren außergewöhnlich.

»O Lucky«, flüsterte sie. Die Einsicht war so schmerzlich, daß sie die Augen schloß und die Hände vors Gesicht schlug.

Das also hatte er vermeiden wollen. Sie hatte nicht hinter die Fassade des draufgängerischen Machos blicken sollen, nicht weil er sich dessen schämte, was er dahinter verbarg, sondern weil es zu persönlich, zu intim war. Er gehörte nicht zu den Menschen, die ihre innersten Gefühle zur Schau trugen; das hatte sie von Anfang an gewußt. Aber sie hätte niemals diese Zartheit, diese Qualen, diese Sehnsüchte in ihm vermutet.

Sie schlang die Arme um sich und betrachtete das Bild eines Gewitters, das sich über dem Sumpf zusammenbraut. Ein zürnender Himmel, Kaskaden von Grau, Grün und Gelb über dem stillen Bayou. Tränen stiegen ihr in die Augen.

Er hatte ihr mehr als einmal erklärt, daß sie nicht in seinem Leben herumschnüffeln sollte. Er hatte sie nur widerwillig in den Sumpf geführt und beherbergt. Doch sie hatte ihre berufliche Neugier vorgeschützt und sich eingeredet, daß sie ein Recht hatte zu erfahren, wie gefährlich er war; sie hatte immer weiter gebohrt und gewühlt und dabei ein fundamentales Menschenrecht verletzt – das Recht auf die eigene Intimsphäre.

Sie wandte sich zum Gehen, machte einen Satz rückwärts und schnappte nach Luft. Das Herz hämmerte ihr in der Kehle. Lucky stand in der Tür und starrte sie an. Er stand vollkommen ruhig da, doch sie spürte die ungeheure Spannung, die von ihm ausging. Aus seinen Augen sprühten Blitze wie vor einem entsetzlichen Sturm.

»Es tut mir leid«, flüsterte Serena. Sie bemerkte wie durch einen Schleier, daß sie zitterte. »Ich hätte das nicht tun sollen.«

»Nein, das hättest du nicht«, bestätigte er mit tiefer, grollender Stimme.

Er starrte sie an und versuchte, einen Tobsuchtsanfall zu unterdrücken. Dieser Raum gehörte ihm ganz allein. Hier hatte er Trost und Frieden gefunden, als er aus Mittelamerika zurückgekommen war. Stunden hatte er in diesem Raum verbracht, ganz auf seine Leinwände konzentriert. Hier hatte er darum gekämpft, nicht verrückt zu werden und die Dämonen zu bändigen, die ihn zu zerreißen drohten. Diese Gemälde offenbarten seine geheimsten Gefühle, die Qualen, denen er nicht entkommen konnte, die Angst, die er sich nicht eingestehen wollte. Sie jemandem zu zeigen war, als würde er seine Seele entblößen und öffentlich zur Schau stellen. Es war undenkbar. Und doch war es geschehen.

»Ich wollte nicht herumschnüffeln«, widersprach Serena dümmlich.

»Natürlich wolltest du das«, fuhr Lucky sie an. Er stampfte in den Raum und begann, mit wütenden, eckigen Bewegungen Tücher über die Bilder zu werfen. »Das macht ihr Psychologen doch am allerliebsten, nicht wahr? In anderer Leute Seelen rumschnüffeln und in ihren Geheimnissen wühlen.«

»Ich wollte bloß sehen, ob du etwas Illegales tust. Ich habe das Recht zu wissen, mit wem ich es zu tun habe.« Selbst in ihren Ohren klang das selbstgerecht und töricht.

Unvermittelt schoß er herum, packte sie am Arm, zog sie an sich heran und beugte sich über sie, so daß sie den Kopf in den Nacken legen mußte, um ihm ins Gesicht zu sehen. »Du hast überhaupt keine Rechte hier«, knurrte er. »Du gehörst nicht hierher. Wir sind hier nicht in der High Society, Shelby. Hier zählen nur meine Regeln.«

»Serena.« Der Name kam ihr zitternd über die Lippen. Sie starrte zu ihm auf, sah die wilde Wut in seinen Augen und bekam wirklich Angst vor ihm. *Ich bin jenseits von Gut und Böse... Die Leute sagen, er sei verrückt...* »Ich bin Serena, Lucky«, wiederholte sie leise. Mit klopfendem Herzen beobachtete sie, wie er versuchte, sich wieder unter Kontrolle zu bekommen.

Lucky blinzelte sie an. Die Dunkelheit verzog sich und hinterließ eine Gänsehaut, als ihm bewußt wurde, was er gerade gesagt hatte. Er richtete sich auf und ließ sie unvermittelt los. Sie stolperte gegen die Staffelei, so daß die Leinwand ins Schaukeln kam.

»Ich weiß, wer du bist«, sagte er bitter. Er fuhr sich mit der Hand durchs Haar und begann, mit gesenktem Kopf wie ein Tiger im Käfig auf und ab zu gehen.

»Verdammt. Verdammt«, knurrte er zwischen abgehackten Atemstößen. So viel hatte man ihm genommen – seine Jugend, seine Unschuld. Nur sein Stolz und seine Intimsphäre waren ihm noch geblieben, und die Frau, die ihn mit angsterfüllten Rehaugen anstarrte, war dabei, ihm auch die zu rauben. Er wollte nicht, daß sie sich einmischte. Er wollte nicht von ihr an die Vergangenheit erinnert werden. Er wollte nicht, daß sie sein Blut in Wallung brachte. Verdammt. *Verdammt!*

Serena streckte die Hand aus, um die Staffelei – und sich selbst – zu stützen. Sie sah Lucky auf und ab marschieren, sah, wie aufgewühlt er war und wie sehr er darum kämpfte, seiner Gefühle Herr zu werden. Und in diesem Augenblick verschwand die Angst und wich etwas Stärkerem: dem Wunsch, ihn zu trösten.

»Lucky, ich wollte dir nicht weh tun«, sagte sie leise. »Es tut mir sehr leid. Wirklich.«

Er blieb unvermittelt stehen und sah sie von der Seite an. Seine Augen glühten wie geschmolzenes Gold. Ein verzweifeltes Lächeln durchschnitt sein düsteres Gesicht. »Es tut dir leid. Du drängst dich in mein Leben, in meine Privatsphäre, ziehst mich in deine Kämpfe hinein und hast nichts zu sagen, außer daß es dir leid tut? Du nutzt mich aus und glaubst, das ist mit einer Entschuldigung abgetan? Sehr zivilisiert. Sehr anständig. *Dieu*, das sieht euch Sheridan-Mädels wirklich ähnlich!«

Die Worte dröhnten ihm wie Paukenschläge in den Ohren. Wenn es ihm möglich gewesen wäre, sie wieder einzufangen und zurückzunehmen, dann hätte er das getan, aber es war zu spät. Serena stellte sich seinem Blick und sah ihn fragend und begreifend zugleich an.

»Wie gut kennst du Shelby?« fragte sie vorsichtig, so als wollte sie die Antwort nicht wirklich wissen.

»Gut genug, um mich nicht auch noch von ihrer Zwillingsschwester an der Nase rumführen zu lassen.«

Vollkommen unvorbereitet spürte Serena einen eifersüchtigen Stich, als sie sich Shelby und Lucky zusammen vorstellte. Es schien unmöglich. Sie wollte es nicht glauben, aber ihr blieb kaum etwas anderes übrig.

»Ich bin nicht Shelby«, erklärte sie und zog sich hinter die schützende Mauer kühler Überheblichkeit zurück. »Ich bin ihr nicht einmal ähnlich. Es tut mir leid, wenn sie dir weh getan hat, aber ich werde nicht für ihre Sünden bezahlen, Lucky.«

»Vergiß es«, brummte er. »Das ist alles schon ewig lang her.«

Er sah, daß ihr noch mehr Fragen auf der Zunge lagen, aber bevor sie sie aussprechen konnte, drehte er den Kopf weg, nahm seinen Marsch wieder auf und griff ein anderes Thema auf, als hätte dieses einschneidende Erlebnis nicht sein ganzes Leben verändert.

»Was hast du denn hier oben erwartet, *ma petite*? Schmuggelware? Waffen? Drogen?«

»Du hast mir weisgemacht, du seist Wilderer«, antwortete Serena tonlos. »Warum, Lucky? Warum sollte ich schlecht von dir denken, obwohl du es nicht bist?«

Damit du mir vom Leib bleibst. Damit du mir nicht weh tust. Er preßte sich die Handballen an die Schläfen, als wolle er die Gedanken zurückhalten, die sich pochend hinter seinen Augen einnisteten. Plötzlich schrie er verzweifelt auf wie ein hilfloses, zorniges, schuldbewußtes Tier und stürzte auf sie zu. Serena machte einen Satz rückwärts, blieb jedoch standhaft und wartete weiter auf eine Antwort. Lucky kam ihr so nahe, daß er sie beinahe berührte.

»Du schaust mich an und siehst etwas Schlechtes. Weil ich schlecht bin«, beharrte er.

»Ich habe gesehen, was du mich sehen lassen wolltest, nicht was du wirklich bist.«

»*Mais non, chère*«, widersprach er verbittert. »Du hast mich genauso gesehen, wie ich bin.«

»Das ist gelogen. Was ist damit?« Serena wies mit der Hand auf das halb vollendete Bild auf der Staffelei. »Das sollte ich nicht sehen. Das ist nichts Schlechtes. Deine Bilder sind wunderschön und anrührend, Lucky. Warum wolltest du nicht, daß ich sie sehe? Verraten sie zuviel?«

Mit einem geknurrten Fluch auf den Lippen drängte er an ihr vorbei, zerrte die Leinwand von der Staffelei und schleuderte sie quer durch den Raum wie ein riesiges Frisbee. Mit lautem Krachen traf sie auf das Bein der Werkbank, die Spannleisten knickten mittendurch und zerfetzten die Leinwand.

»Stoff und Pigment«, spie Lucky aus. »Das ist alles. Ein bloßer Zeitvertreib. Deute da bloß nichts hinein, Dr. Sheridan«, warnte er. Er hatte sich wieder über sie gebeugt. »Such nicht nach Symbolen und Metaphern. Glaub mir, wenn ich dich anrühren will, dann höchstens mit meinen Händen.« Mit kaum gezügelter Brutalität zog er sie an sich.

»So will ich dich anrühren, *chère*«, flüsterte er heiser, strich mit den Händen über ihr Haar, über ihren Rücken, über ihre Hüften. Seine Finger gruben sich in ihr Fleisch, streichelten sie grob, liebkosten sie ohne jede Zärtlichkeit. »Nur so will ich dich anrühren.« Mit einer Hand umfaßte er ihre Brust unter dem dünnen Stoff ihrer Bluse. »Mehr habe ich dir nicht zu geben. Mehr wirst du mir nicht nehmen.«

Er senkte seinen Mund auf ihre Lippen und küßte sie stürmisch.

Sie hätte ihn wegstoßen sollen. Die Vernunft riet ihr, ihn wegzustoßen. Die Vernunft sagte ihr, daß Lucky Doucet ein Mann voller Probleme war, ganz gleich, ob er nun Wilderer oder Künstler war. Er war ein Mann, der niemand an sich heranließ. Daran hatte er keinen Zweifel gelassen. Er wollte nur ihren Körper, nur Sex. Er wollte Leidenschaft, nicht mehr. Und selbst dieses Bedürfnis gestand er sich nur widerstrebend, fast wütend ein. Er begehrte sie, und das gefiel ihm nicht. Sie wollte ihn, und das verwirrte sie. Sie war eine zu kluge Frau, um sich mit einem Mann einzulassen, der nichts an sich heranließ. Sie war zu intelligent und zu verwöhnt, um einen Barbaren zu begehren. Ihr lag zuviel an ihrer Selbstbeherrschung, als daß sie sich vollkommen aufgeben konnte.

Sie hätte ihn wegstoßen sollen. Aber sie tat es nicht. Konnte es nicht. Sie wollte, daß er sie berührte, daß er sie küßte. Er hatte etwas in ihr geweckt, das selbst während ihrer Ehe in tiefem Schlummer gelegen hatte. Jetzt erwachte es zum Leben und schien sie zu verschlingen. Es war ein beängstigendes und berauschendes Gefühl, dem sie sich kampflos ergab, denn wie sehr ihr die Vernunft auch abriet, wußte die Frau in ihr, daß sie das Richtige tat.

Die Frau in ihr, die nie echte Leidenschaft kennengelernt hatte, verzehrte sich nach ihm. Sie wollte diesen Mann, diesen Krieger mit der Künstlerseele. Sie hatte sich an den Gedanken geklammert, daß er ein Krimineller war, aber das war er nicht. Er war ein Mensch voller geheimer Ängste. Er war ein Mensch, der seine Verletzlichkeit, seine Einsamkeit hinter einer rauhen, gefährlichen Maske versteckte, ein Mensch, der Liebe brauchte, aber niemals darum bitten würde.

Serena stieß ihn nicht weg. Sie verschmolz mit ihm.

Lucky stöhnte hilflos, als ihr Mund unter seinem nachgab. Das hatte er nicht gewollt. Er hatte sie wegstoßen, sie einschüchtern, verängstigen und so weit fortjagen wollen, bis sie weit weg von seinem Leben war. Aber in dem Moment, in dem ihr Widerstand dahinschmolz, verschwand auch seine Wut. Sehnsucht schwemmte wie eine Woge über ihn hinweg. Er mußte sie berühren, sie schmecken, sie halten. Er wollte sich in ihr verlieren.

Es war Wahnsinn, das wußte er genau, aber ein so süßer Wahnsinn, daß er ihm nicht widerstehen konnte.

Er hob seinen Kopf ein winziges Stückchen und sah ihr in die Augen. Wie in einem Spiegel erblickte er auch dort Verwirrung, Verlangen und Furcht vor diesem Verlangen.

»Ich will dich«, murmelte er. Damit hatte er das Gewirr widerstreitender Gefühle auf den Punkt gebracht. »Ich will dich, Serena.«

»Ich weiß.«

Die Worte schwebten leise wie der Schatten eines Lautes von ihren Lippen, die unter seinem Kuß röter geworden waren. Ihr Zopf hatte sich gelöst, und die Haare fielen ihr offen und ungebändigt auf die Schultern. Ein Lichtstrahl drang durch das Fenster über ihnen und färbte ihr Haar zu gesponnenem Gold. Sie war die Versuchung in Person, eine Versuchung, der Lucky keinesfalls widerstehen wollte.

»Letzte Nacht habe ich mich beherrscht«, mahnte er. »Diesmal werde ich mich nicht beherrschen, *chère*.«

Serena spürte, wie sich sein Geschlecht hart und pochend gegen ihren Unterleib drängte, und sie begriff, daß er es ernst meinte. Ein primitiver Schauer überlief sie bei der Vorstellung, daß er sie nehmen, daß er sie besitzen würde. Wieder senkte er seinen Mund auf den ihren, liebkoste, schmeckte, ertastete sie. Serena nahm sein Gesicht zwischen ihre Hände und preßte ihre Lippen fester auf die seinen. Er sollte wissen, daß sie ihn nicht aufhalten würde.

Voll Verlangen reagierte seine lockende Zunge. Vernunft und Logik waren außer Kraft gesetzt, sie ließ sich allein von ihrer Intuition leiten. Er füllte ihren Mund mit seinem Geschmack, umschloß ihren Leib mit seiner Wärme und seiner Kraft. Sie schlang die Arme um seinen Hals und schnappte nach Luft, als sich ihr Busen gegen seinen felsenharten Brustkorb drückte.

Mit einer Hand zog Lucky ihren Unterleib zu sich, die andere ließ er über ihre Schulter gleiten, bis er den offenen Blusenkragen ertastet hatte. Er mußte ihre Haut berühren, sie sehen. Der oberste Knopf löste sich, als er mit den Fingern unter den Stoff fuhr und nach unten drückte. Ein Knopf nach dem anderen sprang ab und rollte über den Boden.

Er küßte sie auf Kinn und Hals, streifte die Bluse über ihre Oberarme und befreite sie davon. Seine Daumen hakten sich unter die Träger ihres Büstenhalters und zogen sie über ihre Schultern, bis sich die Körbchen von ihren Brüsten schälten und das warme Fleisch sich seiner Berührung, seinem Blick, seinem hungrigen Kuß darbot.

Serena schrie auf, als er eine harte Brustwarze in den Mund nahm und mit aller Kraft daran zu saugen begann. Sie fuhr mit den Fingern in sein schwarzseidiges Haar und preßte ihn an sich. Flammen schlugen in ihr hoch.

Gemeinsam sanken sie auf der verknitterten Leinwandabdekkung nieder. Serena lehnte sich zurück, um sich Luckys heißem Kuß besser hingeben zu können. Es war eine unvergleichliche Erfahrung – die saugenden Lippen, die rauhe Zunge, die knetende Hand an der anderen Brust. Ihre Hände fuhren rastlos über seine breiten Schultern und zerrten am Stoff seines Hemdes. Er löste sich von ihr, zog sich das Hemd über den Kopf und schleuderte es beiseite, ohne nur einmal die Augen von ihr zu nehmen. Sein ungestümer, verlangender Blick schien sie zu versengen. Es verschlug ihr den Atem, wenn sie sein markantes Gesicht und den perfekten Körper ansah. Er glich einer aus Muskeln gehauenen Skulptur. Für Serena war er ein Urbild des Mannes und ein Tier zugleich, hungrig und ungezähmt und nur auf eines aus.

Sie stieß einen überraschten Schrei aus, als er sie wieder in seine Arme zog, und stöhnte dann vor Lust. Fleisch lag an Fleisch, weiße, weiche Haut an harten, sonnengebräunten Muskeln, Frau an Mann. Seine bloße Berührung jagte ihr einen Schauer über den Rücken, und der Gedanke, von ihm erobert zu werden, machte sie ganz schwindlig.

Er küßte sie grob und ungestüm, seine Arme umfingen sie, seine Hände strichen über ihren Rücken, preßten sie gegen sich, wanderten dann um ihre Taille herum, bis sie den Knopf ihrer Hose ertastet hatten. Sie sank in einem kleinen Haufen zu Boden. Ein Laut entfuhr ihr unter seinen Lippen, als er mit den Fingerspitzen unter den Gummi ihres Höschens griff und ihr den winzigen Fetzen aus Seide und Spitzen auszog.

Er flüsterte ihr ins Ohr, während er mit einer Hand ihre nackte Hüfte und den runden, vollkommenen Hintern streichelte, ihre Hinterbacken knetete, drückte und wog. Die andere Hand glitt in das Nest dunkelblonder Locken zwischen ihren Schenkeln, suchte die Wärme und die seidigweiche Haut darunter. Die ganze Zeit über flüsterte er ihr süße, lockende, verführerische Worte ins Ohr, flüsterte er ihr Worte in einer Sprache zu, die sie nicht verstand.

Serena versuchte vergeblich, wieder zu Atem zu kommen, um seinen Namen zu flüstern. Er streichelte und liebkoste und entlockte ihr ein tiefes Stöhnen, als er mit einem Finger tiefer glitt. Ihre Hüften drängten sich gegen seine Hand, luden ihn ein, bettelten wortlos um mehr.

Lucky hob den Kopf und sah sie an. Ihre Augen waren geschlossen, doch ihre Lippen offen. Sie hatte den Rücken durchgedrückt, drängte mit dem Unterleib gegen seine Hand und reckte ihm ihre Brüste entgegen. Mit dem losen Haar sah sie aus wie ein gefallener Engel. Nichts war mehr von der kühlen Überheblichkeit zu spüren, die ihn so wütend machte. Keine Spur mehr von ihrem messerscharfen Intellekt. Sie war eine Frau, die einen Mann begehrte, die *ihn* begehrte, und ihr Körper machte keinen Hehl daraus. Wie im Rausch bewegte sie sich unter seiner Hand, die weichen Blätter ihres Kelchs warm und feucht.

Begierde brannte in Lucky wie ein Höllenfeuer, raubte ihm den Verstand, pulsierte in seinen Lenden. Noch nie hatte er eine Frau so begehrt. Noch nie. Er wollte sie mit jeder Faser seines Körpers, und sie war mehr als bereit für ihn, bettelte mit ihrem ganzen Körper darum, genommen zu werden. Seine Nasenflügel bebten wie die Nüstern eines Hengstes, der die Stute wittert, sogen die berauschende Mischung aus teurem Parfüm und dem Moschusgeruch der Erregung ein.

Er riß sich von ihr los und zerrte am Verschluß seiner Jeans, fummelte den Knopf auf und zog mühsam den Reißverschluß über sein hartes Geschlecht, das Serena in die Hand schnellte. Sie schloß die Finger um den Schaft, ertastete seine Länge und Dicke. Langsam bewegte sie die Hand nach unten, dann ebenso langsam wieder nach oben, wobei sich ihre Finger immer fester um ihn schlossen, bis sein Glied zu pulsieren begann. Lucky blieb die Luft weg, als sie mit dem Daumen über die samtige Spitze fuhr.

Sie preßte die Lippen auf seine Brust und fuhr mit der Zunge über seine Brustwarze. In diesem Augenblick verlor Lucky den letzten Rest von Selbstbeherrschung. Ein wildes, animalisches Stöhnen drang aus den Tiefen seiner Brust. Er mußte sie jetzt haben. Sofort.

Er drückte sie auf den Rücken nieder und nahm sie. Das Bedürfnis, sie ganz und gar zu besitzen, war so groß, daß er mit einem einzigen Stoß in sie eindrang. Sie schrie auf und grub die Fingernägel in seinen Rücken. Ihr ganzer Körper spannte sich unter ihm an.

»O Gott«, stöhnte Lucky, stützte sich über ihr auf die Ellbogen und kämpfte den Drang nieder, so tief wie möglich in die enge, feuchte Grotte einzudringen. »Nimm mich ganz, Baby«, flehte er. »Bitte, *bitte*, Serena! Ganz und Gar. Ganz und gar.«

»O Lucky«, stöhnte sie. »Ich kann nicht. Du bist zu –«

»Psst«, flüsterte er und strich mit den Lippen zärtlich über ihre Schläfe. »Entspann dich, *chère*«, hauchte er verführerisch und ließ seinen Körper auf sie sinken. »Entspann dich. Alles wird gut. So gut. Entspann dich nur, Süße. Genauso. Sehr gut.«

Zaghaft bewegte sie sich unter ihm, nahm ihn Zentimeter für Zentimeter in sich auf; immer wieder zogen sich ihre Muskeln zusammen, jedesmal kam sie der Ekstase ein Stückchen näher. Lucky zwang sich mit aller Kraft zur Beherrschung, unterdrückte das Verlangen, in sie zu stoßen, sich ganz und gar in ihr zu vergraben. Er strich ihr das Haar aus der Stirn und küßte sie langsam und innig. Jedesmal, wenn sich ihr Körper unter seinem entspannte, drang er ein kleines bißchen tiefer.

»Du bist enger als eine Faust«, flüsterte er atemlos. Seine Lippen berührten ihren Mund. Es kostete ihn alle Kraft, seinen Körper ruhig zu halten, während sich ihr Leib unter ihm bewegte, um ihn besser aufzunehmen. »*Mon dieu,* wissen denn die Männer da oben in Charleston nicht, wie man mit einer schönen Frau umgeht?«

Serena antwortete nicht. Sie konnte nicht, sie war jenseits aller Worte. Sie hätte ihm auch nur sagen können, daß sie sich nicht einmal mehr an den Namen des letzten Mannes erinnerte, mit dem sie im Bett gewesen war, so gründlich hatte sie ihn aus ihrem Gedächtnis gestrichen. In diesem Augenblick gab es nur noch Lucky. Lucky, der sie nahm, der sie liebkoste, der sie küßte. Sie strich mit den Händen über die schweißglatten Rükkenmuskeln, fuhr mit dem Finger die Mulde über seinem Rückgrat entlang. Ihre Hände packten seinen festen Hintern und drückten ihn tiefer, während sie das Becken hob, um sich ihm ganz und gar zu öffnen.

Sein schwerer Leib preßte sich auf ihren; langsam begann er sich zu bewegen, glitt langsam und sanft in sie und wieder hinaus, wurde unmerklich schneller, bis sich bei jedem Stoß ihre Hüften vom Boden hoben. Serena hielt sich an ihm fest, drängte ihm entgegen, drängte einem Ziel entgegen, von dessen Existenz sie bis zu diesem Augenblick nichts geahnt hatte. Diese unfaßbare Erregung war anders als alles, was sie bis dahin gespürt hatte; sie schwoll in ihr an wie ein reißender Strom, bis sie nicht mehr denken und sich nicht mehr beherrschen konnte. Es war beängstigend und phantastisch zugleich, donnerte über sie hinweg wie eine riesige atemberaubende Woge.

Sie klammerte sich an Lucky, als wäre er ihre letzte Verbindung zu dieser Welt. Sie schlang die Arme um ihn, umfing mit ihren Beinen seine muskulösen Hüften. Immer stärker, heißer, greller, intensiver wurde dieses eigenartige Gefühl, bis es in einer Million gleißender Scherben zerbarst.

»Lucky!«

Lucky spürte ihren Orgasmus, hörte, wie sie seinen Namen rief, dann schwanden ihm fast die Sinne, und er ergoß sich in sie. Mit einem heiseren Aufschrei vergrub er sich ein letztes Mal in ihr, ohne etwas wahrzunehmen außer dem unfaßbaren Pulsieren ihres Körpers unter dem seinen. Es war ein so süßes, so vollkommenes, so göttliches Gefühl, daß für einen Moment die Dunkelheit zurückwich, die seine Seele umhüllte, und er sich zum erstenmal seit langer Zeit rein und vollkommen und eins mit sich selbst fühlte. Er klammerte sich an dieses Gefühl, klammerte sich an Serena, hielt sie fest, als hoffte er, etwas von der Güte in sich aufnehmen zu können, die er in ihr gefunden hatte.

Langsam, als würde er aus dichtem Nebel treten, kehrte die Wirklichkeit zurück. Die mit Farbe bekleckerte Abdeckung, die Füße der Staffelei, die Lichtstreifen, die durch die Jalousien drangen. Die Frau unter ihm.

Er sah Serena an und spürte, wie sich etwas schmerzhaft in seiner Brust zusammenzog. Sie hatte den Kopf zur Seite gedreht und weinte lautlos; die Tränen drangen durch den dichten Wimpernvorhang. Er hatte ihr weh getan. Er hatte sie wie ein brünftiger Hirsch genommen. Er hatte gespürt, wie eng sie war, und sich trotzdem von seinem Trieb überwältigen lassen. Er hatte sie bearbeitet wie ein Wilder. *Dieu*, was für ein Tier war er eigentlich?

Immer wieder hatte sich Lucky geschworen, nichts und niemanden an sich heranzulassen, doch das hier war zuviel. Als Kind hatte er gelernt, Frauen zuvorkommend und respektvoll zu behandeln. So zynisch er in den letzten Jahren auch geworden war, es war für ihn immer noch eine widerwärtige Vorstellung, daß ein Mann eine Frau mißhandelte, daß er sie mit seiner Kraft überwältigte. Die Vorstellung, daß er Serena, der tapferen, stolzen Serena weh getan hatte, hinter deren hoheitsvoller Maske geheime Ängste lauerten, schmerzte ihn mehr, als er zugeben wollte.

Mit zitternder Hand strich er ihr das Haar aus der Schläfe. »Serena? Serena, es tut mir leid.«

»Es braucht dir nicht leid zu tun«, flüsterte sie. »Mir geht es gut.«

»Ich habe dir weh getan. Ich war zu grob. Ich –«

»Nein. Ich habe so etwas einfach noch nie erlebt«, fiel sie ihm mit ihrem Geständnis ins Wort.

Lucky verharrte reglos über ihr. Langsam dämmerte es ihm. »Noch nie?«

Sie schaute ihn an und lächelte unsicher. »Noch nie. Ich hatte keine Ahnung, daß es so etwas geben könnte. Ich war nie besonders gut beim Sex.«

Nichts hätte Lucky stärker oder tiefer treffen können. Zu wissen, daß sie etwas mit ihm erlebt hatte, das sie mit keinem Mann vor ihm erlebt hatte, war mindestens so berauschend, als wenn sie ihm gestanden hätte, daß sie Jungfrau gewesen sei. Besitzergreifender Stolz machte sich in ihm breit, und diesmal sträubte er sich nicht dagegen. Sie gehörte zu ihm. Es war eine tiefe, instinktive Gewißheit. Sie gehörte zu ihm.

Sein Glied, das immer noch in Serenas weicher, warmer Grotte lag, reagierte umgehend, und augenblicklich spannten sich ihre Muskeln an. Gefangen in einem eigenartigen Gefühl, das er nicht zu benennen vermochte, starrte er Serena an. Sie sah mit dunklen, glänzenden Augen zu ihm auf, und ihre Lippen teilten sich, weil ihr der Atem stockte.

»*Oh, ma jolie fille*«, hauchte Lucky und senkte den Kopf, um sie auf den Hals zu küssen. »Das war vielleicht dein erster Himmelsritt, aber es war bestimmt nicht dein letzter.«

10. KAPITEL

Er hatte den Traum schon hundertmal geträumt. Er kroch durch einen Abwasserkanal, der unter dem Privatgefängnis des selbsternannten Generals und Drogenbarons Juan Rafael Ramos verlief. Der Qualm raubte ihm den Atem, und durch die Steinwände drang das Gebrüll der Gefangenen in den Folterzellen zu ihm wie die gräßlichen Schreie gepeinigter Seelen aus dem Fegefeuer.

Er hatte diese Flucht geplant, seit er nach dem ersten »Verhör« durch Ramos' Leute aus der Ohnmacht erwacht war. Jedesmal, wenn er gefoltert wurde, hatte er sich auf den Plan konzentriert. Er hatte immer nur an die Freiheit gedacht, nie an die grauenvollen Schmerzen; immer und immer wieder hatte er den Plan während der endlosen Stunden in der dunklen, modrigen Zelle durchdacht. Jetzt sah er im wahrsten Sinne des Wortes Licht am Ende des Tunnels. Seine Finger schoben sich durch das rostige Gitter und stießen es hinaus. Dahinter standen, in gleißender Helligkeit, Ramos, Amalinda Roca und Oberstleutnant R. J. Lambert.

Zuallererst stürzte er sich auf Lambert, den er mit einem primitiven Metallbolzen erstach. Blut spritzte aus seinem Leib wie Wasser aus einem Hydranten und sammelte sich zu einem klebrigen, warmen, schultertiefen Teich um ihn herum. Er hörte eine Frau lachen und drehte sich, behindert durch die Flüssigkeit um ihn herum, um. Amalinda schwebte über ihm und ließ ihr langes Haar wie eine Fahne im Wind flattern.

In dem Augenblick, in dem er sie erkannte, verzerrte sich ihr Gesicht zu einer Monsterfratze, die ihn mit entblößten Giftzähnen anknurrte. Ihre Finger verwandelten sich in Schlangen, die sich um seine Kehle wanden und seinen Kopf unter den Blutstrom drückten, um ihn zu ertränken. Er spürte das Dröhnen, die Schmerzen in der Lunge, das Grauen, das von ihm Besitz ergriff –

Lucky fuhr hoch, schnappte nach Luft und versuchte panisch zu erkennen, was da auf seine Brust drückte. Direkt auf seinem Herzen lag der Kopf einer Frau, deren goldenes, seidiges Haar sich wie ein Vorhang über seine dunkle Haut breitete. Shelby. Nein, nein, ermahnte er sich, darum bemüht, die aufsteigenden, unangenehmen Erinnerungen zu unterdrücken. Nicht Shelby. Serena.

Er brauchte eine Weile, um Wirklichkeit und Traum voneinander zu trennen, um sich wieder darüber klarzuwerden, wer Serena war und wo sie beide waren. Gedanken- und Gefühlsfragmente wirbelten durch seinen Kopf. Mühsam suchte er die passenden Teilchen zusammen und versuchte, den widerwärtigen Rest wieder zu verdrängen.

Serena. Sicherheit. Daheim.

Sie hob den Kopf und blinzelte im Halbschlaf fragend zu ihm auf. Lucky sagte nichts. Er rutschte unter ihr aus dem Bett und tappte nackt ans Fenster.

Kalter Schweiß überzog seine Haut. Er fuhr sich mit der Hand durch das nasse Haar. Er zitterte – vielleicht war ihm das äußerlich nicht anzumerken, doch innerlich bebte er am ganzen Leibe, und sein Herz klopfte wie wild. Er stützte die Hände gegen den Rahmen des offenen Fensters, versuchte, die frische Luft einzuatmen und sich der Angst entgegenzustemmen, die ihn in den Wahnsinn zu zerren drohte, die sich in seine Kehle schlich, um ihn zu ersticken. Hustend packte er den Rahmen fester und versuchte, das Gefühl niederzuringen.

Sie waren alte Gefährten, die Alpträume und ihre Nachwirkungen – das Zittern, die entsetzliche Angst, daß sich diesmal die Dunkelheit vielleicht nicht mehr vertreiben ließ, die Erschöpfung, die Trauer. Am liebsten hätte er sich wieder hingelegt und wäre vor alldem in den Schlaf geflohen, aber er wußte, daß er in dieser Nacht kein Auge mehr zutun würde. Die Träume waren zu schrecklich, zu lebendig, und die Verlockungen des Wahnsinns zu verführerisch.

Er würde in dieser Nacht kein Auge mehr zutun, weil er Angst hatte, und weil er Angst hatte, schämte er sich. Ein stärkerer Mann als er würde schlafen können. Ein richtiger Mann würde sich nicht von solchen Dämonen plagen lassen. Zu wissen, daß Serena das alles mitbekam, machte die Scham hundertmal schlimmer, deshalb verließ er sich auf seine tief verwurzelte Wut, um sich selbst zu schützen und sich davon abzulenken.

Serena beobachtete ihn vom Bett aus. Sie konnte sein Gesicht nicht erkennen, doch das durchs Fenster hereinfließende bleiche Mondlicht tünchte die Schultern und den Rücken unter dem tief gesenkten Kopf silbern. Jeder Muskel war angespannt, verkrampft, zeichnete sich klar von seinem Nachbarn ab. Sein Rükken hob und senkte sich unter schweren Atemzügen. Sie hatte keine Ahnung, welcher Alptraum ihn aus dem Schlaf gerissen und über diese geistige Klippe gestoßen hatte, an der er sich jetzt festkrallte. Sie wußte nur, daß sie ihm helfen wollte. Sie wollte ihn erreichen und ihre Stärke mit ihm teilen, wie er seine in der letzten Nacht mit ihr geteilt hatte.

Sie löste Luckys Hemd aus dem Kleidergewirr vor dem Bett und zog es sich über. Es reichte ihr bis zu den Schenkeln. Sie stand auf und ging zu ihm.

»Was ist los?« fragte sie leise. Einen Augenblick lang war nichts zu hören außer den Lauten, die von draußen hereindrangen – dem Quaken der Frösche und Summen der Insekten, dem fernen Quieken eines Waschbären.

»*Rien*«, antwortete er schließlich und schüttelte ungeduldig den Kopf, als er merkte, daß er ihr nicht auf englisch geantwortet hatte. »Nichts.«

Sie legte ihre Hand auf seinen Arm. »Lucky –«

»Nichts!« brüllte er und fuhr zu ihr herum. Das war ein taktischer Fehler. Serena wich nicht zurück. Statt dessen sah sie ihm jetzt ins Gesicht und konnte seine Gefühle so leicht lesen wie ein Professor einen Zweitklässleraufsatz. Lucky drehte sich wieder zum Fenster um und zwang sich, ruhiger zu sprechen. »Es hat nichts mit dir zu tun. Nur ein paar aufgewärmte Reste von einem Besuch in Mittelamerika.«

»Was hast du in Mittelamerika gemacht?«

Ein höhnisches Lächeln zuckte um seinen Mund. »Also, ich war nicht mit den Pfadfindern dort, das steht fest.«

»Mit der Armee?«

»Genau. Ein kleiner Job für Onkel Sam. Es war nichts.«

»Von nichts kriegt man keine Alpträume.«

»*Pas de bêtises*«, knurrte er.

»Wenn du darüber sprechen möchtest, könnte ich dir vielleicht helfen«, sagte Serena leise. Ihr Blick war warmherzig und mitfühlend.

Lucky lachte unecht. »Du kannst doch nicht einmal dir selbst helfen«, erwiderte er und wäre fast zusammengezuckt, weil er so gemein war.

Serena überging die giftige Bemerkung. Er hatte Angst und war verletzt; es war nur natürlich, daß er sich wehrte. »Es ist leichter, anderer Leute Probleme zu lösen.«

»Ja ja, schon gut, vergiß es«, knurrte er.

Sie zuckte mit den Achseln und verschränkte die Arme vor der Brust. In dem viel zu großen Hemd, mit dem ungekämmten Haar und der im Mondlicht weichen, makellosen Haut sah sie höchstens aus wie 19. Lucky spürte, wie sich sein Verlangen wieder regte und eine gefährliche Sehnsucht nach Zärtlichkeit. Beides vergrößerte nur die Last der Gefühle, die er im Moment zu tragen hatte. Er fragte sich, ob er es schaffen würde, sie abzuwerfen, ehe er unter ihrer Last zusammenbrach.

»In Ordnung«, nickte Serena. »Ich dachte bloß –«

»Was?« fuhr Lucky sie an. »Was hast du gedacht? Daß ich nur die halbe Nacht mit dir geschlafen haben muß, und schon hast du das Recht, mir den Kopf aufzuklappen und nachzusehen, was für Schlangen sich darin tummeln? Du hast dich geirrt, mein Engel.«

Serena war dicht davor, mit ihm zu streiten. Er sollte ihr das Recht zugestehen, danach zu fragen, was ihn so peinigte. Sie wollte alles über ihn erfahren. Sie wollte, daß er ihr all das bereitwillig erzählte, aber sie wußte, daß er ihr zu seinen Gefühlen ebensowenig Zugang gewähren würde wie zu seinen Gemälden.

Er wäre glücklicher gewesen, wenn sie ihn weiterhin für einen Verbrecher gehalten hätte.

Vielleicht wäre sie ebenfalls glücklicher gewesen. Zu dem Mann, für den sie ihn anfangs gehalten hatte, hätte sie Abstand halten können.

Sie drehte sich um und blickte auf das Bett, in dem sie während der letzten Stunden gelegen hatten. Der Tag war der Nacht gewichen. Zwischen den Zärtlichkeiten hatten sie es geschafft, den harten Boden in Luckys Atelier gegen die bequeme, altmodische Matratze einzutauschen, die mit Virginiamoos, duftendem Heu und Kräutern gestopft war. Lucky hatte sie nochmals geliebt, langsam und behutsam, hatte die Spannung und den Höhepunkt immer wieder hinausgezögert, bis sie einen weiteren, nie gekannten Orgasmus erreichte. Sie glaubte das Gefühl immer noch zu spüren; mit jedem Nerv reagierte sie auf den Mann neben ihr.

»Denk dir nicht zuviel dabei«, murmelte er, als er ihren Blick bemerkte. »Es war nur Sex.«

Serena verzog den Mund zu einem ironischen, traurigen Lächeln. »Aha. Vielen Dank, daß du mir das Gefühl gibst, nur ein billiges Mädchen für eine Nacht zu sein.«

»Nimm's nicht persönlich.«

»Ich verstehe«, antwortete sie trocken. »Ich bin also nur eines von vielen billigen Mädchen für eine Nacht. Da fühle ich mich gleich viel besser. Du verstehst es wirklich, einer Frau zu schmeicheln, Lucky.«

»Wenn du Nettigkeiten hören wolltest, dann bist du an den Falschen geraten. Ich bin nicht nett.«

Serena dachte an die eindringliche Schönheit seiner Bilder, sagte aber nichts. Es hatte ihm nicht gefallen, daß sie sie gesehen hatte, und er würde nicht wollen, daß sie noch mehr unter seinem verbeulten Panzer entdeckte.

»Ich bin bloß ehrlich, *chère*. Das wollt ihr Psychiater doch immer, nicht wahr? Ehrlichkeit? Ohne jede Umschweife?«

Serena antwortete nicht. Erschrocken registrierte sie, daß es ihr lieber gewesen wäre, er hätte sie heute nacht angelogen. Sie fühlte sich vollkommen nackt und verletzlich; in den beiden letzten Tagen war so viel geschehen, daß sie froh gewesen wäre, wenn er sie gehalten und ihr versichert hätte, sie würde ihm alles bedeuten, auch wenn es nicht so war. Aber es war töricht zu glauben, daß dieser Mann so etwas tun würde. Lucky würde niemanden so nahe an sich heranlassen, nicht einmal in einer Lüge.

Mit behutsamen Bewegungen entfernte sie sich von ihm. In ihrem nicht an Liebe gewöhnten Körper schmerzten Muskeln, die sie bisher gar nicht gekannt hatte. Sie stellte sich an die Fliegentür und schaute hinaus auf das Bayou. Von der Angst, die ihr in der vergangenen Nacht so zugesetzt hatte, war heute verdächtig wenig zu spüren. Sie war zu sehr mit anderen Dingen beschäftigt – mit Gifford, Shelby und vor allem mit Lucky. Lucky, ihrem Helden, ihrem Antihelden, ihrem Geliebten.

Sie hatte noch nie zuvor einen Liebhaber gehabt. Sie hatte überhaupt keinen Mann wie Lucky gekannt – hart, schwierig, düster und kompliziert. Es kam ihr so unwirklich vor, hier mit diesem Mann zusammen zu sein. Sie hatte das Gefühl, sich selbst nicht mehr zu kennen. Sie empfand das eigenartige Bedürfnis, in einen Spiegel zu schauen, um zu überprüfen, ob sie dem Menschen, der sie vor zwei Tagen gewesen war, überhaupt noch ähnlich sah.

»Ist alles in Ordnung?« fragte Lucky.

Er hatte sich hinter sie gestellt. Sie spürte die Wärme seines Körpers und gab dem Drang nach, sich an ihn zu lehnen. Seine Arme schlossen sich automatisch um sie und boten ihr jenen Trost, den er niemals aussprechen würde.

Serena schniefte und zog einen Mundwinkel zu einem traurigen Lächeln hoch. »Na klar. Ich lasse mir mein Leben schließlich regelmäßig auf den Kopf stellen. Tut das nicht jeder?«

»Du könntest fortgehen. Zurück nach Charleston. Soll Gifford doch alleine zurechtkommen.«

»Nein. Im Gegensatz zu dir habe ich Verpflichtungen anderen Menschen gegenüber. Ich lebe vielleicht nicht mit ihnen zusammen, aber das heißt nicht, daß sie mir nichts bedeuten. Ich kann da nicht raus, ehe alles vorbei ist.«

Lucky entging nicht, wie resigniert und zugleich überzeugt sie dabei klang. Er fragte sich, wie er sie jemals mit ihrer Schwester hatte verwechseln können. Nur das hübsche Äußere hatten sie gemeinsam. Serena war durch und durch integer und verfügte über einen tiefen Quell innerer Kraft, den sie wegen Shelby und Gifford immer wieder anzapfen mußte. Sie war zäh und zerbrechlich zugleich – eine Mischung, die ihm besser gefiel, als er sich eingestehen mochte. Und es tat ihm weh, wenn er sich vorstellte, daß sie ihre Unschuld endgültig verlieren würde, nachdem man ihr hier so mitgespielt hatte – es schmerzte ihn, obwohl er geglaubt hatte, immun dagegen zu sein.

Aus purem Selbsterhaltungstrieb verschloß er sich diesen Gefühlen. Er empfand ausschließlich Begierde für Serena, nicht mehr, sagte er sich immer wieder. Eine anscheinend unersättliche Begierde. Sie glomm in seinem Unterleib wie die Glut eines Feuers, das abgedeckt, aber nicht gelöscht werden kann.

Er neigte den Kopf, strich mit den Lippen über ihre Wange und ihre Schläfe. »Kann ich dich haben, bis alles vorbei ist?« murmelte er. Seine Hände bewegten sich langsam aufwärts, über ihren Bauch und die Rippen bis zu den Brüsten.

Serena erschauerte unter seiner heißen Berührung und den kalten Worten. Er gab nicht vor, sie zu lieben oder etwas für sie zu empfinden. Sie versuchte, ihr Herz vor der schmerzhaften Wahrheit zu verschließen. Lucky war kein Mann für eine längerfristige Beziehung. Wenn sie ihn überhaupt wollte, dann sollte sie sich auf das beschränken, was er ihr gab, und in ihm nicht mehr als einen großartigen Liebhaber sehen. Mehr durfte sie nicht erwarten. Ein Abenteuer, eine Odyssee, an die sie sich erinnern würde, wenn sie wieder in Charleston und bei Verstand wäre, und über deren Skrupellosigkeit sie sich dann nur wundern könnte.

Im Grunde hatte sie gar keine Wahl. Sie wollte alles, was sie von ihm bekommen konnte. Ihr Körper reagierte bereits so, als wären sie schon seit Wochen, nicht erst seit Stunden ein Liebespaar. Flammen züngelten in ihr hoch und setzten die Knospen ihrer Brüste in Brand, die er durch den weichen Baumwollstoff des Hemdes hindurch mit den Fingerspitzen rieb. Sie brannten sich in ihr Innerstes, als sie spürte, wie sein hartes Glied von hinten gegen sie drückte und unablässig gegen die zarte Haut zwischen ihren Beinen zuckte. Er drehte sie in seinen Armen um und zog das Hemd hoch, so daß ihre nackte Haut die seine berührte.

»Ich kann nicht genug von dir kriegen, *chère*«, flüsterte er und bedeckte ihre Lippen mit sanften, heißen Küssen. »Ich will dich schon wieder.«

Serena legte den Kopf an seine Brust. »Ich glaube, ich kann nicht.«

Lucky legte einen Finger unter ihr Kinn und hob ihr Gesicht an. Nicht Ablehnung sah er darin, sondern Verlegenheit. Er lächelte leise und verständnisvoll.

»Weißt du, das kann ich beheben, Süße«, raunte er verführerisch und stupste sie mit der Nase auf die Wange. »Komm mit ins Bett, dann macht Lucky alles wieder gut.«

Als sie sich auf den Weg nach Chanson du Terre machten, lag der Nebel noch in dünnen Baumwollfäden über dem Bayou. Nie hatte der Sumpf urwüchsiger ausgesehen. Es war wie in ferner Urzeit, als die Erde noch unter den Wassern auskühlte. Dinosaurier hätten sich harmonisch in das Bild gefügt.

Serena konnte sich leicht vorstellen, daß sie durch ein Zeitloch gefallen und in die Vorgeschichte zurückversetzt worden wären, und sie und Lucky die einzigen Menschen. Es war eine für sie uncharakteristisch romantische Vorstellung, trotzdem wehrte sie sich nicht dagegen.

Schweigend nahm sie die Szenerie in sich auf, während Lucky das Boot vorwärtsstakte. Sie fühlte sich immer noch unwohl im Sumpf – das würde wohl immer so bleiben –, aber ihre Wahrnehmung hatte sich merklich geändert, seit sie Luckys Bilder gesehen hatte. Nun sah sie den Sumpf ein bißchen durch seine Augen und versuchte, das Land und den Mann besser zu verstehen.

Beide waren voller Geheimnisse. Beide hüllten sich in Rätsel, gaben sich unnahbar und einsam. Kein Wunder, daß Lucky sich hierher zurückgezogen hatte; der Sumpf war wie er. Serena fragte sich, ob sie ihn wohl jemals ganz begreifen würde, ob sie seine Geheimnisse jemals ganz ergründen oder ob er wie der Sumpf ein Mysterium bleiben würde.

Das Bedürfnis, mehr über ihn zu erfahren, glich einem riesigen Loch, das sie mit Details aufzufüllen hoffte. Sie wollte erfahren, wie er als Junge gewesen war, warum er das College verlassen hatte, weshalb er so zynisch geworden war. Die Fragen lagen ihr auf der Zunge, aber sie sprach sie nicht aus. Es war töricht, sich Illusionen über ihre Beziehung zu machen. Lucky hatte das bestimmt und unumstößlich klargestellt: Sie würden das Bett miteinander teilen, während sie hier war, und sich gelegentlich einen Freundschaftsdienst erweisen, aber nicht mehr.

»Woran denkst du?«

Serena wurde abrupt aus ihren Gedanken gerissen und schaute Lucky, wie sie annahm, mit peinlich schuldbewußter Miene an.

»Nichts«, murmelte sie. Sie war keine gute Lügnerin. Wahrscheinlich stand das Wort »Lüge« in flammendroten Buchstaben auf ihrem Gesicht geschrieben. Lucky runzelte die Stirn, und sie wechselte das Thema, bevor er einen Kommentar abgeben konnte. »Mir ist nicht wohl bei dem Gedanken, die Angelegenheit auf Chanson du Terre regeln zu müssen. Ich habe das Gefühl, es steht mir nicht zu, mich einzumischen.«

Er schob die Stange in den Schlamm, und die Piroge glitt vorwärts. »Du hast selbst gesagt, daß dir nichts anderes übrigbleibt.«

»Ich weiß, aber deshalb brauche ich es nicht gern zu tun. Ich komme mir vor wie ein Außenstehender, der sich ungebetenerweise einmischt. Shelby wird bestimmt nicht begeistert sein.«

»Hier stehen wichtigere Dinge auf dem Spiel als Miz Shelbys Gefühle«, bemerkte Lucky bissig.

Serena drehte sich auf dem Sitz in der Piroge um, damit sie ihn besser sehen konnte. Er hatte die Zähne zusammengebissen und starrte auf einen Punkt irgendwo in der Ferne. Seine Miene war ohne jeden Ausdruck.

»Stehen sich deine Verwandten nahe?« fragte sie.

Lucky zuckte insgeheim zusammen. Standen sich seine Verwandten nahe? Aber ja, sie waren sich so nahe wie die Fäden in handgewebtem Cajun-Stoff... mit einer Ausnahme, und die war er. Seit seiner Rückkehr ging er auf Distanz, obwohl er wußte, daß das die anderen irritierte und verletzte. Es waren gute Menschen, seine Eltern, seine Brüder und Schwestern. Sie waren zu gut, als daß er sie mit seinen Erfahrungen und seinen Problemen belasten wollte. Von Zeit zu Zeit stattete er seinen Eltern pflichtbewußt einen Besuch ab, und auch die anderen sah er bisweilen, aber trotzdem blieb er der lose Faden im Gewebe des Doucet-Clans. Der Faden, der herausgezupft worden war, dachte er verbittert.

»Lucky?«

»*Oui*«, antwortete er knapp. »Sie stehen sich nahe.«

»Das habe ich von meiner Schwester und mir leider nie sagen können. Und was mit der Plantage geschehen soll, wird unser Verhältnis bestimmt nicht verbessern.«

»Wie ich schon sagte, *chérie*, es gibt Wichtigeres zu bedenken.«

Er steuerte die Piroge ans Ufer. Serena schaute sich um. Sie schienen jetzt im Herzen des Sumpfes zu sein. Weit und breit war nichts von Zivilisation und schon gar nichts von ihrem Ziel zu sehen. Es war überhaupt nichts außer schwarzem Wasser und dichtem Wald zu sehen. Auf Luckys Blick hin zog sie fragend eine Braue hoch.

»Ich muß dir etwas zeigen.«

Er sprang aus der Piroge und zog den Bug aufs Trockene. Serena blieb störrisch sitzen, obwohl er ihr die Hand reichte.

»Wo liegt das, was du mir zeigen willst?« fragte sie mißtrauisch.

»An dem Weg da«, antwortete er mit einer Handbewegung in Richtung Wald.

Serena entdeckte nirgendwo einen Weg. Sie sah bloß wild wuchernde Bäume und Unterholz und versuchte, nicht daran zu denken, was unter dem Unterholz herumkroch. Die alte Angst legte sich wie ein Ölfilm über ihre Gefühle.

Lucky umschloß sanft ihr Kinn mit der Hand und drehte ihr Gesicht herum, so daß sie ihn statt des Waldes anschauen mußte. »Hab keine Angst, *chère*«, flüsterte er. »Ich bin bei dir. Du gehörst zu mir, und ich werde nicht zulassen, daß dir etwas passiert.«

Als Serena jetzt in sein entschlossenes Gesicht blickte, spürte sie ein starkes geistiges Band zwischen sich und Lucky, das sie ohne ihr Wissen oder Wollen zusammengeschmiedet hatte, als sie sich voller Leidenschaft geliebt hatten. Sie war seine, Lucky Doucets Lady. Er würde sie beschützen und verteidigen, wie die Männer ihre Frauen seit Urzeiten verteidigten.

»Vertraust du mir, *chérie*?«

»Ja«, antwortete sie. *Ich vertraue dir mein Leben an, weil ich dir mein Herz nicht anvertrauen darf.*

Sie vertraute ihm. Noch vor zwei Tagen wäre ihr das undenkbar erschienen. Niemals hätte sie geglaubt, daß ein Mann, der so skrupellos, so wild zu sein schien, der jeder Autorität zu trotzen und seine Probleme mit Gewalt zu lösen schien, so vertrauenswürdig sein könnte, aber sie wußte inzwischen, daß mehr an Lucky war, als auf den ersten Blick erkennbar. Er war wie ein ungeschliffener Diamant – niemand vermochte zu sagen, wie viele Facetten sich unter der rauhen, harten Schale verbargen.

Sie ergriff seine Hand und ließ sich von ihm aus dem Boot helfen. Sobald sie festen Boden unter den Füßen hatten, hob er sie hoch und trug sie zu der Stelle, die er ihr zeigen wollte. Der Pfad, dem er folgte, war mit Farn und dornigen Brombeerranken überwuchert und von hohen Bäumen überschattet. Der Sumpf versuchte nach Kräften, alle menschlichen Spuren auszulöschen. Meist konnte Serena den Pfad überhaupt nicht erkennen, doch Lucky bewegte sich so ruhig und sicher wie auf einer Hauptstraße.

Er brachte sie zu einer Lichtung am Ufer des nächsten Wasserlaufes. Sie war von Zürgelbäumen und Magnolien umringt, deren letzte Blüten die Luft mit ihrem schweren Duft schwängerten. Auf dem gegenüberliegenden Ufer leuchteten weißblühende Gänseblümchen und schwarzäugige Susannen. Die Umrisse einer trinkenden Hirschkuh mit zwei Kitzen zeichneten sich gegen die aufgehende Sonne ab.

Lucky ließ Serena vor sich auf den Boden gleiten, schirmte sie aber weiterhin mit seinen Armen ab. Er deutete auf eine treibende Insel von Wasserhyazinthen, die sich von einem Ufer zum anderen erstreckte.

»Dieses Zeug kann ein ganzes Bayou ersticken«, sagte er leise. »Eine Pflanze produziert in jeder Saison bis zu fünfundsechzigtausend Nachkommen. Sie nehmen den Pflanzen darunter das Licht weg und bringen sie so zum Absterben. Das Phytoplankton, von dem sich die Fische ernähren, verschwindet, und die Fische verschwinden genauso. Die Wasserpflanzen, von denen die Enten leben, werden weniger, und die Enten bleiben fort. Der Mensch hat diese Pflanze durch einen Zufall hierher gebracht.«

Er wandte sich zur Seite und deutete auf einige Schilfstauden, zwischen deren Halmen der Kopf eines biberartigen Tieres zu sehen war. »Da drüben ist eine Biberratte. In den dreißiger Jahren wurden sie zu Zuchtversuchen in Louisiana eingeführt. Ein paar sind ausgebrochen. Inzwischen gibt es so viele davon in den Marschen, daß sie das Land auffressen. Überall dort, wo die Ölgesellschaften die Jagd verbieten, nagen sie das Schilf bis zum Stumpf ab. Sobald der Marschboden nicht mehr von den Graswurzeln zusammengehalten wird, bröckelt er ab und wird fortgeschwemmt. Dann kann das Salzwasser vom Golf her eindringen und alles vergiften. Die Menschen haben die Biberratten hier eingeführt.

Wenn man hier steht, könnte man glauben, man sei unendlich weit von jeder Zivilisation entfernt«, schloß er. »Aber direkt vor dir siehst du zwei Beispiele für menschliche Eingriffe. Der Sumpf mag dir gnadenlos und unzerstörbar erscheinen, aber in Wahrheit beruht er auf einem höchst empfindlichen System. Wenn dieses ökologische Gleichgewicht zerstört wird, zerstören wir auch ihn.«

»Warum zeigst du mir das?« Serena schaute ihn über die Schulter hinweg an.

»Ich wollte nur, daß du das verstehst, bevor du mit Shelby und

Talbot und Tristar verhandelst. Es geht hier nicht nur um Chanson du Terre, mein Engel, und auch nicht um deine Beziehung zu deiner Schwester oder zu Gifford. Es geht um ein ganzes Ökosystem.« Er starrte in die Wildnis, als wollte er sich den Anblick noch einmal genau einprägen, ehe es zu spät war. »Der Sumpf stirbt jetzt schon Stück für Stück. Er wird immer mehr eingeengt von den großen Kanälen, die man gegraben hat, damit der Mississippi das Ackerland nicht mehr überschwemmt, das überhaupt nicht für die Landwirtschaft geeignet ist. Tristar plant, einen eigenen Schiffskanal zu bauen. Dadurch wird der Prozeß noch beschleunigt. *Le bon Dieu* allein weiß, was sie hier draußen alles abladen werden, wo ihnen niemand dreinreden kann. Die Liste ihrer Umweltverbrechen ist jetzt schon so lang wie dein Arm.«

Serena hörte ihm aufmerksam zu. Sie achtete nicht nur auf seine Worte, sondern auch auf die Gefühle, die dahinter zum Vorschein kamen. Hier sprach nicht Lucky, der angebliche Wilderer, oder Lucky, der harte Kerl. Hier sprach Étienne, der Biologiestudent, der Junge, der an diesen Bayous aufgewachsen war und der ihre Geheimnisse ergründet hatte. »Du liebst diesen Sumpf, nicht wahr?«

Lucky schwieg sehr, sehr lange. Der Sumpf war seine Heimat, er war seine Rettung gewesen und hatte ihn mit seiner Einsamkeit geheilt, als er am Abgrund zum Wahnsinn gestanden hatte. Die Stille wurde fast belastend, soviel bedeutete ihm die Antwort.

»Oui«, antwortete er schließlich. »Ich weiß, daß du ihn haßt, aber dieser Sumpf ist mein Leben.«

Sein Geständnis rührte Serena an ihrer empfindsamsten Stelle, und sie spürte, wie starke Gefühle in ihr aufstiegen. Zum erstenmal hatte Lucky freiwillig und offenherzig etwas von sich preisgegeben.

Egal, wie heftig ihr Verstand sich dagegen wehrte, ihr Herz klammerte sich gierig an diese winzige Hoffnung. Serena drehte sich in Luckys Armen um und umarmte ihn. Sie sehnte sich nach etwas, das sie nicht zu benennen wagte, und hatte in diesem Moment das Gefühl, daß sie alles tun würde, um diesen Sumpf zu retten, sosehr sie ihn auch fürchtete – nur um Lucky etwas zu geben, das tiefer war als bloßes körperliches Verlangen.

11. KAPITEL

»Kannst du denn gar nichts unternehmen, Mason?«

Shelby schritt in dem kleinen Arbeitszimmer auf und ab, das ihr Gatte für die Zeit ihres vorübergehenden Aufenthalts auf Chanson du Terre mit Beschlag belegt hatte. Es war eine düstere Höhle mit getäfelten Wänden und Holzboden, eingerichtet mit männlich wirkenden Ledersesseln und Regalen voller muffig riechender Bücher. Porträts ernst dreinblickender Männer aus dem vergangenen Jahrhundert starrten mißbilligend von den Wänden herab. Shelby schenkte ihnen keine Beachtung, verschränkte die Arme noch fester vor der Brust und setzte ihren Marsch fort. Das Klicken ihrer Absätze war das einzige Geräusch im Zimmer.

Mason sah zerstreut von den Papieren auf seinem Schreibtisch auf und schob seine Brille zurecht. Mit leerem, geistesabwesendem Blick betrachtete er Shelby in ihrem neuen schwarzroten Kostüm. »Ich weiß nicht recht, was du von mir erwartest, Liebling.«

Shelby stürzte auf ihn herab. Ihre dunklen Augen flackerten vor Ungeduld. Sie stützte die Hände, an deren frisch manikürten Fingern ein Granat- und Diamantring gleißte, auf den Schreibtisch auf. »Du hast gehört, was Burke gesagt hat. Er meint, wir sollten Gifford entmündigen lassen.«

»Aber Shelby«, widersprach Mason gütig lächelnd. Er legte die Papiere, mit denen er sich beschäftigt hatte, auf den Tisch und faltete ordentlich die Hände darüber. »Ich habe dir doch schon erklärt, daß das nicht geht. Wie würde das denn aussehen, wenn ich den Großvater meiner Frau entmündigen ließe, nur damit ich seinen Grund und Boden verkaufen kann? Das würde sich nicht auszahlen, mein Herzchen. Die Wähler sehen so etwas gar nicht gerne. Außerdem würde Serena dem nie zustimmen.«

»Serena.« Shelby zischte den Namen ihrer Schwester wie einen Fluch, bevor sie sich von der Schreibtischkante abstieß und ihren Marsch wieder aufnahm. »Zum Teufel mit ihr. Warum mußte sie ausgerechnet jetzt zurückkommen, wo alles so gut aussah? Sie wird mir alles kaputtmachen. Wie immer.«

Mason wunderte sich insgeheim, seinem Lächeln zum Trotz. »Du mußt Vertrauen haben, mein Zuckerpfläumchen. Vielleicht nimmt Serena ja Vernunft an, wenn sie die ganze Geschichte erfährt.«

»Sie wird sich auf Giffords Seite stellen«, fauchte Shelby und drückte eine lose Strähne zurück in ihren strengen Haarknoten. »Bestimmt hat er ihr allen möglichen Unsinn in den Kopf gesetzt. Und wer weiß, was dieser Lucky Doucet ihr alles erzählt!«

»Warum sollte er ihr irgendwas erzählen? Sie hat ihn doch nur engagiert, damit er sie zu Gifford bringt.«

»Einfach...« Sie versuchte, Zeit zu gewinnen und dem neugierigen Blick ihres Mannes auszuweichen. »Einfach... weil er verrückt ist, deswegen.«

Mason schüttelte den Kopf. »Du regst dich vollkommen unnötig auf.«

»Einer von uns muß sich aber aufregen. Wenn wir nicht bald Geld auftreiben, kommen wir in Schwierigkeiten, Mason. Du brauchst Mittel für deinen Wahlkampf, und wir müssen den Vertrag für das neue Haus abschließen.«

»Es würde uns helfen, wenn du das alte endlich an den Mann brächtest.«

Shelby blieb wie angewurzelt stehen, preßte sich die Hand aufs Herz und sah ihn mit einer Leidensmiene an, als hätte ihr Gatte ihr mit seiner Aussage einen Pfahl ins Fleisch getrieben. »Ich versuche ja, das Haus zu verkaufen, Mason. Ich kann nichts dafür, daß die Loughtons keine Finanzierung zustande gebracht haben. Ich kann außerdem nichts dafür, daß der Markt so schlecht ist.«

»Ich weiß, daß du nichts dafür kannst, mein Schnuckel«, versicherte Mason eilig. »Natürlich nicht. Ich habe bloß laut ausgesprochen, was mir durch den Kopf ging, sonst nichts.«

Was ihm ansonsten durch den Kopf ging, behielt er lieber für sich. Das Limit für Shelbys Kreditkarte war längst ausgeschöpft gewesen, bevor sie sich dieses neue Kostüm zugelegt hatte. Er hatte das unangenehme Gefühl, daß die roten Lederpumps furchtbar teuer gewesen waren, aber er verkniff sich jede Bemerkung. Auf seine Bitten, ihre Ausgaben etwas einzuschränken, hatte Shelby noch jedesmal mit einem hysterischen Anfall reagiert.

»Ich sag' dir, was mir im Kopf herumgeht«, meinte Shelby nachdenklich und zog einen formvollendeten Schmollmund. »Ich wünschte, ich wäre ein Einzelkind, und Gifford würde zu Verstand kommen. Das wünschte ich mir.«

»Du machst dir zu viele Sorgen, mein Pfirsich«, beschwichtigte Mason. »Es wird alles klappen. Du wirst schon sehen. Wie immer.«

Jemand klopfte energisch an die Tür, dann schlüpfte Odille Fontenot ins Zimmer. Der knochige Körper war kerzengerade, die Augen glühten, und ihr Mund war wie immer wütend und mißbilligend zusammengekniffen. Das graumelierte Haar stand in einem wirren Bausch über ihrem Kopf. Sie trug einen Baumwollkittel mit fröhlichem Blumenmuster, das allerdings unter ihrer düsteren Miene nicht so recht zur Geltung kam. Unförmig hing der Kittel von den drahtdünnen Schultern herab.

»Sie sollten warten, bis man Sie hereinruft, Odille«, erklärte ihr Shelby, die nicht sicher war, wieviel die Haushälterin mitbekommen hatte. »Ihre Manieren sind unmöglich. Wenn Sie für mich arbeiten würden, hätte ich Sie für Ihre Unverschämtheiten längst gefeuert.«

Odille schniefte entrüstet. »Ich arbeite aber nich' für Sie. Da wär' ich schön verrückt, wenn ich für Sie arbeiten tät'.«

Shelby plusterte sich auf wie eine Taube in Angriffsstellung. »Sie impertinentes Geschöpf!«

»Wollten Sie uns etwas mitteilen, Odille?« mischte sich Mason taktvoll ein.

Odilles schmale Augen wanderten von Mason zu Shelby und zurück. »Miß 'Rena is' daheim«, verkündete sie düster, dann machte sie kehrt und stolzierte hinaus, ohne abzuwarten, daß man sie entließ.

Einen Augenblick später tauchte Serena auf. Sie hatte ihre Tasche an der Tür stehenlassen und sich unverzüglich auf die Suche nach ihrer Schwester gemacht, um so schnell wie möglich ein paar Dinge zu klären.

»Shelby, Mason, ich glaube, wir müssen uns unterhalten«, eröffnete sie beiden, sowie sie in die Bibliothek getreten war.

»Serena!« Shelby eilte mit Sorgenmiene auf sie zu und rang dabei die juwelenbesetzten Hände. »Geht es dir gut? Wir haben uns solche Sorgen um dich gemacht! Dir hätte alles mögliche im Sumpf und bei diesem Wahnsinnigen zustoßen können!« Sie warf einen hastigen Blick über Serenas Schulter. »Ist Gifford mit dir zurückgekommen?«

»Nein, das ist er nicht.«

Mason kam mit der Würde eines vollkommenen Gentlemans hinter seinem Schreibtisch hervor und schenkte ihr ein strahlendes Willkommenslächeln. Wie alle Talbots war er auf ruhige, zurückhaltende Weise attraktiv. Er trug ein verknittertes blaues Oxfordhemd und strahlte eine zerstreute Gutmütigkeit aus, die augenblicklich beruhigend auf Serena wirkte. Sie mußte lächeln, als er auf sie zukam.

»Serena, Liebling, ich freue mich so, dich zu sehen«, empfing er sie und umarmte sie brüderlich. Dann trat er einen Schritt zurück, um sie sich genau anzusehen. »Es tut mir leid, daß ich dich gestern nicht begrüßen konnte. Meine Praxis nimmt mich ziemlich ran, fürchte ich. Und dann hat mir Shelby erzählt, daß du auf eigene Faust Gifford suchen gegangen bist.« Er schüttelte tadelnd das Haupt. »Wir haben uns wirklich Sorgen um dich gemacht.«

»Ich dachte, es wäre sinnvoll, das mit Gifford so schnell wie möglich zu klären.«

»Gifford. Ja.« Er nickte, setzte eine angemessen ernste Miene auf und steckte die Hände in die Taschen seiner braunen Hose. »Also, Shelby hat mir erzählt, sie hätte dir die Sache gar nicht richtig erklären können, so eilig hattest du's.«

»Soweit ich mich erinnere«, widersprach Serena trocken und schaute ihre Schwester dabei vielsagend an, »hat Shelby überhaupt nicht versucht, mir irgend etwas zu erklären.«

Shelby reagierte mit derselben verletzten Miene darauf, die sie vorhin ihrem Gatten vorgeführt hatte. »Das stimmt einfach nicht, Serena! Ich habe dich schon fast angebettelt, hierzubleiben, damit wir uns unterhalten können!«

»Du hast mir gesagt, du wüßtest nicht, warum Gifford sich im Sumpf verkrochen hat.«

Mason trat schlichtend zwischen die beiden wie der geborene Diplomat. »Ich glaube, Shelby meinte damit, daß Gifford uns alle ziemlich verblüfft hat. Wir hatten erwartet, daß er hier bleiben und wie sonst auch den Stier bei den Hörnern packen würde. Es geht hier ziemlich drunter und drüber.«

»Ja, das habe ich gemerkt, als ich mitten im Kugelhagel stand«, antwortete Serena höhnisch. »Können wir uns vielleicht setzen und die Sache klären?« fragte sie und wollte sich schon in einem der großen Ledersessel niederlassen.

Mason schaute mit bedauernder Miene auf seine Armbanduhr. »Ich fürchte, das ist im Moment nicht möglich, Serena. Ich erwarte um zwei Uhr einen Klienten. Ich muß mich ohnehin beeilen, damit ich nicht zu spät komme.« Er studierte sein Spiegelbild in der Glastür des Bücherschranks, knöpfte den Kragenknopf seines Hemdes zu und rückte seine Regimentskrawatte zurecht. »Nach dem Abendessen können wir in aller Ruhe darüber sprechen. Wir erwarten Mr. Burke und Giffords Anwalt. Wir dachten, daß Lamar Gifford vielleicht überreden kann, falls du es nicht schaffen solltest, ihn herzubringen.«

Serena seufzte ungeduldig. Sie hatte das Problem lieber sofort anpacken wollen, um es sich möglichst schnell vom Hals zu schaffen, aber das war nun nicht mehr möglich. Sie musterte Mason und überlegte, ob ihn wirklich ein Klient erwartete. Ihr Schwager lächelte sie ernst und bedauernd an, dann küßte er Shelby auf die Wange und ging hinaus; Serena schalt sich dafür, daß sie überall Verschwörungen und Betrug witterte. Mason war immer nur freundlich zu ihr gewesen.

»Und ich habe heute noch so viel zu erledigen!« verkündete Shelby wie aus heiterem Himmel. Sie eilte um den Schreibtisch herum und schob die Papiere zu einem Stapel zusammen. »Ich habe einen Besichtigungstermin bei Harlen und Marcy Stone. Stell dir vor, Harlen wird nach Schottland versetzt! Ausgerechnet nach Schottland! Und John Mason hat ein Fußballturnier und Lacey ihre Klavierstunde. Und dann muß ich mich natürlich um die Vorbereitungen fürs Abendessen kümmern.

Ich habe Odille gebeten, einen Schweinebraten zu machen, aber das heißt natürlich nicht, daß sie das auch tut. Sie ist ein widerwärtiges altes Weib. John Mason hat zwei Nächte nicht geschlafen, bloß weil sie ihm erzählt hat, in seinem Zimmer würde der Geist eines kleinen Jungen spuken, den die Yankees während des Krieges abgeschlachtet haben.«

Serena ließ sich in einen Sessel fallen und den Kopf gegen die Lehne sinken. Angesichts der übersprudelnden Energie ihrer Schwester spürte sie ihre eigene Müdigkeit um so deutlicher.

Shelby hielt plötzlich inne und schaute ihre Schwester mit mütterlich besorgtem Blick an. »Meine Güte, Serena, du siehst aus wie der Tod auf Stelzen!« Ihre Augen verengten sich ein klein wenig. »Was ist da draußen passiert?«

»Nichts.«

»Jedenfalls siehst du schrecklich aus. Du solltest ein schönes, heißes Bad nehmen und dich dann hinlegen. Ich würde Odille ja sagen, sie soll dir ein paar Gurkenscheiben gegen diese fürchterlichen schwarzen Ringe unter den Augen zurechtschneiden, aber wahrscheinlich würde sie mit Messern nach mir werfen. Sie ist einfach so. Ich habe keine Ahnung, warum Gifford sie noch beschäftigt.«

»Warum hast du mir nicht gesagt, daß Mason fürs Parlament kandidieren möchte?« fragte Serena unvermittelt.

Ihre Schwester sah sie verständnislos an. »Na, weil du mir gar keine Gelegenheit dazu gelassen hast, deshalb. Du mußtest ja unbedingt in den Sumpf rennen, bevor ich dir irgend etwas erklären konnte. Und jetzt bin ich in Eile. Wir werden dir alles beim Abendessen erzählen.« Ihr Gesicht hellte sich unter einer dicken Schicht Elizabeth Arden auf. »Es ist wirklich aufregend! Ich kann es gar nicht fassen!« Sie warf einen Blick auf die schmale, mit Diamanten besetzte Uhr an ihrer Hand und ließ ein gekünsteltes »Huch!« hören. »Ich bin spät dran! Wir reden heute abend über alles.«

»Das werden wir ganz bestimmt«, murmelte Serena zu sich selbst, während sich ihre Schwester im Stakkatotakt auf ihren Pfennigabsätzen entfernte.

Als alles um sie herum ruhig war, dachte sie sehnsüchtig an Shelbys Vorschlag, ein Bad zu nehmen und sich auszuschlafen. Sie spielte mit dem Gedanken, einfach in dem Sessel einzunikken, in dem sie gerade saß. Aber dann zwang sie sich doch aufzustehen und sich auf die Suche nach James Arnaud, dem Verwalter der Plantage, zu machen.

Chanson du Terre war einst eine Plantage von fast 1000 Morgen gewesen, im Laufe der Jahrzehnte aber Stück für Stück auf ihre gegenwärtige Größe von 200 Morgen zusammengeschrumpft. Ursprünglich waren Reis und Indigo angepflanzt worden. Wildes Indigo wuchs stellenweise immer noch in den Gräben rund um die Plantage. Im 19. Jahrhundert hatte man kurzzeitig mit Reis experimentiert, war aber bald zu Zuckerrohr übergegangen. Seit Serena denken konnte, war die Hälfte der Felder mit Zuckerrohr und ein Viertel mit Sojabohnen bebaut worden, während das letzte Viertel brach lag.

Der Zuckerrohranbau war Glückssache. Die Pflanzen reagierten empfindlich auf Feuchtigkeit, waren krankheits- und frostanfällig. Die Wahl des richtigen Zeitpunkts für die Ernte im Herbst konnte über alles oder nichts entscheiden, denn die Bauern warteten bis zum letztmöglichen Tag, damit die Pflanzen möglichst viel Sucrose produzierten, und arbeiteten dann rund um die Uhr, um sie einzubringen. Schon nach dem ersten Frost verrottete das Rohr auf den Feldern, wenn es nicht augenblicklich abgeerntet wurde.

Gifford hatte immer behauptet, Zuckerrohr sei die ideale Pflanze für die Sheridans. Sie hatten Chanson du Terre beim

Glücksspiel gewonnen; es schien nur richtig, immer weiter zu spielen. Aber in letzter Zeit hatten sich die Einsätze nicht ausgezahlt.

James Arnaud, der gerade dabei war, einen Traktor im Gerätehaus mit blumigen Flüchen zu überhäufen, erklärte Serena, daß es mit der Plantage ständig abwärts gehe. Arnaud war klein, stämmig und etwa Mitte vierzig, hatte dunkles Haar und dunkle Augen, die seine Cajun-Abstammung verrieten, und besaß das dazugehörige lebhafte Temperament. Er war seit fast zwölf Jahren Verwalter auf der Plantage. In dieser Zeit hatte er immer wieder bewiesen, daß er das Vertrauen verdiente, das Gifford in ihn setzte. Serena hatte gewußt, daß er ihr die Wahrheit sagen würde, ihr war bloß nicht klar gewesen, wie unangenehm diese Wahrheit war.

Ein Großteil der letztjährigen Ernte war an einer Krankheit zugrunde gegangen. Schwere Regenfälle hatten dieses Jahr im Frühjahr das Wachstum der Pflanzen auf jenen Feldern beeinträchtigt, auf denen die Bewässerung nicht einwandfrei funktionierte. Das hatte zur Folge, daß es kein Geld gab, um überalterte Geräte zu ersetzen, und man hatte Hilfskräfte entlassen müssen. Alles in allem war Arnaud der Ansicht, daß sich ein 78jähriger Mann wohl kaum mit diesen Problemen herumschlagen wollte, deshalb, so sagte er, würde er es Gifford kein bißchen verübeln, wenn er tatsächlich verkaufen und nach Tahiti gehen würde.

Was sie brauchten, erklärte Arnaud, sei eine Finanzspritze und möglichst auch eine neue Anbaufrucht, um nicht völlig vom Zuckerrohr abhängig zu sein. Aber Geld gab es so wenig wie Hühnerzähne, und Gifford sträubte sich gegen jede Veränderung.

Als das Gespräch zu Ende war, fühlte sich Serena noch deprimierter als zuvor. Selbst wenn sich die Sache mit Tristar klären ließe, hinge das Schicksal der Plantage immer noch in der Luft. Sie würde zurück nach Charleston gehen. Shelby und Mason würden nach Baton Rouge ziehen. Gifford würde hierbleiben; ein alter Mann mit einem alten Traum, der sich langsam in nichts auflöste.

Sie spazierte über den muschelbestreuten Pfad, die Hände tief in den Hosentaschen vergraben, und ließ den Blick melancholisch erst über die verwitterten Gebäude schweifen, dann über die Pekannußbäume zu einem Zuckerrohrfeld. Die hohen, grünen Pflanzen reckten sich bereits dem Himmel entgegen. Sie glaubte fast, den intensiven, bittersüßen Duft zu riechen, der beim Verbrennen der Blätter entstand, wenn während der Ernte dinosauriergroße Maschinen durch die Felder krochen und alles voller geschäftiger Arbeiter war. Die Erntezeit gehörte zu ihren liebsten Kindheitserinnerungen. Sie hatte das Gefühl von Aufregung und Eile nach den langen, trägen Sommertagen geliebt.

Es war eine schöne Kindheit gewesen, erkannte sie, während sie die Stufen zu dem alten Pavillon hinaufschritt, der am Rande des Gartens hinter dem Haus stand. Sie setzte sich auf eine verwitterte Bank in den kühlen Schatten, lehnte sich zurück und starrte in Richtung Haus. Odille kam mit einem riesigen Strohhut auf dem Kopf sowie einem Korb über dem Arm aus der Hintertür und marschierte mit einer Gartenschere und einer nachtschwarzen Miene bewaffnet auf ein Beet voller Frühlingsblumen zu. An der Hausecke verkroch sich John Mason hinter einer Säule, um kurz darauf Lacey zu Tode zu erschrecken, die im Gras saß und mit ihren Puppen spielte. Die Szenerie ließ alte Erinnerungen wach werden – an heiße Frühlingstage und eine sorglose Kindheit im Schatten von Chanson du Terre.

Serena und Shelby hatten immer hier gelebt. Ihre Eltern waren unmittelbar nach ihrer Hochzeit hier eingezogen. Robert Sheridan, ihr Vater, war als einziger Sohn von frühester Kindheit an dazu erzogen worden, Giffords Platz als Herr der Plantage zu übernehmen. Serena mußte unwillkürlich daran denken, wie anders alles aussähe, wenn er noch am Leben gewesen wäre. Aber er war gestorben. An Shelbys und ihrem fünfzehnten Geburtstag war er bei einem Flugzeugabsturz umgekommen.

Seine Frau war ihm schon zehn Jahre zuvor ins Grab vorangegangen. Serena besaß kaum mehr eine Erinnerung an ihre Mutter, von ein paar winzigen Erinnerungsfetzen abgesehen – ein hübsches Lächeln, eine weiche Stimme, ein liebevoller Kuß.

Aber sie wußte noch gut, wie sehr ihren Vater der Tod ihrer Mutter mitgenommen hatte. Sie konnte ihn noch immer weinen hören – er hatte sich in grauenvoller, unerbittlicher, untröstlicher Trauer in seinem Schlafzimmer eingeschlossen, während die Damen aus der Gemeinde die Trauergäste mit Essen und Trinken versorgt hatten. Es hatte keine zweite Frau, keine weiteren Kinder, keine Söhne gegeben, die Stammhalter gewesen wären und die Plantage hätten übernehmen können.

Wie mochte es wohl sein, jemanden so sehr zu lieben? Jemanden so zu lieben, daß der Tod dieses Menschen den Tod des eigenen Herzens bedeutete? Serena konnte sich das nicht vorstellen. sie hatte noch nie so viel für einen Mann empfunden, hatte nie so viel erwartet. Bei ihrer Arbeit hatte sie zu viele zerstörte Beziehungen kennengelernt, um zu glauben, daß es viele andere gab.

Lucky kam ihr in den Sinn. Sie sagte sich, daß das nur natürlich war. Sie hatte gerade eine lange Nacht in seinen Armen verbracht. Das bedeutete keinesfalls, daß sie ihn für den Mann ihres Lebens hielt. Aber sie fragte sich unwillkürlich, ob er jemals so geliebt hatte. Er würde bestimmt abstreiten, dazu fähig zu sein. Niemand sollte wissen, daß unter diesem steinernen Brustkorb ein Herz schlug. Warum wohl? Weil es jemand verletzt und gebrochen hatte?

Er kannte Shelby, hatte irgendwie mit ihr zu tun gehabt. Jedesmal, wenn sie daran dachte, reagierte Serena fassungslos und eifersüchtig zugleich. Waren sie ein Liebespaar gewesen? Hatten sie sich geliebt? War Shelby die Ursache für Luckys Mißtrauen allen Frauen gegenüber? Der Gedanke hinterließ einen bitteren Nachgeschmack. Dies wäre ein weiterer vollkommen logischer, vernünftiger Grund, sich nicht mit Lucky Doucet einzulassen, doch den ersten verhängnisvollen Schritt hatte sie bereits getan. Sie war gewarnt gewesen – und hatte sich trotzdem kopfüber in ein Abenteuer gestürzt.

Was für ein Schlamassel, dachte sie mit einem langen, innigen Seufzen. Gedankenversunken zupfte sie an der abblätternden Farbe auf dem Geländer und schüttelte den Kopf. Sie war aus Charleston abgereist, um schlicht und einfach Ferien zu machen, und fand sich plötzlich in einem Drama wieder, das eines Judith-Krantz-Romans würdig gewesen wäre.

Es gab noch einen Grund, weswegen sie von Chanson du Terre weggegangen war. In Charleston brauchte sie sich nicht mit komplizierten familiären Problemen auseinanderzusetzen. Sie brauchte sich nicht zu fragen, was ihre eigene Schwester wohl ausheckte. Sie brauchte sich nicht ihr Elternhaus anzusehen und sich zu fragen, was wohl daraus werden würde, wenn es nach zweihundert Jahren nicht mehr im Besitz der Familie wäre. Sie brauchte keine Angst zu haben, Giffords Erwartungen zu enttäuschen. Sie brauchte nicht zuzuschauen, wie er alt wurde. Sie konnte ab und zu herkommen, ihren nostalgischen Erinnerungen nachhängen und wieder wegfahren, bevor sie sich mit so unerfreulichen Dingen wie uralten Verletzungen und Ängsten auseinandersetzen mußte.

»Du kannst nicht bei der erstbesten Gelegenheit aus Louisiana abhauen und dann erwarten, daß du dir nur ein Wochenende frei zu nehmen brauchst, um alles wieder einzurenken.«

Giffords Worte klangen ihr immer noch im Ohr. Der alte Schurke. Mit diesem Satz hatte er das Messer genau ins Zentrum ihrer Schuldgefühle gestoßen. Und im gleichen Augenblick hatte er sie dazu gezwungen, sich mit dem Problem zu beschäftigen, wenn sie sich nicht noch schuldiger fühlen wollte. Er hatte sie genau dort, wo er sie haben wollte und wo sie keinesfalls hingewollt hatte – jetzt mußte sie sich mit Fragen auseinandersetzen, denen sie stets ausgewichen war.

»Serena, du kennst Mr. Burke von Tristar Chemical wahrscheinlich noch nicht«, sagte Mason mit samtiger Stimme. Er trat vor, lächelte strahlend und nahm ihren Arm, als sie in den vorderen Salon trat.

»Wir wurden einander noch nicht vorgestellt, das stimmt«, antwortete Serena und reichte dem großen Mann in dem Texas-Anzug die Hand. »Ich fürchte, Sie haben mich gestern bei Gifford mit meiner Schwester verwechselt, Mr. Burke. Ich bin Serena Sheridan.«

Burke begutachtete eingehend die zierliche Figur unter dem geradegeschnittenen, ärmellosen Leinenkleid. Er quetschte ihre Hand und grinste. »O Mann, wer hätte gedacht, daß es zwei solche Schönheiten gibt! Es ist mir ein Vergnügen, *Miss* Sheridan?« Seine Braue hob sich so erwartungsvoll, daß Serena seine unterschwellige Frage am liebsten gar nicht beantwortet hätte.

»Ja«, murmelte sie. Sie wand ihre Finger aus seinem knochenbrecherischen Griff und rang sich ein Zucken der Mundwinkel ab, das notfalls als Lächeln gelten konnte. Seine Augen hefteten sich wie Magnete auf ihre Brüste.

»Na so was, was macht denn ein hübsches junges Ding wie Sie mitten im Sumpf?« fragte er und pflanzte in plumper Vertraulichkeit eine Hand auf ihre Schulter.

Serena schüttelte sie wieder ab, indem sie vorgab, sich mit der Hand übers Haar zu streichen.

»Serena kommt aus Charleston und ist auf Besuch hier. Sie hat versucht, Gifford zur Rückkehr zu bewegen, damit wir gemeinsam über Ihr Angebot sprechen können«, erläuterte Mason.

»Und hatten Sie Erfolg?«

»Nein, leider nicht«, gestand Serena. »Wie Sie inzwischen am eigenen Leibe erfahren haben, kann mein Großvater sehr eigensinnig sein.«

»Der ist längst mehr als eigensinnig, wenn Sie mich fragen.« Burke entblößte sein Gebiß. »Ich zweifle an seiner geistigen Gesundheit.«

»Wirklich?« Serena zog eine Braue hoch. »Sind Sie Psychologe, Mr. Burke?«

»Nein –«

»Nun, ich bin Psychologin«, fuhr sie fort. Ihre Stimme war kalt und glatt wie Marmor. »Und ich versichere Ihnen, daß Gifford vielleicht unvernünftig und streitsüchtig ist, aber dennoch im Vollbesitz seiner geistigen Kräfte.«

Burke lief tomatenrot an. Seine Nüstern flatterten wie die eines Bullen, und seine Brust blähte sich auf. Mason lenkte diplomatisch ab.

»Möchtest du etwas zu trinken, Serena?«

»Einen Gin Tonic bitte«, antwortete sie süß lächelnd. Sie mußte dem plötzlichen Drang widerstehen, Burke eine lange Nase zu machen.

»Kommt sofort. Und kann ich Ihnen noch etwas Scotch nachschenken, Len?«

Mürrisch folgte ihm Burke durch das Zimmer zu der antiken Anrichte, die als Bar diente. Serena nutzte den kurzen Augenblick, in dem sie allein war, um sich im Raum umzuschauen. Er sah genauso aus wie immer. Braungraue Wände mit cremeweißem Stuck, verblichene Perserteppiche auf poliertem Holzboden, schwere rote Brokatvorhänge vor den Glastüren zur Galerie. Das Mobiliar war zu formell, um einladend zu wirken. Gifford setzte keinen Fuß in diesen Raum, wenn es nicht unbedingt sein mußte. Seiner Meinung nach war er dazu da, Gäste zu bewirten, die er nicht leiden konnte. Wie passend, daß sie sich ausgerechnet hier versammelt hatten, dachte Serena, während sie die Menschen betrachtete, die hier auf das Abendessen warteten.

Mason sah in seinem gestärkten Hemd, mit seiner Krawatte und der dunklen Hose schon jetzt aus wie ein Jungsenator und wirkte keineswegs so verknittert und zerstreut wie sonst. Er erging sich in belanglosem Smalltalk, während er mit einer kleinen Zange Eiswürfel aus dem Behälter angelte. Sie hatte sich nie zuvor darüber Gedanken gemacht, aber wahrscheinlich konnte er dank seines guten Aussehens und seiner guten Manieren ganz erfolgreich als Politiker sein.

Burke erschien ihr trotz seines teuer geschnittenen Anzugs ein Mann zu sein, der keine Angst hatte, sich die Hände schmutzig zu machen. Er hatte die raubtierhafte Ausstrahlung eines Mannes, der sich nach oben gekämpft hatte und nicht vorhatte, sich jemals unterkriegen zu lassen. Er trug einen protzigen Diamantring am kleinen Finger und einen kieselgroßen Türkis auf seiner Krawatte, als wollte er die Früchte seiner Arbeit zur Schau stellen wie ein Krieger seine Schlachttrophäen.

Serena hatte nicht gefallen, was sie gestern von ihm gesehen hatte, und ihr Instinkt riet ihr, auch heute keinen Gefallen an ihm zu finden. Trotzdem versuchte sie, objektiv zu bleiben. Es war kein unverzeihlicher Charakterfehler, wenn ein Mann vulgär, angeberisch und sexistisch war, und zugegebenermaßen konnte sie ihm nicht verübeln, daß er gestern wütend geworden war – immerhin hatte Gifford auf ihn geschossen. Trotzdem hatte er etwas an sich, das ihr Unbehagen bereitete. Es lag in seinen schmalen Augen und dem grimmigen Mund. Gifford hatte gesagt, der Mann würde sich nicht mit einem Nein abfinden. Serena fragte sich, wie weit er wohl gehen würde, um sein Ziel zu erreichen.

In diesem Augenblick kam Shelby in einem ultrafemininen, blumenbedruckten Kleid mit viereckigem Spitzenkragen und weitem Rock strahlend hereingeschwebt. Ihr Haar war penibel in ein altmodisches, naturfarbenes Haarnetz frisiert, das das Bild der vornehmen Südstaatenlady vollendete. Eine Wolke von »Opium« umhüllte sie.

»Mr. Burke! Wie ich mich freue, Sie wiederzusehen!« Sie plusterte sich auf, ließ ihre Augen sprühen und bedachte ihn mit ihrem bezauberndsten Lächeln, während sie auf ihn zueilte und ihm die Hand reichte.

»Es ist mir ein Vergnügen, wie immer, Mrs. Talbot«, antwortete Burke und unterzog sie der gleichen Inspektion wie vorhin Serena. »Ich hatte eben Gelegenheit, Ihre reizende Schwester kennenzulernen.«

Shelbys Lächeln verkrampfte sich, dann schoß sie einen Blick auf Serena ab. »Du siehst heute abend schon besser aus, Serena. Nicht ganz so zerrupft wie vorhin.«

»Oh, vielen Dank«, antwortete Serena und verkniff sich ein sprödes Lächeln. Sie nahm ihren Drink von Mason entgegen, nippte daran und genoß den Biß des Gins mehr, als wahrscheinlich gut war. Diese Meute hier konnte jeden zum Trinker werden lassen. Der Raum bebte vor unterschwelliger Spannung.

»Ich war gerade in der Küche, um alles vorzubereiten«, verkündete Shelby dem großen Texaner mit klimpernden Wimpern. »Es gibt gebackenen Schinken. Ich hoffe, Sie mögen

Schwein, Mr. Burke. Unsere Odille macht eine sündhaft gute Bratensoße!«

»Was ist aus dem Braten geworden?« fragte Serena unschuldig.

Shelby warf ihr einen finsteren Blick zu. »Das hat nicht so geklappt, wie ich es mir vorgestellt habe.«

»Zu schade.«

»So, und nun«, beschwichtigte Mason, »warten wir nur noch auf Lamar, dann können wir essen.«

Shelby zog einen Schmollmund und ließ den Rührlöffel in dem Drink kreisen, den ihr Gatte ihr reichte. »Dieser alte Tattergreis. Ich weiß gar nicht, warum Gifford ihn noch hat. Es ist doch peinlich, daß er sich in Rechtsfragen nicht von seinem eigenen Schwiegersohn vertreten läßt.«

»Aber Shelby«, schmeichelte Mason ihr, »Lamar war schon Giffords Anwalt, als Gott noch ein Kind war. Ich würde nie erwarten, daß Gifford einer so alten Verbindung untreu wird.«

»Aber ich schon«, widersprach Shelby und fingerte an einem Ohrring. »Was sollen denn die Leute denken? Daß er dir nicht zutraut, seine Angelegenheiten zu regeln? Es ist beschämend. Ich hoffe nur, daß sich das nicht negativ auf deine Kampagne auswirkt.«

Mason lächelte sie milde an. »Ich mache mir deswegen keine Sorgen. Und du solltest dir auch keine machen.«

»Bestimmt werden die neuen Arbeitsplätze das mehr als ausgleichen, Mrs. Talbot«, mischte sich Burke vorschlau ein, wobei er das Eis in seinem Glas klirren ließ. »Daß er Arbeit in diese Gegend bringt, wird Mason sehr, sehr helfen.«

»Haben Sie nicht etwas vergessen, Mr. Burke?« fragte Serena nachsichtig. »Unser Großvater hat nicht die Absicht, seinen Grund und Boden an Tristar zu verkaufen.«

Burke lief wieder rot an und kniff die Augen zusammen. Shelby durchbohrte ihre Schwester mit dolchartigen Blicken. Mason ließ ein breites Politikerlächeln erstrahlen und verkündete: »Ich glaube, ich höre Lamars alten Mercedes auf der Auffahrt.«

Lamar Canfield war mindestens 80 und ein Südstaatengentleman der alten Schule. Er war klein, mager, mit großen dunklen Augen und dünnem, weißem Haar, das inzwischen einen dünnen Kranz bildete. Er trug einen peinlich genau gebügelten blauen Leinenanzug, dazu ein gestärktes weißes Hemd und eine fröhlich gestreifte Krawatte um den Hals; in den Händen hielt er einen eleganten Panamahut.

»Shelby! Wie schön, Sie wiederzusehen!« sagte er mit strahlendem Lächeln, schwebte graziös wie Fred Astaire auf Serena zu, nahm ihre Finger und setzte einen vollendeten Kuß auf ihren Handrücken.

»Ich bin Serena, Mr. Canfield«, korrigierte sie freundlich.

Er stutzte, lächelte noch strahlender und zauberte ein Funkeln in seine Augen, das zu seiner Zeit mehr als einer Frau Herzflattern bereitet hatte. »Ja, aber natürlich sind Sie das, meine Liebe«, erklärte er, ohne sich beirren zu lassen. »Wie nett, daß Sie zu Besuch nach Hause gekommen sind. Sie kommen viel zu selten, das wissen Sie doch«, tadelte er mit vorwurfsvollem Blick.

Serena mußte unwillkürlich lächeln. Sie hatte Lamar immer gemocht. Er war der geborene Don Juan und Draufgänger und konnte reden wie ein Verkäufer – aalglatt und voller Pathos, mit dramatischen Höhen und Tiefen. Er hatte das Auftreten und Gebaren eines Charmeurs und Scharlatans, gab jedoch augenzwinkernd zu verstehen, daß man weder ihn noch irgend jemand sonst allzu ernst nehmen durfte.

»Wir Gentlemen können uns doppelt glücklich schätzen, heute die Gesellschaft zweier reizender Damen genießen zu dürfen«, sagte er mit einer Verbeugung vor Shelby, die ihn mißtrauisch und schmollend beobachtete. Ausnahmsweise schien ihr das Kompliment gleichgültig zu sein. Er richtete sich wieder auf, drehte den Hut in den Händen und wandte sich dann wieder Serena zu.

»Sind Sie vielleicht für immer zurückgekommen, Serena? Es gibt in dieser Gegend weiß Gott genug verwirrte Geister. Sie würden sich bestimmt nicht langweilen.«

Serena zögerte kurz. »Nein. Ich bin leider nur zu Besuch.«

Lamar musterte sie nachdenklich unter seinen Wimpern hervor und schnalzte mit der Zunge.

Mason trat vor. »Lamar, Sie erinnern sich bestimmt an Mr. Burke von Tristar.«

»Ja... natürlich.« Lamar dehnte die Worte, als würde ihm die Antwort Schmerzen bereiten. »Sie sind der Mann aus Texas, nicht wahr?« Der Unterton in seiner Stimme verhieß kein Wohlwollen.

Burke schaute ihn steinern an und ließ das Eis in seinem Glas klirren.

In diesem Augenblick kam Odille ins Zimmer gehuscht und verkündete mit unheilverkündendem Blick auf die Versammelten, daß das Essen fertig sei.

»Odille, meine Liebe!« strahlte Lamar. »Charmant wie eh und je. Sag, was kann ich tun, um dich von Gifford wegzulocken?«

Odille schniefte empört und verengte die hellen Augen zu feindseligen Schlitzen. »Nix.«

»Ist sie nicht ein Plaudertäschchen, Shelby?« sagte Lamar mit hochgezogener Braue zu Serena und nahm ihren Arm.

Das Dinner wurde in dem vornehmen Eßzimmer serviert, in dem in den letzten hundert Jahren kaum etwas verändert worden war. Sie saßen an einem Mahagonitisch, an dem schon vor dem Bürgerkrieg Pflanzer gespeist hatten. Das Besteck hatte den Krieg, in ein Öltuch eingeschlagen, auf dem Grund des Brunnens überstanden, wo es versteckt worden war, damit es keinem plündernden Yankee in die Hände fiel. Das Ölgemälde an der Wand über der Anrichte zeigte einen Sheridan auf dem Rasen vor Chanson du Terre, der die Zügel eines preisgekrönten Rennpferdes in der Halt hielt; eine Messingplakette auf dem Rahmen datierte das Bild auf das Jahr 1799.

»Was für ein bezauberndes Heim«, bemerkte Lamar fröhlich, während er sein Fleisch schnitt. »So elegant und so voller Geschichte.«

»Ja«, pflichtete Serena bei. »Es wäre jammerschade, wenn es zerstört würde.«

»Es geht hier um mehr als nur Architektur«, meinte Mason. »Chanson du Terre ist ein elegantes altes Herrenhaus, das gestehe ich gern zu, aber darf es dem Wohlergehen einer ganzen Gemeinde im Weg stehen?«

»Das ist ein wichtiger Punkt, Mason«, mischte sich Burke ein. Er schaute Serena über den Tisch hinweg an. »Sie leben nicht hier, Miss Sheridan. Vielleicht begreifen Sie nicht, wie verheerend die Ölkrise war. Die Leute sind massenweise aus Lafayette weggezogen. Und wer im Süden von Louisiana geblieben ist, steht vor der Arbeitslosigkeit. Die neue Tristar-Fabrik wird vom ersten Tag an zweihundertfünfzig Menschen Arbeit geben, später vielleicht noch mehr.«

»Aber zu welchem Preis für die Umwelt, Mr. Burke?« fragte Serena. »Soweit ich weiß, hat Ihre Gesellschaft in dieser Beziehung einen ziemlich schlechten Ruf.«

Burkes Blick erkaltete. Ein Muskel zuckte in seinem Kiefer. »Ich weiß nicht, woher Sie Ihre Informationen haben, aber das ist einfach nicht wahr. Tristar wurde noch nie wegen eines Umweltverstoßes verurteilt.«

Serena zog eine Braue hoch, denn das Wort »verurteilt« ließ sie aufhorchen. Wenn die Leute von Tristar noch nie verurteilt worden waren, dann bedeutete das nicht, daß sie noch nie angeklagt worden waren oder keine Verstöße begangen hatten. Sie waren bloß noch nie verurteilt worden – womit sich die Frage stellte, was sie wohl alles anstellen mochten, um ihre Akten sauber zu halten. Wenn Len Burke ein Prototyp ihrer Mitarbeiter war, dann konnte sie sich gut ausmalen, was für Haie in der Rechtsabteilung damit beschäftigt waren, nach Schlupflöchern in lästigen Umweltvorschriften zu suchen.

Sie blickte auf Mason, den frischgebackenen Politiker, der ganz auf Tristar setzte. Sie fragte sich, ob ihm überhaupt klar war, was für eine Marionette er war. Tristar verschaffte ihm ein Sprungbrett in die Politik. Das Unternehmen würde ihn direkt oder indirekt mit Geld versorgen. War ihm jemals der Gedanke gekommen, daß man für diese Gefälligkeiten auch Gegenleistungen erwartete?

»Stimmt es etwa nicht, daß Tristar einen Schiffahrtskanal bauen will, der zur Zerstörung des Sumpfes beiträgt?« fragte sie.

Burke schnaubte und schüttelte den Kopf. »Sie finden also ein paar Hektar wertlosen Schlamm und einen Haufen Schlangen wichtiger als die Menschen, die hier leben?«

»Der Sumpf ist nicht wertlos«, widersprach sie ruhig; sie mußte daran denken, wie Lucky sie angesehen hatte, als er ihr am Morgen seine Lieblingsstelle gezeigt hatte. »Er ist ein empfindliches Ökosystem, mit dem wir behutsam umgehen müssen.«

Shelby lachte humorlos. »Mein Gott, du bist wirklich die letzte, von der ich einen solchen Satz erwartet hätte, Serena. Du haßt den Sumpf doch, seit ich denken kann. Du bist sogar bis nach Charleston gezogen, nur um weit weg zu kommen.«

Serena bedachte ihre Schwester mit einem Blick, der ihre Wut und ihren Schmerz erkennen ließ. »Lassen wir das dahingestellt«, sagte sie, »denn wir greifen der Sache vor, oder? Es steht fest, daß Gifford ein sehr heimat- und traditionsbewußter Mensch ist. Er sähe es lieber, wenn Chanson du Terre weiterbestehen würde wie bisher.«

»Aber wie soll es das?« fragte Shelby, die dabei ihr Brot zerkrümelte. Sie sah ihre Zwillingsschwester von der Seite an. »Willst du etwa wieder hierher ziehen und die Plantage übernehmen, Serena?«

»Natürlich nicht.«

»Was schlägst du dann vor? Masons Zukunft liegt anderswo. Wer soll die Plantage sonst führen?«

»Shelby hat recht«, stimmte Mason bei. »Selbst wenn Gifford jetzt nicht verkaufen möchte, dann zögert er damit nur das Unvermeidliche hinaus. In nicht allzu ferner Zukunft wird er sich zur Ruhe setzen. Irgendwann wird er wohl oder übel verkaufen müssen. Es ist nur sinnvoll, Tristars Angebot anzunehmen. Es handelt sich um ein äußerst großzügiges Angebot, das den momentanen Wert von Chanson du Terre ganz bestimmt weit übersteigt.«

»Das Haus fällt irgendwann über Gifford zusammen«, setzte Shelby nach. »Das ist dir doch bestimmt aufgefallen. Das ganze Gebäude muß renoviert werden. Sieh dir doch nur die Zimmerdecke an.«

Alle Augen wanderten nach oben und weiteten sich angesichts des schweren Messinglüsters, der in der Mitte der durchhängenden, wasserfleckigen Gipsdecke herabhing, von der die Farbe abblätterte. Das Ganze sah so aus, als ließe es sich mit einem kurzen Ruck aus der Decke reißen.

»Es gibt Alternativen zum Verkaufen«, wandte Serena ein, um wieder auf das Thema zurückzukommen. »Das Land könnte an einen anderen Bauern verpachtet werden. Das Haus muß unter Denkmalschutz gestellt werden; dann besteht die Möglichkeit, daß wir vielleicht Geld für die notwendige Restaurierung bekommen.«

»Aber was soll damit erreicht werden?« fragte Mason. »Wenn Gifford das Zeitliche segnet, wird er das Haus wahrscheinlich dir und Shelby jeweils zur Hälfte vermachen, und Shelby hat bereits erklärt, daß sie es nicht mehr haben will. Würdest du sie auszahlen, Serena?«

»Wenn du das willst, dann geh am besten gleich dein Scheckbuch holen, Darling«, schlug Shelby scheinheilig vor. »Ich habe mein Leben noch vor mir und keine unnötige Zeit zu verlieren.«

Serenas Mund zog sich zusammen, als sie ihre Schwester ansah. »Was ist aus deiner Begeisterung für die Bewahrung der Südstaaten-Denkmäler geworden, Schwester?« fragte sie mit eiskaltem Lächeln. »Haben sich die Tagungen des Komitees etwa immer mit deinen Maniküreterminen überschnitten?«

Shelby knallte die Gabel auf den Tisch, richtete sich auf und kniff den Mund zu einem wütenden Spalt zusammen. »Sprich du mir nicht von deiner großen Begeisterung, Serena. Du bist diejenige, die achthundert Meilen weit weg wohnt. Du bist diejenige –«

»Aber meine Damen«, mischte sich Mason ein. Die Augen hinter der Brille leuchteten, als habe er sich seine Weisheit von Salomon persönlich geborgt. »Wir sollten nicht anfangen, einander Vorwürfe zu machen. Tatsache ist, daß keine von euch die Plantage übernehmen will. Jetzt müssen wir uns überlegen, was wir mit Mr. Burkes Angebot und mit Gifford anfangen sollen. Haben Sie vielleicht irgendwelche Vorschläge in dieser Beziehung, Lamar? Lamar?«

Canfield war über seinen Stampfkartoffeln eingenickt. Shelby verdrehte die Augen. Burke grunzte ungeduldig und angewidert. Odille, die eben mit einer frisch gefüllten Sauciere die Runde machte, stieß dem alten Anwalt den knochigen Ellbogen in die Schulter. Er erwachte ruckartig, ließ den verschwommenen Blick verwirrt über den Tisch schweifen und heftete ihn dann auf Serena.

»Ein delikates Mahl, Shelby«, versicherte er ihr lächelnd. »Danke, daß Sie mich ausgeführt haben.«

Serena stöhnte insgeheim. Wenn es überhaupt eine Hoffnung gegeben hatte, daß Giffords Anwalt einen wertvollen Verbündeten abgeben könnte, dann hatte sie sich soeben zerschlagen.

»Bei so einem Geschäft ist kein Platz für sentimentale Anwandlungen«, verkündete Burke und schichtete noch mehr Schinken auf seinen Teller. »Sie werden schließlich doch verkaufen. Sie sollten den Tatsachen ins Auge blicken und das Geld nehmen.«

»Das liegt nicht in unserer Hand, Mr. Burke«, erwiderte Serena angespannt.

Er sah sie eindringlich an. »Wirklich nicht?«

»Was wollen Sie damit sagen?«

Er zog die Schultern hoch und schaute Mason und Shelby an. »Nur, daß das Angebot von Tristar steht. Wir wollen das Land kaufen. Wenn Sie einen Nutzen davon haben wollen, dann sollten Sie Ihre ganze Überredungskraft aufbieten und Ihren Großpapa überzeugen – so oder so.«

Der Zusatz hatte den widerwärtigen Beigeschmack einer Drohung. Serena lehnte sich in ihrem Stuhl zurück und beobachtete, wie Burke sein Essen in sich hineinschaufelte. Gifford hatte recht gehabt; ein einfaches Nein würde diesen Mann nicht abschrecken. Sie fing den Blick ihrer Schwester auf und begann sich zu fragen, welchen Preis es wohl erforderte, diesem Geschäft ein für allemal ein Ende zu bereiten – und ob danach noch etwas von ihrer Familie übrig sein würde.

12. KAPITEL

Als Serena in ihr Nachthemd schlüpfte, fühlte sie sich, als hätte sie einen Monat nicht geschlafen. Das Abendessen hatte sich als ebenso erschöpfende wie deprimierende Tortur herausgestellt. Und sie war keinen Schritt weitergekommen. Burke war immer noch entschlossen, Chanson du Terre zu kaufen; Shelby und Mason waren immer noch dafür, es ihm zu verkaufen. Sie saß immer noch zwischen allen Stühlen.

Sie war froh gewesen, sich in ihr ruhiges, bequemes Schlafzimmer zurückziehen zu können. Nichts hatte sich in dem Raum verändert. Wie das ganze Haus schien er eine störrische Alterslosigkeit zu besitzen, die jedem Wandel trotzte. Die Tapeten waren mit einem feinen Ranken- und Blütenmuster bedruckt. Der Teppich auf dem Boden war von Generationen von Sheridan-Füßen abgelaufen worden. Auf das Kirschholzbett unter dem handgeknüpften Himmel hatten sich schon vor einem Jahrhundert müde Häupter gebettet. Serena fand das tröstlich. Das Gefühl der Beständigkeit behagte ihr, ganz besonders jetzt, wo sie so müde und verunsichert war. Wenigstens wenn sie sich im weichen Licht der Nachttischlampe in ihrem Zimmer umschaute, konnte sie sich willkommen fühlen.

Sie verknotete den Gürtel ihres weißseidenen Morgenmantels, stellte sich an die offene Tür zur Galerie und lehnte sich an den Rahmen, als hätte sie nicht mehr die Kraft, sich aufrecht zu halten. Die Nacht draußen war dunkel und sternenlos, und der schwüle Duft von Glyzinen, Geißblatt und nahendem Regen lag in der Luft. Wie viele Sheridan-Frauen hatten vor ihr wohl an dieser Stelle gestanden, in die Nacht gesehen und sich Gedanken über ihre Zukunft gemacht? Und wie viele würden noch nach ihr kommen? Keine, wenn es nach Len Burke ging. Und wenn es nicht nach Burke ging…?

Ein leises Klopfen erlöste Serena aus ihren qualvollen Gedanken. Sie drehte sich gerade um, als Shelby den Kopf ins Zimmer streckte.

»Kann ich reinkommen?«

Zu mehr als einem Achselzucken konnte sich Serena nicht überwinden. Sie war erschöpft. Die Aussicht auf ein weiteres Wortgefecht mit ihrer Schwester war nicht gerade erbauend.

Shelby kam herein, schloß die Tür hinter sich und lehnte sich dagegen; sie wirkte unsicher. Sie hatte die Pumps ausgezogen, das Haar gelöst und sah in ihrem weiblichen Kleid jung und lieblich aus. An ihren zierlichen Händen trug sie immer noch eine Kollektion teurer Ringe, und sie verriet, wie verlegen sie war, indem sie den Topas an ihrem Finger drehte.

»Ich versuche nur, praktisch zu sein, Serena«, begann sie so unvermittelt, als hätte sie sich mitten ins Gespräch gestürzt, statt am Anfang zu beginnen. »Ich hätte gedacht, daß ausgerechnet du das zu schätzen wüßtest. Du warst immer praktisch.«

»Es geht nicht darum, ob es praktisch ist.« Serena löste sich vom Türrahmen und schob die Hände in die tiefen Taschen des Morgenmantels.

»Das sollte es aber. Um Himmels willen, Serena, denk doch mal nach!« drängte Shelby. Mit kurzen, hektischen Schritten eilte sie durchs Zimmer und rückte wie unter Zwang Dinge zurecht, die keineswegs zurechtgerückt werden mußten. »Irgendwann wird die Plantage sowieso verkauft. Hier haben wir jemanden, der uns das Geld auf dem Silbertablett serviert, und ich versichere dir als Immobilienmaklerin, daß heutzutage nicht jeden Tag ein Käufer hereinschneit. Der Verkauf bringt uns allen nichts als Vorteile, aber Gifford stellt sich stur, und zwar nur aus Trotz!«

»Er hat dieses Land sein Leben lang bearbeitet«, merkte Serena ruhig an, die aus Gewohnheit, aber auch aus Notwendigkeit den *Advocatus Diaboli* spielte. »Er will nicht, daß all das ausgelöscht wird.«

Shelby hielt im Umräumen inne und warf ihrer Schwester einen Blick aus dem Augenwinkel zu. Die Geschäftsfrau verwandelte sich blitzartig erst in ein schmollendes Mädchen, dann in eine kritische Beobachterin. »Er manipuliert dich.«

Serena widersprach ihr nicht; es war die Wahrheit. Sie war zu gebannt von den chamäleonhaften Verwandlungskünsten ihrer Schwester, die sie ebenso erschreckten wie faszinierten. Sie deuteten auf Probleme hin, die Serena liebend gern verleugnet hätte.

»Er ist einfach so«, fuhr Shelby fort, während sie geistesabwesend die Sachen auf der Kommode umarrangierte. »Jetzt ist er ganz in seinem Element. Er hat uns alle zu Geiseln gemacht, dieser störrische alte Kerl.«

»Würdest du deine Kinder fremder Leute wegen im Stich lassen?« fragte Serena.

Beleidigt und ungläubig drehte sich Shelby zu ihr um. »Meine Kinder im Stich lassen? Mach dich nicht lächerlich! Natürlich nicht, aber das ist wohl kaum dasselbe.«

»Für Giff schon. Dieses Land ist ebenso ein Teil von ihm wie wir. Wie kann man erwarten, daß er es aufgibt?«

Shelby errötete, stampfte mit dem Fuß auf dem Teppich auf und ballte die Hände zu Fäusten. »Weil jeder sonst es will! Weil es sowieso irgendwann passieren muß. Herrgott noch mal, warum gibt er nicht einfach nach?«

»Weil er Gifford ist.«

»Nun, wir müssen etwas unternehmen, Serena«, erklärte Shelby leidenschaftlich und begann im Zimmer herumzumarschieren. »Er wird immer unvernünftiger, und er schadet uns allen. Wie gesagt, ich glaube, er wird langsam senil, ganz im Ernst. Und ich bin nicht die einzige, die so denkt.«

Serena fiel wieder ein, wie Burke mit einem Entmündigungsverfahren gedroht hatte, und sie sah ihre Zwillingsschwester stirnrunzelnd an. Sie verkniff sich die Bemerkung, daß ein Mann, der so viele Menschen so geschickt manipulierte, unmöglich senil sein konnte. Statt dessen erklärte sie einfach: »Ich werde nicht zulassen, daß Gifford entmündigt wird. Du solltest mir das lieber gar nicht erst vorschlagen.«

»Es würde ihm ganz recht geschehen«, meinte Shelby säuerlich und schob die Unterlippe vor.

Der Vorschlag und die Art und Weise, wie er vorgebracht worden war, ließen Serena erblassen. Sie stand ihrer Schwester vielleicht nicht besonders nahe, aber sie wollte einfach nicht glauben, daß ihr eigenes Fleisch und Blut zu derart skrupelloser Selbstsucht fähig war. Jetzt starrte sie Shelby fassungslos und voller Abscheu an. »Bist du wirklich so gierig, daß du etwas so Gemeines tun würdest?«

Aus Shelbys Augen schossen Blitze. Serena glaubte beinahe zu hören, wie ihrer Schwester der Kragen platzte. »Gierig? Gierig!« tobte Shelby und machte einen Schritt auf Serena zu. Ihr zerbrechlicher, elfenbeinerner Teint wurde von blutroten Flekken entstellt. Jeder Muskel in ihrem Körper schien sich anzuspannen. »Wie kannst du es wagen, mich gierig zu nennen! Du bist gierig! Du und Gifford. Ihr seid gierig und selbstsüchtig! Ich will nur das Beste für alle!«

Genau, dachte Serena. Geschäftsfrau des Jahres werden. Mason ins Parlament bringen. Ein volles Bankkonto und die unerschöpfliche Dankbarkeit all jener, die von diesem Handel profitierten. Aber nichts davon sprach sie laut aus. Sie stand schweigend da, starrte ihre Schwester an und spürte, wie sich ihr Magen verkrampfte.

Shelby schritt vor dem Bett auf und ab, schnaufend und zischend wie eine Dampflok. »Das sieht dir ähnlich!« entrüstete sie sich verbittert. »Du kommst aus Charleston angetanzt und stellst dich auf Giffords Seite, nur um dich bei ihm einzuschmeicheln, dann hüpfst du wieder fort und scherst dich einen Dreck darum, daß du alles kaputt gemacht hast. Du brauchst dich ja nicht damit herumzuschlagen. Du lebst nicht hier. Dir ist doch alles egal. Wir dagegen haben Verantwortung zu tragen.«

»Für Gifford und dein Elternhaus und die Umwelt scheinst du dich nicht verantwortlich zu fühlen«, bemerkte Serena spitz, obwohl ihr klar war, daß sie besser geschwiegen hätte. Aber irgendwie war es ihr unmöglich, so beherrscht und distanziert zu reagieren, wie sie es bei einem überreizten Patienten getan hätte. Sie konnte ihrer Familie gegenüber nicht objektiv bleiben, und die einzige Art der Distanz, die sie zu ihren Angehörigen schaffen konnte, war räumlicher Natur. Sobald sie zurückkam, fühlte sie, wie sie in einen emotionalen Strudel gesogen wurde, in familiärem Treibsand versank, von ihrem sicheren Beobachterposten heruntergezogen wurde. Es war ein erniedrigendes und kräftezehrendes Gefühl. Jetzt ergab sie sich ihm: Sie wurde wütend und verlor die Selbstbeherrschung.

»Du weißt doch, was die petrochemische Industrie hier schon angerichtet hat«, bemerkte sie. »Sie hat das Land und das Wasser verseucht –«

»Menschen ernährt, Arbeitsplätze geschaffen, Städte am Leben erhalten –«

»– die Krebsraten ansteigen lassen, Tierreservate zerstört –«

»Ach, bei allen Heiligen!« Shelby warf empört die Hände hoch. »Du klingst wie eine von diesen Verrückten oben in Oregon oder wo auch immer, die auf den Holzfällern herumhacken, nur weil die ein paar Eulen verjagt haben, die zu blöd sind, anderswo hinzuziehen. Und das alles wegen eines Sumpfes, den du noch nicht einmal leiden kannst!«

Serena schaffte es, sich nicht in abgrundtiefen Zorn zu stürzen, seufzte und verschränkte abweisend die Arme vor der Brust. »Daß ich den Sumpf nicht leiden kann, heißt nicht, daß ich ihn vom Angesicht der Erde tilgen will. Es leben immer noch Menschen da draußen, wie du weißt.«

Shelby rümpfte verächtlich die Nase. »Wilderer und Asoziale. Wenn du mich fragst, würde Tristar uns allen einen Gefallen erweisen, wenn sie verjagt werden.«

Serena verdrehte die Augen. »Wahrhaft barmherzig.«

»Praktisch. Nur praktisch«, korrigierte Shelby mit entschiedenem Kopfnicken. Sie wurde sichtbar ruhiger, verwandelte sich zurück in die kühle Geschäftsfrau und faltete züchtig die Hände vor dem Bauch. »Es ist nur praktisch, Serena. Und wenn du sowieso nicht hierbleiben willst, dann verstehe ich nicht, warum du dich nicht mit uns zusammentust und die Sache zu einem Ende bringst. So ist es für alle am besten. Auch für Gifford, wenn du es dir recht überlegst.

Er ist ein 78jähriger Mann mit einem Herzfehler, um Gottes

willen.« Sie schien sich für diesen neuen Blickwinkel zu erwärmen. »Er sollte längst nicht mehr auf den Zuckerrohrfeldern arbeiten. Er sollte sich nicht mehr so viele Sorgen über das Wetter und die Insekten und den Dieselpreis und darüber machen müssen, ob der alte Traktor noch eine Saison überlebt oder nicht. Er sollte es sich gutgehen lassen. Er sollte einzig und allein darüber nachdenken müssen, ob er mit Pepper zum Angeln oder lieber zu Gauthier's gehen will, um mit den Männern zu schwatzen.

Er wäre letztes Jahr um ein Haar bankrott gegangen, mußt du wissen«, fügte sie mit tieftraurigem Blick hinzu. »Wenn dieses Jahr noch viel schiefgeht, dann ist es endgültig soweit. Was nutzen ihm sein Eigensinn und sein Stolz dann noch? Es würde ihn umbringen, so unterzugehen. Noch kann er sich in aller Würde aufs Altenteil zurückziehen.«

Serena schwieg. Die Argumente ihrer Schwester waren stichhaltig. Sie waren nachvollziehbar. Sie waren logisch und glatt und ließen nichts unberücksichtigt – bis auf Giffords Willen und das Schicksal des Sumpfes, das Lucky so am Herzen lag. Und was zählte all das, verglichen mit dem Schicksal einer ganzen Stadt? Waren zweihundert Jahre Familiengeschichte wichtiger als zweihundertfünfzig Arbeitsplätze? Und lohnte es sich, für ein paar Jobs ein empfindliches Biotop zu vernichten, das niemals ersetzt werden konnte?

»Ich weiß nicht«, flüsterte sie halb zu sich selbst.

Sie setzte sich ans Fußende des Bettes, lehnte sich an den schlanken Bettpfosten und schlang die Arme wie Efeu um das glatte Holz. Sie starrte ihr Bild im Spiegel über der Kommode an, suchte nach Antworten, die nicht kommen wollten. Ihr war, als würde sie die Last der Welt auf ihren Schultern tragen. Am liebsten hätte sie alles abgeworfen und wäre davongelaufen, aber das konnte sie nicht. Sie konnte nicht davonlaufen, weder vor Chanson du Terre, noch vor ihrem Bedürfnis, von Gifford geliebt zu werden, oder vor der komplizierten Beziehung zu ihrer Schwester.

»Ich weiß nicht, was ich tun soll«, flüsterte sie, und nachtschwarze Verzweiflung gähnte in ihr wie eine Höhle.

Das Bild im Spiegel verdoppelte sich, als Shelby sich neben sie setzte. Im Augenblick wirkten sie kaum wie Zwillinge, fiel Serena auf, denn sie selbst sah miserabel aus. Unter ihren Augen lagen dunkle Ringe, und sie sah bleich und mitgenommen aus. Der emotionale Kampf forderte seinen Tribut. Shelby hielt dem Streß dank einer Batterie teurer Kosmetika besser stand. Sie schien die Bürde auch weniger zu stören, vielleicht, weil sie die Last gar nicht tragen mußte. Shelby hatte bequemerweise schon immer die Fähigkeit besessen, anderen die Schuld zuzuweisen, deshalb frustrierte sie die augenblickliche Situation vielleicht, aber zugleich war sie zutiefst davon überzeugt, daß all das nicht ihre Schuld war. Serena zweifelte nicht daran, daß ihre Schwester schlief wie ein Baby. All ihrem Gerede über Verantwortung zum Trotz schaffte es Shelby, jede Verantwortung mit Leichtigkeit abzuschütteln.

»Mein Gott, du siehst wirklich fertig aus«, sagte Shelby leise, und ihre Brauen zogen sich in einem seltenen Anflug von aufrichtigem Mitgefühl zusammen.

Sie schaute Serena nicht direkt an, sondern taxierte ihr Spiegelbild, als wäre sie ganz gebannt von ihrer Ähnlichkeit. Es irritierte Serena so sehr, daß sie sich dazu zwang, aufzustehen, um dem Blick zu entgehen. Sie kehrte an die Tür zur Galerie zurück und lehnte sich mit dem Rücken gegen den Türstock.

»Du hast mir nicht gesagt, daß du Lucky Doucet kennst«, sagte sie leise und beobachtete aus dem Augenwinkel, welche Reaktion sie damit hervorrief.

Shelby fuhr überrascht herum, und über ihr Gesicht zogen die verschiedensten Empfindungen wie Wolken über einen stürmischen Nachthimmel. »Was hat er dir erzählt?« fragte sie behutsam.

»Nicht viel«, gestand Serena.

Offensichtlich beruhigt, erhob sich Shelby und schlenderte im Zimmer umher, strich das Bettzeug glatt und rückte den Rock ihres Kleides gerade. »Ich bin ein paarmal mit ihm ausgegangen, als ich mit Mason zusammen war, um Mason eifersüchtig zu machen«, gab sie ohne jede Reue zu. »Es ist schon ewig lang her. Ich denke nie daran. Ich meine, um Himmels willen, sieh doch nur, was aus ihm geworden ist. Es ist mir peinlich zuzugeben, daß ich ihn überhaupt kenne. Warum interessiert dich das?«

»Nur so.«

»Guter Gott, Serena«, rief sie wahrhaft besorgt aus. »Du hast dich doch nicht etwa mit ihm eingelassen? Er ist gefährlich. Du kannst dir gar nicht vorstellen, was die Leute über ihn sagen!«

Serena glaubte, daß sie sich ganz gut vorstellen konnte, was der Normalbürger über Lucky zu sagen hatte. Er würde genau das in ihm sehen, was er ihn sehen lassen wollte, und »gefährlich« wäre dabei noch eine der mildesten Bezeichnungen. Sie hatte sich gefragt, ob Shelby auch seine andere Seite kennengelernt hatte. Offenbar nicht.

Es erschreckte sie, wie glücklich sie das machte. Sie bewegte sich auf einem Minenfeld, wenn sie glaubte, daß sie die einzige Frau war, die Lucky Doucets Abwehr überwunden und sein Herz berührt hatte, und wenn sie sich darüber freute, daß ihrer Schwester das versagt geblieben war. Es war idiotisch. Sie hatte schon genug am Hals, ohne daß sie sich an einem Projekt wie der Bekehrung Lucky Doucets versuchte. Außer Sex wollte er nichts von ihr.

»Er hat erwähnt, daß er dich kennt«, sagte sie. »Ich war einfach neugierig.«

»Ach.« Shelby zuckte mit den Achseln und ging zur Tür. »Es war nichts«, schloß sie und gab damit zu erkennen, wieviel ihr die Affäre bedeutet hatte. Lucky Doucet hatte seine Schuldigkeit getan. Sie hatte bekommen, was sie wollte. Nichts weiter zählte. »Gute Nacht.«

»Gute Nacht.«

Serena sah ihrer Schwester nach. Nichts war geklärt. Sie hatten auf dem Karussell ihrer Beziehung eine weitere Runde gedreht, hatten emotionale Höhen und Tiefen durchlitten, nur um dahin zurückzukehren, wo sie angefangen hatten.

Sie seufzte, als sich die Tür leise schloß, und schnappte im nächsten Augenblick nach Luft, als jemand sie von hinten packte. Ein sehniger Arm fuhr um ihre Taille und zog sie an eine steinharte Mauer, eine Hand preßte sich auf ihren Mund und erstickte den Schrei, der aus ihrer Kehle wollte.

»Hast du dich für mich so schön gemacht, Süße?« fragte Lucky, dessen Lippen ihr Ohr streichelten und dessen Linke rastlos über die Seide glitt, die ihren Bauch umhüllte. »Das wäre doch nicht nötig gewesen.«

»Du Schuft«, fuhr ihn Serena an, nachdem sie die Hand von ihrem Mund gezerrt hatte. Sie versuchte, sich in seinen Armen umzudrehen, um ihm eine Ohrfeige zu verpassen, aber er hinderte sie mit geradezu lächerlicher Leichtigkeit daran. »Du hast mir einen Höllenschrecken eingejagt.«

»Ja, du solltest dich vor mir fürchten«, brummte er, das Gesicht in ihrer Halsmulde vergraben.

Ständig machte er solche Bemerkungen, wie um sie von der Schwärze seiner Seele zu überzeugen, aber Serena konnte er damit nicht mehr beeindrucken. Sie hatte den Menschen hinter der Maske gesehen und ließ sich nicht länger mit einem Mythos abspeisen. Ihr Herz hatte sich eigensinnig an den Menschen unter der gefährlichen Fassade gedrängt. So zwecklos es auch scheinen mochte, sie wollte das Gute in ihm ans Tageslicht bringen.

Daß er immer noch versuchte, sein wahres Wesen vor ihr zu verbergen, machte sie wütend – wütend auf ihn und auf sich selbst. Warum mußte von allen Männern auf der Welt ausgerechnet dieser ihr Herz erobern? Vor zwei Tagen war er ihr noch nicht einmal *sympathisch* gewesen. Sie war auch nicht sicher, daß sie ihn jetzt mochte, aber sie konnte nicht länger leugnen, daß sie sich in ihn verliebt hatte. Es kam ihr unmöglich und romantisch verblendet vor und schien so gar nicht zu der Serena Sheridan zu passen, die ein ruhiges, geordnetes Leben in Charleston führte. Aber sie waren nicht in Charleston, und sie war nicht mehr die gleiche, ermahnte sie sich müde und resigniert.

»Hör auf.« Ihre Stimme verriet, wie sehr ihr die ganze Situation zusetzte.

»Womit? Damit?« Er rieb mit der bartstoppligen Wange über ihre Haut und atmete ihren Duft ein. »Oder damit?« fragte er und schob seine dunkle Hand über ihren Bauch bis zwischen ihre Schenkel, wo er sie dreist durch die dünne Seide hindurch streichelte.

Serena stöhnte auf, als die Empfindungen über sie hinwegtosten wie Wasser aus einem geborstenen Damm. Im Verlauf einer einzigen Nacht hatte Lucky ihren Körper darauf konditioniert, bedingungslos auf seinen zu reagieren. Sie begehrte ihn augenblicklich, wollte nichts lieber, als sich hinlegen und ihn in sich aufnehmen, wollte ihn aus tiefster Seele lieben. Aber sie zwang sich, ihn abzuweisen, kämpfte um den letzten Zipfel ihrer Selbstbeherrschung, das letzte bißchen Vernunft.

Mit einem boshaften Lachen ließ er sie los und schlenderte an ihre Kommode, wo er lässig eine Parfümflasche hochhob und untersuchte; die ganze Zeit beobachtete er unter gesenkten Lidern hervor ihr Spiegelbild.

Serena zog den Gürtel ihres Morgenmantels zusammen und stellte sich dem Blick. »Spar dir deine Versuche, mich abzuschrecken«, sagte sie.

»Hab' ich das?« Er machte ein überraschtes Gesicht. »Und dabei hab' ich gedacht, ich hätte versucht, dich ins Bett zu kriegen.«

»Du weißt genau, wie ich es meine.«

Er zuckte mit den Achseln und weigerte sich, das zu kommentieren. Es hatte den Anschein, als schenke er ihren Toilettenartikeln mehr Aufmerksamkeit als ihren Vorwürfen. Sie merkte, wie sich Wut in ihr aufstaute, aber sie machte ihr keine Luft, da sie wußte, daß er sie absichtlich reizte, um sie auf Distanz zu halten.

»Was machst du hier? Gibt's heute nacht keine Wilderer zu jagen?«

Er warf ihrem Spiegelbild einen finsteren Blick zu und nahm eine Tube Feuchtigkeitscreme in die Hand. »Wie war das Abendessen?«

»Aufschlußreich. Burke sagt, daß Tristar noch nie wegen eines Umweltvergehens verurteilt wurde.«

»Ach nein«, höhnte er. »Ebensowenig, wie sie dafür verurteilt wurden, Regierungsbeamte bestochen oder verbotene Substanzen transportiert oder ihr Gift unerlaubt auf wilden Müllkippen abgeladen zu haben. Aber wenn er gesagt hat, daß sie das nie getan haben, dann ist er ein Lügner.«

»Er scheint noch nicht bereit zu sein, das Projekt aufzugeben.«

»Ganz bestimmt nicht. Es ist doch der ideale Bauplatz – mitten im Nichts, mit riesigen Abladeplätzen gleich hinter dem Haus und einem jungen, ehrgeizigen Politiker an der Hand.« Er schüttelte den Kopf, während er den Rücken einer beschnitzten Rosenholzbürste betastete. »*Mais non*, er gibt bestimmt nicht auf.«

Serena stellte sich neben ihn und beobachtete die langen Künstlerfinger, die mit ihren Sachen spielten. »Was will er denn machen?« fragte sie. »Gifford sagt, er will nicht verkaufen, und er meint es auch so. Dagegen kann Burke nichts unternehmen. Er kann Gifford nicht zum Verkaufen zwingen.«

Im selben Augenblick erinnerte sie sich an den Blick des großen Texaners, als er am Eßtisch gesessen und ihnen erklärt hatte, daß man Gifford überzeugen müsse. Er kam ihr vor wie ein Mann, der sich nahm, was er wollte, zu welchem Preis auch immer, und ihr Großvater stand ihm dabei im Weg. Was würde er unternehmen? Wie weit würde er gehen?

Sie verdrängte die irritierenden Fragen, stellte sich wieder an die offene Tür und schaute in die Nacht, als würde ein Stern oder die Dunkelheit ihr die Antwort verraten. »Er sagt, in der Fabrik würden von Anfang an zweihundertfünfzig Menschen aus dem Ort Arbeit finden.«

»Quatsch«, meinte Lucky dazu. »Vielleicht hundert. Wahrscheinlich fünfundsiebzig. Die übrigen wären Leute von der Firma. Es ist ja nicht so, daß hier viele Chemiker und Ingenieure an den Straßenecken stehen und auf einen Job warten.«

»Aber es sind immer noch mehr Menschen, als Gifford beschäftigen kann. Der Ort würde einen immensen wirtschaftlichen Aufschwung erleben.«

»Und die Umwelt würde entsetzlichen Schaden nehmen.«

Serena seufzte und rieb sich mit den Fingerspitzen über die Stirn, um die Spannung zu vertreiben. »Es wird nicht so einfach, wie ich gedacht habe.«

»Es ist einfach«, widersprach Lucky unnachgiebig. »Ganz einfach. Schwarz und weiß. Die Guten und die Bösen.«

Serena drehte sich um und schaute ihn an. »Und zu wem gehörst du, Lucky? Ich dachte, du kümmerst dich um nichts und niemanden. Du versuchst mir einzureden, daß du ein Bösewicht bist, dann finde ich heraus, daß du nachts den Beschützer der Witwen und Waisen spielst. Du gibst dich als skrupelloser Wilderer aus, und im nächsten Moment überschüttest du mich mit Umweltpropaganda. Wer bist du wirklich?«

»Glaub mir, Süße«, antwortete er. »Du würdest es nicht wissen wollen.«

Sie stellte sich seinem finsteren Blick, ohne mit der Wimper zu zucken. »Ich *will* es aber wissen.«

»Ich hab' dir schon mal gesagt, Doc«, verkündete er düster und hob warnend einen Finger, »bohr nicht in meinem Kopf rum. Dir wird nicht gefallen, was du dort findest.«

Serena starrte ihn an, registrierte den energisch vorgeschobenen Unterkiefer, die einschüchternde Haltung... das kurze, unsichere Flackern in seinen Augen – traute er ihr nicht oder sich selbst nicht?

Sie spürte, wie sich in ihr das gefährliche Verlangen regte, ihn zu berühren, gepaart mit einer Wißbegier, die weit über einfache Neugier hinausging. Es war nur klug, seine Warnung zu beherzigen. Es war nur klug, Distanz zu halten. Er hatte die Grenze zwischen ihnen gezogen, und wie ein trotziges Kind hatte sie sie wieder übertreten, im übertragenen wie im wörtlichen Sinn, indem sie sich ihm näherte, um mehr über ihn zu erfahren und um ihn zu berühren.

»Und was würde ich in deinem Herzen finden?« fragte sie leise, als sie neben ihm stand.

»Daß ich keines habe«, antwortete er mit scheinbar leerer Miene.

Serena schüttelte den Kopf. »Ich glaube dir nicht. Du nimmst so viel auf dich, um anderen zu helfen. Mein Gott«, sagte sie und deutete auf das Tuch, das immer noch um seinen verletzten Arm gebunden war, »du setzt sogar dein Leben für andere aufs Spiel.«

»Mach bloß keinen Helden aus mir«, fuhr Lucky sie an; es kostete ihn Kraft, nicht vor ihr zurückzuweichen. »Ich lasse mich dafür bezahlen.«

»Mit Baguettes und Keksen?«

»Damit, daß man mich in Ruhe läßt. Die Leute drängen sich in mein Leben, und ich versuche, sie wieder loszuwerden. Das ist alles. Mehr ist nicht dabei.« Die tiefe, rauhe Stimme brach unter der Anspannung.

»Das redest du dir also ein, Lucky? Du bist ein Lügner.«

»Es ist die Wahrheit.« Er hob die Hände und packte Serena an den Schultern, bohrte seine Finger in die Seide und das zarte Fleisch, als könnte er ihr seine Meinung mit physischer Gewalt aufzwingen. Das Herz schlug ihm im Hals, so wichtig war ihm das. Er beugte sich über sie, und seine Augen strahlten wie die eines religiösen Eiferers. »Ich bin ein Teufel, kein Heiliger, und wenn ich je ein Herz besessen habe, dann wurde es mir vor langer Zeit aus dem Leibe gerissen, Süße. Such nicht nach etwas, das es nicht gibt.«

Serena antwortete nicht, hob nur ihre Hand und legte sie an seine Brust, so daß sich die kleinen, weißen Finger gegen das schwarze T-Shirt abzeichneten. Sie sahen einander in die Augen und spürten beide das kräftige, schnelle Pochen hinter seinen Rippen, das seine Lügen eindeutiger widerlegte, als Worte es jemals vermocht hätten.

Lucky gab ein frustriertes, wütendes Knurren von sich und kämpfte mit aller Kraft gegen die Angst an, die in ihm anschwoll. Er wehrte sich mit Händen und Füßen, stemmte sich mit solcher Gewalt dagegen, daß ihn ein erdbebengleicher Schauer schüttelte. Er rüttelte Serena.

»Ist mir doch egal, ob du das glaubst oder nicht.« Seine Stimme klang rauchig. »Wenn du in deinen Psychologiebüchern wühlen willst, weil du irgendeine Erklärung suchst, dann mach das in deiner Freizeit. Ich bin nicht hergekommen, um mich analysieren zu lassen; ich bin hergekommen, um mich flachlegen zu lassen.«

Er stieß mit dem Mund auf ihren herab, wütend, wie um sie zu bestrafen, aber er traf auf keinen Widerstand, keine Furcht. Sie war weich, süß und nachgiebig, sie verschmolz mit ihm, und das ließ seinen Zorn schneller verrauchen, als alles andere es vermocht hätte. Er küßte sie zärtlich, und ein leiser, kapitulierender Laut stieg aus seiner Kehle, als sich ihre Lippen einladend unter seinen öffneten. Der Kuß wurde tiefer. Er fühlte, wie er unterging und sich verlor, sein Herz pochte wie rasend, er klammerte sich an Serena fest, und in seinem Kopf kreiste die Frage, ob sie der Stein war, der ihn versenken, oder der Strohhalm, der ihn vor dem Ertrinken bewahren würde.

Keines von beiden, ermahnte er sich. Sie konnte beides nicht sein, denn dies war Begierde, nichts weiter. Sie konnte ihm nicht weh tun; sie konnte ihn nicht heilen. Sie konnte ihm Lust bereiten, und er konnte ihr helfen, ein paar Stunden lang ihre Probleme zu vergessen. So einfach war das. Ganz einfach. Schwarz und weiß.

»Ich will dich«, flüsterte er.

Er hauchte es mit den Lippen auf ihre Schläfe und drehte sie in seinen Armen um, so daß sie in den Spiegel über dem Frisiertisch schaute. Serena starrte das Bild im Spiegel an – Lucky, groß und männlich, der die Arme um sie geschlungen, den Kopf geneigt hatte und sie im Spiegel anschaute; und sich selbst, zierlich und weiblich in seinem Schatten, golden und weiß vor seiner dunklen Gestalt. Sie sah, wie seine Finger den Gürtel ihres Morgenmantels lösten, und blieb reglos stehen, während er den seidigen Stoff über ihre Schultern streifte und zu Boden fallen ließ. Sie trug ein spitzenbesetztes Seidennachthemd darunter, das ihren Leib wie ein Nebelschleier umhüllte und ihr bis über die Knie reichte.

Er strich mit den Händen über ihren Bauch, umfaßte die Brüste unter den Spitzenkörbchen, streichelte dann ihre Hüften, zeichnete jede Kurve und Linie ihres weiblichen Körpers nach.

Er küßte sie auf die Schulter, knabberte zärtlich an ihrer Haut, nahm den dünnen Träger zwischen die Zähne und zog ihn über ihre Schulter. Serena sah, wie er mit ihrer Haut spielte, wie er jeden Zentimeter küßte, betastete, mit der Zunge leckte und mit den Fingern ertastete. Sie legte den Kopf zur Seite, um ihm ihren Hals darzubieten, und stöhnte auf, als er seinen Mund darauf senkte und die elfenbeinfarbene Haut zu liebkosen begann. Er bekam den zweiten Träger mit den Fingern zu fassen und schälte das Spitzenleibchen von ihrem Körper, bis es wie ein weißer Nebelschleier um ihre Taille lag. Dann legte er seine Hände unter ihre Brüste, hob und drückte sie, rieb sie aneinander und strich mit den Daumen über die Brustwarzen.

Serena stockte der Atem. Noch nie hatte sie etwas so Erotisches erlebt. Ihr Blick verharrte, dunkel und schwerlidrig vor Leidenschaft, wie gebannt auf dem Bild im Spiegel. Luckys große, braune Hände, die ihren Busen hielten, die Brustwarzen, die unter seinen Fingern rot und hart geworden waren. Zu beobachten, wie sie verführt wurde, und zugleich jede Berührung zu spüren, löste eine Erregung aus, die wie glühende Lava durch ihren Körper kroch.

Er strich mit einer Hand über ihre Brust und ihren Bauch, um dann die weiße Seide ihres Nachthemds gegen ihren Venushügel zu pressen. Serena lehnte sich an ihn, spreizte die Beine, als er mit der Hand dazwischenglitt. Er streichelte sie durch die Seide hindurch, die kühl und glatt gegen ihre heiße Haut drückte. Dann war der Stoff verschwunden, und sie sah, halb von Sinnen vor Lust, wie seine Finger durch das braune Lockengeflecht fuhren. Begierde verzehrte sie wie ein unheilbares Fieber. Er schob einen Arm unter sie und hob sie vorsichtig hoch, bis ihr Kopf nach hinten auf seine Schulter fiel, wo er langsam hin und her rollte, während er einen Finger in ihre warme, feuchte Grotte senkte.

»Schau hin«, flüsterte er. »Schau hin.« Seine Stimme war glatt und rauchig wie Whisky und so verführerisch wie der Gesang der Sirenen. »Das will ich von dir, *mon ange*.«

Seine Augen starrten sie aus dem Spiegelbild an. Er streichelte sie jetzt fester und im Rhythmus ihrer Atemstöße. Serena stöhnte und wand sich an seiner Hand, jenseits jeder Selbstbeherrschung, ganz und gar ihrer Lust ausgeliefert, während Lucky sie dem Gipfel immer näher und näher brachte.

Sie rief seinen Namen, preßte die Worte durch ihre Kehle, durch die kaum mehr Luft dringen wollte. Ihre Brüste im Spiegelbild wogten. Ihr Bauch zitterte. Luckys Hand bedeckte ihr Geschlecht. Hinter seinen dunklen Wimpern hervor beobachtete er sie aus bernsteinfarbenen, glühendheißen, glänzenden Augen. Ihr Blick fiel auf seinen so sinnlichen, verführerischen Mund, auf die feuchten, leicht geteilten Lippen, die ihr zuflüsterten:

»*Viens, chérie, viens viens, viens...*«

Der Höhepunkt überschwemmte sie wie eine Flutwelle, die sich über ihr brach und ihr den Atem raubte. Ihr Körper wurde steif in seinen Armen, und sie glaubte schon, laut aufschreien zu müssen, da drehte sie Lucky in seinen Armen herum und brachte sie mit seinen Lippen zum Schweigen. Es war ein hungriger, wilder Kuß, bei dem er sich über sie beugte, bis sie in seinem Arm lag und er mit der freien Hand durch ihr loses Haar fahren konnte.

Dann waren sie plötzlich auf dem Bett. Sie lag rücklings auf den kühlen Laken, er hatte ein Knie auf die Matratze gestemmt, stand mit einem Bein am Boden und zerrte sich das T-Shirt vom Kopf, um es im nächsten Moment von sich zu schleudern. Die Jeans folgten. Splitternackt, mit stolz erigiertem Glied kam er auf sie zu, legte sich zwischen ihre Beine und nahm sie mit einem langsamen, tiefen Stoß, der sie fast vom Bett gehoben hätte.

Serena drängte ihm entgegen, wollte alles haben, was er ihr zu geben hatte, und wußte dabei schon jetzt, daß es nie genug sein würde. Sie schenkte ihm ihren Körper, ließ sich immer wieder aufs neue von ihm erobern und ausfüllen. Sie ließ sich von der Kraft seiner Bewegungen davontragen, krallte sich in den muskulösen Rücken unter ihren Händen, schwelgte in seinem schweren Duft, verlor sich in seinen rauchig schmeckenden Küssen, aber immer noch sehnte sie sich nach mehr.

Sie schaute in sein Gesicht und erkannte, welche Qualen es ihm bereitete, ihr seinen Körper zu schenken und ihr dabei seine Seele zu verweigern. Einen kurzen Moment blickte sie ihm in die Augen und begriff, welch furchtbarer Kampf in ihm tobte. Die Erkenntnis wollte ihr beinahe das Herz zerreißen. Hier war jede Vernunft und jede Selbstbeherrschung fehl am Platz. Alles, was sie ihm geben konnte, war ihre Liebe – auch wenn das töricht schien, auch wenn sie wußte, daß er sie nicht wollte, auch wenn sie sicher war, daß ihr schließlich das Herz dabei brechen würde.

Sie schlang die Arme um den kräftigen Körper, der sich über und in ihr bewegte, und preßte die Wange gegen seine Brust, als wollte sie ihn nie wieder loslassen. Ihr Schutzschild aus Logik war ein für allemal zerbrochen. Zum erstenmal in ihrem Leben war sie hoffnungslos, rettungslos verliebt. Sein großer Körper hob sich über ihrem, seine Arme drückten sie an ihn; so führte er sie auf dem steilen Pfad der Leidenschaft zum höchsten Gipfel und erhob sich mit ihr in den Himmel. Und einen strahlend schönen Moment lang gab sie sich dem Traum hin, daß auch er sie lieben könnte.

13. KAPITEL

Sie sah aus wie ein Engel. Ihr Haar ergoß sich wie goldene Seide über das Kissen. Ihre Wimpern lagen wie braune Spitzenfächer auf ihren Wangen. Ihr zarter, rosiger Mund war im Schlaf ganz entspannt. Lucky betrachtete sie und spürte einen schmerzhaften Stich in der Brust, als er die Hand ausstreckte, um sie zu berühren, aber einen Zentimeter über ihrem Gesicht innehielt.

Sie war liebevoll und fürsorglich, stark und tapfer, alles Eigenschaften, die er so lange vergebens bei einer Frau gesucht hatte, und doch mußte er ihre Beziehung auf Sex beschränken. Der war allerdings der Himmel auf Erden. Was er empfand, wenn er sie liebte, war unbeschreiblich. Sie vertrieb die Kälte und die Dunkelheit, bei ihr fühlte er sich lebendig, nicht mehr in einer sinnlosen Leere gefangen. Er konnte nicht genug von ihr bekommen, und wenn er sie fünfmal am Tag genommen hätte. Noch nie hatte er eine Frau derart begehrt, und noch nie war sein Verlangen auf so süße, absolute Hingabe gestoßen.

Er hätte es nie geglaubt, als er sie bei Gauthier kennengelernt hatte, aber die kühle, selbstbeherrschte Dame von damals war nicht die wirkliche Serena. Zu dumm, dachte er und verzog den Mund zu einem Lächeln.

Serena war nicht kalt und hart. Sie war wie ein warmes, leuchtendes Feuer in der Dunkelheit. Es war himmlisch, sich in ihr zu verlieren, und höllisch zu wissen, daß er nicht bleiben konnte. Sie würde zuviel von ihm wollen. Sie würde Dinge verlangen, die er nicht geben konnte. Er durfte sie nicht so nahe an sich heranlassen.

Vor allem erschreckte ihn die Vorstellung, was sie in ihm entdecken würde – sie würde erfahren, was er getan hatte, was er gesehen hatte, und auf die kalte Schwärze stoßen, die seine Seele umhüllte und seine Gedanken besetzte. Außerdem ängstigte ihn die Vorstellung, was passieren würde. Er hatte das letzte Jahr damit verbracht, sich wieder hochzurappeln, hatte in mühevoller Kleinarbeit die Scherben wieder zusammengesetzt, zu denen sein Leben in Ramos' Hölle zertrümmert worden war. Schließlich hatte er die Einzelteile zu einem äußerst wackligen Kartenhaus zusammengefügt. Eine falsche Bewegung, und alles würde wieder in sich zusammenfallen.

Er brauchte seinen Frieden, die Einsamkeit, die Kunst. Mehr nicht. Er hatte sein Leben auf diese grundlegenden Dinge beschränkt, weil er nicht mehr ertragen konnte. Er war ungern unter Menschen, weil ihn ihre Gegenwart reizte wie Alkohol einen bloßliegenden Nerv. Aus purer Notwendigkeit beschäftigte er sich vor allem mit sich selbst und konzentrierte sich darauf, nicht wieder zu zerbrechen. Er konnte keine Frau brauchen, deren Beruf es war, in den Köpfen anderer Menschen herumzubohren, ihre Geheimnisse ans Tageslicht zu zerren und in ihnen herumzuwühlen, um herauszufinden, was sie am Laufen hielt.

Er rutschte aus dem Bett, ohne Serena aufzuwecken, stieg in seine Jeans und zog den Reißverschluß hoch, ohne den Knopf zu schließen. Dann wühlte er in der Tasche seines T-Shirts nach einer Zigarette, klemmte sie sich zwischen die Lippen und wanderte durch das Zimmer zu den immer noch offenstehenden Glastüren. Donner rumorte in der Ferne wie eine passende Begleitmusik zu dem, was in ihm und um ihn herum vorging; der Vorbote eines nahenden inneren wie äußeren Sturms.

Er hatte ein komisches Gefühl bei diesem Geschäft um Chanson du Terre. Er hatte es von Anfang an gehabt, und es wurde immer schlimmer. Gegensätzliche Kräfte waren aufeinandergestoßen und übten immer stärkeren Druck aus, der sich irgendwo entladen mußte. Er förderte ein Zündholz aus seiner Tasche, zündete sich die Zigarette an und begann sich zu überlegen, welche Seite wohl zuerst nachgeben würde.

Gifford Sheridan war ein alter Mann. Er war aufbrausend und eigensinnig, das stand fest, aber nichtsdestotrotz ein alter Mann. Wenn er einen Sohn gehabt hätte, der ihn beerben würde, oder wenn eine seiner Enkelinnen geblieben wäre, dann hätte es vielleicht besser für ihn ausgesehen. So standen alle Wetten gegen ihn, gegen Chanson du Terre und gegen den Sumpf.

Auf der anderen Seite standen Tristar und Len Burke. Burke, der Lucky allzusehr an seinen alten Feind R. J. Lambert erinnerte, einen Mann, der keine Skrupel gekannt hatte, wenn es darum ging, seinen Willen durchzusetzen. Wo würde Burke die Grenze ziehen? Und was war mit Shelby? Lucky wußte nur zu gut, wie weit sie gehen konnte, wenn sie sich etwas in den Kopf gesetzt hatte.

Mason Talbot schien ihm nicht mehr als eine Schachfigur zu sein, die von Tristar und Shelby hin- und hergeschoben wurde. Er war zu träge, um irgend etwas anzuzetteln. Zu dämlich, wie Gifford meinte. Aber er war nützlich. Er gab die ideale Galionsfigur ab, von der sich die Gemeinde in den wirtschaftlichen Wohlstand führen ließe. Und sobald sich Tristar eingenistet und Mason in Baton Rouge war, würde er einen äußerst attraktiven Fürsprecher für die chemische Industrie abgeben.

Luckys Blick wanderte zurück zum Bett und zu Serena, die im Schlaf brummelte und die Stirn runzelte, während eine Hand über den leeren Platz neben ihr strich. Die Last ruhte nun auf ihren zarten Schultern, aber auch wenn sie entschlossen schien, die Wünsche ihres Großvaters durchzusetzen, würde sie das Unvermeidliche nicht nur herauszögern können? Sie hatte gesagt, daß Gifford sie nicht zum Bleiben zwingen konnte. Was würde passieren, wenn sie fort war?

»Lucky?« flüsterte sie und räkelte sich wie ein schläfriges Kätzchen. Sie blinzelte gegen das Dämmerlicht an, setzte sich auf und kämmte sich mit der Hand das honiggoldene Haar aus den Augen. Lucky schaute ihr zu, sagte nichts, sondern genoß ihren Anblick, bis sie sich schamhaft die elfenbeinfarbene Baumwolldecke über die Brüste zog. Die Geste wirkte ebenso reizend wie unangemessen, wenn er bedachte, was sie alles zusammen getan hatten.

Sie legte den Kopf zur Seite. »Was machst du?«

»Ich rauche eine Zigarette«, antwortete er. Er nahm einen tiefen Zug und stieß demonstrativ eine Rauchwolke aus.

Serena runzelte die Stirn und rutschte aus dem Bett, das Laken wie eine griechische Toga um den Leib geschlungen. »Du rauchst zuviel«, tadelte sie ihn nachsichtig, während sie über den verblichenen Teppich tappte. Sie kuschelte sich an ihn, ohne seine Aufforderung abzuwarten, schlang ihre Arme um seinen schlanken Leib und drückte ihre Wange an seine nackte Brust. Dann legte sie den Kopf zurück und sah ihn an. »Du solltest überhaupt nicht rauchen. Es ist schädlich.«

Lucky konnte sich ein leises, ungläubiges Lachen nicht verkneifen. Er starrte in ihr ernstes Gesicht und spürte so etwas wie Verwunderung. Er wußte nicht einmal, wann er sich zum letztenmal über seine Gesundheit Gedanken gemacht hatte. Nicht weil er sich für unsterblich hielt, sondern weil sie ihm egal war. Lange, lange hatte er sich gefühlt, als hätte er nichts zu verlieren, sein Leben eingeschlossen. Als er aus Mittelamerika zurückgekehrt war, hatte er anfangs Nacht für Nacht auf eine Beretta gestarrt, in deren schlankem, schwarzem Gehäuse todbringende Munition steckte. Nur weil er wußte, was er damit seinen streng katholischen Eltern angetan hätte, hatte er sich das Ding nicht in den Mund gesteckt und abgedrückt.

Der Tod war ihm zum ständigen Begleiter geworden; und nun stand Serena vor ihm, sah zu ihm auf und warnte ihn vor den Gefahren des Rauchens.

»Was ist daran so komisch?« fragte sie leicht verärgert.

Lucky wurde augenblicklich ernst. »Nichts.«

Er drehte sich um, ohne sich aus ihrer Umarmung zu lösen, und drückte seine Zigarette in einer zierlichen, in einem Regal stehenden Porzellantasse aus. »Zufrieden?«

»Kaum«, schniefte Serena. »Das war die Teetasse meiner Urgroßmutter.«

»Dieses Haus ist voll mit solchem Kram, was?« fragte er und nahm sie locker in die Arme. »Antiquitäten, Erbstücke, Familienbesitz, der von Hand zu Hand geht.«

»Ja«, antwortete Serena. Ihr Blick erfaßte allein in diesem Zimmer über ein Dutzend Gegenstände, die Generationen von Sheridans überlebt hatten. »Es ist ein Mikrokosmos der Geschichte.

Man sollte es renovieren und der Öffentlichkeit als Museum zugänglich machen.«

»Statt dessen könnte es plattgewalzt werden.«

Sie sah wieder zu ihm auf und zog die Brauen über den dunklen, besorgten Augen zusammen. »Müssen wir jetzt darüber sprechen? Ich bin so müde.«

Lucky strich ihr mit der Hand übers Haar. Völlig unerwartet spürte er eine Woge von Mitgefühl. Er hätte sie am liebsten von all den Problemen erlöst, sie beschützt, eine Weile ganz für sich allein gehabt, aber das stand nicht zur Debatte. Er wußte, daß er sich eigentlich gegen die zärtlichen Gefühle hätte wappnen sollen, die sich bei ihrem Anblick in ihm regten, aber er gab ihnen einen Moment lang nach, neigte den Kopf und küßte sie. Sie sah so müde aus, so verwirrt und so erschlagen. Was konnte es schon schaden, sie ein wenig zu trösten?

Ihre Lippen fühlten sich weich und warm an. Begierig, sehnsüchtig. Sie klammerte sich an seinen Kuß, als könnte sie dadurch all ihre Gedanken auslöschen. Sie preßte sich an ihn, als wünschte sie, ganz und gar von seinem Körper aufgenommen zu werden. Der Wunsch, sie zu beschützen, wurde immer stärker, obwohl er versuchte, ihn zurückzudrängen. Er konnte für niemanden den Retter spielen; er hatte genug damit zu tun, sich selbst über Wasser zu halten.

Schließlich hob er den Kopf, streichelte ihre Wange und murmelte bedauernd: »Es tut mir leid, *chère*. Ich weiß, daß du diesen Kampf nicht gewollt hast.«

»Wahrscheinlich mußte er irgendwann kommen«, antwortete Serena, während sie sich von ihm löste. Sie wanderte in den kleinen Lichtkegel, den die Lampe warf, und berührte geistesabwesend mit einer Hand die Sachen auf dem Tisch und der Kommode, während sie mit der anderen das Laken vor ihrer Brust zusammenhielt.

»Es ist eine Ironie des Schicksals«, fügte sie mit einem mißglückten Lächeln hinzu. »Ich bin hier weggegangen, weil ich dachte, daß ich irgendwo anders leben müßte, weil ich nicht glaubte, daß ich jemals ich selbst werden könnte, wenn ich bliebe. Und da bin ich wieder...« Sie machte eine Geste, die das Zimmer, das ganze Haus umfaßte, und sah sich ungläubig um. »Da bin ich wieder. Es heißt, man kann die Geschichte nicht zurückdrehen. Ich scheine sie nicht vorwärts drehen zu können.«

»Du wirst endgültig weggehen können, wenn es nach deiner Schwester geht.« Lucky beobachtete sie aus Falkenaugen. »Willst du das – die Last deines Erbes ein für allemal abschütteln?«

Serena schaute sich im Zimmer um, spürte, wie die Macht des riesigen Hauses auf ihr lastete. Sie war zu müde, um sich dagegen zu wehren. Resigniert ließ sie die Schultern sinken. Sie würde immer mit diesem Haus verbunden bleiben, daran konnte keine Zeit, keine Entfernung etwas ändern, sosehr sie es auch wünschen mochte. Hier war sie daheim. Hier würde sie immer daheim sein. In Chanson du Terre waren ihre Wurzeln, und sie reichten 200 Jahre in die Vergangenheit.

»Nein«, sagte sie leise.

Sie wollte nicht, daß das alte Haus zerstört wurde. Sie wollte nicht, daß Fremde darin lebten. Sie wollte nicht, daß Tristar Chemical eine Raffinerie errichtete, wo heute die Sklavenunterkünfte schweigend von der Vergangenheit zeugten. Sie wollte nicht, daß hohe Drahtzäune die dann planierten Zuckerrohrfelder einschlossen. Sie wollte, daß ein Sheridan in Chanson du Terre wohnte; es sollte nur nicht sie selbst sein.

»Dann solltest du dich auf einen Kampf einstellen, Süße«, mahnte Lucky. »Len Burke will dieses Land haben. Er wird alles tun, um es zu bekommen, und deine Schwester wird ihn dabei nach besten Kräften unterstützen.«

»Shelby macht mir keine Sorgen.«

Er sah sie warnend an. »Unterschätze sie nicht, Serena. Ich glaube, du bist dir nicht im klaren darüber, wozu sie fähig ist.«

Serena tat die Warnung und die nagenden Zweifel, die sich in den letzten Tagen in ihrem Kopf festgesetzt hatten, mit einem Achselzucken ab. Shelby war wankelmütig und selbstsüchtig, aber sie war nicht skrupellos. »Sie ist meine Schwester. Ich werde wohl besser wissen als du, wozu sie fähig ist.«

»Hättest du sie für fähig gehalten, dich im Sumpf auszusetzen?«

Der Pfeil traf ins Ziel, traf den Nerv mit betäubender Genauigkeit, doch Serena verschloß sich störrisch dem Schmerz. »Das haben wir bereits besprochen. Sie wollte nicht, daß mir etwas passiert. Shelby denkt oft nicht an die Konsequenzen ihrer Taten, sondern nur den unmittelbaren Effekt.«

Verlaß dich nicht darauf, Süße, dachte Lucky, aber das behielt er für sich. Wahrscheinlich war es nur natürlich, daß Serena mit Blindheit geschlagen war, was ihre Schwester betraf. Wer konnte schon so schlecht von seinem eigen Fleisch und Blut denken? Er hoffte nur, daß diese Blindheit sie nicht daran hinderte, eine echte Gefahr zu erkennen, ehe es zu spät war.

Die Explosion ereignete sich kurz vor Morgengrauen. Sie brachte die Fenster zum Klirren und ließ die Fundamente des alten Hauses erbeben. Serena roch den Rauch, noch ehe sie ganz bei Bewußtsein war. Sie schoß hoch und aus dem Bett, getrieben vom Adrenalin, das ihr der Fluchtinstinkt ins Blut pumpte.

Ihr Gehirn brauchte ein paar Sekunden, bis sie wußte, wer sie war und woher die Gefahr drohte. Ihr Zimmer war dunkel, und seit dem Knall war nur das Grummeln des Donners zu hören. Einen Augenblick spielte sie mit dem Gedanken, daß sie vielleicht davon geweckt worden war, doch dann kam der Rauchgeruch wieder. Er schwebte durch die offene Glastür herein, zusammen mit einem kalten, starken Wind, der ein Gewitter ankündigte.

Sie schnappte sich ihren Bademantel, zog ihn hastig über, lief zur offenen Tür und schaute über die Galerie und den Hof hinweg. Ein orangefarbener Ball glühte in der Ferne, und Flammen leckten an den Wänden des Gerätehauses. Rufe durchschnitten die Stille, und Männer traten auf die Bildfläche, deren Silhouetten sich gegen das grelle Feuer abzeichneten.

Serena wirbelte zum Bett herum, weil ihr plötzlich Lucky einfiel, aber der war fort. Daß er sich aus dem Staub gemacht hatte, traf sie wie ein Schlag, aber jetzt war nicht die Zeit, darüber nachzudenken, wann, wohin und warum er verschwunden war.

Unbesehen zerrte sie ein paar Kleider aus dem Schrank und zog sie über, ohne sich lange um Unterwäsche zu kümmern. Sie schlüpfte in ihre ausgetretenen Espandrilles und rannte hinaus auf die Galerie, dann die Treppe hinunter, quer über den Garten, so schnell die Beine sie trugen, immer auf das Gebäude zu, das inzwischen lichterloh brannte.

Als sie ankam, hatten die Arbeiter bereits Schläuche auf den Brandherd gerichtet, aber es war bereits zu spät. Das Feuer verschlang den Bau. James Arnaud eilte brüllend, um sich über den Lärm der Flammen verständlich zu machen, zwischen den Arbeitern hin und her und befahl den Männern, vor allem den Teil des riesigen alten Holzschuppens naß zu halten, der noch nicht in Flammen stand.

»Was ist passiert?« schrie Serena, die ihn am Arm gepackt und auf sich aufmerksam gemacht hatte, als er wieder an ihr vorbeigelaufen war.

»Verdammt noch mal, das weiß ich auch nicht«, bellte er. Die dicken, dunklen Brauen bildeten ein tiefes V über den zornigen Augen. »Ich hab' den Knall gehört und bin hergelaufen. Wahrscheinlich war's ein Blitz. Ich weiß bloß, daß fast alle unsere Maschinen da drin sind und daß wir sie abschreiben können, wenn wir das Feuer nicht auskriegen!«

»Hat jemand die Feuerwehr gerufen?«

»Sie sind unterwegs, und hoffentlich schnell. Bei dem, was wir ausrichten, könnten wir genausogut an die Bretter pinkeln.«

Mit diesen Worten schüttelte er sie ab und half weiter bei den offensichtlich nutzlosen Löscharbeiten. Serena stand als hilflose Zuschauerin dabei, kniff die Augen gegen die hell lodernden Flammen zusammen und spürte, wie ihr selbst in dieser Entfernung die Hitze auf den Wangen brannte.

Über ihnen durchzuckten weiße Blitze den Himmel, gefolgt von Donner wie Kanonenschüsse. Dicke, pralle Gewitterwolken, schwarz und voll wie riesige Schwämme, wurden von den grellen Blitzen angestrahlt.

»Komm schon, Regen«, schrie sie.

Mason kam im Pyjama und einem Morgenmantel aus dem

Haus gelaufen, das Haar stand ihm zu Berge, die Brille saß schief. Er trug frisch geputzte Schuhe, aber keine Socken.

»Mein Gott, das ist ja entsetzlich!« rief er, während er an seinem Gürtel herumfingerte. Er starrte in das Feuer, dessen Flammen sich gespenstisch in seinen Brillengläsern spiegelten. »Ich habe die Feuerwehr angerufen. Sie sind schon unterwegs.«

»Ich habe gerade um Regen gebetet«, sagte Serena. Fette Tropfen platschten von oben auf sie herab, und sie hob das Gesicht dem Himmel entgegen.

Mason starrte immer noch in das Feuer, das wie ein wütendes, gefräßiges Untier den riesigen Schuppen verschlang, die Wände verzehrte und an den schweren Geräten im Inneren nagte. »Die ganzen Maschinen. Ich hoffe bei Gott, daß Gifford seine Versicherungsraten bezahlt hat.«

Der Regen wurde stärker. Aus der Ferne kamen Sirenen.

Mason nahm Serena am Arm. »Wir sollten Platz machen. Hier sind wir nur im Weg.«

Widerstrebend ließ sie sich vom Feuer wegziehen. Sie dachte an Gifford und fühlte sich hilflos, so als würde sie ihn irgendwie im Stich lassen. Es war absurd, das wußte sie, aber das hinderte die alten Ängste nicht daran, sich breit zu machen. Irgendwie hätte sie all dies verhindern müssen. Sie hätte der Zerstörung Einhalt gebieten müssen.

Der Regen prasselte jetzt kalt und schwer herab, durchtränkte die Seidenbluse, die sie zufällig zu fassen bekommen hatte, ließ ihr das Haar am Kopf kleben, nahm ihr die Sicht. Immer noch sprangen knisternde, tosende Flammen aus den Ruinen, als verhöhnten sie die Anstrengungen von Mutter Natur, den Brand zu löschen. Etwas riß und splitterte, dann stürzte ein Teil des Daches in sich zusammen und schickte eine Wolke orangefarbener Funken in den Himmel. Mason zog fester an Serenas Arm.

»Serena, komm schon!« drängte er schreiend. »Hier können wir nichts tun. Wir müssen uns in Sicherheit bringen!«

Er schleifte sie ein paar Schritte weiter. Ein Blitz zuckte über den Himmel, und gleich danach explodierte Donner mit einem betäubenden Schlag. Der Wind wurde stärker, rüttelte an den

Bäumen und duckte die Flammenzungen, die aus dem brennenden Gebäude schlugen. Der Regen hatte sich zu einem Wolkenbruch gesteigert und schien dem Feuer endlich die Kraft zu nehmen. Der erste Feuerwehrwagen kam über die Auffahrt angerast. Mason zog Serena weiter fort.

»Gehen wir!«

Sie hatten noch keine drei Schritte auf das Haus zugemacht, als die zweite Explosion erfolgte. Aus dem Augenwinkel sah Serena, wie der Feuerball aus der halb zerstörten Gebäudewand platzte. Von diesem Augenblick nahm ihr Gehirn die sekundenschnellen Abläufe wie in Zeitlupe wahr – rennende Männer, die heranrollende Feuerwalze, Holz- und Eisensplitter, die in alle Richtungen flogen.

Später sollte sie sich daran erinnern, daß sie den Mund aufmachte und schrie, aber nichts hörte. Die unsichtbare Druckwelle traf sie im Rücken und schleuderte sie, genau wie Mason neben ihr, gleich einer Puppe zu Boden. Sie landete mit knochenbrecherischer Wucht. Schotter und zerstoßene Muschelschalen gruben sich ihr in die Haut. Dann wurde es endlich schwarz um sie.

»Totalschaden«, verkündete der Schadensgutachter mit der Trauermiene eines Mannes, der jemanden vom Tod eines geliebten Menschen unterrichtet. Er stand, mit einem Klemmbord in der Hand, in der Tür zum Eßzimmer, ein kleiner, höflicher Mann von etwa fünfundvierzig Jahren mit schütterem, dunklem Haar und Augen wie ein Cockerspaniel. Seine Hände und Unterarme waren rußig, und auf der Stirn hatte er einen großen schwarzen Fleck.

Er war der Feuerwehr auf dem Fuß gefolgt, zusammen mit den Nachbarn. Ein Brand war in dieser Gegend ein echtes Ereignis, eine Gelegenheit, sich zu treffen und zu plaudern und den Brandopfern Hilfe anzubieten. Man brauchte fast nie zwei Wochen auf den Versicherungsvertreter zu warten, denn es war nicht unwahrscheinlich, daß er dabeistand, wenn der letzte Dachsparren in die Asche fiel.

»Totalschaden«, wiederholte er düster. »Das Gebäude und alles, was darin war. Stellenweise glüht es noch.«

»Wahnsinn!« rief John Mason aus und kletterte von seinem Stuhl. »Das muß ich mir anschauen!«

Shelby sah ihren Sohn mißbilligend an. »Das wirst du ganz bestimmt nicht. Du gehst da nicht hin, John Mason. Sieh nur, was deinem Vater und Tante Serena passiert ist!«

Serena schaute ihren Neffen vielsagend an. Sie zitterte immer noch, und in ihren Ohren gellte es. Alles tat ihr weh, Hände, Knie und Kinn waren übersät mit Schnitt- und Schürfwunden. Ihr Gesicht war immer noch hochrot von der Hitze. Weil sie es noch nicht geschafft hatte, unter die Dusche zu gehen, klebten ihr die Haare wie nasse Schnüre am Kopf. Sie trug immer noch ihre total verdreckte fuchsienrote Seidenbluse und die rote Hose.

Alles in allem machte sie keine besonders gute Figur, und Mason ging es da kaum besser. Sie sah ihren Schwager an, der mit leerer Miene in seine Kaffeetasse starrte. Sein feines Haar stand ihm in kleinen Garben vom Kopf ab, sein Morgenmantel war zerfetzt und dreckig. Auf seinem linken Wangenknochen hatte er einen Schnitt, der sich wie ein roter Tintenstrich von seiner aschefarbenen Haut abhob.

Serena war bewußt, daß sie zwar aussahen, als wären sie unter die Räuber geraten, daß sie sich aber trotzdem glücklich schätzen konnten. Zwei der Männer, die den Brand hatten löschen wollen, lagen jetzt im Krankenhaus, weil sie nach der zweiten Explosion von fliegenden Trümmern getroffen worden waren.

»Gifford hat seine Versicherungsraten doch bezahlt, oder nicht, Mr. York?« fragte sie, ohne zu wissen, ob sie nun flüsterte oder schrie. Sie fühlte sich, als hätte man ihr Tassen über die Ohren geklemmt.

York betrachtete sie aus seinen Hundeaugen, als fürchte er, sie würde ihn wie einen unartigen Hund schimpfen und fortjagen. »Ja«, antwortete er zögernd. »Die Raten sind vollständig bezahlt. Damit gibt es keine Probleme.«

»Heißt das, es gibt andere Probleme?«

»Tja – also –« Er scharrte mit den Füßen und schaute dann schnell auf den Boden, um sicherzugehen, daß er keinen Schmutz in die Wohnung schleppte. »Ich fürchte, ja, die gibt es.«

»Ach, in Herrgotts Namen!« fuhr Shelby ihn an, während sie sich eine zweite Tasse Kaffee einschenkte. »Spucken Sie's schon aus.«

Sie saß in Giffords Stuhl am Kopf der Tafel, hatte ein adrettes, reizendes grünes Seidenkostüm an und ihr Haar in einen strengen Knoten gekämmt, ganz als würde sie sich von einer Explosion und einem Brand keinesfalls aus der Ruhe bringen lassen.

York schluckte schwer. »Also, wie Sie alle wissen, war ich gerade mit dem Brandspezialisten am Tatort. Es scheint kaum einen Zweifel daran zu geben, daß wir es hier mit Brandstiftung zu tun haben.«

»Brandstiftung?« fragte Serena ungläubig. Ein eisiger Schauer durchlief sie. Kopfschüttelnd verwahrte sie sich gegen die Möglichkeit und die damit verbundenen Folgen. »Nein. Es war ein Blitzschlag.«

York schien untröstlich. »Äh – also, ich bitte vielmals um Verzeihung, Miss Sheridan, aber das war es nicht. Das Feuer wurde absichtlich gelegt. Das steht ganz außer Frage. Der Täter hat ziemlich schlampig gearbeitet. Sehen Sie«, fuhr er lebhafter fort, als freute er sich, sein Fachwissen weitergeben zu können, »es gab einen großen, heißen Fleck in der Südwestecke des Schuppens und Spuren, die davon wegführten. Das könnte eine Benzinspur gewesen sein. Das verkohlte Holz hat sich geschuppt, und wir fanden Risse im Beton, was darauf hindeutet, daß das Feuer sehr schnell starke Hitze entwickelte. Ganz offensichtlich hat jemand Benzin oder eine ähnliche Substanz verschüttet und angezündet. Und soweit wir aus den Überresten des einen Traktors schließen können, führte eine Benzinspur direkt darauf zu. Ich würde sagen, jemand wollte, daß er in die Luft fliegt.«

Serena lehnte sich in ihrem Stuhl zurück, preßte sich eine Hand vor die Lippen und drückte den anderen Arm gegen die schmerzenden Rippen. Niemand am Tisch sagte etwas. Sie schaute auf den Stuhl, auf dem Len Burke gesessen hatte, auf dem er ihr Essen gegessen, ihren Wein getrunken und ihnen erklärt hatte, daß Gifford zum Verkauf überredet werden müßte – so oder so.

»Sie werden verstehen, daß meine Gesellschaft Ihnen den Schaden leider nicht ersetzen kann, ehe die Angelegenheit geklärt ist. Es tut mir leid.« Mr. York sah aus, als wäre ihm das tatsächlich unangenehm. Schlechte Neuigkeiten zu überbringen, war eindeutig nicht seine Sache. Er klammerte sich an sein Klemmbord. »Es tut mir wirklich leid.«

»Mr. York«, sagte Mason, wobei er sich zu einer schwachen Imitation seines üblichen strahlenden Politikerlächelns durchrang, »Sie glauben doch bestimmt nicht, daß ein Mitglied der Familie für dieses schreckliche Verbrechen verantwortlich ist?«

»O nein, also – äh – darüber steht mir kein Urteil zu. Es wird eine polizeiliche Ermittlung geben, verstehen Sie?«

»Aber Mr. York«, fragte Serena, die versuchte, Burke aus ihren Gedanken zu vertreiben, »ein Teil der Geräte wird sofort ersetzt werden müssen. Wie sollen wir das Ihrer Meinung nach bewerkstelligen, wenn die Versicherung nicht für den Schaden aufkommt?«

York schien sich ernsthaft Gedanken über diese Frage zu machen, wobei er sein Gesicht zu einer Reihe von Grimassen verzog, die den Rußfleck auf seiner Stirn zum Tanzen brachten wie eine Puppe in einem Schattentheater. Schließlich blickte er ihr so traurig in die Augen, daß sie fürchtete, er würde gleich in Tränen ausbrechen. »Ich weiß es nicht«, sagte er. »Es tut mir leid. Wirklich.«

Nach einigen weiteren Runden von Fragen, Erklärungen und Entschuldigungen ging der Schadensgutachter hinaus, um sich die Brandruine nochmals anzusehen, dicht gefolgt von John Mason.

»Was für ein gräßlicher kleiner Kerl«, bemerkte Shelby, wobei sie aus dem Korb, den Odille hereingebracht hatte, wählerisch ein Muffin heraussuchte, als gäbe es nichts Wichtigeres auf der Welt. »Kein Wunder, daß seine Frau eine Affäre mit dem stellvertretenden Bankdirektor hat.«

Serena warf ihr einen tadelnden Blick zu. »Shelby, um Himmels willen, wir haben Wichtigeres zu besprechen.«

»Serena hat recht, Liebling«, bestätigte Mason milde.

»Was ist eine Affäre?« fragte die kleine Lacey, die ihre Mutter mit Eulenaugen anstarrte.

Shelby schenkte ihr ein strahlendes Lächeln und strich ihrer Tochter über die blonden Locken. »Etwas, das ordinäre, billige Frauen tun, Herzchen. Nichts, worüber du dir das hübsche Köpfchen zerbrechen mußt.«

»Un-heil«, intonierte Odille dramatisch und wich vom Tisch zurück, die leere Kaffeekanne fest in den langen, knochigen Händen. Ihre türkisen Augen brannten sich wie blaue Flammen nacheinander in alle Gesichter. »Un-heil ist über dieses Haus gekommen. Der Herr stehe uns allen bei.«

Mit dieser ominösen Prophezeiung verließ sie das Zimmer, den dünnen Mund zu einem Strich zusammengekniffen, der höchstes Mißfallen ausdrückte.

»Mein Gott«, schniefte Shelby empört und zupfte an den Aufschlägen ihres Kostümjäckchens. »Ich weiß wirklich nicht, was Gifford an diesem Weib findet.«

»Sie ist eine Hexe«, erklärte Lacey unbekümmert und langte nach dem Brotkorb. Sie holte ein Muffin heraus und lief dann ihrem Bruder hinterher aus dem Zimmer.

Serena rieb sich die Schläfen und seufzte. »Brandstiftung. Eine kleine Warnung für Gifford von eurem Mr. Burke?«

Eine Sekunde lang herrschte atemlose Stille, dann erwachte Mason zum Leben.

»Aber Serena, du kannst doch nicht wirklich glauben, daß Len Burke irgend etwas damit zu tun hat!« Er lachte ungläubig. »Mr. Burke ist ein ehrbarer Geschäftsmann, der eine ehrbare Gesellschaft vertritt. Du kannst nicht ernsthaft glauben, daß er ein Brandstifter ist!«

Serena schaute ihre Schwester und ihren Schwager todernst an. »Nun, die Alternative scheint mir noch unangenehmer.«

»Daß einer von uns es getan haben könnte?« Mason zog eine Braue bis über den Brillenrand hoch. »Serena, du verbringst zuviel Zeit mit deinen Patienten; du wirst langsam paranoid. Shelby und ich waren im Bett. Ich muß schon sagen, ich nehme dir sehr übel, daß du uns so etwas zutraust. Daß wir dafür sind, das Haus zu verkaufen, bedeutet nicht gleich, daß wir es anzünden würden.«

»Du lieber Himmel, Serena, so etwas glaubst du von uns?« Shelby bereitete sich sichtbar auf einen Wutanfall vor, während sie Zucker in ihren Kaffee rührte. Rote Tupfen erblühten auf ihren makellosen Wangen, ihr Mund gerann zu einem dünnen Strich. Sie funkelte ihre Schwester an, und ihre vorgebliche Ruhe löste sich wie Nebel in nichts auf. »Deine eigene Schwester und deinen Schwager zu beschuldigen! Ich weiß gar nicht, was da oben in Charleston mit dir passiert ist. Du bist wie eine Fremde!«

Serena preßte die Finger gegen die Schläfen und seufzte aus tiefstem Herzen. Sie fühlte sich erschlagen und todmüde. Es war, als hätte man sie all ihrer Fähigkeiten für den Umgang mit Menschen beraubt. Auf jeden Fall hatte sie nicht mehr die Kraft, die ständigen radikalen Stimmungswechsel ihrer Schwester nachzuvollziehen.

»Shelby, könntest du bitte mit dem ewigen Theater aufhören?« preßte sie zwischen zusammengebissenen Zähnen hervor. »Ich wollte euch nicht beschuldigen. Ich habe nur gesagt, daß Mr. Burke von dem Brand profitieren wird. Das Feuer könnte als Warnung gemeint sein, oder jemand wollte tatsächlich die Geräte zerstören. Jedenfalls ist es ein empfindlicher Schlag für Gifford.«

»Nun, ich finde das grotesk«, verkündete Shelby empört. »Ich finde Mr. Burke sehr charmant.«

Serena schaffte es nicht einmal mehr, die Augen zu verdrehen.

»Das Feuer hat vielleicht gar nichts mit dem Verkauf zu tun«, wandte Mason ein. »Gifford hat sich im Laufe der Jahre reichlich Feinde gemacht. Richtig, vor nicht einmal einem Monat hat er ein paar von seinen Arbeitern entlassen. Das hat den Leuten nicht gefallen, kann ich dir sagen. Außerdem gibt es genügend Menschen, die Tristar in den Ort holen wollen, Serena«, sinnierte er in seinen Kaffee hinein. »Es ist ein kleiner Ort; bestimmt weiß inzwischen jeder Bescheid. Gifford verhindert, daß die Leute Arbeit finden. Vielleicht hat jemand beschlossen, ein bißchen Überzeugungsarbeit zu leisten.«

Serena stemmte sich aus ihrem Stuhl hoch, richtete die Augen auf Mason, und ein kaltes Lächeln legte sich um ihre Mundwinkel. »Eine wirklich interessante Wortwahl.«

»Was willst du jetzt tun?« Shelby sah sie mißtrauisch an.

»Zuerst werde ich mir eine lange, heiße Dusche gönnen. Dann fahre ich wieder in den Sumpf und hole Gifford zurück, und wenn ich ihn an den Haaren herschleifen muß.«

In todesähnlichen Tiefschlaf zu versinken, schien viel verlokkender, aber Serena glaubte nicht, daß sie sich den Luxus leisten konnte, sich jetzt hinzulegen. Mühsam setzte sie einen Fuß vor den anderen, drückte die Eßzimmertür auf und ging hinaus.

Shelby starrte ihr nach und wartete mit angehaltenem Atem, bis die Tür am Ende des Ganges zufiel.

»Na großartig«, meinte sie finster. »Jetzt geht sie Gifford holen. Das hat uns gerade noch gefehlt. Verdammt, warum mußte sie sich bloß einmischen?«

Mason nahm sich ein Muffin. »Mach dir deswegen keine Sorgen, mein Pfirsich. Vielleicht ist es ganz gut so. Irgendwann wird es selbst Gifford zuviel werden. Wenn er zurückkommt und sieht, was für einen Schaden das Feuer angerichtet hat, wenn ihm klar wird, was es ihn kosten wird, die Geräte und alles andere zu ersetzen... dann gibt er vielleicht auf.«

»Das kann ich nur hoffen, Mason. Das kann ich nur hoffen.«

Serena betrat ihr Zimmer, wo sie sich am liebsten aufs Bett geworfen und sich in den Schlaf geweint hätte. Statt dessen drehte sie sich um und wäre fast in Lucky gerannt. Er packte sie bei den Schultern, als wolle er Eisen biegen, und hielt sie auf Armeslänge von sich weg. Mit wildem, wütendem Blick musterte er sie vom Scheitel bis zur Sohle.

»*Mon dieu*«, knurrte er atemlos. »Wie siehst du denn aus? Ist alles in Ordnung?«

»Oh, abgesehen von dem Herzanfall geht's mir gut«, antwortete sie sarkastisch. »Ist das bei dir genetisch bedingt, daß du den Leuten ständig Angst einjagen mußt? Hat dir früher immer jemand aufgelauert, wenn du aufs Töpfchen wolltest oder so?«

Lucky fluchte leise, ließ sie los und begann im Zimmer auf und ab zu laufen. Mit zitternder Hand fuhr er sich durchs Haar und massierte sich den Nacken, bemüht, seinen Atem ruhiger werden zu lassen. »Ich habe von dem Brand gehört. Von der Explosion. Daß jemand ins Krankenhaus mußte.«

Serena verkniff sich die bissige Bemerkung, die ihr augenblicklich in den Sinn kam. Sie blieb ruhig stehen und beobachtete Lucky. Er hatte Angst um sie gehabt. Seine Augen und sein Mund verrieten das deutlich. Es kostete ihn sichtlich Mühe, seine Gefühle unter Kontrolle zu halten. Sie äußerte sich nicht dazu, dennoch spürte sie etwas wie Hoffnung in ihrer Brust aufflackern. Der Mann mit dem Herz aus Stein, dem alles egal war, hatte Angst um sie gehabt.

»Mir geht es gut«, sagte sie ruhig. Sie gab ihren weichen Knien nach und ließ sich auf einen kleinen viktorianischen Ankleidestuhl sinken, wo sie sich die ruinierten Espandrilles von den Füßen zog und dann ihre Bluse aufknöpfte. Sie blickte auf Lucky, der vor dem Bett auf und ab paradierte. Er stand unter Druck wie eine Dampflokomotive, zwang sich aber mit Gewalt zur Ruhe. »Wo warst du?«

»Ich hatte etwas Geschäftliches zu erledigen.«

»Du hast wirklich eigenartige Arbeitszeiten.«

»Ich führe ein eigenartiges Leben«, gab er trocken zurück. »Wie dir vielleicht schon aufgefallen ist.«

Serena zog eine Braue hoch. »Wieso denn? Alle meine Bekannten leben im Sumpf und machen sich die Zähne mit dem Buschmesser sauber.«

Sie ignorierte seinen wütenden Blick und wollte gerade ihre Bluse abstreifen, als ihr zwei Dinge gleichzeitig auffielen – sie trug nichts darunter, und Luckys Blick hatte sich plötzlich heiß und glühend auf ihre Brüste geheftet. Sie schämte sich zwar nicht vor ihm, aber in ihrem Unterleib brodelte ein eigenartiges Gefühl. Eine tiefe, uralte Angst, verbunden mit einer Erregung, die sich über ihr Bedürfnis nach Selbstbeherrschung hinwegsetzte. Und die sie mit aller Gewalt auf einen Weg ziehen wollte, der schnurstracks in Richtung Liebeskummer führte. Schließlich gelang es ihr, die Attacke abzuwehren. Sie stand auf, ohne auf die Proteste ihrer schmerzenden Beine zu achten.

»Ich muß mich duschen«, sagte sie, wobei sie die Bluse mit den Fingern zwischen den Brüsten zusammenhielt.

Lucky starrte sie an. All seine Ängste hatten sich in jenes eine Gefühl verwandelt, das er verstehen und mit dem er umgehen konnte – Lust. Als er von der Explosion gehört hatte, hatte ihn die Vorstellung fast wahnsinnig gemacht, Serena könnte verbrannt und verstümmelt unter den Trümmern liegen. Jetzt stand sie vor ihm, mitgenommen und ein bißchen verängstigt zwar, aber höchst lebendig. Ihre dunklen Augen waren sanft und groß, als sie zu ihm aufsah.

Mit zwei großen Schritten war er bei ihr. Seine Finger lösten ihre Hand von der Bluse und schoben die beiden Hälften zurück, dann zog er sie langsam in seine Umarmung. Zärtlich, fast ehrfürchtig beugte er sich hinunter und preßte seine Lippen auf jeden Kratzer, der ihr Gesicht verunstaltete.

»Ich muß mich duschen«, murmelte sie wieder. Ihr stockte der Atem, als Lucky seinen Mund auf ihre Halsschlagader drückte. »Ich muß zu Gifford.« Sie schnappte nach Luft und streckte den Rücken durch, als seine Hand sich liebevoll um ihre Brust legte, und gab sich alle Mühe, sich nicht ablenken zu lassen. »Bringst du mich hin?«

Lucky hob den Kopf, nahm sie mit seinem glühenden Blick gefangen, und ein unbewußt zärtliches Lächeln spielte um seinen sinnlichen Mund. »Aber ja, *chère*. Ich bring' dich hin. Wohin du willst.«

14. KAPITEL

»Brandstiftung!« brach es aus Gifford heraus, dessen verwittertes Gesicht einen alarmierenden Rotton annahm. »Bei Gott, das schlägt dem Faß den Boden aus! Wahrhaftig! Ich weiß nicht, was aus dieser verfluchten Welt noch werden soll. Die Leute haben einfach vor nichts mehr Respekt.«

Er stellte das Gewehr beiseite, das er gerade gereinigt hatte, und kämpfte sich aus seinem Liegestuhl hoch, um wütend auf und ab zu stampfen. Seine Hunde lagen beiderseits des Liegestuhls auf dem Rasen und schauten ihm mit traurigen Augen und mürrischer Miene zu.

»Dieser Bastard Burke. Ich lass' mir seinen Kopf auf einem Silbertablett präsentieren, sobald diese Sache ausgestanden ist. Und den von diesem windigen Clifton York dazu«, versprach er, wobei er die Luft mit dem Zeigefinger durchlöcherte, um seine Drohung zu unterstreichen. »Dieses kleine Wiesel hat vielleicht Nerven, den Schaden nicht bezahlen zu wollen.«

Serena dachte an den verlegenen Schadensgutachter und bekam plötzlich Mitleid mit ihm. »Mr. York tut nur seine Pflicht.«

»Mir praktisch vorzuwerfen, ich würde meinen eigenen Schuppen anzünden«, moserte Gifford weiter. »Bei Gott, ich würde eher Dreck fressen, als etwas so Niederträchtiges tun. Kein Sheridan hat jemals etwas so Verwerfliches getan – abgesehen von denen, die aus der Familie ausgestoßen wurden, natürlich.«

»Natürlich«, bestätigte Serena trocken. Sie stand vor ihm, hatte die Arme vor der zerknitterten rosa Baumwollbluse verschränkt und nahm alle Kraft zusammen, damit die Beine nicht unter ihr wegknickten. Das frühmorgendliche Gewitter hatte den mickrigen Rasen vor der Hütte in weichen Matsch verwandelt, in dem ihre Kalbslederschuhe versanken. Zusätzlich zu allem anderen zehrte diese Reise auch an ihrem Schuhbestand. Wenn sie noch lange blieb, konnte sie in Hausschuhen herumlaufen.

»Es gab einmal eine Zeit, da war die Ehre eines Mannes noch etwas wert«, dröhnte Gifford, den es aufregte, daß jemand seinen Ruf in Zweifel zog, sowie daß jemand seinen Geräteschuppen abgebrannt hatte. Er pflanzte seine Füße in den Schlamm und funkelte Serena an, als wäre es allein ihre Schuld, daß die moralischen Maßstäbe derart verfallen waren.

»Er meint es bestimmt nicht persönlich«, sagte sie. »Es handelt sich ganz eindeutig um Brandstiftung. Ehe raus ist, wer es getan hat, kann die Gesellschaft nicht zahlen.«

Gifford schnaubte. Eine weiße Locke hüpfte über seiner Stirn. Seine Augen sprühten vor Wut. »Ehe raus ist, wer es getan hat. Jeder blinde Blödmann kann sich doch denken, wer es getan hat. Burke steckt dahinter. Dieser gottverdammte Texaner. Man sollte endlich die Grenzen dieses Staates dichtmachen.«

»Burke hat ein Alibi«, mischte sich Lucky unerwartet ein. »Er war bei Mouton's.«

Serena drehte sich zu ihm um. Sie konnte ihre Verblüffung nicht verhehlen. Er lehnte lässig am Stamm einer riesigen, uralten Eiche und hatte die müden Augen zusammengekniffen. Er glich einem Panther, der ruhig, kraftvoll und wachsam darauf wartet, daß ein argloser Hirsch vorbeikommt.

»Woher weißt du das?«

Er bedachte sie mit einem langen, undurchdringlichen Blick. Seine breiten Schultern hoben und senkten sich langsam. »Weil ich dort war, Süße.«

Er hatte ihr Bett verlassen, um zu Mosquito Mouton's zu gehen. Serena versuchte nach Kräften, nicht auf den Stich zu achten, den er ihr damit versetzte. Sie konnte ihn nicht halten, mahnte sie sich. Auch wenn ihr Herz mehr wollte, Lucky hatte ihre Beziehung eindeutig auf Sex beschränkt. Sie hatte sich auf seine Bedingungen eingelassen und deshalb kein Recht, wütend oder gekränkt zu sein, weil er sie nicht die ganze Nacht in den Armen gehalten hatte.

Etwas Geschäftliches, hatte er gesagt. Sie fragte sich, was für Geschäfte man wohl im Morgengrauen tätigte. Sie fragte sich, ob es ähnliche Geschäfte waren, wie er sie bei seinem letzten Besuch dort geführt hatte – Streit anzuzetteln und Leute mit dem Messer zu bedrohen.

»Natürlich hat er ein Alibi«, erklärte Gifford verächtlich. »Ein Mann wie Burke macht sich die Hände schmutzig, solange er sich hocharbeiten muß, aber dann läßt er die Arbeit von anderen machen. Es ist keine große Kunst, irgendeinen Taugenichts aus dem Ort anzuheuern, der Feuer legt. Heutzutage tun die Leute doch alles für ein paar Dollars.«

»Leider hat niemand etwas gesehen«, sagte Serena. »Wer immer es auch war, er hat sich vor der ersten Explosion verdrückt oder ist in der Verwirrung danach untergetaucht. Ich jedenfalls bin gar nicht auf den Gedanken gekommen, nach einem Wagen oder nach einem Flüchtenden Ausschau zu halten.«

»Vielleicht brauchte er gar nicht zu flüchten«, bemerkte Lucky ruhig.

Serena seufzte und blies beim Ausatmen die schweißnassen Strähnen weg, die ihr an der Stirn klebten. Sie spürte, daß Lucky sie anschaute, aber sie erwiderte seinen Blick nicht. Sie hatten das bereits auf dem Weg hierher diskutiert. Sie konnte einfach nicht glauben, daß Shelby das Feuer gelegt hatte. Es war ihr unmöglich, sich vorzustellen, wie Shelby Benzin verschüttete und mit den Geräten herumhantierte, um sie zum Explodieren zu bringen. Aber es war nicht auszuschließen, daß jemand gekauft worden war – von Burke, wie Serena sich immer wieder einredete. Oder der Brandstifter hatte gar nichts mit dem Verkauf zu tun. Vielleicht war es ein Mann, den weiß Gott was getrieben hatte und der sich einfach unter die übrigen Männer gemischt hatte, die versucht hatten, den Schuppen zu retten.

»Es hat keinen Sinn, sich den Kopf darüber zu zerbrechen«, sagte sie schließlich. »Nur eins steht fest – die Sache gerät langsam außer Kontrolle. Du mußt zurückkommen, Gifford.«

Gifford zog eine buschige, weiße Braue in die Höhe. »Warum? Damit du dich aus dem Staub machen kannst?«

Serena zuckte nicht einmal mit der Wimper. Sie stand dem alten Mann Auge in Auge gegenüber und sagte: »Damit du dich deiner Verantwortung stellen kannst.«

»Warum sollte ich das besser machen als du?« fragte er sarkastisch. »Herrgott, ich hab' von dir gelernt, Mädel. Ich will nichts damit zu tun haben, deshalb bin ich weggelaufen.«

»Hör auf«, fuhr Serena ihn an. Sie wußte, daß sie zu erschöpft war, um noch lange die Beherrschung zu behalten. Selbst unter besseren Umständen bereitete es ihr Mühe, vernünftig und rational mit Gifford umzugehen. Er wußte genau, wie er sie behandeln mußte, und drückte die entsprechenden Knöpfe mit einer Boshaftigkeit, die sie noch wütender machte. Jetzt sah sie ihn an und bändigte ihre Wut durch bloße Willenskraft. »Hör auf, mir ein schlechtes Gewissen einzureden, Gifford. Ich habe mich lange genug von dir manipulieren lassen.«

»Ach? Du *gehst* also zurück nach Charleston?« fragte er mit beißender Ironie. »Du läßt deinen alten Großvater allein, umzingelt von Brandstiftern und schwerer Artillerie und mit Verrätern in den eigenen Reihen?«

Serena biß die Zähne zusammen und widersprach: »Ich gehe nirgendwo hin.«

Gifford starrte sie kühl und unnachgiebig an: »Ich auch nicht.«

Ein paar Sekunden maßen sie sich mit Blicken und steigerten damit die Spannung noch mehr. Dann brach es aus Serena heraus wie aus einem Vulkan. Sie warf mit einem Fußtritt den Liegestuhl um und stieß einen äußerst undamenhaften Fluch aus, der die Hunde unter die Hütte fliehen ließ.

»Verdammt noch mal, Gifford«, schrie sie, die Hände zornig zu Fäusten geballt. »Wie kannst du nur so störrisch sein?«

»Das liegt in der Familie.«

»Komm mir bloß nicht so«, warnte sie ihn mit drohend ausgestrecktem Zeigefinger. »Das ist kein Spaß.«

»Ich weiß genau, wie ernst es ist«, antwortete Gifford leise. Plötzlich wirkte er kalt und nüchtern. »Ich weiß ganz genau, was hier auf dem Spiel steht. Ich frage mich nur, ob du es weißt. Du denkst, ich bin nur ein eigensinniger alter Narr. Du denkst, ich stürze aus Spaß die ganze Familie ins Chaos. Dabei versuche ich etwas zu retten, was seit *200 Jahren* zu unserer Familie gehört.«

»Indem du hier im Sumpf rumhockst?«

Er schüttelte den Kopf, und seine dunklen Augen und der zusammengekniffene Mund verrieten Ungeduld und Müdigkeit. »Du willst es einfach nicht kapieren, wie? Mein Gott, für jemand, der so intelligent ist wie du, kannst du dich dümmer stellen als ein Backstein. Es geht mir nicht darum, Chanson du Terre für den Augenblick zu retten. Ich will, daß es nach meinem Tod weiterlebt.«

Serena begriff, was er damit meinte, und Tränen der Wut, der Trauer, der Verzweiflung stiegen ihr in die Augen. Sie wußte ganz genau, worauf er hinauswollte. »Du kannst mich nicht zurückholen, Gifford. Du kannst mich nicht zwingen, hierzubleiben.«

»Nein«, sagte er leise. »Aber ich kann dir zeigen, was passiert, wenn du es nicht tust. Ich kann alles in deine Hand legen. Du kannst die Macht Caesars haben – die Macht über Leben und Tod. Wird ein 200 Jahre altes Erbe weiterleben, oder wird es zu Staub zermahlen? Es wird ganz allein an dir liegen, Serena. Du kannst es verkaufen oder retten.«

Das war es. Die Karten lagen auf dem Tisch. Keine Spielchen mehr. Keine heimlichen Manipulationen. Er legte ihr alles zu Füßen, und sie hätte sich am liebsten umgedreht und wäre davongelaufen. Serena starrte ihn durch den Tränenschleier an und haßte ihn in diesem Augenblick fast so sehr, wie sie ihn liebte. Sie konnte nicht weggehen. Er bedeutete ihr zuviel. Der Gedanke, ihn zu enttäuschen, war schrecklich. Sie wollte nicht, daß er sie für eine feige Versagerin hielt.

Als Psychologin konnte sie jeden dieser Gedanken zerpflükken, analysieren, diagnostizieren und dann eine Therapie empfehlen. Aber als Enkelin, als Frau konnte sie sich ihnen nur stellen und sie über sich ergehen lassen. Sie fühlte sich hilflos und ohnmächtig wie ein kleines Kind. Sie konnte nicht einfach Abstand nehmen und die Situation mit der Kühle und Objektivität eines unbeteiligten Dritten analysieren. Sie konnte den Sturm nicht einfach aus sicherer Distanz verfolgen. Sie steckte mittendrin, und nirgendwo war ein ehrenvoller Abgang in Sicht.

»Denk eine Minute darüber nach«, sagte Gifford mit so ernstem, unbeweglichem Gesicht, als wäre es aus Granit gemeißelt. »Dann komm in die Hütte. Wir haben noch etwas zu erledigen, bevor du zurückfährst.«

Er drehte sich um, rief leise nach seinen Hunden und ließ sie stehen. Serena hatte sich zum Bayou umgewandt und kämpfte gegen die Tränen an. Sie versuchte sich auf die Schritte und das Kratzen der Hundetatzen auf dem Holzboden zu konzentrieren, auf das Zufallen der Fliegentür, den Gesang aus dem Radio, den Ruf eines Indigofinken irgendwo in den Baumwipfeln. Die Arme fest um den Körper geschlungen, starrte sie in das schlammige Wasser und die Spinnenlilien am gegenüberliegenden Ufer. Mühsam klammerte sie sich an die Überreste ihres Stolzes und ihrer Selbstbeherrschung.

Lucky beobachtete sie, und alles in ihm drängte zu ihr. Alle totgeglaubten Gefühle waren in den letzten Tagen wieder zum Leben erwacht und schmerzten, weil sie nach ihrer Wiedergeburt empfindsamer waren denn je. Er war nicht begeistert davon. Es war leichter und sicherer, überhaupt nichts zu empfinden. Ihm mißfiel, daß seine emotionale Isolation durchbrochen worden war. Es mißfiel ihm, daß Serena die Gefühle so mühelos zum Leben erweckt hatte. Aber er konnte sie nicht ansehen und wütend auf sie sein. Ebensowenig, wie er sich abwenden konnte. Er konnte nicht mitansehen, wie die ruhige, beherrschte Frau aus Charleston innerhalb weniger Tage aufgerieben wurde, und nichts dabei empfinden – keine Sympathie, Mitgefühl...

Er stieß sich vom Baum ab und stellte sich hinter sie, schlang die Arme um sie, lieh ihr seine Kraft, wiegte sie sachte im Rhythmus des Cajun-Walzers, der durch die Fliegentür aus der Hütte driftete.

Serena legte ihr Gesicht an seine Schulter, preßte die Augen zusammen, um die Tränen zurückzuhalten. Trotzdem rollten zwei über ihre Wangen und auf Luckys schwarzes T-Shirt. Die

Versuchung war groß, sich gehenzulassen, sich auszuweinen, die Last auf seine breiten Schultern zu laden und ihn zu bitten, sich ihrer Probleme anzunehmen, so wie er sich für Mrs. Guidry der Wilderer oder wie er sich der verwaisten Waschbären angenommen hatte. Aber sie tat es nicht. Konnte es nicht. Er wollte ihre Probleme nicht. Er hatte selbst genug Probleme. Er wollte sich weder einmischen, noch wollte er ihre Liebe. Das Wissen verlieh seiner Umarmung etwas Bittersüßes, dabei hätte sie so dringend jemand gebraucht, an den sie sich lehnen konnte.

Vielleicht würde er sich ändern. Vielleicht empfand er mehr für sie, als er zugeben wollte. Vielleicht würde er sie, wenn die Sache mit Chanson du Terre erst geklärt war, näher an sich heranlassen und von ihr die Dämonen vertreiben lassen, die ihn verfolgten.

Und vielleicht würden Schweine fliegen lernen.

Sie tat sich keinen Gefallen, wenn sie sich einredete, daß die Liebe einer Frau ausreichte, um alles gut werden zu lassen. Sie und Lucky waren nur durch die Macht der Umstände zusammengekommen, hatten physische Bedürfnisse befriedigt, und wenn alles vorbei war, würden sie wieder getrennter Wege gehen – er in den Sumpf, und sie…

»Ich sollte wohl lieber reingehen und nachsehen, was Gifford noch für mich in petto hat«, sagte sie und schniefte die Tränen hoch, die sie sich nicht zugestand. Sie drehte sich in Luckys Armen um, sah zu ihm auf und begriff mit kristallklarer Gewißheit, daß sie sich irgendwie, irgendwann in ihn verliebt hatte. Der Gedanke traf sie jedesmal von neuem mit ungeheurer Wucht. Dieser riesige, düstere Krieger mit den Pantheraugen und dem Hurenmund, mit der dunklen Seele und dem goldenen Herzen hatte etwas in ihr erobert, das noch kein Mann vor ihm besessen hatte. Zu dumm, daß er es gar nicht wollte.

An der Tür empfing sie der Duft von warmen Beignets und starkem Kaffee. Während im Hof die Schlacht der Sheridans getobt hatte, hatte Pepper offenbar drinnen am heißen Herd geschuftet. Der alte Schwarze begrüßte Serena mit einem traurigen Lächeln und tätschelte ihr die Schulter.

»Kommen Sie mal rüber, Miß 'Rena. Sie tun aussehen, als könnten Sie was von mein' Kaffee brauchen.«

Serena versuchte zu lächeln. »Könnten Sie ihn mir nicht injizieren, Pepper? Ich fühle mich, als hätte ich einen Monat nicht geschlafen.«

»A'me Miß 'Rena«, murmelte Pepper und schleuderte einen zornigen Blick in Giffords Richtung, der an dem schäbigen Resopaltisch saß, einen langen Umschlag vor sich.

Serena zog sich einen chrombeinigen Stuhl heran und ließ sich auf das grüne Plastikpolster sinken, dessen Risse und Schlitze mit Paketband geklebt worden waren. Gifford hatte sich auf den Stuhl am Fenster gesetzt, wo man in den Hof sah, und sie überlegte, ob er wohl mitbekommen hatte, wie Lucky sie in den Armen gehalten hatte. Dann verwarf sie den Gedanken. Obwohl Gifford ihr das Gefühl vermittelte, war sie keine Sechzehn mehr und stand nicht mehr unter seiner Obhut. Wenn sie sich auf eine Affäre mit einem Mann einließ, der aussah und sich aufführte wie ein Pirat, dann war das ihre Sache.

Sie schaute sich in der Hütte um, während Lucky sich einen Stuhl nahm und eine Zigarette aus seiner Hemdtasche fischte. Im Hintergrund hielt Pepper einen endlosen Monolog, plauderte fröhlich über den Krabbenfang und stellte währenddessen ein Sammelsurium von Kaffeetassen sowie die große Emailkanne auf den Tisch. Die Dachshunde lagen ausgebreitet wie Vorleger auf dem Boden und schauten Serena aus traurigen Augen an, die Möbel wirkten wie zufällig um ihre schlaksigen Körper herum abgestellt, durchgesessene Sessel, deren Polsterung stellenweise herausquoll. Die Wände waren bis auf ein paar Geweihe und einen makabren, aus den Vorderbeinen eines Hirsches gebastelten Gewehrständer vollkommen schmucklos.

Die Hütte hatte mit ihren Teerpappewänden, dem durchgewetzten Linoleumboden und der absoluten Nüchternheit schon immer Serenas Vorstellung von einer Gefängnisbaracke entsprochen. In den letzten fünfundzwanzig Jahren hatte sie sich keinen Deut geändert. Derselbe Boden, dieselben Möbel, dieselben uralten Küchengeräte, dieselben Dosen auf dem einsamen

Regalbrett über dem einsamen Unterschrank, dasselbe abgerundete, schwarze Radio, aus dem Cajun-Musik und Werbereklame für Pflanzenschutzmittel krächzte. Selbst die Gewürze auf dem Tisch schienen dieselben zu sein.

Gifford tippte mit dem Umschlag auf die Tischplatte und lenkte damit Luckys Blick von der halbleeren Tabascoflasche ab. Es war ein weißer Standardumschlag für Geschäftsbriefe, auf dem in der oberen linken Ecke schwarz und säuberlich die Absenderadresse aufgedruckt war: LAMAR CANFIELD, ESQ. RECHTSANWALT.

»Der ist für dich.«

»Was ist das?« fragte sie mißtrauisch. Sie hatte keine Lust, das Ding auch nur anzurühren. Bis auf weiteres hatte sie genug unangenehme Überraschungen erlebt.

Gifford schob ihr den Umschlag über den Tisch zu. »Schau's dir an. Mach schon.«

Sie schaute von ihrem Großvater zu Lucky, der den Alten finster ansah, dann wieder auf den Umschlag. Mit dem Gefühl, einen unwiderruflichen Schritt zu tun, nahm sie ihn an sich und zog die zusammengefalteten Bögen heraus. Gemessen an seiner Bedeutung war das Dokument lächerlich schlicht. Es handelte sich um eine Generalvollmacht über Giffords gesamtes Vermögen, Chanson du Terre eingeschlossen. Es war auf den gepunkteten Linien von Gifford und Lamar unterschrieben und vor fast drei Wochen ausgestellt worden. Nur Serenas Unterschrift fehlte noch, um es rechtskräftig zu machen.

Serena starrte das Papier an, sie fühlte sich mißbraucht und ausgenutzt. Es lag tatsächlich in ihrer Hand – sie hatte die Verfügung über ein Elternhaus, das sie nie wirklich losgelassen hatte. Ihr erster Impuls war, Gifford die Papiere ins Gesicht zu schleudern, aber das tat sie nicht. Statt dessen faltete sie sie säuberlich zusammen und steckte sie zurück in den Umschlag. Ohne ein Wort stand sie auf und ging hinaus.

»Warum machst du ihr nicht ein bißchen mehr Druck, Giff?« fragte Lucky sarkastisch. »Damit wir alle zuschauen können, wie sie zerbricht.«

»Sie wird es aushalten«, erklärte Gifford mit erhobenem Kinn. »Sie ist eine Sheridan.«

»Ihre Schwester auch.«

Der Alte schniefte, wandte den Blick ab und hob gedankenversunken eine Hand, um einen Hund hinterm Ohr zu kraulen, der leise um Aufmerksamkeit bettelte.

Pepper schnalzte mißbilligend mit der Zunge und ließ sich auf den Stuhl sinken, den Serena frei gemacht hatte. »Is' kein Wunder, daß sie nich' hierbleiben will, so wie du sie rumschubsen tust. Ich würd' auch nach Charleston gehen, ganz ehrlich.«

Gifford schaute seinen Freund wütend an. »Warum tust du's nicht?«

»Weil, wenn ich weg geh', dann is' keiner mehr da außer Odille, der sich dein Gemoser anhör'n tut, un' die würd' dich bestimmt bald umbringen.«

»Klugscheißer.«

Lucky stupste seine Zigarette mit kurzen, heftigen Bewegungen in dem blauen Blechaschenbecher auf dem Tisch aus, schob dann seinen Stuhl zurück und stand auf.

»Mir gefällt dieses Spiel nicht, alter Mann«, sagte er leise und angespannt. Er reagierte rein instinktiv, das wußte er, keinesfalls rational. Serena war verletzt und aufgeregt, und das weckte all diese seit langem schlafenden Beschützerinstinkte in ihm. Es gefiel ihm nicht, war aber nicht zu ändern.

»Ich hab' getan, was ich tun mußte.«

»Ohne einen Gedanken daran zu verschwenden, was Serena dabei wohl fühlt.«

Gifford zog eine Braue hoch und musterte ihn nachdenklich aus seinen dunklen Augen. »Seit wann zerbrichst du dir den Kopf über anderer Leute Gefühle?«

Lucky erwiderte nichts darauf. Irgendwo tief in seiner Brust lag die Antwort, aber er weigerte sich, sie auszusprechen oder auch nur darüber nachzudenken. Er sah Gifford bloß lange und wütend an, dann schlüpfte er aus der Tür.

Serena stand auf der Treppe und blickte auf das Bayou. Sie hatte sich den berüchtigten Umschlag unter eine Achsel geklemmt und die Arme über der Brust verschränkt. Sie sah blaß und mitgenommen aus, und die dunklen Ringe unter ihren Augen standen in krassem Gegensatz zu ihrem jugendlich wirkenden Pferdeschwanz. Lucky legte einen Arm um sie und zog sie an seine Seite.

»Ich will noch nicht zurück«, sagte sie leise.

»Je te blâme pas«, murmelte Lucky, wobei er mit der Hand über ihren Arm strich. »Ich kann dir das nicht übelnehmen, Süße.«

»Können wir zu dir gehen?«

»*Oui.* Wenn du möchtest.«

»Ich brauche ein bißchen Ruhe.«

Sie schloß die Augen und schmiegte den Kopf an ihn, und wieder fühlte er dieses eigenartige Schwellen und Stechen in seiner Brust.

»Ich bring' dich weg, *mon 'tite cœur*«, sagte er leise, dann führte er sie die Stufen hinab zu seiner Piroge.

Vom Golf her zogen neue Gewitterwolken auf, als die Piroge an Luckys Bootssteg glitt. Schwer und schwarz rollten sie wie gefärbte Baumwollballen nordwärts, gefolgt von Donnergrollen. In wenigen Augenblicken würde es regnen, nein, gießen, dachte Serena, als sie zum Himmel hinaufsah. Und bald danach war es vielleicht schon wieder sonnig und trocken. Das Wetter hier war immer unbeständig und trug seinen Teil dazu bei, daß der Sumpf wie ein prähistorisches Gebiet wirkte. Jetzt, während sich die bleiernen Wolken am Himmel zusammenzogen, legte sich seine Stille wie eine erstickende Decke über alles. Die Bäume hörten auf zu rascheln. Die Vögel verstummten.

Der Regen begann zu fallen, als sie über den Rasen liefen, und ehe sie das Haus betreten hatten, prasselte er schon auf das Blechdach und spritzte durch die Fliegenfenster herein. Serena wollte ein Fenster schließen, aber Lucky hielt sie zurück.

»Laß es regnen«, sagte er im Rückwärtsgehen und zog sie dabei in Richtung Bett.

Sie schaute ihn unsicher an. »Aber der Boden –«

»Ist aus Zypressenholz. Das ist unverwüstlich.«

Sie zogen einander aus, begleitet vom Lärm des Gewitters, langsam und ruhig, während es draußen schüttete und eine kühle, feuchte Brise durch die Fenster hereinwehte.

»Ich brauche dich«, flüsterte Serena. Sie hatte den Kopf zurückgelegt und die Augen geschlossen, um der Müdigkeit und dem inneren Aufruhr zu entfliehen, der wie ein Virus in ihr tobte. Sie brauchte Lucky, um all das vergessen zu können, wenn auch nur für kurze Zeit. Sie wollte sich in dem wunderbaren Gefühl verlieren, zu ihm zu gehören, auch wenn es nur vorübergehend war.

»Ich bin hier«, sagte er und löste die Klammer aus ihrem Haar.

Sie seufzte, als er mit den Fingern durch ihr offenes Haar fuhr und es über ihre nackten Schultern breitete. Sie stellte sich auf die Zehenspitzen und revanchierte sich, indem sie das Lederband aus seinem Zopf flocht und mit den Händen die schwarzgelockte Mähne durchkämmte. Er hielt sie mit seinen Armen fest, drückte sie gegen seinen Körper, küßte sie lang und innig, ehe er sie von sich weg hielt.

»*Viens ici, chérie*«, flüsterte er, glitt ums Bett herum, streckte ihr seine Hand entgegen.

Serena starrte ihn einen Augenblick wie hypnotisiert an. Er sah wild und gefährlich aus, trotzdem streckte sie die Hand aus und nahm seine. Sie zehrte von der Stärke seiner Hände, dann von der seiner Arme, als sie sich auf dem Bett niederließ und in seine Umarmung kam.

Sie liebten sich langsam, während draußen der Regen fiel. Lucky übernahm die Führung, so daß sich Serena einfach nur zurückzulegen und zu genießen brauchte. Immer wieder küßte er sie lange und tief, Küsse, die ihr den Atem raubten und sie willig machten. Er widmete sich lang und ausgiebig ihren Brüsten, schien scheinbar stundenlang an ihren Brustwarzen zu lecken und zu knabbern. Langsam arbeitete er sich über ihren Körper vor, küßte sie ausgiebig und genießerisch auf den Bauch, die Hüfte, die Knie.

Schließlich legte er sich zwischen ihre Beine, schob die Hände unter ihre Pobacken und hob sie sachte an. Er senkte seinen Mund auf ihre Grotte, liebkoste sie mit seiner Zunge, trank ihren Saft. Serena wand sich in unbeschreiblichen Wonnen. Die Lust stieg in ihr auf, sammelte Kraft wie der Gewitterwind draußen und trug sie weit weg an einen Ort, an den es nur noch sie und Lucky und dieses göttliche Feuer gab, das in ihr loderte und sich schließlich in einer Wahnsinnsexplosion entlud.

Die Wogen waren noch nicht abgeebbt, als er über sie glitt und ihren Körper mit seinem liebkoste. Sie schrie auf, als er sie nahm, nicht vor Schmerz, sondern in Ekstase, ihre Muskeln spannten sich an, hielten ihn tief in ihrem Inneren, massierten ihn, zwangen ihn dem Höhepunkt entgegen.

Lucky preßte seinen Mund auf ihre Lippen und erstickte ihr tiefes, lautes Stöhnen, senkte seine Zunge, die immer noch nach ihrem Geschlecht schmeckte, in ihren Mund. Das alte Bett knarrte im Rhythmus seiner Bewegungen. Donner rollte über sie hinweg, der Regen hämmerte auf das Blechdach, aber all das wurde bedeutungslos. Chanson du Terre, die Vergangenheit, die Gegenwart, nichts zählte mehr.

Lucky konnte nur noch an Serena denken. Wie weich und wie verlangend sie war, wie sie ihn umschmiegte, eng und geschmeidig wie ein Maßhandschuh, wie sie ihn in ihrem Körper hielt, als wollte sie ihn nie wieder freigeben. Er dachte einzig und allein daran, ihr Lust zu bereiten und sich selbst von dieser Lust forttragen zu lassen.

Langsam und sanft bewegte er sich in ihr, hielt sich zurück, während er sie zum nächsten Höhepunkt lockte. Ihre Hüften bewegten sich unter seinen. Ihr Atem ging schneller. Er legte die Hand zwischen ihre beiden Körper und rieb mit dem Daumen über die empfindsame Knospe. Sie stieß seinen Namen aus, erreichte den Gipfel der Ekstase und riß Lucky mit sich. Sein Körper bebte und wurde steif, während er sich in sie ergoß. Er schloß sie fester in seine Arme und stellte fest, daß er sich noch nie so lebendig gefühlt hatte.

Als seine Muskeln sich entspannten, drehte er sich auf die Seite und sank dankbar auf die Matratze nieder. Physisch war er erschöpft. Emotional war er ausgelaugt durch den ständigen Kampf zwischen dem Gefühl und dem Versuch, kein Gefühl aufkommen zu lassen. Er drückte Serena an sich und fragte sich, ob sie das Beben in seinem Inneren wohl spürte.

Das Gewitter draußen war abgeflaut. Der Donner verhallte weit im Norden, nur das leise Rauschen des Regens war geblieben. Auch drinnen hatte sich der Sturm der Leidenschaft gelegt. Serena lag in Luckys Armen, erschöpft und zu müde, um sich gegen die Gefühle zu wehren, die sie während des Liebesaktes hatte vergessen können – all das, was Giffords Attacke aufgerührt hatte, den Druck, unter den er sie gesetzt hatte, die Unentschlossenheit über ihr weiteres Vorgehen, den Zwiespalt zwischen ihren Zielen und ihrer Loyalität der Familie gegenüber, die Erinnerung an das Feuer mit all seinen Folgen. Wie versprochen hatte Lucky ihr für einen kurzen Augenblick Vergessen geschenkt, doch nun kehrte alles mit voller Wucht zurück.

Die Tränen kamen so plötzlich wie der Frühlingsregen; sie ließ ihnen freien Lauf, ohne sie verstecken oder sich dafür entschuldigen zu wollen. Lucky hielt sie fest im Arm, strich ihr übers Haar, streichelte mit seinen Lippen ihre Schläfe. Er tröstete sie flüsternd mit leisen, französischen Koseworten; seine Stimme liebkoste sie ebenso wie seine Hand. Es war genau das, was sie jetzt brauchte: Ruhe und Verständnis. Schutz. Zärtlichkeit und Trost. Zuspruch, der auf schweigendem Verständnis beruhte. Zuspruch voller Mitgefühl, dargeboten von einem Seelenverwandten.

Serena spürte, wie ihr Herz bei dem Gedanken zu schmerzen begann. Was sie meinte, war nicht von Dauer, war nur ein Bruchstück aus ihrem Leben, das sich nirgendwo ins Bild fügte. Es war wie eine Treibhausblume, die man über Nacht zum Erblühen gebracht hatte, so als hätten sich die Gefühle unter einem Brennglas vergrößert und intensiviert. Sie fragte sich, ob ihre Verbindung wohl genauso schnell absterben würde, wie sie entstanden war.

Sie kannte die Antwort. Neue Tränen stiegen ihr in die Augen, und sie sprach die Worte aus, obwohl sie wußte, daß sie sie nicht sagen sollte. Sie hätte sich überhaupt nicht auf ihn einlassen sollen, aber es war zu spät, um noch etwas zu ändern, und sie konnte ebensowenig ändern, was sie für ihn empfand, auch wenn ihr das noch soviel Kummer bereiten würde.

Sie seufzte schicksalsergeben und flüsterte, an seinen Hals gekuschelt: »Ich liebe dich.«

Die Worte bohrten sich wie ein Dolch in Luckys Herz. Seine Hand verharrte reglos auf ihrem Haar. Alle Muskeln spannten sich alarmiert an. »Tu das nicht«, sagte er automatisch.

Serena setzte sich auf, zog sich die Decke über die Brüste und sah ihn an. Ihre Miene war genauso ausdruckslos wie die seine. »Was soll ich nicht tun? Dich lieben oder es aussprechen?«

Er schüttelte den Kopf, kletterte aus dem Bett und stieg in seine Jeans. »Beides«, wiederholte er, während er den Reißverschluß hochzog. »Sag es nicht. Und denk es nicht.«

Serena sah, wie er im Zimmer herumtigerte. Seine angespannten, breiten Schultern und sein Tempo verrieten, wie unwohl er sich fühlte. Er hatte den Kopf gesenkt, den Blick abgewandt, das Haar hing ihm ins Gesicht.

»Warum nicht?« fragte sie betont kühl.

Er sah sie aus dem Augenwinkel an. »Weil es nicht stimmt. Du kannst mich nicht lieben. Du kennst mich nicht. Das hier«, er machte eine Geste zum Bett hin, »ist bloß Sex.«

»Für mich nicht.«

Lucky wirbelte herum. Seine Miene war grausam, sein Blick gepeinigt. »Für mich schon«, gab er zurück und machte einen wütenden Schritt auf das Bett zu. »Wie schmeckt dir das, Baby?« fragte er sarkastisch mit fragend erhobener Hand. »Wolltest du das hören? Du bist phantastisch im Bett, aber mehr ist nicht drin.«

Der Schmerz kam auf der Stelle. Serena sagte sich, daß sie es nicht anders gewollt hatte, aber das schwächte den Schmerz nur unwesentlich ab. Die Qualen wurden nicht einmal dadurch gelindert, daß sie Lucky ansah, wie widersprüchlich seine Empfindungen waren. Dies war seine letzte Verteidigungslinie, an der er bis zum bitteren Ende festhalten würde. Er wollte einfach nicht glauben, daß mehr zwischen ihnen sein konnte, obwohl er wußte, daß es bereits so war. Er fürchtete sich davor. Sie sollte nicht hinter seine Rüstung blicken, sollte ihn nicht wirklich berühren können.

»Das ist bloß Sex«, wiederholte er halblaut und zog sich zum Fußende zurück, um dort zu patrouillieren.

»Das glaube ich nicht.«

»Ist mir egal.«

»Wenn es dir egal ist, warum regt es dich dann so auf, wenn ich dir sage, daß ich dich liebe?«

Er blieb wie angewurzelt stehen und bedachte sie mit einem Blick, bei dem den meisten Männern das Blut in den Adern gefroren wäre. »Spiel keine Psychospielchen mit mir, Serena.«

Sie stritt es nicht ab, sondern zuckte nur mit den Achseln und reckte das Kinn hoch. Wenn sie einigermaßen bei Verstand gewesen wäre, hätte sie das Thema fallenlassen. Aber wenn sie einigermaßen bei Verstand gewesen wäre, dann wäre sie bei Gauthier's auch nicht in seine Piroge eingestiegen.

»Ich liebe dich. Das fühle ich. Ich mußte es aussprechen. Ich weiß nicht, warum du dich so aufregst«, verteidigte sie sich. »Ich habe ja schließlich nicht verlangt, daß du es auch sagst.«

Lucky schnaubte. »*Mais non*, aber du hast es erwartet.«

Sie starrte ihn an. Trauer legte sich plötzlich wie ein Stein auf ihre Brust. »Nein. Das habe ich nicht.«

Er fluchte auf französisch und stellte sich vors Fenster. »Ich kann dir nicht geben, was du willst, Serena«, sagte er, ohne auf ihre Antwort einzugehen. »Ich habe nicht so viel zu geben.«

»Oh, ich glaube, das hast du sehr wohl. Du traust dich nur nicht, es zu zeigen.«

»Nein.« Er starrte in den Regen. »Ich habe es nicht. Es ist weg. Alles weg. Ich bin nicht der Mann, den du brauchst.«

»Was weißt du denn schon über den Mann, den ich brauche?«

»Ich weiß, daß ich es nicht bin.«

»Und wenn du dich irrst?«

Er fuhr zu ihr herum. Sein ganzer Schmerz, seine Frustration, sein Zorn explodierten in einer einzigen Gefühlsaufwallung.

»Was weißt du denn schon von mir?« brüllte er. »Gar nichts! Du hast dir einen Phantasiemann zusammengebastelt, hast mich zum Helden stilisiert, obwohl ich gar nichts bin. Ich bin gar nichts, bloß ein Mann, der krampfhaft versucht, nicht verrückt zu werden. Ich bin bloß ein trainierter Mörder, der jeden Augenblick ausklinken kann. Ich habe gar nichts in mir, nur Alpträume. Willst du das wirklich? Ist das der Mann, den du brauchst?«

Halb geduckt kam er auf das Bett zu, mit weit aufgerissenen Augen und bebenden Nasenflügeln, bis er Serena direkt in die Augen sah. »Willst du mal sehen, wie es in dem Mann aussieht, den du zu lieben glaubst, Doc?« flüsterte er. »Willst du wissen, was da drin los ist?

Ich hab' ein Jahr in einem Gefängnis in Mittelamerika gesessen. Mein vorgesetzter Offizier hat das arrangiert, weil er Dreck am Stecken hatte und ich ihm auf der Spur war. Wir waren auf einem Einsatz da unten – einer jener kleinen Ausflüge, über die unsere Regierung nicht so gern spricht. Meiner Familie wurde mitgeteilt, ich hätte einen tödlichen Unfall gehabt. Und über ein Jahr saß ich in einer schmutzigen, rattenverpesteten Zelle, in absoluter Dunkelheit. Ich kam nur raus, um gefoltert zu werden.

Weißt du, was das in einem Menschen anrichtet, Dr. Sheridan? Weißt du, was ihm danach noch bleibt?« Er richtete sich auf und trat einen Schritt zurück. »Nichts. Nichts. Ich kann dir nichts geben. Ich lebe ganz für mich allein, und so soll es auch bleiben. Ich will deine Hilfe und deine Liebe nicht. Das einzige, was ich je von dir wollte, war dein Körper.«

Er drehte sich um und ging zurück zum Fenster. Er fühlte sich erschöpft und leer.

Serena blieb einen Augenblick sitzen, ließ seine Worte auf sich wirken, trauerte – nicht um sich, sondern um Lucky, um den sensiblen jungen Mann, der seine Familie liebte, um den Schüler, den Künstler, dessen Leben systematisch zerstört worden war. Sie bedauerte den Menschen, der er jetzt war, den gequälten, verängstigten, einsamen Mann. Sie hätte ihn so gern getröstet, aber sie wußte, daß er sie nur von sich stoßen würde.

»Wenn du gewollt hättest, daß ich dich für einen herzlosen Schweinehund halte, dann hättest du mich in der ersten Nacht bei Gifford lassen sollen«, sagte sie und wünschte halb, er hätte genau das getan.

»Ganz recht«, bestätigte er verächtlich. »Ich hätte dich dort lassen sollen. Aber behaupte bloß nicht, ich hätte dir was vorgespielt, Süße. Ich hab' dir von Anfang an gesagt, was ich von dir will.«

»Ja, das hast du.« Und von Anfang an war es eine Lüge gewesen. Leidenschaft, Wut und Begierde hatten sie zusammengeführt, und trotzdem war es nie »bloß Sex« gewesen. Nie.

»Dann behalt deine schönen Sprüche für dich«, brummte er. »Ich will sie nicht hören. Ich brauche deine Liebe nicht.«

Serena hätte am liebsten losgeheult. Sie kannte keinen Mann, der ihre Liebe nötiger hatte. Er versteckte sich vor den Menschen, vor der Welt. Er hatte sich in die Einsamkeit der Sümpfe zurückgezogen, um seine Verletzungen auszukurieren, aber sie wollten nicht heilen. Sie lagen immer noch offen, und er zog sich immer weiter in die innere Emigration zurück. Ihr Herz war so dumm, ihm helfen zu wollen. Die Frau in ihr sehnte sich danach, die eine zu sein, die ihn rettete. Aber die Psychologin wußte, daß das nicht geschehen würde, und sie wußte auch warum, so mager dieser Trost auch war.

Sie hatte nicht die Kraft, gegen das Unvermeidliche zu kämpfen. In Anbetracht aller Umstände schien es das beste, sofort Schluß zu machen. Jede weitere Anstrengung wäre eine Sisyphusarbeit gewesen; genausogut konnte sie mit dem Kopf gegen eine Wand laufen. Es gab keine Perspektive mehr für eine weitere sexuelle Beziehung zwischen ihnen, selbst wenn sie einer solchen Affäre etwas abgewonnen hätte. Und sie hatte weiß Gott genug andere Probleme. Sie würde die Sache unter »falscher Ort, falsche Zeit, falscher Mann« abhaken.

Während sie ihre Kleider aufsammelte, studierte sie Lucky, der immer noch vor dem vorhanglosen Fenster stand, und fragte sich ungläubig, wie der falsche Mann ihr so richtig vorkommen konnte.

Er drehte sich um und sah ihr zu, gebadet in ein Gemisch von silbernem Licht und tiefem Schatten, in dem sein Gesicht wie ein Porträt aussah.

»Und was machen wir jetzt?«

Serena hielt beim Zuknöpfen der Bluse inne, erwog alle Möglichkeiten und Antworten und beschloß, die Frage auf die allereinfachste Art zu beantworten.

»Wir fahren nach Chanson du Terre.«

15. KAPITEL

Es war eine lange Fahrt. Lucky stand schweigend hinter Serena, die in der Piroge saß und den Anblick und die Laute des Sumpfes schweigend auf sich wirken ließ. Dies war wohl ihre letzte Reise durch die Wildnis, die ihr über so viele Jahre hinweg angst gemacht hatte. Sie hatte nicht die Absicht, noch einmal zu Gifford zu fahren. Er war zu weit gegangen. Nächstesmal würde er zu ihr kommen müssen. Und einen anderen Grund, hier herauszukommen, gab es nicht, wie sie sich immer wieder vorsagte, und widerstand dem Drang, sich umzudrehen und Lucky anzusehen.

Statt dessen konzentrierte sie sich auf den Sumpf, kämpfte gegen ihre instinktive Angst und versuchte, die Umgebung so zu sehen, wie Lucky sie sah, in ihrer primitiven Schönheit, ihrer Empfindlichkeit. Es hatte aufgehört zu regnen, die Sonne war mit Kraft zurückgekehrt und verwandelte alles um sie herum in eine natürliche Sauna. Feuchtigkeit stieg dampfend vom Wasser auf und tropfte von den durchbrochenen Virginiamoosgirlanden. Wildblumen leuchteten wie glänzende Farbtupfer aus dem gedeckten Grau und Braun heraus. Serena fragte sich, ob Lucky das wohl jemals gemalt hatte.

Sie schwiegen in stillem Einverständnis, bis der Bootssteg von Chanson du Terre in Sicht kam.

»Was wirst du jetzt machen?« fragte er ruhig, während er das Boot in einem weiten Bogen auf den Steg zusteuerte.

»Ich werde dem Spuk ein Ende machen«, antwortete Serena knapp, den Blick immer noch nach vorn auf das große Haus gerichtet. »Burke heimschicken. Dafür sorgen, daß die Angelegenheit mit dem Brand und der Versicherung geklärt wird.«

»Und dann?«

Sie überlegte lange, ehe sie antwortete. »Was kümmert dich das, Lucky? Du hast bekommen, was du wolltest.«

Lucky schwieg. Er war zu sehr davon in Anspruch genommen, die Gefühle niederzuringen, die sich in ihm breitmachten. Es kümmerte ihn nicht, redete er sich ein. Sie konnte nach Charleston zurückgehen, wo sie hingehörte. Ihm war das egal. Er hätte endlich wieder seinen Sumpf und seinen Frieden und Ruhe vor den Sheridans, die sein friedliches Leben durcheinandergebracht hatten. Er ignorierte den Schmerz in seiner Brust, als Serena aus dem Boot stieg und wegging, ohne sich umzudrehen. Er brauchte sie nicht, er durfte sie nicht brauchen, und damit Schluß.

Kraftvoll stieß er die Piroge vom Bootssteg ab und drehte nach Süden in Richtung Mouton's. Es war eine gute Nacht, um sich zu betrinken und ordentlich einen draufzumachen.

Serena ging langsam über den Rasen, den Blick auf den weißen Cadillac neben Shelbys BMW gerichtet. Bestimmt gehörte er Burke. Giff hatte ganz recht, der Kerl biß sich fest wie eine Bulldogge. Und war genauso charmant. Sie fragte sich, wie er ihre Entscheidung wohl aufnehmen würde. Nicht allzu gut. Sie glaubte nicht, daß er ein guter Verlierer war.

Shelby würde es wohl ebenfalls schlecht aufnehmen. Sie konnte es nicht leiden, wenn man ihre Pläne durchkreuzte, vor allem, wenn ihr persönlicher Ruhm auf dem Spiel stand. Mit dem Verkauf der Plantage wollte sie zwei Fliegen mit einer Klappe schlagen: Mason ins Amt hieven und sich selbst zur Retterin der Gemeinde küren lassen. Es würde ihr nicht gefallen, daß man ihr dabei einen Strich durch die Rechnung machte. Dazu würde noch uralter Geschwisterneid kommen. Gifford hatte sie gegeneinander ausgespielt, indem er Serena das einzige Mittel in die Hand gegeben hatte, mit dem Shelby ihre Träume wahrmachen konnte.

Serena verfluchte Gifford dafür, daß er das Land über alles andere gestellt hatte. Sie verfluchte sich selbst dafür, daß sie zurückgekommen war. Aber nun waren die Würfel gefallen. Das Blatt war ausgeteilt und mußte gespielt werden.

Sie hatten sich im vorderen Salon versammelt. Shelby glänzte in einem ärmellosen roten Seidenkleid mit engem Oberteil und weitem Rock. Sie hatte ihr Haar zurückgekämmt und à la Carole Lombard frisiert. Mason trug seine übliche Jungsenatorenkluft, eine schwarze Hose, ein elfenbeinfarbenes Hemd und eine leicht schief sitzende Krawatte mit dem Abzeichen eines illustren britischen Regiments. Burke trug denselben Westernanzug wie am Vorabend, doch diesmal hatte er auf die laute Krawatte verzichtet. Alle drehten sich wie auf Kommando um, als Serena ins Zimmer trat. Auf ihren Gesichtern malte sich, wenn auch verschieden deutlich ausgeprägt, Überraschung ab.

Shelby runzelte die Stirn. »Meine Güte, Serena, erscheint man in Charleston so zum Abendessen? Du siehst ja schrecklich aus!«

Serena schaute an ihrer zerknitterten Baumwollbluse und der schwarzen Hose hinab, die faltig und ausgebeult an ihren Hüften hing. Ein kurzer Blick in den vergoldeten Spiegel an der Wand verriet ihr, daß ihr Haar sich aus der Klammer befreit hatte.

»Ja, ich sehe schrecklich aus. Es tut mir leid, aber ich bin eben erst von Gifford zurückgekehrt«, sagte sie, wobei sie versuchte, den Nachmittag mit Lucky ebenso leicht aus ihrem Gedächtnis zu streichen, wie sie ihn im Gespräch überspielt hatte. »Verzeihen Sie mein Aussehen, Mr. Burke«, ergänzte sie kühl. »Aber ich bin müde und wollte mich nicht erst frisch machen.«

»Gifford ist nicht mit dir zurückgekommen?« fragte Mason und zog die Brauen bis über den Brillenrand hoch.

»Nein.«

»Wie hat er die Nachricht von dem Brand aufgenommen?«

»Sagen wir, er war recht aufgebracht.«

»Aber er ist trotzdem nicht zurückgekommen, um die Sache zu klären?« knurrte Burke. Er kaute auf seinem Zigarrenende und machte ein Gesicht wie eine Bulldogge. »Wirklich komisch, wenn Sie mich fragen.«

»Ich habe Sie aber nicht gefragt«, wies Serena ihn zurecht. Sie fühlte sich zu erschöpft, um die berühmte Südstaatenhöflichkeit zu wahren.

Sie beobachtete seine Reaktion mit klinischem Interesse. Sein Kiefer spannte sich an. Seine Augen verengten sich. Sie hatte den Eindruck, daß er sich nicht gern von Frauen zurechtweisen ließ.

Mason schienen ihre Umgangsformen zu schockieren. »Serena! Mr. Burke sorgt sich um Giffords geistige Gesundheit, so wie wir alle.«

»Ich weiß sehr gut, worum Mr. Burke sich sorgt. Was Giffords geistige Gesundheit betrifft – er ist so kauzig wie eh und je.«

»Er benimmt sich wie ein Verrückter«, murmelte Shelby schmollend. Sie hob eine juwelengeschmückte Hand, um mit dem Diamantanhänger zu spielen, der an einer Goldkette um ihren Hals hing. »Uns so hinzuhalten, das Geschäft so hinauszuzögern. Mr. Burke ist ein vielbeschäftigter Mann. Er kann nicht ewig warten.«

»Er braucht überhaupt nicht mehr zu warten«, bemerkte Serena und hob den Umschlag hoch, so daß alle hinschauten. »Gifford hat mir eine Vollmacht gegeben. Ich soll in dieser Angelegenheit verfahren, wie ich es für richtig halte.«

Shelby schnappte theatralisch nach Luft, preßte sich die Hand aufs Herz, aber Serena ging gar nicht darauf ein. Sie wollte die Sache so schnell wie möglich hinter sich bringen. »Ich halte es nicht für richtig, den Grundbesitz an Tristar Chemical zu verkaufen. Mr. Burke, es tut mir leid, daß Sie sich vergebens herbemüht haben.«

Burke lief scharlachrot an. Er zog die Zigarre aus dem Mund und zielte damit auf Serenas Gesicht. »Einen Moment mal. Das können Sie nicht.«

»Ein Gericht wäre wohl anderer Auffassung. Ich habe mich nicht danach gedrängt, die Verantwortung für diese Entscheidung zu übernehmen, aber man hat sie mir übertragen, und ich habe mich entschieden.«

»Das glaube ich einfach nicht«, knurrte Burke. Er drehte sich zu Mason um. »Der Deal war so gut wie abgeschlossen, Talbot. Bringen Sie sie zur Vernunft, oder Sie können sich das Ticket nach Baton Rouge abschminken.«

Mason wirkte nervös. Er wandte sich Serena zu, doch sein makelloses Lächeln wirkte irgendwie unsicher. »Serena, wir wollen doch nichts überstürzen. Ich glaube nicht, daß du schon alle Faktoren berücksichtigen konntest. Hier steht enorm viel auf dem Spiel.«

Serena erwiderte seinen Blick gnadenlos. »Ich weiß, was hier auf dem Spiel steht, Mason. Ich weiß das besser als du.«

»Du!« fauchte Shelby plötzlich und machte damit alle auf sich aufmerksam. Sie funkelte Serena an und klammerte sich so fest an das Whiskyglas in ihrer Hand, daß ihre Fingerknöchel weiß hervortraten. Dann machte sie einen Schritt vor. »Was weißt du denn überhaupt? Du weißt doch gar nicht, wie es ist, hier zu leben! Wir wollen für alle nur das Beste.«

»Du willst dir vor allem die Taschen vollstopfen und Mason einen Sitz im Parlament kaufen«, verbesserte Serena bissig. »Aber ich kann dich daran hindern, unser Familienerbe deiner Gier zu opfern, und ich werde es tun. So einfach ist es, Shelby. Ich wollte nicht, daß es so weit kommt, aber ich habe keine andere Wahl.«

Shelby machte wieder einen Schritt vorwärts. Plötzlich traten rote Flecken auf ihr makelloses Antlitz, vom Kragen ihres Modellkleides aufwärts bis unter die Haarwurzeln. »Du selbstgerechtes kleines Flittchen!« spie sie. »Wie kannst du es wagen, hier anmarschiert zu kommen, uns Moralpredigten zu halten und uns vorzuschreiben, was wir zu tun haben! Wir haben dich nicht nach deiner Meinung gefragt.«

»Nein, das habt ihr wirklich nicht«, bestätigte Serena. Sie begann sich zu fragen, ob Lucky nicht recht mit der Vermutung gehabt hatte, die beiden hätten versucht, den Handel in aller Stille abzuschließen und sie vor vollendete Tatsachen zu stellen.

»Warum hast du dich dann nicht rausgehalten? Warum bist du nicht in deiner hübschen kleinen Welt in Charleston geblieben und hast dich nicht um uns gekümmert, so wie du es sonst immer tust?«

»Es tut mir leid«, flüsterte Serena, die spürte, wie das Band zwischen ihr und ihrer Schwester von Sekunde zu Sekunde dünner und brüchiger wurde. Sie konnte immer nur daran denken, daß es nicht so weit hätte kommen dürfen.

»Leid?« höhnte Shelby und machte einen weiteren Schritt auf sie zu. »Leid!«

Sie schleuderte ihr Glas zu Boden, ohne sich um den Inhalt zu scheren, der in einem dunklen Fleck in den Teppich sickerte. Nach einem letzten Schritt stieß sie mit beiden Händen vor und versetzte Serena einen Schubs, der sie rückwärts stolpern ließ. Serena versuchte nicht, sich mit Händen oder Worten zu verteidigen. Worte würden ihr nichts nutzen. Shelby war keiner Vernunft mehr zugänglich. Sie war so zornig, daß sich die Luft um sie herum elektrisch auflud wie vor einem Gewitter. Serena beobachtete fasziniert und erschreckt, wie der Sturm losbrach.

»Du begreifst gar nichts!« Mit jedem Wort wurde Shelbys Stimme höher und schriller, entglitt ihr die Kontrolle über sich mehr. »Dir ist doch das Haus egal. Dir war es schon immer egal. Du willst dich bloß bei Gifford einschmeicheln, damit er dir all das gibt, was eigentlich mir gehören sollte!« Sie schnappte halb weinend nach Luft und verzerrte den Mund in unbeherrschter Wut zu einer grotesken Grimasse. »Du willst mir alles kaputt machen, so wie immer! Du mieses Stück! Ich wünschte, du wärst nie geboren worden!«

Serena blieb reglos stehen, versuchte nicht einmal den schmerzhaften Schlag abzuwehren, den ihre Schwester ihr versetzte. Shelby drehte sich um und lief schniefend und schluchzend aus dem Zimmer. Serena rührte sich nicht. Sie stand in der elektrisiert wirkenden Stille, kämpfte mit ihren Gefühlen und begriff in diesem Augenblick, daß jede noch so kleine Hoffnung, ihrer Schwester jemals nahezukommen, unwiderruflich dahin war.

Burke und Mason sahen sie an; beide Männer schienen sich angesichts solcher weiblicher Raserei ausgesprochen unwohl zu fühlen. Mason erholte sich als erster, trat vor und bot ihr galant sein blütenweißes Leinentaschentuch an. Serena nahm es und starrte es verständnislos an.

»Du blutest«, sagte er mit gesenktem Blick. »Im Mundwinkel.«

Sie betupfte die Wunde, weigerte sich jedoch, den Fleck im

Taschentuch anzusehen. Es war schon schlimm genug zu wissen, daß er da war. Statt dessen beschäftigte sie sich mit dem Umschlag, den sie immer noch in der Hand hielt. Sie fragte sich, ob Gifford wohl gewußt hatte, was er da tat.

»Serena«, sagte Mason leise, »mir ist klar, daß dich starke Gefühle an Chanson du Terre binden, aber ich habe dich mehr als einmal sagen hören, daß du deswegen nicht dein Leben ändern würdest. Wir hielten einen Verkauf für sinnvoll, gerade jetzt, wo die Plantage in Schwierigkeiten ist. Und jetzt müssen wir auch noch den Brandschaden berücksichtigen –«

»Ja, was ist mit dem Brandschaden?« mischte sich Burke ein. »Kann Gifford es sich leisten, selbst dafür aufzukommen?«

Serena hob den Blick und nagelte den Texaner damit fest. »Ich glaube, Mr. Burke, die einzige Sorge, die Sie sich wegen des Brandes zu machen brauchen, ist die, daß man Sie damit in Verbindung bringt.«

Ihre Anschuldigung schien ihn kein bißchen zu schockieren, was Serena als Schuldgeständnis ansah.

»Ich war nicht hier, als das Feuer ausbrach«, erklärte er, wobei er gelangweilt die Spitze seiner Zigarre inspizierte. Sie war ausgegangen. Er zog die Stirn in Falten und fuhr ruhig fort: »Ich habe Zeugen. Sie tun sich keinen Gefallen, wenn Sie das Gegenteil beweisen wollen.« Mit steinhartem Blick wiederholte er betont: »Sie tun sich wirklich keinen Gefallen damit.«

Serena zog eine Braue hoch. »Ist das eine Drohung, Mr. Burke?«

»Eine Tatsache, meine Liebe.«

Sie schenkte ihm einen unterkühlten Blick, um ihn nichts von ihren Überlegungen ahnen zu lassen. Sie fragte sich wieder, wie weit er wohl gehen würde, um sein Ziel zu erreichen. Kurz darauf trat sie einen Schritt zurück und sagte: »Ich glaube, ich habe Ihre Gesellschaft lang genug genossen, Mr. Burke. Es war ein langer, anstrengender Tag für mich. Ich werde jetzt zu Bett gehen. Mason bringt Sie dann hinaus. Und da Ihre Geschäfte hier erledigt sind, werden wir uns wohl nicht wiedersehen. Gute Nacht.« Sie nickte ihrem Schwager zu. »Mason.«

Sie spürte ihre Blicke im Rücken, noch nachdem sie aus der Tür geschlüpft war.

»Was schlagen Sie jetzt vor, Talbot?« wollte Burke wissen. Seine Stimme war tief und heiser, sein Blick verfolgte Mason wie ein Suchscheinwerfer. »Wenn dieser Deal platzt, dann können Sie sich von Ihrer politischen Karriere verabschieden.«

»Immer mit der Ruhe, Len«, antwortete Mason so besänftigend wie möglich. Er setzte sein Lächeln wieder auf und ging ans Büffet, um seinem Gast einen Drink einzuschenken. »Bestimmt können wir Serena zur Vernunft bringen. Sie braucht nur etwas Zeit, sonst nichts. Sie hat sich von Gifford manipulieren lassen. Wenn sie das erst merkt und die Situation unvoreingenommen betrachtet, wird sie sich bestimmt unserer Meinung anschließen.«

Burke bedachte ihn mit einem langen, kalten Blick. »Das sollte sie auch lieber.«

Shelby marschierte im Schlafzimmer auf und ab; jedem Schritt war anzumerken, wie aufgebracht sie war. Das Zimmer lag in Trümmern. In ihrem Zornesausbruch hatte sie jeden Stuhl umgeworfen, die Decke vom Bett gezerrt, Kleidungsstücke aus dem Schrank und den Schubladen gerissen und überall herumgeschmissen. Jetzt war ihr Pfad von Kostümen und Abendkleidern gesäumt. Hochempfindliche Stoffe wurden von ihren spitzen Absätzen in den Boden gestampft.

»Zum Teufel mit ihr. Zum Teufel mit ihr. Ich hasse sie!« zeterte sie, schnappte sich eine Flasche Chanel vom Frisiertisch und schleuderte sie gegen die Wand. Die Flasche zerbrach und hüllte das Zimmer augenblicklich in eine widerlich intensive Duftwolke, während das Parfüm einen öligen Fleck auf der Tapete hinterließ.

Mason saß auf der Bettkante, die Hände locker zwischen den Knien gefaltet. Er beobachtete den Wutanfall seiner Gattin mit angemessen besorgtem Blick, Stirnrunzeln und zusammengekniffenem Mund. Mit wildem Blick und wutverzerrtem Gesicht drehte sie sich zu ihm herum.

»*Tu was!*« kreischte sie und senkte dann die Stimme zu einem zischenden Flüstern. »Tu was, verdammt noch mal! Sitz nicht nur rum und halt Maulaffen feil; schließlich ruiniert Serena alles, was ich je wollte!«

»Aber Shelby, Schätzchen, beruhige dich doch.«

»Sag mir bloß nicht, ich soll mich beruhigen. Wenn sich jeder beruhigen würde, sooft du das möchtest, lägen wir alle längst im Koma. Wir haben keine Zeit, uns zu beruhigen! Wir müssen handeln. Wir müssen etwas unternehmen. Unsere Zukunft hängt davon ab.«

»Das weiß ich doch, mein Pfirsich«, sagte Mason und betrachtete traurig die teure Garderobe, die von Shelby in den Boden getrampelt wurde.

»Natürlich, wenn du mit deiner Anwaltskanzlei mehr Geld verdienen würdest oder wenn deine Eltern nicht ihr Vermögen bei dieser idiotischen Ölkrise verloren hätten, dann säßen wir jetzt nicht so in der Tinte.«

Mason brummte etwas Unverständliches.

»Ich wünschte, wir könnten so tun, als wäre Serena nie hergekommen«, murmelte sie und setzte ihren Marsch fort. Immer wieder fuhr sie sich mit den Fingern durchs Haar und löste dabei die Haarnadeln, die geräuschlos in das Stoffmeer fielen, das sie durchwatete. »Ich wünschte, sie würde einfach verschwinden. Gifford hätte mir die Vollmacht geben sollen. Schließlich hängt meine Zukunft von dem Verkauf ab, nicht Serenas. Er hätte sie mir geben sollen, aber nein, er hat sie ihr gegeben, und sie ist zu dumm, um einzusehen, was das Beste für alle ist.«

»Wir sollten uns nicht unnötig aufregen«, sagte Mason leise, stand auf und faßte ihre Hand. Er zog Shelby über einen rosa Hosenanzug, an dem noch das Preisschild hing, und nahm sie in die Arme. »Laß uns darüber schlafen«, sagte er und küßte sie auf die Schläfe. »Es wird alles gut, mein Pfirsich. Du wirst schon sehen.«

»Ja«, bestätigte Shelby, die plötzlich ganz ruhig wurde, als sie sich an ihren Gatten lehnte. »Das werde ich.«

16. KAPITEL

»Ein Anruf für Sie, Miz 'Rena«, verkündete Odille, die ins Eßzimmer getreten war.

Shelbys Kopf fuhr aus der mißmutigen Betrachtung ihrer Krabbencremesuppe hoch. »Also wirklich, Odille, Sie wissen genau, daß Sie während des Essens nicht –«

»Schon gut«, fiel ihr Serena ins Wort und schob ihren Stuhl mit undamenhafter Eile vom Tisch zurück. »Ich war sowieso fertig.«

Sie ließ die Serviette auf das Essen fallen, das sie kaum angerührte hatte, und wandte sich der Haushälterin zu, die Shelby herablassend anfunkelte. »Ich nehme im Flur ab, Odille. Vielen Dank.«

Als Serena aus dem Eßzimmer in den Korridor trat, fühlte sie sich, als käme sie aus einer Druckkammer. Sie war noch nie so froh gewesen, einem Essen entfliehen zu können. Stundenlang hatte sie mit dem Versicherungsvertreter und dem Brandspezialisten über das Feuer gesprochen und war mit den beiden durch die Überreste des Geräteschuppens gestiefelt. Danach hatte sie ein paar Stunden am Telefon in Giffords Büro verbracht, wo sie die benachbarten Farmer um Hilfe in Form von geliehenen Geräten gebeten hatte. Dann war da der Weg zur Bank gewesen, der ihr den Tag wahrhaft verschönt hatte. Neben diesen angenehmen Aufgaben hatte sie sich mit Shelbys radikalen Stimmungswechseln und Masons diplomatischen Versuchen herumschlagen müssen, sie doch noch zum Verkauf zu überreden.

Das Dinner hatte den krönenden Abschluß dargestellt. Wie irgendwer in diesem Eßzimmer auch nur einen Bissen hatte hinunterwürgen können, war ihr ein Rätsel. Serena war überglücklich über einen Vorwand zum Aufstehen. Sie hätte Odille die Füße dafür küssen können, daß sie sie erlöst hatte.

Sie blieb an dem Tischchen im Korridor stehen, hob den Hörer ab und rechnete damit, die Stimme eines der Bauern zu hören, mit denen sie vorhin gesprochen hatte.

»Hier ist Serena Sheridan. Was kann ich für Sie tun?«

»Sie verwechseln da was«, antwortete eine leise Männerstimme. »Ich kann was für Sie tun.«

Ein Schauer lief Serena über den Rücken. Ihre Hand krampfte sich um den Hörer. »Wer ist da?«

»Ein Freund.«

Die Stimme war dunkel und rauh und keineswegs die Stimme eines Freundes, sondern die eines Fremden. Serena wappnete sich gegen die kitzelnde Angst, die sie durchlief, und antwortete so gleichmütig wie möglich: »Passen Sie auf, entweder Sie verraten mir Ihren Namen, oder ich lege auf.«

»Es interessiert Sie also nicht, was Burke mit Ihrem Feuer zu tun hat?«

Serenas Puls beschleunigte sich. Sie schluckte schwer. »Ich höre.«

»Wir treffen uns in einer halben Stunde am Ende des Zuckerrohrfeldes direkt am Bayou.«

»Können wir das nicht anders regeln?« fragte sie. Die Vorstellung, sich mitten im Nichts mit einem anonymen Anrufer zu treffen, war nicht gerade verlockend. »Können Sie mir nicht jetzt sagen, was Sie wissen?«

»Beweise kann man am Telefon schlecht sehen, Lady«, antwortete die Stimme ungeduldig. »Sind Sie interessiert oder nicht? Ist nicht mein Bier, ob die Versicherungsgesellschaft jemals zahlt.«

Schließlich willigte Serena ein. Sie würde Arnaud bitten, ihr in einigem Abstand zu folgen, falls es Schwierigkeiten geben sollte. Es gefiel ihr nicht, sich mit dem Mann allein zu treffen, aber sie durfte sich die Gelegenheit nicht entgehen lassen, Beweise zu sammeln, mit denen sie die Versicherung zum Schadenersatz zwingen konnte. Das Schicksal von Chanson du Terre hing davon ab, daß sie das Geld bekamen. Serena war jetzt für die Plantage verantwortlich. Sie würde alles tun, was nötig war.

Ohne jemandem ein Wort zu sagen, verließ sie das Haus und ging zu Arnauds Wohnung, um dort von seiner kaugummikauenden Teenagertochter zu erfahren, daß Arnaud ins Krankenhaus gefahren war, um die beiden Männer zu besuchen, die bei der Explosion verletzt worden waren. Serena dankte dem Mädchen, wanderte langsam über die Auffahrt und fragte sich, was sie jetzt tun sollte. Sie konnte einen der Arbeiter bitten, sie zu begleiten, aber es war möglich, daß einer von ihnen Burkes Komplize gewesen war. Sie spielte mit dem Gedanken, das Treffen platzen zu lassen, aber niemand konnte garantieren, daß ihr Informant es ein zweites Mal versuchen würde.

Der Schaden mußte erstattet werden. Das stand außer Frage. Gifford hatte nicht einmal einen Bruchteil des nötigen Geldes, um den Schuppen wieder aufzubauen, von den Maschinen, die darin verbrannt waren, ganz zu schweigen.

Im Grunde hatte sie keine Wahl. Sie atmete tief ein, reckte die Schultern und machte sich entschlossen auf den Weg zum Treffpunkt.

Niemand erwartete sie, als sie zehn Minuten später dort ankam. Serena blieb am Ende des Feldes stehen und trat nervös von einem Fuß auf den anderen. Die Sache gefiel ihr nicht. Es hätte ihr nicht einmal gefallen, wenn es hellichter Tag gewesen wäre. Das Feld lag nicht weit vom Haupthaus entfernt, war aber außer Sichtweite, so daß man den Eindruck hatte, mitten in der Wildnis zu stehen. Die dollargrünen Zuckerrohrstengel standen hoch und dicht auf dem Feld im Süden. Im Norden schnitt das Bayou Noir tief ins Land der Sheridans ein, so daß dieses Feld beinahe von den übrigen getrennt war. Die vielen Weidenbäume am Ufer des Bayous verstärkten noch den Eindruck der absoluten Abgeschiedenheit.

Nicht einmal mittags wäre sie gern hierhergekommen. Und es war nicht Mittag. Die Sonne sank als großer Feuerball herab. Bald wäre es Nacht, und sie stand am Ende eines Feldweges zwischen einem Zuckerrohrfeld und einem schwarzen Bayou und lauschte dem Gesang eines Sumpfhordenvogels, während die Sonne alles in oranges Licht tauchte.

Sie wirbelte herum und hielt erschrocken die Luft an, als etwas in den hohen Binsen am Ufer raschelte. Ein Graureiher stieg gespenstisch leise in die Luft und segelte davon, die langen, spindeldürren Beine hinter sich gestreckt. Serena zwang sich, langsam auszuatmen. Es war kein Alligator gewesen. Auch keine Schlange.

Aber auch nicht ihr Informant.

Sie tastete nach dem Tränengasspray in ihrer Handtasche. Ihr Ehemann hatte es ihr geschenkt, als sie ihre karitative Arbeit in der psychiatrischen Klinik aufgenommen hatte. Was für ein Romantiker. Die Klinik lag in einer verrufenen Gegend, und sie mußte gelegentlich bis tief in die Nacht arbeiten. Paul hatte Angst um sie gehabt, und Serena mußte zugeben, daß es ihr ab und zu genauso ergangen war, trotzdem hatte sie noch keine Verwendung für sein Geschenk gefunden. Jetzt berührte sie es, um sich zu beruhigen. Sie glaubte eigentlich nicht, daß sie Schutz brauchte.

Sie hatte bereits die Möglichkeit erwogen, daß es sich um eine Falle handelte, den Gedanken aber verworfen. Burke wäre nicht so dumm, so kurz nach dem Feuer etwas Derartiges zu versuchen. Er würde sich damit nur verdächtig machen. Trotzdem konnte es nicht schaden, wenn sie vorbereitet war.

Sie seufzte lang und aus tiefstem Herzen und hielt nach Schlangen Ausschau. Es gab lange, tiefschwarze Schildkrötenschlangen hier draußen, die zwischen dem Zuckerrohr nach Mäusen jagten. Sie waren nicht giftig, trotzdem hatte sie wenig Lust, auf eine zu treten. Dann gab es die Wassermokassins am Bayou, die nachts auf Jagd gingen, und die Kupferköpfe, die den Waldboden für sich beanspruchten. Bei dem bloßen Gedanken kribbelte es ihr unter der Haut, und ein Kloß klemmte sich in ihre Kehle. Sie würden ihr aus dem Weg gehen, sagte sich Serena vor, und versuchte nach Kräften, die aufkommende Panik zu unterdrücken.

Wo blieb bloß dieser verdammte Informant?

Das Geräusch eines gedrosselten Außenbordmotors lenkte ihre Aufmerksamkeit nach Norden. Sie versuchte, durch den dichten Vorhang von Weidenzweigen hindurch das Boot und seinen Kapitän auszumachen, konnte aber nichts sehen. Schon wurde das Licht über dem Bayou so dämmrig, daß sie nur noch Farben- und Formenfetzen erkennen konnte.

Aus irgendeinem Grund hatte sie angenommen, daß der Mann auf dem gleichen Weg wie sie kommen würde, zu Fuß über den Feldweg. In ihrem Hinterkopf hatte sich irgendwie der Gedanke festgesetzt, daß es ein Angestellter von Chanson du Terre sein mußte. Sie hatte angenommen, daß er sich diesen Treffpunkt ausgesucht hatte, weil er nahe an den Plantagenbauten und doch so abgelegen war, daß niemand sie sehen konnte. Sie hatte keinen Gedanken an das Bayou oder ein Boot verschwendet und verfluchte sich nun für ihre Unvorsichtigkeit; eine Gänsehaut überlief sie von Kopf bis Fuß.

»Mann, kuck mal, Pou«, sagte Gene Willis. Ein hinterhältiges Lächeln verzog seinen harten, schmalen Mund, dann teilte er die Gräser und Weidenzweige und trat auf die Lichtung. Pou Perret folgte ihm auf den Fersen wie ein Frettchen, tastete flink mit seinen Traueraugen die Umgebung ab und ließ seinen Schnurrbart zucken, als würde er wittern wollen, ob die Luft rein war. »Wenn das ma' nicht Lucky Doucets Lady ist. Nett, Sie hier zu treffen, Miss Sheridan.«

Serena musterte die beiden mißtrauisch und schloß die Hand fester um das Tränengasspray. Sie erkannte die beiden aus dem Mouton's wieder. Diese Szene würde sie wohl nie vergessen: Lucky mit dem Messer in der Hand, dieser große, rothaarige Kerl, der ihn anspringen wollte, und der schmuddelige Kleine mit der abgebrochenen Flasche in der Hand und dem wilden Glitzern im Blick. Solche Männer ließen sich vielleicht dafür bezahlen, einen Brand zu legen oder eine Reihe anderer Verbrechen zu begehen, aber sie kamen ihr nicht vor wie Leute, die Informationen preisgaben – es sei denn gegen Geld.

»Wieviel wollen Sie für die Information?« fragte sie. Sie versuchte, kühl und geschäftsmäßig zu klingen, obwohl sie innerlich bebte.

»Hast du das gehört, Pou?« Willis kam immer noch lächelnd

näher. Er bewegte sich mit der Grazie eines Bärs und sah genauso stark aus. Serenas Blick heftete sich auf seine Hände. Es waren riesige, häßliche, ungeschlachte Pranken mit Wurstfingern. »Die Lady will uns Geld geben. Ich kann mich gar nicht dran erinnern, wann mir 'ne *Lady* das letztemal irgendwas geben wollte, du etwa?«

Pou betrachtete das offenbar als rhetorische Floskel. Er sagte nichts, aber Serena spürte seinen Blick heiß und blutrünstig wie den eines Tieres auf ihrem Körper. Langsam kam er von rechts auf sie zu, die Hände hinter dem Rücken haltend.

»Wollen Sie das nicht?« fragte sie, um Zeit zu gewinnen. Sie zwang sich, nicht zurückzuweichen, und preßte ihre schweißige Hand um das Tränengas. »Geld?«

Willis grinste, ein Gesichtsausdruck, der bei ihm bestimmt schon in der Wiege abstoßend gewirkt hatte. Eine dicke rote Braue rutschte an seiner Stirn hinauf, während die andere tief über dem zusammengekniffenen Mund hängenblieb. »Nein, Miss Serena. Wir werden schon bezahlt. Und«, fügte er mit einem widerlichen Lachen hinzu, »diesen Job hier würd' ich sogar umsonst machen.«

Langsam, bedrohlich kamen sie näher. Serena machte einen Schritt zurück. Furcht schnürte ihr die Kehle zu. »Ich zahle Ihnen das Doppelte.« Sie wußte nicht genau, wofür sie bezahlt worden waren, aber sie war ziemlich sicher, daß es sich lohnen würde, ihnen das Doppelte zu zahlen, damit sie ihren Job *nicht* erledigten.

Pou warf Willis einen kurzen Blick zu und wartete dessen Reaktion ab. Willis tat so, als würde er über ihr Angebot nachdenken, summte und zog eine Grimasse. Dann schüttelte er den Kopf und lächelte sie wieder an.

»Nää, ich glaub' nicht«, sagte er und rieb sich mit seiner breiten Hand über den Kiefer. »Wissen Sie, der Job macht so viel Spaß, das kann man mit Geld gar nicht bezahlen. Stimmt's, Pou?«

Perret zuckte zusammen, als er seinen Namen hörte, riß den Blick noch einmal von Serena los und schaute seinen Partner an.

»Verdammt, Willis, nun mach schon«, winselte er nervös. »Mann, ich will hier nicht rumhängen, wenn dieser Hurensohn auftaucht. Der bringt uns um!«

»Wenn Sie Lucky damit meinen, der kann jeden Augenblick hier sein«, bestätigte Serena. Es war keine sonderlich eindrucksvolle Drohung, aber sie wollte nichts unversucht lassen.

Willis lächelte bloß und rückte näher an sie heran. »Gut geblufft, Herzchen, aber ich weiß ganz genau, wo Doucet ist. Er ist bei Mouton's, zusammen mit 'ner Whiskyflasche und 'ner Blondine, die das Messing von 'ne Türklinke lutschen kann. Ich glaub' nicht, daß er uns in der nächsten Zeit besucht. Pech für ihn, wirklich. Er verpaßt eine Wahnsinnsparty.«

Serena spürte einen schmerzhaften Stich in der Magengrube, als sie sich Lucky zusammen mit einer anderen Frau vorstellte. Ihre Konzentration ließ einen winzigen Augenblick nach, und in diesem Augenblick packte sie Gene Willis und schloß seine Finger wie eine Handschelle um ihr linkes Handgelenk.

Sie reagierte sofort, riß das Tränengas aus ihrer Tasche, schwang den Arm auf Willis' Gesicht zu und drückte auf den Knopf. Er wehrte den Angriff mit einem kurzen, harten Schlag ab, der ihren Arm bis zum Ellbogen betäubte und Spray wie Tasche in weitem Bogen wegfliegen ließ, aber er hatte einen Sekundenbruchteil zu lange gezögert. Das Spray traf ihn ins linke Auge, er ließ sie los, heulte wie ein verwundetes Tier auf und taumelte rückwärts.

Serena machte auf dem Absatz kehrt und rannte los. Das Herz schlug ihr im Hals. In ihren Ohren toste das Blut. Ihr Körper fühlte sich an, als gehörte er jemand anderem, jemandem, der nicht begreifen wollte, in welcher Gefahr sie schwebte. Ihre Beine wollten sich nicht schnell genug bewegen. Ihre Lungen bekamen nicht genug Luft zum Schreien. Stolpernd rannte sie den Feldweg hinunter; ihre Schuhe waren nicht zum Laufen gedacht.

Sie hörte, wie Willis hinter ihr fluchte und seinen Partner anbrüllte: »Lauf ihr nach, verdammt noch mal!« Dann hörte sie stampfende Schritte.

Ihn abzuhängen, war ausgeschlossen. Der Weg erstreckte sich vor ihr, schien immer länger zu werden, ohne daß irgendwo ein Gebäude zu sehen war. Sie hatte nur zwei Möglichkeiten: in das Bayou zu springen oder sich im Zuckerrohr zu verstecken. Hinter dem Feld gab es Menschen. Ihr fielen die schwarzen Schlangen ein, und sie zögerte. Sie hatte keine andere Wahl. Als sie Perrets Schritte dicht hinter sich hörte, schlug sie unvermittelt einen Haken nach links und rannte ins Feld.

Perret hechtete sich von hinten auf sie, traf sie mit der Schulter in den Rücken, so daß sie nach vorne gestoßen wurde und zu Boden fiel. Mit einem dumpfen Schlag, der jeden Knochen in ihrem Leibe durchrüttelte, prallte sie auf dem Boden auf. Ihr Verfolger landete auf ihr; er traf mit solcher Wucht auf, daß ihr schwarz vor Augen wurde und ihr die Luft aus den Lungen gepreßt wurde. Bevor sie überhaupt daran denken konnte, sich zu wehren, hatte er sein Knie zwischen ihre Schulterblätter gestemmt und drückte sie auf die warme, feuchte Erde.

Er knebelte sie mit einem schmuddeligen Stirntuch, das er hinter ihrem Kopf verknotete, ohne Rücksicht darauf zu nehmen, daß ein paar Haarsträhnen in den Knoten gerieten, so daß der Knebel an ihren Haaren zerrte, auch wenn sie versuchte, sich vollkommen ruhig zu verhalten. Vor Angst und Schmerz stiegen ihr Tränen in die Augen, als Perret ihr die Hände auf dem Rükken fesselte. Der Kloß in ihrer Kehle brachte sie zum Husten und Würgen. Es war ihr nicht vergönnt zu weinen. Das sauer und eklig schmeckende Stirnband hinderte sie nicht nur am Sprechen, sondern auch am Atmen und Schlucken.

Perret stand auf und zog sie hoch, indem er den Knebel wie einen Zügel einsetzte. Er bohrte die Finger hinter den Stoff, zog ruckartig an, wobei er ihr ein paar Haare ausriß, zerrte sie auf die Beine und führte sie zu Willis zurück.

Der Große hatte sich inzwischen wieder aufgerappelt, krümmte sich aber immer noch vor Schmerzen und preßte sich eine Hand auf das verletzte Auge. Aus seinem gesunden Auge funkelte er sie bösartig an, und plötzlich begriff Serena, warum Selbstverteidigungskurse immer wieder Kooperation statt Aggression empfahlen. Was immer Willis mit ihr vorgehabt hatte, war nicht zu vergleichen mit dem, was ihm jetzt durch den Kopf ging.

Sie versuchte stehenzubleiben, bevor sie ihm zu nahe kam, aber Perret stieß sie vorwärts, so daß sie unwillkürlich strauchelte. Willis versetzte ihr mit dem Handrücken eine Ohrfeige, die sie in die Knie zwang und ihr weitere Tränen in die Augen und Blutgeschmack in den Mund schießen ließ.

»Du Schlampe«, knurrte er und rieb sich das Auge. »Dafür wirst du bezahlen. Du wirst dafür bezahlen, bis du dir wünschst, du wärst nie als Frau geboren worden.«

Serena konnte sich gerade wegdrehen und aufrichten, bevor der Tritt kam. Der Schuh traf sie an der Schulter statt an der Schläfe. Augenblicklich explodierte Schmerz in ihr und gleich noch einmal, als sie mit dem Gesicht auf dem Boden aufstieß, ohne sich abfangen zu können.

»Schaff sie ins Boot«, befahl Willis und stapfte, sich das Auge reibend, davon.

Perret packte sie wieder an dem Behelfszügel und zerrte sie auf die Füße. Ohne Umschweife lud er sie in einen verbeulten Aluminiumkahn mit riesigem Außenbordmotor am Heck. Das Boot war wie geschaffen zum Wildern, schoß es Serena durch den Kopf, und schnell genug, um dem Wildhüter – oder dem rätselhaften Robin Hood der Sümpfe – zu entkommen. Der Kahn war vollgeladen mit Fallen und Abdeckplanen, leeren Whiskyflaschen und zerdrückten Bierdosen. Oberhalb der Wasserlinie entdeckte sie ein paar Löcher, vielleicht Einschüsse. Es stank nach Sumpfwasser und Fisch. Perret zwang sie, sich auf ein zusammengerolltes, feuchtes, schwarzes Segeltuch zu setzen, das am Boden lag, den Rücken zur Bootswand gedreht, deren scharfe Kante ihr ins Rückgrat schnitt. Dann ließ Pou den Motor an und steuerte sie vom Ufer weg, während Willis versuchte, sich das Tränengas mit Bier aus dem Auge zu spülen.

Die Angst, die Serena jetzt packte, drohte sie ganz und gar zu verschlingen. Sie wurde immer stärker und raubte ihr fast den Verstand, während das Boot sie immer weiter vom Land der

Sheridans wegtrug. Serena wollte schreien, aber die Schreie saßen in ihrer Kehle fest und drohten sie zu ersticken. Sie wollte fliehen, aber sie wußte nicht einmal wohin; um sie war nichts als schwarzes Wasser und der Sumpf.

Sie brachten sie in den Sumpf! Die Angst, die ihr diese Aussicht normalerweise bereitete, verdoppelte sich und verdreifachte sich dann. Sie wußte besser als jeder andere, wie leicht ein Mensch im Sumpf verschwinden konnte. Bis jemand sie vermißte, wäre sie bereits unauffindbar. Willis und Perret konnten tun und lassen, was ihnen gefiel. Es würde keinen Zeugen geben. Niemand würde sie schreien hören. Plötzlich erschien ihr ihre Zukunft schwärzer als in den schlimmsten Alpträumen.

In panischer Angst überlegte sie, was für Befehle die beiden wohl hatten. Wofür hatte Burke sie bezahlt? Sollten die beiden sie durch Einschüchterung zum Verkauf zwingen? Sie aus dem Verkehr ziehen, bis der Handel abgeschlossen war? Sie als Geisel nehmen und Chanson du Terre als Lösegeld verlangen? Es war unwahrscheinlich. Zu gefährlich für Burke und Tristar. Damit blieb nur eine Möglichkeit. Burke wollte sie aus dem Weg schaffen – endgültig.

Diese Schlußfolgerung ließ die Angst erneut anschwellen. Tränen wollten ihr in die Augen steigen, doch sie hielt sie zurück. Selbstbeherrschung. Das war ihre einzige Hoffnung – sie durfte nicht den Kopf verlieren, mußte nüchtern bleiben, nach einer Fluchtmöglichkeit Ausschau halten.

Mühsam kämpfte sie die Angst nieder, verdrängte sie und schob sie in eine geistige Schublade. Angst würde ihr nicht helfen. Damit vergeudete sie nur Zeit und Kraft. Weinen und Zittern würden ihr auch nicht helfen. Es würde ihr auch nichts nützen, einen Retter herbeizusehnen. Lucky würde nicht plötzlich von einem Baum herunterspringen und sie retten. Er ertränkte seine Sorgen bei Mouton's, und sie war ganz auf sich allein gestellt. Wenn sie sich nicht selbst rettete, würde sie gefoltert und ermordet werden. So einfach war das.

Immer noch zitternd schaute sie sich um und suchte die Umgebung nach markanten Merkmalen ab. Wenn sie sich konzentrierte, konnte sie sich vielleicht den Weg einprägen und ihn zurückverfolgen, nachdem sie entkommen war. Sie vermutete, daß es der gleiche Weg war, auf dem Lucky sie zu Gifford gebracht hatte, aber sie war nicht sicher. Mit jeder Minute wurde es dunkler und das Erkennen schwieriger, außerdem verzweigte sich das Bayou zu oft, als daß sie sich die Strecke hätte merken können.

Der Sumpf, dunkel und schweigend hinter dem Tuckern des Motors, rückte immer näher an sie heran. Perret drosselte das Boot weiter und suchte sich vorsichtig einen Weg zwischen ein paar Zypressen hindurch. Willis lagerte in einem der beiden Anglersessel im Boot und beobachtete Serena. Er hatte aufgehört, sich mit dem Bier aus der Kühltasche das Auge auszuspülen, und war dazu übergegangen, es zu trinken.

Serena spürte, wie sich seine Augen auf ihre Brüste hefteten. Sie versuchte, den Blick zu ignorieren, aber das Gefühl war so hartnäckig wie die Moskitos, die sich an ihrem Hals und Gesicht labten. Sie hatte sich eine langärmlige Bluse und lange Hose angezogen, weil sie klug genug gewesen war, abends nicht mit nackten Armen in die Felder zu gehen, aber sie hatte Luckys Warnung wegen ihres Parfüms vergessen. Nach dem Duschen hatte sie sich ein paar Tropfen aufgetupft, denn nachdem sie den ganzen Tag in der Asche des Geräteschuppens gewühlt hatte, hatte sie das Bedürfnis nach etwas Weiblichem gehabt; sie hatte nicht daran gedacht, es abzuwaschen, bevor sie aus dem Haus gegangen war.

Willis glitt aus seinem Thron und kniete sich auf die Persenning vor ihr. Serena beäugte ihn mißtrauisch. Sein linkes Auge war fast zugeschwollen und ließ ihn noch gemeiner aussehen als zuvor. Er hatte sich Bier übers Hemd gegossen, das nun den sauren Schweißgestank verstärkte, der von ihm ausging. Er hob eine Hand, strich ihr mit seinen rauhen Knöcheln übers Kinn und lächelte sie schlangengleich im Dämmerlicht an.

»Ich weiß schon, warum sie diesen Cajun-Bastard ›Lucky‹ nennen«, sagte er. »Du bist wirklich ein hübsches Stück Fleisch.«

Serena widerstand dem Drang, sich seiner Berührung zu entziehen. Angst würde Willis nur anfeuern. Sie biß auf den Knebel und ließ ihr Gesicht, wie sie hoffte, zu einer ausdruckslosen Maske gefrieren.

»Was findet eine Lady wie du bloß an so 'nem *coonass*-Versager?« fragte er und tastete ihren Körper mit Blicken ab, als stünde die Antwort irgendwo auf ihrem Leib geschrieben. Seine dünnen, harten Lippen verzogen sich zu einem fiesen Grinsen, und sein gesundes Auge leuchtete auf. »Ich wette, er hat'n Schwengel wie'n Zuchthengst. Und auf so was steht 'ne anständige Dame wie du? Auf 'nen Kerl mit 'nem Riesenhammer? Wer hätte das gedacht?«

Er kicherte. Offensichtlich erheiterte ihn ihr Schweigen ebenso, wie es ein Protest getan hätte.

»Weißt du«, erzählte er, immer noch ihre Wange streichelnd, »als ich oben in Angola war, da hab' ich an meiner Zellenwand ein Bild von einer hübschen Blondine gehabt. Jede Nacht hab' ich davon geträumt, es mit ihr zu treiben. Sie hat fast so ausgesehen wie du... bloß daß sie nackt war.«

Er nahm die Hand von ihrem Kinn, legte sie auf den obersten Knopf ihrer weißen Seidenbluse und öffnete ihn mit einer schnellen Bewegung zwischen Daumen und Zeigefinger. Ein ätzender Geschmack stieg in Serenas Kehle hoch, aber sie schluckte ihn hinunter; ein Perlmuttknopf nach dem anderen gab nach. Sie biß fester auf den Knebel und starrte stur geradeaus, während Willis ihre Bluse aufmachte und gierig auf ihre Brüste glotzte.

»Toll«, flüsterte er und rückte näher. Er fuhr mit der Fingerspitze über den spitzenbesetzten Rand ihres BHs, dann wiederholte er die Bewegung, wobei er mit dem Finger unter den Stoff glitt, um das zarte Fleisch zu berühren. »Ich kann's kaum erwarten, auch den Rest zu sehen.«

Serena konnte nicht verhindern, daß sie eine Gänsehaut bekam. Die Vorstellung, daß dieser Mann sie mit seinen unförmigen, häßlichen Händen begrapschen und ihre intimsten Stellen berühren würde, war ekelerregend und grauenhaft.

Willis entging ihre Reaktion nicht. Sein Lachen klang eher bedrohlich als humorvoll. Er nahm eine Brust in die Hand und drückte sie, daß es schmerzte.

»Gewöhn dich lieber gleich dran, Lady Serena, denn der olle Pou und ich werden noch 'ne Menge anstellen, bevor wir fertig mit dir sind.«

Die geistigen Bilder, die seine Warnung heraufbeschwor, brachten sie beinahe zum Erbrechen. Serena hatte Vergewaltigungsopfer behandelt. Man hatte ihr Mißhandlungen geschildert, bei denen sie sich nur fragen konnte, was für ein Gott solche Grausamkeiten zuließ. Plötzlich konnte sie sich lebhaft an alle grausigen Details erinnern. Sie wagte einen kurzen Seitenblick über den Bootsrand auf das tintenschwarze Wasser und überlegte, ob es nicht besser wäre, sich gleich zu ertränken.

In diesem Augenblick hatten sie ihr Ziel erreicht. Perret steuerte das Boot an einen windschiefen Steg und stellte den Motor ab. Willis wuchtete sich und die Kühltasche mit dem Bier aus dem Boot und stieg zur Hütte hoch. Serena überließ er seinem Lakai. Pous Blick klebte auf ihrer offenen Bluse, er streckte die Hand aus, um sie zu berühren, aber Willis' Stimme ließ ihn zusammenfahren.

»Warte, bis wir drinnen sind«, befahl er. »Diese gottverdammten Moskitos machen mich noch verrückt.«

Die Hütte wirkte verlassen. Es war ein Teerpappeverschlag auf Stelzen, jene Art von Behausung, die Serena Lucky zugedacht hatte, bevor sie sein Haus gesehen hatte. Der Rasen davor bestand hauptsächlich aus Schlamm und Unkraut. Er war übersät mit Müll – Bierdosen und Flaschen, Reifen, einem alten Kühlschrank mit ausgeleierter Tür. Ein verrosteter Wagen unbestimmbaren Alters lag abseits im Gebüsch.

Ein Auto. Also mußte es irgendwo auch eine Straße geben. Aber was würde ihr eine Straße nützen, wenn sie kein Fahrzeug hatte? Sie würden sie einholen, genau wie vorhin. Ihre einzige Hoffnung bestand darin, sich im Wald zu verstecken.

Eine schöne Hoffnung – sich in tiefster Nacht, gefesselt und geknebelt, in einer Wildnis zu verstecken, die ihr immer noch angst machte. Uralte Ängste regten sich in ihr, doch die neuen waren schlimmer. Sie hatte schon einmal im Sumpf überlebt; sie würde nicht überleben, was Willis und Perret mit ihr vorhatten.

Willis war schon drinnen. Perret lenkte sie über den Hof, hatte die Finger wieder in den Knebel gekrallt und zog an ihrem Haar. Er war ein kleiner Mann, ungefähr so groß wie sie, dünn und blutarm. Seine Brust wirkte eingesunken, und seine schmutzigen Jeans hingen tief über nicht existenten Hüften. Er war bestimmt nicht so stark wie Willis, aber er war schnell. Falls es ihr gelang, sich aus seinem Griff zu befreien, würde sie sich geschickter anstellen müssen als beim ersten Mal.

Serena ging schneller auf die Hütte zu, so daß er sie nicht mehr schob, sondern ihr nacheilen mußte.

»Hast du's eilig, *chère*?« Er lachte und entblößte dabei eine erschreckende Ansammlung schiefer, fauliger Zähne. »Ich auch.«

Abrupt blieb Serena stehen, bog den Oberkörper nach links und streckte ihren rechten Fuß aus, um Perret zu Fall zu bringen. Perret, der sich eben noch dämonisch glucksend an seiner Macht über sie gefreut hatte, lag plötzlich im Dreck, umgeben von alten Reifen und rostigem Hühnerdraht.

Serena vergeudete keine Zeit damit, sich umzudrehen und nachzusehen, ob er sie verfolgte. Sie hastete in den Wald, rannte blindlings weiter, wich Bäumen in der letzten Sekunde aus, stolperte über Wurzelwerk. Sie schlug Haken, machte kehrt, schlug neue Haken und lief weiter. Zweige peitschten ihr ins Gesicht und rissen an ihren Kleidern. Die schwarzen Silhouetten der Bäume hoben sich kaum noch von der Dunkelheit ab. Sie prallte mit der Schulter gegen einen Stamm, so daß sie stehenblieb und sich vor Schmerz zusammenkrümmte.

Sie kauerte sich an eine Persimone und ging hastig die verschiedenen Schmerzen durch, die durch den letzten Schlag alle zu neuem Leben erwacht waren. Die Hände waren ihr auf dem Rücken taub geworden, dafür spürte sie ihren rechten Unterarm um so deutlicher, auf den Willis gehauen hatte, als er ihr das Tränengas aus der Hand geschlagen hatte. Er fühlte sich an, als wäre er mit einem Axtstiel bearbeitet worden. Ihre linke Schulter hatte Willis' Stiefel und nun den Baumstamm abbekommen und pochte wie wild. Ihre Muskeln begannen sich zu verkrampfen, weil ihre Arme so verdreht waren. Ein Dutzend anderer Schmerzen kamen hinzu, aber wenigstens war sie am Leben und frei. Noch.

Der Knebel dämpfte das Pfeifen ihrer Lungen. Der Stoff hatte sich gelockert, nachdem Perret daran gezogen hatte, und Serena hoffte, ihn vielleicht ganz lösen zu können. Sie preßte ihre Wange gegen den Baumstamm und rieb über die Borke, um den Stoff herunterzurollen. Die harte, schuppige Rinde schürfte ihr die Haut auf, aber sie gab nicht auf. Zentimeterweise arbeitete sie sich vor, bis der Knebel schließlich aus ihrem Mund fiel. Das Stirnband war immer noch in ihrem Haar verknotet und hing ihr nun lose um den Hals wie eine Henkerschlinge. Sie beugte sich vor und spuckte aus, um den ekelhaften Geschmack aus dem Mund zu bekommen, aber ohne Erfolg.

Etwas raschelte im Unterholz rechts neben ihr. Sie fuhr hoch und versuchte angestrengt, etwas in der samtschwarzen Dunkelheit auszumachen. Sie hörte, wie sich etwas bewegte, konnte aber nicht bestimmen, was es war oder woher es kam. Erinnerungen kamen auf, und ein Kloß setzte sich in ihrer Kehle fest. Sie bemühte sich, die Dunkelheit zu durchdringen, und fragte sich verzweifelt, was sie dort wohl erwartete. Der Sumpf erwachte in der Nacht zum Leben; dies war die Zeit der Jäger und der Gejagten.

»Gott, ich bin es«, flüsterte sie. Tränen der Verzweiflung brannten ihr in den Augen.

Ihr fehlte die natürliche Tarnung, mit der sich die meisten Tiere im Sumpf schützten. In ihrer weißen Bluse und der Khakihose war sie wahrscheinlich so gut getarnt wie ein Leuchtturm.

Irgendwo hinter sich hörte sie jemanden durchs Unterholz brechen. Sie zwang sich, weiterzulaufen, fragte sich nur kurz, ob nur Perret ihr nachgelaufen war oder ob Willis ihm half. Sie wechselte wieder die Richtung und begann zu rennen.

Wenn sie nur hätte sehen können. Wenn sie nur ihre Hände freigehabt hätte. Wenn sie nur nicht so viel Angst gehabt hätte. Wenn nur Lucky dagewesen wäre.

Lucky. Ob sie ihn wohl jemals wiedersehen würde? Unter den gegebenen Umständen schien das belanglos, aber sie fragte sich dennoch, ob er wohl eine Ahnung hatte, wie sehr sie ihn liebte. Sie fragte sich, ob sie das selbst eigentlich schon früher gemerkt hatte. Wenn man um sein Leben lief, sah man vieles in ganz neuem Licht. Plötzlich hörte sie, wie sie Gott Versprechungen machte: *Wenn ich hier lebend rauskomme, werde ich mit Shelby Frieden schließen. Ich werde Gifford verzeihen, und ich werde mehr spenden, und ich werde stärker um Lucky kämpfen.*

Sie würde ihn wiedersehen, wenn sie weiterrannte. Daran mußte sie glauben. Wenn sie nicht stehenblieb, würde alles gut werden. Sie wäre in Sicherheit, Burke würde verhaftet, sie würde Lucky wiedersehen. Wenn sie weiterrannte und nicht stehenblieb. Wenn sie entkam.

Die Nachtluft brannte ihr wie Feuer in der Lunge. Sie hörte nichts mehr außer ihrem eigenen Atem und dem Donnerschlag ihres Herzens. Ihr dröhnte der Schädel. Der feuchte, würzige Duft des Waldes stieg ihr in die Nase. Der schwammige Untergrund schien unter ihren Füßen nachzugeben. Sie fühlte sich vollkommen desorientiert, fast überdreht, wie zwischen einer Hysterie und dem Delirium.

Wenn sie es irgendwie bis zu Luckys Haus schaffte, konnte sie vielleicht mit seinem Funkgerät Hilfe holen oder vielleicht sein Gewehr finden. Aber sie schaffte es nicht bis zu Luckys Haus. Sie verfing sich mit dem Zeh in einer freiliegenden Wurzel und stürzte kopfüber ins Dunkel. Ihr Gesicht landete direkt vor dem gestiefelten Fuß von Mean Gene Willis.

17. KAPITEL

»Komm schon, Süßer, gehen wir wohin, wo wir ein bißchen allein sein können.«

Lucky betrachtete die Blondine, die sich an seine linke Schulter gehängt hatte, mit kaum verhohlener Ungeduld. Der Frau fehlte es an Selbstbeherrschung und vor allem an jeglichem Gefahreninstinkt. Sie hatte sich an ihn herangemacht, sobald er sich an dem Ecktisch bei Mouton's niedergelassen hatte, und war offenbar zu eigensinnig oder zu dumm, um zu merken, daß alle anderen einen weiten Bogen um ihn machten. So gut sie ansonsten auch ausgestattet war, intellektuell war sie eindeutig zu kurz gekommen. Die Frau verstand nicht mal den gröbsten Wink. Er hatte sie angefahren und angezischt, aber all seine Mühen waren angesichts ihrer Dummheit wirkungslos verpufft.

Es war verdrießlich. Er war nicht hergekommen, weil er was fürs Bett brauchte; er war auf Ärger aus. Er hatte sich mit billigem Fusel vollaufen lassen wollen und gehofft, daß irgendein Trottel dumm genug wäre, sich auf einen Kampf mit ihm einzulassen. Er hatte das Bedürfnis, auf irgend etwas einzuschlagen. So hatte er es in der vergangenen Nacht gemacht, und so würde er es in allen folgenden Nächten machen, bis er irgendwann wieder zur Ruhe kam.

Die Blondine hatte andere Pläne.

Sie lehnte sich an ihn, legte den Kopf zurück und zwängte mit den Oberarmen ihre Brüste zusammen, um sie besser zur Geltung zu bringen. Ihr schwarzer Nicki schien für eine flachbrüstige Zwölfjährige geschneidert zu sein. Er saß eine Handbreit oberhalb ihrer hautengen Jeans und machte jedem deutlich, wie wenig sie von Büstenhaltern hielt. Sie schien Schwierigkeiten zu haben, die Augen offen zu halten, was wahrscheinlich an dem dicken blauen Lidschatten und dem Gewicht ihrer falschen

Wimpern lag. Ihr bemitleidenswertes silberblondes – und an den Wurzeln braunes – Haar war zu einem beängstigenden Berg auftoupiert und mit Mengen von Spray festgekleistert worden, die wahrscheinlich ein riesengroßes Loch in die Ozonschicht gebrannt hatten. An ihren Ohrläppchen baumelten Ringe von den Ausmaßen kleiner Kristallüster.

Lucky seufzte angewidert. Die Frau hatte keine Klasse. Sie roch nach Billigparfüm und abgestandenem Rauch, und sie hatte ihm fast seinen ganzen Whisky weggetrunken. Sie war auf billige, primitive Weise hübsch, und zweifellos drehten sich die Männer nach ihrem Körper um, aber bei Lucky erregte sie nichts außer Verdruß. Vielleicht hätte sie mehr Erfolg gehabt, wenn sie ein bißchen mehr Stil gehabt hätte, etwas kühler gewesen wäre, wenn sie aufgetreten wäre wie eine... Lady. Wie Serena.

Er zischte einen gemeinen französischen Fluch und stieß das Glas mit dem letzten Rest Whisky zurück. Wozu brauchte er eine Lady? Wozu brauchte er eine Frau, die bei ihm sämtliche Nerven und Erinnerungen bloßlegte? Sie brachte ihm nur Ärger. Sie würde ihn nie alleine lassen. Sie würde ihm niemals die emotionale Distanz zugestehen, die er einhalten mußte. Er hatte ihr von Anfang an gesagt, was sie von ihm bekommen würde, und trotzdem bohrte sie immer weiter. Sie wollte Liebe, und er wollte nichts damit zu tun haben. Ende der Geschichte.

Warum machte er sich dann Gedanken um sie? fragte ihn eine hämische innere Stimme. Warum fragte er sich, wie sie wohl mit Burke fertig geworden war und was sie mit Shelby anfing? Warum wollte er wissen, ob sie all ihre Kräfte aufgezehrt hatte, ob sie eine Schulter zum Anlehnen brauchte?

Er fluchte noch einmal und langte nach der Whiskyflasche auf dem Tisch. Die Blondine – ihr Name war zum einen Ohr hinein und zum anderen hinausgegangen – lehnte sich mit einem affektierten Blick zurück und nahm sich noch eine von seinen Zigaretten.

»Du bist ein harter Bursche«, bemerkte sie und blies den Rauch in einer Pose zur Decke, die ihr Profil zur Geltung bringen sollte. »Ein Einzelgänger.« Sie rollte mit den Schultern, so daß ihre frei schwingenden Brüste im Rhythmus des schnellen Zydeco aus der Musicbox zu hüpfen begannen.

Lucky warf ihr einen höhnischen Blick zu. »Und was bist du? Einsteins Tochter?«

Sie strickte weiter an ihrer Verführungsmasche, als hätte er nichts gesagt. »Ich mag harte Kerls. Ich hab' nichts gegen ein kleines Abenteuer, wenn du verstehst, was ich meine.«

»Nur zu gut.«

»Al-so-o...« Sie zerdehnte das Wort in drei Silben, zappelte ein bißchen auf ihrem Stuhl herum und schenkte ihm ein strahlendes Lächeln, wobei sie fragend die sorgsam gezupften Augenbrauen hob.

Skeeter Mouton ersparte Lucky die Antwort, indem er an ihren Tisch kam. Er zog sich einen Stuhl zu Lucky heran und ließ seinen unförmigen Rumpf darauf nieder. Ein Lächeln leuchtete unter seinem Schnauzbart auf wie eine Mondsichel, ohne allerdings seine Augen zu erreichen.

»He, Lucky, was gibt's Neues!«

Lucky überging die Begrüßung und schenkte sich das nächste Glas ein. »Du hast den Whisky schon wieder verdünnt, Skeeter.«

Der Barkeeper griff sich mit einer theatralischen Geste ans Herz. »Ich? *Mais non!* Madame Skeeter – die führt die Bücher, die verdünnt den Whisky. Wie kannst du mir so etwas unterstellen, wo ich doch keinen Weg gescheut habe, um dir etwas zu erzählen?«

»Was denn?«

»Etwas über deine beiden Freunde.«

Lucky lag schon die Bemerkung auf der Zunge, daß es ihm egal war, was Willis und Perret vorhatten. Er hatte es endgültig satt, anderer Leute Schlachten zu schlagen. Von heute an würde er sich einem strengen Isolationismus verpflichten. Keine bedrohten Jungfern mehr befreien. Keine gefährdeten Plantagen mehr retten. Er lebte sein Leben; die übrige Welt konnte seinetwegen zur Hölle fahren. Aber Skeeter redete weiter, ohne sich um Luckys unausgesprochene Gedanken zu scheren.

»Sie hatten ein kleines Treffen heute nachmittag.«

»Mit wem?« Nicht, daß ihn das interessiert hätte. Er war einfach nur neugierig, sonst nichts. Er richtete den Blick auf Len Burke, der am anderen Ende des rauchigen, vollen Lokals in ein wütendes Gespräch mit Perry Davis vertieft war. »Mit ihm?«

Mouton schüttelte den Kopf. »*Non*. Der Ölmann war die ganze Zeit hier. Die anderen beiden, die haben einen Anruf gekriegt und sind fort, und nach einer Weile sind sie wiedergekommen. Sie haben gelächelt wie die Krokodile und mit Geld um sich geschmissen. Alles kurz bevor du gekommen bist. Als du reingekommen bist, sind sie zur Seitentür raus.«

»Und?«

Der Dicke zuckte mit den Achseln, verdrehte die Augen und pflückte einen zusammengefalteten Geldschein aus seiner Schürzentasche. Er wedelte damit unter Luckys Nase herum, als versuche er, mit dem Geruch größeres Interesse zu wecken. »Und das hier haben sie als Trinkgeld dagelassen. 'Toinette hat ihn mir gezeigt, weil sie noch nie so viel Trinkgeld gekriegt hat. Sie ist fast in Ohnmacht gefallen.« Er schnaubte mißbilligend. »Zwanzig Dollar. Hat man Worte!«

Lucky schaute verwirrt auf den Geldschein. Er war knisternd neu, ein Schein, wie ihn anständige Leute mit sich herumtrugen. Seiner Erfahrung nach hatten Gauner wie Willis Geld, das so schmutzig war wie die Aufträge, mit denen sie es verdienten. Wenn Willis der Bardame einen frischen Zwanziger zusteckte, dann konnte man darauf wetten, daß er ein ganzes Bündel davon besaß. Er mußte ein hübsches Sümmchen verdient haben, wenn er sich plötzlich so großzügig zeigte. Gene Willis war nicht gerade als Menschenfreund bekannt.

»'Toinette, sie sagt, die beiden haben ein ganzes Bündel davon, dick wie 'n Alligatorschwanz. Ich wette, die haben sie nicht mit Bibelverkaufen verdient, und sie waren nicht am Bayou, seit du ihr Boot durchlöchert hast, also haben sie auch keine Krabben geklaut. Wenn jemand so viel bezahlt...« Mouton zuckte mit den Achseln und polierte sich die Stirn. »Dann muß es ein krummes Ding sein, *oui*?«

Lucky starrte die Banknote an, rieb das steife Papier gedankenversunken zwischen den Fingern. Es hätte die letzte Rate für die Brandstiftung sein können, aber dann wären Willis und Perret immer noch hier, würden sich Mouton's verwässerten Whisky hinter die Binde kippen und im Hinterzimmer *bourré* spielen; die Nacht war noch jung. *Non.* Man hatte sie für etwas anderes bezahlt, für etwas, das sie zweifellos in diesem Augenblick taten.

»Weißt du, was sie vorhatten?«

Skeeter schüttelte stirnrunzelnd den Kopf. »Nichts Gescheites, das steht fest. Willis hat was gesagt, er will sich mit 'ner Lady treffen. Ich hab' ihm nicht weiter zugehört. Was für 'ne Lady würde sich schon mit jemand wie ihm treffen?«

Shelby, antwortete Lucky insgeheim. Serena hatte recht, ihre Schwester würde wahrscheinlich nicht selbst Feuer legen. Für eine so schmutzige, körperliche Arbeit war sich Shelby viel zu schade. Aber sie hätte nicht gezögert, jemanden dafür zu bezahlen. Und jetzt hatte sie den nächsten Job für die beiden.

»Sie sind raus, in Richtung Bayou«, Skeeter neigte den Kopf und kicherte, daß seine dunklen Augen glänzten. »Denen hast du 'ne erstklassige Lüftung ins Boot gestanzt, *cher.* Willis wird's nie schaffen, die ganzen Einschläge zu flicken.«

Die Blondine, die während der letzten fünf Minuten gnädigerweise geschwiegen hatte, schien zu erwachen, als Willis' Name fiel. Sie beugte sich über den Tisch zu Skeeter, wobei sie darauf achtete, daß sie Lucky einen möglichst tiefen Einblick in ihren Ausschnitt gewährt. »Ihr kennt Mean Gene? Das ist wirklich mal ein Hurensohn, was?«

Sie warf den Kopf zurück und stieß ein Lachen aus, das verdächtig an das Wiehern eines Mulis erinnerte. Lucky drehte sich langsam und mit einem Glitzern in den Augen zu ihr um. Dieser Blick hatte mehr als einem Mann das Fürchten gelehrt. Die Blondine zwinkerte ihm nur zu und grinste.

»Wie gut kennst du Willis, *chère*?« fragte er mit Seidenstimme.

»O Mann, ich kenn' ihn wirklich *verdammt* gut.« Sie brach in ein neues Eselslachen aus und klatschte Lucky die Hand auf den Arm. »Er hat mich auf dich angesetzt, Ace. Hat gemeint, du könntest eine Frau brauchen, weil deine weg wär'.« Sie schenkte ihm ihr strahlendstes Lächeln und strich mit dem Finger über seinen Schenkel. »Erinner mich dran, daß ich mich später bei ihm bedanke.«

In Lucky wurde alles kalt und still. Er murmelte auf französisch ein Gebet, krallte die Hände um die Tischkante und stand langsam, fast wie in Trance, auf.

18. KAPITEL

Das Motorboot preschte mit einer Geschwindigkeit durch den Sumpf, die selbst bei Tageslicht mörderisch gewesen wäre. Der Wasserlauf war eine Hindernisstrecke voller Baumstümpfe, Holzpoller und Zypressen, die jetzt aufgrund der Regenfälle unter der Wasseroberfläche trieben. Lucky drehte den Gashebel etwas weiter auf und kurbelte das Steuer nach rechts und gleich darauf nach links, um in letzter Sekunde einem treibenden Holzstück auszuweichen. Er starrte stur geradeaus, versuchte seine ganze Energie auf das Lenken zu richten. Er kannte diesen Sumpf besser als jeder andere. Er mußte sich nur konzentrieren, den Weg visualisieren und geistig einen Sekundenbruchteil früher reagieren, als er physisch reagieren mußte.

Er war aus dem Mouton's gestürzt, als wäre ihm der Leibhaftige auf den Fersen, hatte nur kurz an seiner Piroge haltgemacht, um seine Tasche herauszuziehen und das Boot klarzumachen, das er jetzt steuerte. Er trug seine Infrarotbrille, die es ihm ermöglichte, überhaupt etwas zu erkennen, wenn auch keineswegs genug, in Anbetracht der Geschwindigkeit. Die Beretta steckte unter seiner Schulter. Er hätte lieber sein Gewehr gehabt, aber das hatte er nicht in seiner Piroge liegen, und er hatte keine Zeit gehabt, es zu holen.

Sowie sich das Bild zusammengefügt hatte, hatte er gewußt, daß es auf jede Minute ankam. Was er auf Chanson du Terre erfahren hatte, bestärkte seine schlimmsten Befürchtungen. Odille hatte gesehen, wie Serena das Haus verlassen hatte und zu Arnaud hinübergegangen war. Arnauds Tochter hatte beobachtet, wie sie in Richtung Bayou weitergegangen war. Am Ende des Feldwegs, der am Bayou entlangführte, hatte er ihre Tasche und, nicht weit davon entfernt, eine Dose mit Tränengasspray gefunden.

Willis und Perret hatten sie in ihrer Gewalt. Lucky konnte sich vorstellen, wohin die beiden sie bringen wollten. Willis hatte eine Hütte, in der er seine Kampfhähne hielt. Es war angeblich ein geheimes Versteck, und deshalb würden sich die beiden in Sicherheit wiegen, wenn sie Serena dort versteckten. Sie würden nicht damit rechnen, daß Lucky von dem Versteck wußte. Sie würden auch nicht damit rechnen, daß er der Blondine einen Korb geben würde. Er hatte das Überraschungsmoment auf seiner Seite. Er hoffte nur, daß er nicht zu spät kam.

Bei der Vorstellung, wie Willis und Perret Serena mit ihren dreckigen Pfoten begrapschten, legte sich ein roter Schleier vor seine Augen, und er mußte sich zusammenreißen, um nicht durchzudrehen. Die Wut drohte ihn zu verschlingen. Er spürte, wie sie an seiner Selbstbeherrschung zerrte, wie sie über ihn hereinzubrechen und alles unter sich zu begraben drohte. Er mußte sich am Riemen reißen. Er würde Serena keinen Dienst erweisen, wenn er wie ein wildes Tier agierte.

Er besann sich auf alte Fähigkeiten und Instinkte, suchte in seinem Innersten nach der tödlichen Ruhe. Er war im Einsatz. Er würde das Boot durch den Sumpf steuern. Er würde Willis und Perret aufspüren. Er würde sie umbringen, weil sie seine Frau angerührt hatten.

Seine Frau.

Er liebte Serena Sheridan. Bis jetzt hatte er das leugnen können, aber seit er wußte, daß Serena in Gefahr war, war alles in den richtigen Blickwinkel gerückt. Was er für sie empfand, war mehr als bloße Begierde. Es war von Anfang an mehr gewesen. Die Erkenntnis brachte Lucky weder Trost noch Freude. Im Gegenteil, sie bewirkte, daß er sich verlassen und verzweifelt fühlte. Er konnte ihr nichts bieten. Er war nur noch eine leere Hülle, schaffte es mit Mühe, sich von einem Tag zum anderen zu schleppen. Wie konnte er die Verantwortung für eine Liebe, für eine Frau übernehmen? Er wollte es nicht, konnte es nicht. Auch wenn er sie liebte, es änderte nichts.

Er verfluchte das Gefühl und riß das Steuer herum, um im letzten Moment einer Zypresse auszuweichen. Seine Liebe bewirkte nur eines – sie lenkte ihn von seiner Aufgabe ab. Wenn er nicht aufpaßte, würden er und Serena sterben.

Das Bayou zog sich in einer weiten Schleife nach Osten, und Lucky drosselte den Motor, dessen Heulen augenblicklich erstarb. Von hier aus würde er zu Fuß weitergehen. Er lenkte das Boot möglichst nahe ans Ufer, stellte den Motor ab und stopfte den Schlüssel in die Tasche seiner Hose. Dann band er das Boot an einen überhängenden Weidenast und sprang aufs Trockene.

Leise wie ein pirschender Silberlöwe schlich er durch das Gehölz; in seinem Gehirn blitzten Fragmente anderer Einsätze auf. Einen winzigen Augenblick lang roch er den Regenwald, hörte er das Gewehrfeuer der Guerillas in der Ferne. Er merkte, daß er abzudriften drohte, und riß sich zusammen. Wenn er jemals einen klaren Kopf gebraucht hatte, dann jetzt. Er zog die Beretta aus dem Halfter und wog das vertraute Gewicht in der Hand, dann arbeitete er sich weiter durch das dichte Unterholz vor.

Es war eine warme, ruhige Nacht. In der Luft lag der Geruch von Geißblatt und Schlamm. Das Lied der Frösche und Insekten verschmolz zu einem hohen Sirren, das über dem ganzen Sumpf schwebte. Lucky horchte angestrengt nach anderen Geräuschen, weil er damit rechnete, daß Willis Perret irgendwo als Wache postiert hatte, aber er hörte nur das übliche, allnächtliche Rascheln und Quaken. Kein Gebrüll, keine Schreie.

Bei diesem Gedanken verkrampfte sich Luckys Magen. *Bon Dieu*, er ertrug die Vorstellung nicht, daß Serena in den Händen von Männern wie Perret und Willis war – grausamen, falschen, gemeinen Kerlen. Sie würden ihr Angst einjagen, das war so ihre Art, aber weil sie wußten, daß sie zu ihm gehörte, würden sie noch mehr Gefallen daran finden, ihr weh zu tun. Sie würden Serena dafür bezahlen lassen, daß er versucht hatte, ihnen das Wildererhandwerk zu legen.

Eine entsetzliche Sekunde lang sah er Serena vor sich, gefesselt, laut schreiend, mit schmerzverzerrtem Gesicht und tränenüberströmten Wangen. Sein Blick verschwamm, und er preßte sich die Hände an die Schläfen, um das Bild und die gräßliche Angst, die ihn zugleich umklammert hatte, zu vertreiben.

Dafür würde Shelby bezahlen. Der Gedanke hing wie Rauch über den dunkelsten Winkeln seines Geistes. Sie hatte auf ihre eigene Schwester Mörder angesetzt. Serena war ihr im Weg gewesen, wie auch sein Baby ihr im Weg gewesen war – nur ein Stolperstein auf dem Weg zu ihrem Ziel. Plötzlich loderte Haß in ihm auf. Er biß die Zähne zusammen und kämpfte das Feuer nieder. Jetzt war nicht der Zeitpunkt für einen Gefühlsausbruch. Er mußte ins Zentrum des Zyklons, ruhig, konzentriert bleiben.

Er blieb stehen, lehnte sich einen Moment gegen einen Baumstamm und wartete, bis sich sein Körper beruhigt hatte. Er atmete lang und tief durch und leerte seinen Geist bis auf ein kaltes, weißes Licht.

Serena stolperte durch die Tür der Hütte und knallte auf den schmutzigen Linoleumboden, weil Willis sie unvermittelt losgelassen hatte. Lediglich eine alte Eisenstehlampe mit zerbrochenem gelbem Schirm in der Ecke warf etwas Licht. Der Raum war verdreckt, es roch nach Mäusen und Urin. Auf dem abgewetzten Linoleumboden stand ein niedriges, grünes Sofa, aus dessen Polstern Eisenfedern und Füllung quollen. Ein Kaffeetisch aus einer mit Schellack behandelten Holzplatte stand davor. Am anderen Ende des Raumes stand ein Bett mit Kopf- und Fußende aus rostigem Eisen. Es gab keine Laken, nur eine dünne Matratze mit fleckigem Bezug.

Sie hätte sich nicht träumen lassen, jemals in einem solchen Loch zu sitzen, geschweige denn darin zu sterben, dachte Serena, während sie auf die Knie kam. Automatisch suchte sie den Raum nach einem Fluchtweg ab. Es gab eine Hintertür, aber die war weit weg, um so mehr, da Willis jetzt vor sie trat. Er beugte sich vor, zog sie an ihrem schmerzenden Arm hoch und stieß sie aufs Bett.

»Mach's dir bequem, Herzchen«, sagte er lachend.

»Mit gefesselten Händen geht das kaum«, erwiderte Serena. Sie bezwang die Schmerzen und setzte sich an der Bettkante auf. »Ihr könnt mich genausogut losbinden. Ich weiß, wann ich geschlagen bin. Offensichtlich kann ich euch nicht entkommen.«

»Ganz recht.« Willis beugte sich über den Kaffeetisch, dann drehte er sich zu ihr um, eine Whiskyflasche in einer Hand, den Revolver in der anderen. »Du kannst uns nicht entkommen. Und solange deine Hände gefesselt sind, kannst du auch keine Waffe halten und uns nicht die Augen auskratzen, wenn wir uns ein bißchen mit dir vergnügen. Gut geblufft, Miss Sheridan, aber darauf fall' ich nicht rein. Du gefällst mir so am besten.«

Er nahm einen Schluck aus der Flasche und schwankte dann mit whiskynassem Kinn auf das Bett zu. Serena beobachtete ihn mißtrauisch und versuchte abzuschätzen, wie betrunken er war. Er hatte sich auf der Herfahrt ein paar Dosen Bier genehmigt. Vielleicht hatte er davor auch schon getrunken. Wenn er genug trank, würde er vielleicht schon vor der Feier ausfallen, aber dann bliebe immer noch Perret.

Er stand mit gezogener Waffe in der Tür und beobachtete mit nervösem Kichern, wie Willis auf sie zukam. Serena fürchtete sich vor ihm beinahe mehr als vor Willis. Willis war grausam, aber berechnend, in Perrets Augen dagegen trat, wenn er sie anschaute, ein wildes Glitzern, das vermuten ließ, daß er am Rande des Irrsinns stand.

Willis setzte sich neben sie, den Schenkel an ihren gepreßt, seine Hüfte an ihrer. Er stützte sich mit der Whiskyflasche auf der Matratze ab und beugte sich vor, bis er Serena ins Gesicht sah. Sein stinkender Atem und der säuerliche Körpergeruch weckten in ihr den Wunsch zurückzuweichen, aber sie blieb standhaft. Solange sie ihren Verstand einsetzte und ihre Angst unter Kontrolle hielt, hatte sie noch eine Chance. Wenn sie unter ihrer Angst zusammenbrach, war sie verloren; sie würden über sie herfallen wie Wölfe über ein Lamm.

»Siehst du, wenn ich dich losbinden würde«, erklärte Willis, dessen Mund nur einen Zentimeter von ihrem entfernt war, »dann würdest du vielleicht versuchen, mich hiervon abzuhalten.«

Er hob die Pistole, und Serena stockte der Atem, als er mit der Mündung langsam über ihre Wange, den Hals und die Brust strich. Er zeichnete den spitzenbesetzten Saum ihres BHs nach und drückte den kalten Stahl in ihre weiche Brust. Eine Gänsehaut überlief sie von Kopf bis Fuß; Willis grinste schief und lachte leise.

»Gefällt dir das, Lady Serena?« fragte er und legte den Lauf auf ihre Brustwarze. »Das hier wird dir noch besser gefallen.«

Serena atmete erleichtert aus, weil er die .38er auf dem Bett beiseite legte, schnappte aber im nächsten Augenblick nach Luft, als er sie am Haar packte, sie rückwärts auf die Matratze zog und sich über sie beugte. Mit seinem schiefen Grinsen und dem zugeschwollenen Auge sah er aus wie ein Monster aus einem Horrorfilm. Mit kehligem Lachen hob er die Whiskyflasche über ihr. Serena spannte sich an und wartete mit zusammengekniffenen Augen auf den Schlag, aber der kam nicht. Whisky plätscherte auf ihre Brust, durchtränkte ihren Büstenhalter und rann in Bächen an ihr hinunter. Der Gestank stieg ihr in die Nase.

Willis senkte den Kopf, nahm ihre Brustwarze in den Mund und saugte ausgiebig an der feuchten Seide. Er schob ein Knie zwischen ihre Schenkel, zwang ihre Beine auseinander und ließ sich auf ihr nieder, bis sich sein erigiertes Glied gegen ihren Leib drückte.

Serena kämpfte gegen die Tränen an, die ihr in den Augen brannten, denn auch ihre letzten Hoffnungen wurden nun von dem Gewicht Mean Gene Willis' erdrückt. Sie hatte ihre Chance zur Flucht gehabt, und sie hatte sie verschenkt. Sie wünschte, die beiden hätten sie einfach umgebracht. Sie wünschte, ihre letzten Erlebnisse auf dieser Welt wären nicht so erniedrigend und entwürdigend. Sie wollte nicht, daß ihre Vergewaltigung das letzte war, was sie von dieser Welt mitbekam.

Schließ die Augen und denk an England. Das hatte man den viktorianischen Frauen eingebläut, wenn sie zu ihren Männern mußten. *Schließ die Augen und denk an Lucky.* Die Tränen drückten noch heftiger gegen die Lider; Willis nuckelte geräuschvoll an ihrer Brust und drückte mit seinem ganzen Gewicht auf sie. Serena biß sich auf die Lippe, bis sie Blut schmeckte. Sie schauderte vor Ekel, der ihr in der Kehle aufstieg, bis sie daran zu ersticken glaubte. Dies war Gewalt in ihrer widerlichsten Form.

»He, wer sagt denn, daß du sie zuerst kriegst?« mischte sich Perret jetzt ein, der plötzlich hinter Willis aufragte. Seine Hundeaugen waren zusammengezogen, und seine Kiefer mahlten so heftig, daß sein Schnurrbart wackelte. Die Flinte lag immer noch in seinen Händen, und seine Finger spielten mit dem Lauf.

Willis hob den Kopf von Serenas Busen, machte sich jedoch nicht die Mühe, seinen Partner anzuschauen. »*Ich* sag', daß ich sie zuerst kriege.« Seine Stimme klang tief und gefährlich.

Serena beobachtete aufmerksam, wie Perret rot anlief und sein Mund zuckte, als müsse er Mut sammeln, um die nächsten Worte auszuspucken. Das Glitzern in seinen Augen verstärkte sich noch, als sich sein Blick auf ihre Brüste und den feuchten Stoff ihres Büstenhalters heftete. »Vorhin hast du gesagt, ich krieg' sie zuerst.«

»Einen Dreck hab' ich«, grunzte Willis. Er stieß mit den Hüften gegen Serena und senkte wieder den Kopf, ohne sich weiter um den Mann über ihm zu kümmern.

»Hast du doch!« widersprach Perret. »Du hast gesagt, ich kann sie zuerst haben.«

»Sieht so aus, als würde sein Wort nicht viel gelten«, mischte sich Serena ein. Neue Hoffnung begann aufzukeimen. Ihr Geschick im Umgang mit Worten und Psychen war ihre einzige Waffe. Wenn sie die beiden Männer gegeneinander aufhetzen konnte, hatte sie vielleicht eine winzige Chance, diese Tortur zu überleben, und eine winzige Chance war weitaus besser als gar keine Chance.

Willis sah sie grimmig an. »Du hältst den Mund.«

»Warum soll ich mir von Ihnen was befehlen lassen?« entgegnete sie. »Er hat die Waffe.«

»Ganz recht«, stimmte ihr Pou streitlustig zu, wobei er mit der Hand über den Gewehrlauf strich. »He, ich hab' das Gewehr, Willis. Geh runter. Ich will's als erster mit ihr treiben.«

»Scher dich zum Teufel.«

»Ich kann dich abknallen, du dreckiger Bastard!« Er

schwenkte den Lauf der Waffe herum, als hätte er keine Hemmungen, seine Drohung wahrzumachen, aber statt den Abzug durchzudrücken, stieß er Willis die Mündung in den Rücken.

Willis fluchte zwischen zusammengebissenen Zähnen hervor. »Schon gut, Mann, laß mich aufstehen.«

Perret trat zurück und senkte die Waffe. Willis stand langsam auf, zog seine Jeans hoch und starrte den Kleinen wütend an. Mit einer blitzschnellen Bewegung, die seine unförmige Gestalt Lügen strafte, packte er die Waffe am Lauf und schwang den Kolben wie einen Baseballschläger auf Pous Kopf zu, der sich gerade noch wegducken konnte.

»Du blöder *coonass*-Trottel!« brüllte Willis. »Du kannst sie nicht mal von diesem gottverdammten Boot bis zum Haus bringen, ohne alles zu versauen! Du kannst verdammt noch mal warten, bis du an der Reihe bist!«

»Du hast gesagt, ich krieg' sie zuerst!« brüllte Pou zurück.

Serena verfolgte ihren Streit. Sie schrien einander an, warfen sich Drohungen und Beleidigungen an den Kopf und bewegten sich dabei langsam vom Bett weg und auf das andere Ende des Zimmers zu. Nichts stand zwischen ihr und der Vordertür. Sie konnte noch einen Versuch wagen. Sie bezweifelte, daß sie damit durchkam, aber es war immerhin eine Chance. Vielleicht würden die beiden sie auch erschießen, statt ihr nachzurennen, und das wäre weitaus angenehmer, als die Qualen zu erdulden, die ihr ansonsten bevorstanden.

Sie beugte sich vor, bereit zum Sprung. Plötzlich drehte sich Willis um und stellte das Gewehr neben der Tür ab. Er warf einen wütenden Blick in Serenas Richtung.

»Schon gut, schon gut«, bellte er und wedelte mit den Händen vor Perrets Gesicht herum, um ihn zum Schweigen zu bringen. »Wir werfen eine Münze.«

Er holte einen Vierteldollar aus der Tasche, den Perret ihm augenblicklich wegschnappte, um sich davon zu überzeugen, daß er nicht auf beiden Seiten einen Kopf zeigte. Willis riß das Geldstück wieder an sich und schnippte es mit dem Daumen in die Luft.

Serena sprang vom Bett auf und stürzte zur Tür.

Perret fuhr herum.

Die Münze kam nie auf dem Boden auf.

Die Hintertür der Hütte flog auf. Ein Schuß ging los, und die Münze verschwand. Serena sprang das Herz in die Kehle, als sie sich umdrehte und Lucky in der Tür stehen sah. In seiner Kampfhose und dem schwarzen T-Shirt, mit Schlamm auf Gesicht und Armen und der schlanken, schwarzen Waffe in der Hand sah er aus wie der leibhaftige Teufel.

Perret kreischte auf, als sähe er eine Erscheinung aus der Hölle. Er hechtete zur Tür und langte nach dem Gewehr an der Wand. Die Waffe in Luckys Hand zuckte kurz, und Pou schrie erneut auf; eine Kugel hatte sich in seine Schulter gebohrt. Mit dem Gesicht voran stürzte er durch die Fliegentür und landete wimmernd und heulend auf der Treppe.

Willis warf sich auf Serena und schloß einen sehnigen Arm um ihren Hals. Unter der Wucht seines Aufpralls taumelte sie rückwärts und ging zu Boden. Sie landeten neben dem Bett, das dadurch seitwärts wegrutschte. Die .38 war in Willis' Hand und zielte auf Lucky, ehe Serena auch nur blinzeln konnte. In einer instinktiven Reaktion stemmte sie sich mit aller Kraft nach hinten und brachte Willis aus dem Gleichgewicht. Der Schuß ging in die Decke und löste eine Lawine von Teerpappebröseln aus.

Serena entwand sich seinem Griff und arbeitete sich in Richtung Tür vor, wobei sie aufzustehen versuchte. In ihren Ohren gellten noch die Schüsse, und das Blut rauschte. Sie konnte Willis hinter sich nicht hören, aber sie spürte, wie sich seine fleischige Hand um ihren Knöchel schloß und ihr das Bein wegzog. Noch im Sturz drehte sie sich um und sah Willis auf sich zukommen. Er hatte die Waffe auf ihren Kopf gerichtet.

Von diesem Augenblick an geschah alles wie in Zeitlupe. Die Zeit dehnte sich, als wäre sie elastisch. Die Waffe kam immer näher, genau wie Willis' häßliches, wutverzerrtes Gesicht. Sein Mund ging auf, und er brüllte etwas, das sie nicht verstand. Dann kam wie aus dem Nichts Lucky auf sie zu. Er donnerte wie ein Güterzug in Willis hinein, und beide rollten über das kaputte

Linoleum. Die Waffe flog Willis aus der Hand und flog über den Boden.

Lucky riß Willis am Hemd vom Boden hoch und rammte ihn gegen die Hüttenwand. Er hatte seine Waffe ebenfalls fallen gelassen und sein Messer gezogen, dessen tödliche Schneide er jetzt an die Kehle seines Gegners drückte.

Willis zitterte sichtbar am ganzen Körper. Sein Gesicht wurde grau, und Schweißtropfen traten ihm auf die Stirn, um dann über sein Gesicht zu rinnen wie Wasser über die Wachshaut eines Kürbises. Mit großen Glubschaugen starrte er dem Tod ins Auge; heiser flüsternd rief er eine Reihe von Angehörigen der Heiligen Familie an.

»Oh, auf die würd' ich nicht bauen, *cher*«, bemerkte Lucky mit leisem Lachen. Ein furchterregendes Lächeln umspielte seine Mundwinkel und ließ seine Pantheraugen aufleuchten. Er liebkoste Willis' Kehle mit der Messerklinge. »Weißt du, ich habe das Gefühl, daß du dort oben nicht gerade den besten Ruf hast.«

Willis schluckte so schwer, daß sein Adamsapfel über die rasierklingenscharfe Messerschneide schabte. »Beim Allmächtigen, Doucet«, flüsterte er verzweifelt. »Ich bin unbewaffnet. Das ist Mord.«

Luckys Blick blieb kalt und klar. »Meinst du, das macht mir was aus? Von dir wird nichts übrigbleiben, um das zu beweisen. Du hast meine Frau angerührt, Willis. Dafür bringe ich dich um. Ich wünschte nur, ich könnte mir Zeit dabei lassen.«

»Lucky.« Serenas Stimme flog durch den Raum auf ihn zu. So zittrig und leise, daß sie ihm kaum ins Bewußtsein drang, wie eine Stimme aus einer anderen Welt. »Lucky, tu's nicht.«

Er sah kurz zu ihr hin, sobald sie in sein Blickfeld kam. Ihr Gesicht und ihr Hals waren mit Kratzern übersät. Ihre Bluse war zerfetzt und dreckig und hing vorne offen herunter. Ein Mundwinkel blutete, und ihre Unterlippe war geschwollen. Ihre Augen, ihre wunderschönen, weichen Rehaugen waren voller Angst und Schmerz. Der Mahlstrom der Wut fuhr mit neuer Kraft durch Lucky.

»Das hat er dir angetan«, zischte er.

Serena schwieg, aus Angst, ihre Worte könnten ihn endgültig um die Beherrschung bringen. Sie sah, daß ein Teil von ihm darum kämpfte, die ungestüme Rage zu bändigen. Zorn blitzte aus seinen Augen und brachte seine Muskeln zum Beben; sein ganzer Körper versteifte sich.

Er wandte sich wieder Willis zu. »Wir sehen uns in der Hölle, Willis«, flüsterte er mit seidenweicher Stimme. »Aber du wirst lange vor mir dort ankommen.«

Er ritzte mit dem Messer die Haut des Mannes auf. Ein paar Blutstropfen perlten über die Klinge und rannen über den Stahl, um dann wie Tränen auf Willis' Hemd zu fallen. Aus Willis' zitterndem Mund drang ein jämmerliches Wimmern.

Lucky starrte auf das Blut, dessen Geruch ihm in die Nase stieg. Bilder gingen ihm durch den Kopf – von Oberstleutnant Lambert, Amalinda Roca, Shelby. Er sah ihre Gesichter in den hellroten Tropfen, sah ihre Augen glitzern, ihre Münder lachen. Er sah bruchteilhafte Bilder aus seiner Vergangenheit – andere Feinde, andere Schlachten, andere Tote. Er fühlte, wie etwas Kaltes, Schwarzes in seinen Geist drang, das wie eine Flutwelle über ihn hinwegzudonnern drohte, um ihn für immer mit sich zu reißen. Seine Hand krampfte sich um den Messergriff. Willis hielt die Luft an.

Dann hörte er wieder Serenas Stimme, wie den Ruf einer Sirene. »Nicht, Lucky. Überlaß ihn dem Sheriff. Er ist es nicht wert.« Sie trat zu ihm, sah ihn mit geschundenem Gesicht und Tränen in den Augen an. »Bitte, Lucky«, flüsterte sie. »Ich brauche dich. Ich liebe dich.«

»Er hat dir weh getan.« Die Worte kamen abgehackt und voller Schmerz. Er starrte immer noch auf das Messer. Der Sturm tobte in ihm, zerrte an ihm, zog an ihm, und die schwarze Nacht am Rande seines Geistes begann sich langsam zu drehen wie ein blutiger Strudel. »Er hat dir weh getan.«

»Das hier wird mir noch mehr weh tun.«

Das Messer schnitt ein bißchen tiefer. Willis stieß ein kehliges Keuchen aus. Blut floß über die Klinge. Lucky sah fasziniert und erschrocken auf das rote Naß. Die Nacht kam näher, nahm ihm fast die Sicht. Er war es leid, dagegen anzukämpfen. Es wäre so viel leichter für alle, wenn er sich ihr ein für allemal ergab.

Wieder drang Serenas Stimme zu ihm, so leise, als hätte sie die Worte irgendwie direkt in seinem Kopf gesprochen. »Ich bin in Sicherheit, Lucky. Du hast mich gerettet, jetzt rette dich selbst. Tu es nicht.«

Ein Teil seiner selbst wollte das Messer tiefer stoßen. Im Geist sah er das Blut heraussprudeln, bis er darin ertrank, genau wie in seinem Alptraum. Es würde über ihn hinwegfluten und ihn erlösen. Er bräuchte keine Schlachten mehr zu schlagen, keinen Verrat mehr zu ertragen, keine Liebe mehr aufzugeben. Die Hand am Messergriff zitterte. Er spürte, wie seine Beherrschung unter dem Druck nachließ, nachgab.

»Gib nicht auf«, flüsterte Serena. »Bitte gib nicht auf, Lucky.«

Sie starrte ihn an. Tränen strömten ihr übers Gesicht, weil sie fürchtete, ihn zu verlieren, wenn sie nur einmal blinzelte. Sie spürte, wie die Luft um ihn herum vor Spannung vibrierte. Sein Blick war starr auf Willis gerichtet, aber sie glaubte nicht, daß er Willis wirklich wahrnahm. Es war der Blick eines Mannes, der in sein Innerstes schaut und dort das erblickt, wovor er am meisten Angst hat. Der gefährlichste Kampf war der, den Lucky mit sich selbst austrug, und Serena hatte das entsetzliche Gefühl, daß er für immer verloren war, wenn er diesmal verlor. Ein Teil ihrer selbst hätte keine Sekunde lang getrauert, wenn Gene Willis diese Begegnung nicht überlebt hätte, aber keine Rache war den Preis wert, den sie dafür würde bezahlen müssen.

»Gib nicht auf, Lucky«, sagte sie noch einmal. Aus einem tief verborgenen Reservoir schöpfte sie alles, was ihr an Ruhe noch geblieben war. »Du kannst es schaffen.«

»Ich bin müde«, hauchte er; seine ausdruckslosen, angsterfüllten Augen schauten durch Willis hindurch.

»Ich weiß«, sagte Serena und machte einen weiteren halben Schritt auf ihn zu. »Ich weiß, daß du müde bist, aber du bist stärker, als du glaubst. Du bist besser, als du glaubst. Du kannst es schaffen. Laß dich nicht in den Abgrund ziehen. Bitte, Lucky, tu es für mich, für deine Familie, für dich. Bleib standhaft. Du kannst es schaffen. Das weiß ich.«

Lucky starrte auf die Messerklinge, auf das Blut, das daran heruntertröpfelte. Er spürte, wie er am Rand des Abgrunds balancierte, wie der Boden unter seinen Füßen nachgab. Der Abgrund des Wahnsinns lockte ihn, aber Serena lockte ihn mit ihren starken, leisen Worten fort, so wie mit ihrer Liebe, an die er sich so gern klammern wollte und die er nie würde bewahren können. Der Druck steigerte sich in ihm wie in einem Dampfkessel, bis er unter der Macht zu zittern begann, als könnte er jede Sekunde explodieren, doch er wurde stärker und stärker.

Mit einem heiseren, wütenden Aufschrei riß er das Messer zurück und stieß es neben Willis' Kopf in die Wand. Er ließ von seinem Gefangenen ab, und Willis sank ohnmächtig auf den drekkigen Boden.

Lucky trat leise schwankend zurück, während die Dunkelheit sich langsam zurückzog und strahlendem Licht Platz machte. Als er sich zu Serena umdrehte, fühlte er sich eigenartig schwach und kopflos, als hätte man plötzlich alle Lebenskraft aus seinem Körper gezogen.

Serena versuchte, ihn durch die Tränen anzulächeln, die ihr übers Gesicht strömten. »Noch nie habe ich mich so über ein Wiedersehen gefreut«, flüsterte sie.

Lucky badete in ihrem Anblick, spürte alle ihre Schnitte und Schürfwunden, als wären es seine eigenen. Er wollte sie heilen. Er wollte die Zeit zurückdrehen, damit sie diesen Alptraum, den sie eben erlebt hatte, nicht erleben und nicht anschauen mußte. Er wollte so viel in diesem Augenblick – stärker sein, gesund sein, der Mann sein, der mit einer Frau wie Serena zusammenleben konnte –, aber er begnügte sich mit dem Wissen, daß sie lebte und in Sicherheit war; dann zog er sie in seine Arme, um es auch zu spüren.

»*Merci Dieu*«, flüsterte er und vergrub seine Lippen in ihrem Haar. Nach der innerlichen Schlacht, die er eben ausgestanden hatte, bebte er am ganzen Leib. Sein Atem kam in flachen Stößen. Tränen zwängten sich durch das Gitter seiner Wimpern. Er preßte Serena an sich, als versuche er, sie ganz und gar in sich aufzunehmen. »*Je t'aime. Je t'aime, ma douce amie.*«

Ich liebe dich. Serena legte die Wange an seine Brust und weinte, halb vor Freude und Erleichterung, halb noch aus Angst. Lucky liebte sie. Sie war in Sicherheit. Er war in Sicherheit. Es gab für sie ein gemeinsames Morgen. Aber immer noch lag so viel vor ihnen, mußten so viele Gefühle verarbeitet werden, darunter auch die Empfindungen, die sie heute nacht durchlebt hatte. Jetzt, in Luckys sicheren Armen, lebten sie wieder auf.

»Ich hatte noch nie solche Angst«, murmelte sie in seine Brust und ließ den Tränen freien Lauf.

»Ich weiß. Ich weiß, *ma chérie.* Es ist alles gut. Alles ist gut. Du bist in Sicherheit.« Er küßte sie beschwörend auf die Schläfe, die Wange, die Lippen und erschauerte, weil sie so süß schmeckte. Er konnte nicht genug von ihr bekommen, mußte sie anfassen, sie berühren, den schwachen Duft ihres Parfüms einatmen. Mit zittriger Hand begann er, die Blätter und Zweige aus ihrem Haar zu lesen.

»Lucky?«

»*Oui*«

»Ich mag es, wenn du mich hältst«, sagte Serena und stemmte sich gegen seinen eisernen Griff, »aber meinst du, du könntest mich erst losbinden? Ich würde dich auch gern halten.«

Lucky ließ sie abrupt los und fluchte auf französisch. Er drehte Serena um und löste die Schnur, mit der ihre Hände zusammengebunden waren. Sie hätte vor Schmerz fast aufgeschrien, als das Gefühl in die Finger zurückkehrte und ihre Schultern endlich herabsinken konnten, aber sie entschied, daß sie zu froh war, am Leben zu sein, als daß sie jetzt weinen konnte.

Sie befaßten sich in aller Eile mit Willis und Perret. Lucky zerrte Pou zurück in die Hütte und verfolgte knurrend, wie Serena die Einschußwunde notdürftig verarztete. Dann fesselte er die beiden Männer an Händen und Füßen und band sie an je einen Bettpfosten.

»Und jetzt raus hier«, sagte er, als das vollbracht war und die beiden auf dem Boden sitzenden Schurken wütend zu ihm aufschauten. »Der Sheriff wird die beiden später abholen.«

Serena nickte. Jetzt, wo die Gefahr vorbei war, spürte sie, was sie durchgemacht hatte. Ihr tat alles weh, sie fühlte sich benommen, und ihre Beine waren wie aus Gummi. Lucky schien ihre Erschöpfung zu spüren und nahm sie ohne ein Wort auf die Arme. Mit langen, entschlossenen Schritten trug er sie aus der Hütte und in den Wald.

Leise und mit sicherem Gespür suchte er sich einen Weg zwischen den dichten, dunklen Bäumen. Serena schlang die Arme um seinen Hals und lehnte den Kopf an seine Schulter; es war erstaunlich, wie sicher sie sich mit ihm an diesem Ort fühlte, den sie so lange gefürchtet hatte. Aber langsam wich das Gefühl von Sicherheit einer düsteren Vorahnung.

Lucky hatte kein Wort mehr gesprochen, seit sie aus der Hütte getreten waren. Serena glaubte zu spüren, wie er sich von ihr zurückzog. Vielleicht hatte er ihr in einem Augenblick heftiger Emotionen gestanden, daß er sie liebte, aber sie hatte das entsetzliche Gefühl, daß Lucky vor der Liebe eher zurückscheute als vor einer Umarmung. Er hatte ihr schon einmal erklärt, daß er ihre Liebe nicht wollte, daß er nichts mehr besaß, was er ihr geben konnte. Ein Mann, der sich wie in ein Schneckenhaus zurückgezogen hatte, würde sich wohl kaum über die Entdeckung freuen, daß er zu Gefühlen fähig war.

Sie seufzte müde, denn sie erkannte, daß die Schlacht um ihr Leben geschlagen und gewonnen war, die Schlacht um sein Herz allerdings längst nicht zu Ende war.

»He, ein richtiges Boot«, verkündete sie mit angestrengtem Frohsinn, als sie am Ufer des Bayous aus dem Wald traten und sie das Motorboot im schwarzen Wasser schaukeln sah. »Es hat sogar einen Motor.«

Lucky hob sie über das Dollbord und setzte sie ab, dann stieg er stirnrunzelnd ins Boot und wühlte die Schlüssel aus seiner Tasche. »Sie haben ihren Nutzen«, meinte er knapp.

»Ganz bestimmt. Bedank dich in meinem Namen bei dem Besitzer dafür, daß er es dir geliehen hat.«

»Das kann ich nicht.«

»Warum nicht?«

»Weil ich es gestohlen habe.«

»Du hast was?« Serena schlug sich die Hand vor den Mund und sank auf einen der Passagiersitze. Sie fühlte sich eigenartig aufgekratzt, weil Lucky ihretwegen ein Verbrechen begangen hatte. Sie war entschieden zu lang auf gewesen. Ihr fehlte ein Bett und ein ganzes Jahr Schlaf. Bedauerlicherweise hatte sie dazu keine Zeit.

»Woher hast du gewußt, daß sie mich haben?« fragte sie und schlang die Arme um ihren Leib, um die Kälte abzuwehren, die ihr in die Knochen kroch, seit sie Luckys Wärme nicht mehr spürte.

Lucky antwortete nicht, ehe er in einer der Truhen im Boot eine Decke gefunden hatte. Er legte sie ihr über die Schultern und steckte sie unter ihren Schenkeln fest. »Das Mädchen, das sie zur Ablenkung auf mich angesetzt hatten, hatte einen großen Mund und ein Spatzenhirn.«

»Und kann sie tatsächlich das Messing von einer Türklinke lutschen?« fragte Serena mit unverhohlenem Sarkasmus.

»Ich hatte keine Lust, es auszuprobieren.« Er hob ihr Kinn an und versuchte, im schwachen Mondlicht in ihrem Gesicht zu lesen. »Warst du eifersüchtig?«

»Ja«, antwortete sie aufrichtig.

Er antwortete nicht darauf, sondern drehte sich um und machte das Boot startklar.

»Wir müssen dem Sheriff auch von Burke erzählen.« Serena hatte das Gefühl, sich auf weniger persönlichem Grund sicherer zu bewegen als auf dem ungewissen Terrain ihrer Beziehung. »Ich glaube, Burke hat Willis und Perret bezahlt, damit sie – sie – sie –«

»Nein. Das hat er nicht. Skeeter Mouton sagt, Burke war in der Kneipe, als Willis und Pou am Nachmittag ihre Verabredung hatten.« Lucky drehte sich um und verschränkte die Arme vor der breiten Brust. »Ich glaube, du solltest dir nichts vormachen, Serena. Shelby steckt dahinter.«

Serenas Herz setzte für einen Schlag aus. »Nein.«

»Du warst ihr im Weg, deshalb wollte sie dich loswerden.«

»Nein«, wiederholte sie kopfschüttelnd. Sie wollte es einfach nicht glauben. Sie wollte nicht einmal die Möglichkeit in Betracht ziehen. Sie konnte vielleicht akzeptieren, daß sie ihrer Zwillingsschwester nie besonders nahestehen würde, aber keinesfalls hinnehmen, daß ihre Schwester versucht hatte, sie ermorden zu lassen. Shelby war unausgeglichen; das war nicht zu leugnen nach der Szene, die sie ihr wegen der Vollmacht gemacht hatte – aber Mord? Das konnte und wollte Serena einfach nicht glauben.

»Wie sollte Shelby Männer wie Willis und Perret anheuern?« widersprach sie. »Sie würde keinen Fuß in eine Kneipe wie Mouton's setzen.«

»Das bräuchte sie auch nicht. Sie müßte sich nur an euren ›Freund der Familie‹ Perry Davis wenden.«

»Perry Davis?« wiederholte Serena verdutzt. »Aber Perry ist –«

»Falsch wie das Gebiß meiner Oma«, vollendete Lucky den Satz für sie. »Er finanziert seine häßliche, kleine Spielsucht, indem er sich von Wilderern bestechen läßt. Es wäre kein Problem für ihn, die richtigen Männer für einen schmutzigen Job zu finden. Überhaupt kein Problem.«

Serena beugte sich nach vorn und rieb sich die Schläfen. All das kam viel zu schnell. Es überwältigte sie. Innerhalb weniger Tage war in ihrer geordneten Welt das Unterste nach oben und das Innerste nach außen gekehrt worden. Und nun erzählte ihr Lucky auch noch, daß ein Mensch, dem sie bisher blind vertraut hatte, ein Krimineller war.

»Was hätte Burke davon abgehalten, Perry als Mittelsmann zu nehmen?« Sie hob den Kopf, nachdem sich die Frage aus dem Chaos in ihrem Kopf kristallisiert hatte. »Er würde nicht wollen, daß man ihn mit Leuten wie Willis und Perret in Verbindung bringt. Es hat nichts zu bedeuten, daß er sich nicht persönlich mit ihnen getroffen hat. Er hat sie dafür bezahlt, den Brand zu legen, und er hat sie dafür bezahlt, mich zu entführen.«

»Das glaube ich nicht, Süße«, sagte Lucky. »Aber wir werden es bald erfahren.«

Irgendwann gelangten sie zu Luckys Haus. Serena hatte keine Ahnung, wie spät es war. Die Nacht schien kein Ende nehmen zu wollen. Sie saß, fest in die Decke gehüllt, auf dem Passagiersitz des Bootes, das Lucky vorsichtig durch den Sumpf steuerte. Keiner sprach. Als sie seinen Bootssteg erreicht hatten, vertäute Lucky das Boot und trug Serena ins Haus.

Serena dachte nicht einmal daran, dagegen zu protestieren. Die Ereignisse hatten ihr einen Schock versetzt; dazu kam das Wissen, welchem Schicksal sie gerade noch entkommen war, außerdem die Fragen, wer für all das verantwortlich war. Alles zusammen wirkte wie ein Trommelfeuer auf ihre Nerven, so daß sie alle Kraft aufwenden mußte, um nicht darunter zu zerbrechen. Von Lucky gehalten zu werden, war die beste Medizin, die sie sich vorstellen konnte.

Er trug sie ins Bad und zog sie vorsichtig aus. Sie beobachtete, wie seine langen, starken und unendlich sanften Künstlerfinger die zerrissene, verdreckte Bluse und den whiskydurchtränkten Büstenhalter abschälten. Ihr fiel ein, wie Willis sie betatscht hatte, und sie zitterte.

»Fürchtest du dich vor mir, *chère*?« fragte Lucky leise.

Serena schüttelte den Kopf. »Nein. Es ist bloß –« Sie verstummte, weil sie vor Ekel zu zittern begann und ihr die Tränen in die Augen stiegen. »Er... er hat mich angefaßt. Und ich fühle... mich so... schmutzig.«

Lucky beugte sich zu ihr hinunter und küßte die Tränen weg, die aus ihren Augen rollten. Leise und besänftigend flüsterte er ihr zu: »Alles wird gut, *chérie*. Ich mache alles wieder gut.«

Er füllte die kleine klauenfüßige Wanne mit warmem Wasser und gab Duftöl aus einer geheimnisvollen braunen Flasche hinzu, die er aus einem Medizinschränkchen holte. Als das Wasser eingelassen war, zog er Serena fertig aus und setzte sie vorsichtig in die Wanne.

Das Wasser fühlte sich himmlisch an, warm und weich und

beruhigend. Der nach Öl duftende Dampf stieg ihr in den Kopf, überdeckte die Erinnerung an den Gestank von Schweiß, Schnaps und Angst. Serena schloß die Augen und ließ sich zurücksinken, um sich zu entspannen – zum erstenmal seit Wochen, wie es ihr schien. Lucky lehnte über ihr, hatte einen Arm um ihre Schulter gelegt und wusch liebevoll allen Schmutz von ihr ab. Sanft fuhr er mit dem Lappen über ihr Gesicht und reinigte die verkratzten, wunden Stellen. Seine Berührung hatte etwas Tröstendes. Unglaublich behutsam betupfte er die Wunde in ihrem Mundwinkel, dann wusch er mit dem Lappen ihren Hals und ihre Brüste. Während er ihr zärtliche Küsse auf die Schläfe hauchte, schöpfte er in der hohlen Hand warmes Wasser, um es immer wieder wie einen reinigenden, heilenden Quell über ihre Haut rinnen zu lassen.

Serena sagte kein Wort, aus Angst, den Bann zu brechen. Sie ließ zu, daß Lucky sie berührte und versuchte, alle Spuren und Erinnerungen an das Geschehene auszulöschen. Sie schöpfte aus seiner Kraft, nahm mit jeder Pore seine Zärtlichkeit und die Liebe in sich auf, die er ihr schenkte, um sie in ihrem Herzen aufzubewahren. Die Augenblicke waren noch kostbarer, weil das Morgen drohend über ihnen schwebte wie ein Gewitter am Rande des Sumpfes. Sie schwelgte in jedem einzelnen Moment und wünschte sich, daß diese Nacht ewig dauern möge.

Als das Wasser abgekühlt war, hob Lucky sie aus der Wanne und trocknete sie ab. Dann wickelte er sie in ein Badetuch und setzte sie auf der Kommode ab, um ihr verfilztes Haar sorgfältig auszukämmen. Er versorgte die schlimmsten Wunden mit dem mysteriösen Öl aus dem Medizinschränkchen und trug Serena dann zum Bett.

Serena kuschelte sich an ihn, als er nackt neben ihr unter die Decke schlüpfte, und schlang die Arme um seinen Leib. Ihr Kopf ruhte in seiner Achsel, als seien die beiden füreinander geschaffen.

»Lucky?« flüsterte sie.

»Psst, *chérie*«, murmelte er. »Du brauchst Schlaf.«

»Nein. Ich brauche dich.« Sie hob den Kopf und sah ihm im

weichen Licht der Kerze neben dem Bett in die Augen. »Liebe mich, Lucky. Ich muß dich spüren. Ich brauche deine Liebe. Mach, daß es sich gut und richtig anfühlt. Bitte.«

Lucky musterte ihr Gesicht im Kerzenschein. Sein Herz drohte zu platzen, als er sah, wie flehend ihre weichen, dunklen Augen ihn anblickten. *Dieu*, er liebte sie so! Er hätte es nicht für möglich gehalten, jemals wieder so etwas zu empfinden, aber jetzt spürte er es in seinen Muskeln, seinen Knochen, seinem Blut; er schmeckte es bittersüß auf seiner Zunge. Er liebte sie. Und auch wenn er ihr viel zu wenig geben konnte, so doch zumindest dies: seine Berührung, seinen Körper, seine Zärtlichkeit, um den Schmerz zu lindern.

»Bitte, Lucky«, flüsterte sie.

Er drehte sich auf die Seite, senkte den Kopf und küßte sie langsam, während er mit der Hand über ihre Hüfte strich. Er liebte sie mit einer Geduld, die er sich nie zugetraut hätte, mit einer Zärtlichkeit, die er so lange verleugnet hatte. Er liebkoste und küßte sie ohne Ende, bis Serena die Initiative ergriff und ihn zwischen ihre warmen, weichen Schenkel führte. Er glitt in sie hinein und hielt den Atem an, so wundervoll war das Gefühl, eins mit ihr zu sein, dann liebte er sie langsam und sanft, bis beide Erfüllung fanden.

Auch dann zog er sich nicht aus ihr zurück, sondern hielt sie fest, streichelte ihr übers Haar und hauchte leise Küsse auf ihre Schläfe.

»Ich liebe dich«, sagte sie, ehe sie einschlief.

Lucky sah auf sie hinab. Die Kerze auf dem Nachttisch flakkerte und erlosch, dann senkte sich die Nacht über sie.

»*Je t'aime, mon cœur*«, flüsterte er ins Dunkel.

19. KAPITEL

»Also wirklich, dieser plötzliche Sinneswandel überrascht mich etwas«, erklärte Lamar Canfield gedehnt und ließ seine dunklen Augen über die Leute wandern, die ihn zu so früher Stunde nach Chanson du Terre gerufen hatten. Junge Leute hatten keinen Sinn für Anstand. Früher, als gute Manieren noch etwas galten, hätte niemand gewagt, einen Menschen vor neun Uhr zu belästigen.

Er starrte die junge Frau an, die hinter Gifford Sheridans massigem Kirschholzschreibtisch saß. Sie wirkte kühl und gefaßt in ihrem waldgrünen, einfach geschnittenen Kostüm und der champagnerfarbenen Seidenbluse. Um ihren Hals lag eine schlichte Perlenkette. Das honigblonde Haar war in eine weiche Haarrolle zurückgekämmt. Um ihren Mund lag ein sanftes Lächeln, aber sie verriet ihre innere Anspannung, indem sie ununterbrochen den dicken Topasring an ihrem Finger drehte.

»Es ist eigentlich ganz einfach, Mr. Canfield«, antwortete sie ruhig und überlegt. »Wie Sie wissen, hat Gifford mir eine Vollmacht über sein Vermögen erteilt. Ich soll die Angelegenheit regeln, wie ich es für richtig halte. Nachdem ich alle Möglichkeiten bedacht und alle Faktoren berücksichtigt habe, bin ich zu dem logischen und praktischen Schluß gekommen, das Grundstück an Mr. Burkes Gesellschaft zu verkaufen.«

Lamar rutschte auf seinem Sessel hin und her und brachte das Leder zum Quietschen und Seufzen, als er seine dünnen Knie übereinanderschlug. Er starrte einen Augenblick auf den Wasserfleck an der Decke und sah dann wieder seine Gastgeberin an, als wolle er etwas sagen. Er machte den Mund auf, schloß ihn aber wieder und runzelte nur kurz die Stirn.

»Gibt es irgendein Problem, Mr. Canfield?« wollte Len Burke wissen. Er saß in einem ähnlichen Ohrensessel, einen Meter von dem Anwalt entfernt, und hatte offensichtlich einen Kater. Das Weiß in seinen Augen war – soweit man es hinter den zusammengekniffenen Lidern erkennen konnte – blutrot angelaufen. Sein Gesicht hatte die gleiche Farbe wie das grünbraune Deckblatt seiner noch kalten Zigarre.

Lamar betrachtete ihn mit jener Herablassung, die er ansonsten gewöhnlichen Strauchdieben vorbehielt. »Es scheint mir, Mr. Burke, ein recht abrupter Seitenwechsel zu sein. Vorgestern abend noch schien Miss Sheridan geradezu entsetzt angesichts der Vorstellung, Chanson du Terre könnte in Ihre Hände fallen.«

Burke warf ihm einen finsteren Blick zu. »Ja, und jetzt hat sie ihre Meinung geändert. So sind die Frauen halt.«

»Ich habe meine Meinung geändert, Mr. Canfield«, versicherte sie ihm.

»Ich verstehe«, sagte Lamar todernst. Er beugte sich in seinem Sessel vor und zupfte die Aufschläge seines Leinenanzugs zurecht. »Also wirklich, das enttäuscht mich zutiefst, Shelby.«

»Serena« korrigierte sie eilig.

»Ja, natürlich. Serena. Ich weiß, was Ihr Großvater erreichen wollte, indem er Ihnen die Verantwortung übertrug. Das wird ihn *sehr* unglücklich machen«, verkündete Lamar pathetisch und wiegte mißbilligend den Kopf.

Shelbys Augen blitzten auf, und ihre Lippen zogen sich leicht zusammen. »Geschieht ihm ganz recht, wenn Sie mich fragen«, fauchte sie.

Diplomatisch mischte sich Mason ein, breitete ein strahlendes, abwiegelndes Lächeln über sein Gesicht und kam hinter den Schreibtisch geschlendert. »Serena will damit nur sagen, Lamar, daß Gifford auch die Konsequenzen tragen muß, wenn er die Entscheidung jemand anderem überläßt.«

»Amen.« Burke wuchtete eine rindslederne Aktentasche von der Größe eines Kalbes auf seinen Schoß und ließ sie aufschnappen. »Also, können wir jetzt endlich den Papierkram erledigen? Ich habe einen Vertrag mit allen vereinbarten Bedingungen aufgesetzt. Es fehlen nur noch ein paar Unterschriften, dann ist die Sache erledigt.«

Er zog einen dicken Papierstapel heraus, blätterte die letzte Seite um und reichte das Dokument zur Unterschrift über den Schreibtisch.

»Es überrascht mich, daß Ihre Schwester nicht hier ist, um die Transaktion mitzuerleben«, meinte Lamar mit kaum hörbarem Sarkasmus, während er zuschaute, wie seine Gastgeberin einen Stift in die Hand nahm. »Ihren Triumph zu feiern, sozusagen.«

Seine Bemerkung brachte ihm von der Frau hinter dem Schreibtisch einen bitterbösen Blick, aber keine Antwort ein.

»Leider geht es Shelby heute morgen nicht gut. Sie braucht Ruhe«, erklärte Mason. »Die Ärmste leidet schrecklich unter einer Migräne.«

»Sie hat es verdient«, bemerkte Lamar geistesabwesend. Unschuldig stellte er sich den schockierten Blicken, die auf ihn gerichtet waren. »Die Ruhe«, stellte er klar. »Sie hat die Ruhe verdient.«

Aus der Brusttasche zog er eine Drahtbrille, die mindestens so alt schien wie er selbst. Er klemmte sie sich auf die Nase und blinzelte auf das Dokument hinab, das man ihm zugeschoben hatte. Die Spannung im Raum stieg schneller als die Temperaturen an einem heißen Julitag, denn eine Sekunde nach der anderen verstrich, ohne daß Lamar Anstalten machte, einen Stift zu zücken. Er brummte leise vor sich hin, den Blick fest auf die Unterschrift gerichtet.

»Ich muß Ihre Unterschrift auf der Vollmacht überprüfen.« Er schaute auf und lächelte milde. »Eine reine Formalität, natürlich.«

»Natürlich. Da ist sie.« Sie schob das Papier über den Tisch, lehnte sich zurück, stützte die Unterarme auf die Schreibunterlage und drehte mit den Fingern der Linken den Topas an ihrer Rechten.

Lamar verglich die beiden Unterschriften peinlich genau und leise summend. »Ja, sie scheinen übereinzustimmen.«

»Natürlich stimmen sie überein«, fauchte Shelby.

»Lamar handelt nur im Interesse seines Klienten«, beschwichtigte Mason.

Canfield nickte. »Ganz recht, Serena.«

»Shel –« Sie biß abrupt die Zähne zusammen und sprach dann gepreßt weiter: »Schelten Sie mich nicht, Mr. Canfield, aber wir sollten weitermachen. Mr. Burke ist ein vielbeschäftigter Mann. Er hat es bestimmt eilig.«

»Ganz recht«, knurrte Burke. »Unterschreiben Sie, dann gebe ich Ihnen den Scheck und verschwinde, so schnell ich kann. Mir steht Louisiana bis obenhin.«

Der ehrwürdige alte Südstaatler sah den Texaner stirnrunzelnd an. »Ich kann Ihnen versichern, Sir, daß dieses Gefühl auf Gegenseitigkeit beruht, aber ich würde meinen Pflichten keineswegs gerecht werden, wenn ich nicht das ganze Dokument lesen würde, ehe ich es unterschreibe.«

Burkes Antlitz nahm einen Farbton an, der unsäglich mit seinen blutunterlaufenen Augen kontrastierte. Shelby stieß ein frustriertes Quieken aus. Mason räusperte sich vorsichtig und legte die Zeigefinger aneinander.

»Wenn Sie es für nötig halten, Lamar«, sagte er.

Lamar sah einen nach dem anderen übertrieben erstaunt an. »Na ja, ganz sicher bin ich mir da nicht. Vielleicht sollte ich mich erst mit der echten Serena beraten.«

Drei Gesichter wurden gleichzeitig kalkweiß, als die Tür zum Arbeitszimmer aufging und Serena mit Lucky in den Raum trat.

Shelbys Blick richtete sich auf ihre Schwester, dann schrie sie überrascht: »Serena! Aber ich dachte, du wärst –«

»Tot?« ergänzte Serena, obwohl sie das Wort gerade noch flüstern konnte. Sie brachte es nicht über sich, ihre Zwillingsschwester anzusehen, sondern fixierte Burke, als könnte sie ihn zu einem Geständnis bringen, indem sie ihn nur ansah. Ihr Herz schlug wie wild. Es mußte Burke sein. Er mußte es sein.

»Nein«, widersprach Shelby. »Verschwunden. Aus dem Weg.«

»Hat dir das Mr. Burke erzählt? Daß er jemanden engagiert hat, um mich aus dem Weg zu räumen?«

»Ich weiß nicht, wovon Sie sprechen«, mischte sich Burke kampflustig ein, wobei er mit dem riesigen Rumpf unruhig in seinem Ledersessel herumrutschte. »Ich habe niemanden angeheuert, für gar nichts. Alles, was passiert ist, war ihre Idee.« Er deutete mit der Zigarre in Shelbys und Masons Richtung.

»Ich weiß bestimmt nichts davon, daß jemand umgebracht werden sollte!« wehrte sich Shelby entrüstet, wobei sie mit den Fingern der Linken an ihrer Perlenkette herumspielte. Rote Flecken traten auf ihr Gesicht.

Serena drehte sich zu ihrer Schwester um; eine widerwärtige Vorahnung stülpte ihr den Magen um. *O Gott, bitte mach, daß es nicht*... Shelbys Blick traf sie eine kurze, nackte Sekunde und glitt wieder ab.

»Ich – ich weiß wirklich nichts davon«, betonte sie atemlos.

»Wirklich nicht, Shelby?«

Serena spürte Lucky, der hinter ihr stand. Sie fühlte seine Wärme, seine Wut. Er trat an ihr vorbei und bewegte sich mit kaum gebändigter Kraft auf den Schreibtisch zu.

»Du weißt nichts davon, daß Gene Willis und Pou Perret deine Schwester, dein eigen Fleisch und Blut, deine *Zwillingsschwester*, in den Sumpf schleppen und sie vergewaltigen und ermorden und ihre Leiche irgendwo vergraben sollten, wo niemand sie findet?« flüsterte er mit mühsam gezügelter Wut. Er pflanzte seine Hände auf die Tischplatte und beugte sich aggressiv vor. Als er wieder sprach, klang seine Stimme wie stahldurchsetzter Rauch. »Davon weißt du nichts, Shelby? Vielleicht sollte ich deine Erinnerung ein bißchen auffrischen.«

Shelbys Teint war aschfahl unter dem Make-up. Das Rouge, das sie sorgsam auf ihren Wangen aufgetragen hatte, stach in zwei roten Farbklecksen hervor. Ihre Augen waren riesengroß vor Angst. Sie preßte sich tiefer in den Sessel ihres Großvaters, als könne sie so dem Ansturm des Mannes vor sich entkommen.

»Ich – ich weiß gar nicht, wovon du sprichst«, antwortete sie zitternd. »Du bist verrückt. Das weiß jeder.«

»*Mais yeah, chère*, ich bin verrückt«, flüsterte Lucky und beugte sich tiefer. »Und niemand weiß, wie ich mich rächen werde.«

Tränen sprangen Shelby in die Augen.

»Lucky, hör auf«, befahl Serena. Sie hatte Angst davor, was Luckys Bohren ans Tageslicht fördern würde. Gott stehe ihr bei, sie hatte Angst, daß er recht haben könnte. Sie wünschte aus tiefstem Herzen, daß er sich irrte. Die Vorstellung, ihre eigene Schwester könnte sie umbringen wollen, schnitt ihr wie ein Messer in die Seele. Das durfte nicht wahr sein. Sie wollte sich dieser Wahrheit nicht stellen, nicht nach alldem, was sie in der letzten Woche durchgemacht hatte. Das würde sie nicht ertragen.

Lucky drehte sich mit wutverzerrtem Gesicht zu ihr um. »Aufhören?« brüllte er. »*Mon Dieu!* Sie wollte dich umbringen lassen!«

»Nein!« kreischte Shelby und donnerte die Faust auf den Tisch. »Sie sollten sie aus dem Weg räumen, sonst nichts! Sag es ihnen, Mason!« Sie drehte den Sessel zu ihrem Gatten um. »Du hast nichts gesagt, daß sie umgebracht werden sollte! Sag es ihnen!«

Eine Sekunde lang schien die Zeit stillzustehen; alle Augen waren auf Talbot gerichtet. Er stand mit hängenden Schultern neben seiner Frau. Schließlich vergrub er die Hände in den Taschen seiner verknitterten Leinenhose, wiegte sich auf den Absätzen und schaute auf seine Frau hinunter.

»Mein Pfirsich«, sagte er müde, »wie üblich hast du nicht weit genug gedacht. Was wäre wohl passiert, wenn Serena wieder aufgetaucht wäre? Sie hätte bestimmt alles zunichte gemacht. Wir konnten nicht zulassen, daß sie zurückkommt.«

Shelby sah ihn fassungslos an. »Aber sie ist meine Schwester!«

»Du haßt sie«, gab Mason zu bedenken.

Shelby runzelte die Stirn. »Na ja, schon, aber sie ist meine Schwester. Ich würde sie nicht umbringen! Mason, wie konntest du nur so etwas denken?« Sie schalt ihn wie ein ungezogenes Kind.

»Du wolltest, daß ich ins Parlament komme«, erklärte er zunehmend angespannt. »Du wolltest nach Baton Rouge ziehen. Wir haben kein Geld dafür, Shelby, dazu gibst du zuviel aus; außerdem haben wir ein neues Haus und ein altes, das wir immer noch nicht verkauft haben. Aber an etwas so Gewöhnliches wie Geld denkst du ja nicht, oder? Du willst nur deinen Willen durchsetzen, egal um welchen Preis.

Was, zum Teufel, hätte ich denn tun sollen?« brüllte er; erst jetzt bröckelte die Gelassenheit unter den Belastungen von ihm ab wie alter Putz. Er starrte mit gequälter Miene auf Shelby. »Was hätte ich denn tun sollen, Shelby? Es lag alles vor mir, ich hätte nur noch zuzugreifen brauchen, und mit einem Schlag hätten wir alles bekommen, was wir immer wollten. Und ich hatte dich im Rücken, du hast immer weiter gedrängt. Was hätte ich denn tun sollen?«

In diesem Augenblick begriff Shelby wirklich, was sie getan hatten und welche Konsequenzen es hätte haben können. Serena sah, wie die Augen ihrer Schwester in plötzlichem Verständnis aufleuchteten, fast als hätte sie eine Vision. Wie Mason gesagt hatte, hatte sie nicht weit genug gedacht. Wie immer hatte sie nur für den Augenblick geplant und nicht einen Gedanken an weiterreichende Konsequenzen verschwendet. Jetzt sah sie aus wie ein kleines Mädchen, das gerade eine unangenehme Überraschung erlebt hatte – erschrocken, verletzt, ernüchtert.

Serena wandte den Blick ab. Entsetzt verzerrte sich Shelbys Gesicht, dann drehte sie ihrem Mann den Rücken zu, vergrub das Gesicht in den Händen und begann zu schluchzen. Serena stiegen Tränen in die Augen.

»Und was ist mit Gifford?« fragte Lucky, der den Blick nicht von Mason gewandt hatte.

Mason schob sich die Brille auf die Nase und versuchte, sich zu fangen. Er antwortete abwesend, als würde er etwas so wenig Weltbewegendes wie eine Fahrt ins Grüne erläutern. »Serenas Verschwinden und der Verlust der Plantage hätten ihm das Genick gebrochen. Der Ärmste. Wahrscheinlich hätte er Selbstmord begangen.«

Serena hörte ihm fassungslos zu. Einen Augenblick war sie wie betäubt und schüttelte nur den Kopf. Der nächste Teil ihres wohlgeordneten Lebens zerbrach. Mason. Der seriöse, stoische, freundliche Mason Talbot, den sie immer gemocht und dem sie immer vertraut hatte, hatte sie umbringen lassen wollen. Seine Habgier und seine Liebe zu Shelby hatten sich in etwas Monströses verwandelt und ihn zum Mörder werden lassen.

»Und das Feuer?« bohrte Lucky nach.

Mason zog den Kopf ein. Seine Schultern sackten herab. »Ich glaube, ich sage nichts mehr ohne meinen Anwalt«, erklärte er leise.

»In Ordnung, Mason«, erklärte Sheriff Hollings, der mit zwei Männern auf den Fersen ins Zimmer trat. »Ich habe sowieso genug gehört.«

Serena beobachtete ungläubig, wie die Beamten sich eines Beschuldigten annahmen. Burke protestierte lautstark, als die Handschellen um seine Handgelenke schnappten. Mason schwieg. Shelby ließ sich schluchzend auf den Schreibtisch fallen, so daß der Sheriff ihr aufhelfen mußte.

»Das ist alles deine Schuld!« schrie sie Serena an, dann wurden sie aus dem Raum geführt. Ihr Antlitz war in Tränen und Maskara gebadet, und hinter der Maske der Schönheit kamen Haß und innere Qualen zum Vorschein. »Du hättest nie heimkommen dürfen! Das wäre alles nicht passiert, wenn du nicht heimgekommen wärst!«

Serena fiel nichts ein, was sie darauf hätte sagen können. Sie starrte ihre Zwillingsschwester an und empfand eine schmerzhafte Leere. Sie hätten sich näher stehen sollen als Schwestern, aber zwischen ihnen lagen Welten. Nur Verbitterung, Mitleid und Reue verbanden sie noch.

Lucky kam zu ihr und legte seinen Arm um ihre Taille, wie in einer schweigenden Aufforderung, von seiner Kraft zu zehren. Gemeinsam beobachteten sie, wie die Beamten ihre Gefangenen zur Tür führten und der Sheriff dabei leierte: »Sie haben das Recht, die Aussage zu verweigern. Alles, was Sie sagen, kann vor Gericht gegen Sie verwendet werden…«

Lamar erhob sich langsam aus dem ledernen Armsessel und kratzte sich an der Brust. »Ich glaube, ich werde Sheriff Hollings mal dieses kleine Mikrofon zurückgeben. Schon erstaunlich, was für technische Mittel die Polizei heutzutage zur Verfügung hat.« Er sah Serena entschuldigend an und tätschelte ihr mit seiner runzligen Hand die Schultern. »Es tut mir aufrichtig leid, meine Liebe, daß all das passiert ist. Es muß ein entsetzlicher Schock für Sie sein.«

»Ja«, murmelte Serena. »Vielen Dank für Ihre Hilfe, Mr. Canfield.«

»Nicht der Rede wert. Ich habe nur meine Bürgerpflicht getan. Scheuen Sie sich nicht, mich anzurufen, wenn Sie noch weitere Unterstützung brauchen.« Er verdrehte die Augen nach oben und seufzte theatralisch. »Ich sehe vielleicht aus wie ein alter Tattergreis, aber ich glaube, ich habe immer noch ein paar Asse im Ärmel.«

Serena rang sich ein dünnes Lächeln ab, dann sah sie dem alten Anwalt nach, während er, mit dem Panamahut in der Hand, würdevoll auf den Korridor trat. Sie hörte noch, wie er auf dem Hinausweg kurz mit Odille scherzte. Dann senkte sich Stille über das Haus.

Sie spürte Luckys Blick auf sich liegen, als sie an die Tür zur Galerie trat. Angestrengt versuchte sie den Lärm der abfahrenden Polizeiautos zu überhören, während sie durch das Glas über die Galerie hinweg auf den Rasen schaute. Das Bayou wand sich wie ein dunkles Band um die Bäume. Der Himmel glich einer bunten Flickendecke aus schnell wechselnden Wolkenformationen und blauen Stellen; er sah so unruhig aus, wie sie sich fühlte.

Es schien ihr, als wäre ihr Leben in einen Hurrikan geraten. Ihre Familie, ihr Selbstbild, das Gefühl, über ihr eigenes Schicksal bestimmen zu können, all das lag in Scherben um sie herum, und sie wußte nicht, wo sie mit dem Aufräumen anfangen sollte. Sie war hergekommen, um ein paar Tage Urlaub zu machen. Statt dessen hatte sich ihr Leben unwiderruflich verändert; *sie* hatte sich unwiderruflich verändert.

»Und was jetzt?« hörte sich Serena fragen, aber es kam ihr vor, als hätte jemand anderes die Frage gestellt. Sie konnte sich nicht vorstellen, warum ausgerechnet sie das aussprechen sollte; sie glaubte nicht, daß sie Luckys Antwort wirklich hören wollte.

»Sie werden dem Untersuchungsrichter vorgeführt«, antwortete er, indem er die Frage auf die einfachst mögliche Weise interpretierte. »Dann werden sie angeklagt. Man wird eine Kaution festsetzen – wenigstens für Burke und Shelby.«

Serena drehte sich zu Lucky um. Er lehnte an der Schreibtischkante, drehte einen glatten, gläsernen Briefbeschwerer in der Hand und schaute sie unbewegt an.

»Mason hätte ich nie verdächtigt«, murmelte sie. »Niemals.«

»Niemand hätte das.« Er legte den Briefbeschwerer wieder zurück und stellte sich mit ernstem Gesicht hinter sie an die Glastür. »Niemand weiß, wozu ein Mann fähig ist, wenn er unter Druck steht«, sagte er leise. »Es tut mir leid wegen Shelby, Serena. Ich bin zwar nicht gut auf sie zu sprechen, aber sie ist deine Schwester. Es muß weh tun.«

Serena nickte. In ihren Augen brannten Tränen. »Ich habe mir immer gewünscht, wir wären einander so nahe, wie Zwillinge das sein sollen. Das waren wir nie. Und wir werden es auch nie mehr sein. Was geschehen ist, wird für immer zwischen uns stehen.«

Lucky legte die Arme um sie und beugte sich vor, um sie zu küssen. »Ich habe Hollings versprochen, mit einem seiner Männer zur Hütte rauszufahren, in der wir Willis und Perret eingesperrt haben.«

Serena nickte und rieb sich mit den Händen über die Oberarme, wie um sich durch den Stoff des weichen, verblichenen Flanellhemdes zu wärmen, das sie sich von Lucky geliehen hatte. Es hing ihr bis auf die Knie, und sie hatte die Ärmel fünfmal umkrempeln müssen, um ihre Hände freizubekommen, aber es war wesentlich angenehmer als die ruinierte Seidenbluse, die mit so vielen Erinnerungen behaftet war. Sie hatte nicht auf den Kleiderhaufen sehen können, ohne zu schaudern. Lucky hatte die Sachen schließlich nach draußen gebracht und verbrannt und ihr dann sein Hemd und ein Paar alte graue Trainingshosen geliehen.

»Ich glaube, ich sollte mich langsam umziehen«, sagte sie. »Du wirst dein Hemd wiederhaben wollen.«

»Behalte es.«

Die Worte schienen unschuldig, aber was jetzt kommen würde, spürte Serena mit solcher Gewißheit, als hätte er eine rote Flagge gehißt. Das war's. Dies war der Augenblick, in dem Lucky alles beenden würde. Er würde sich verabschieden und in den Sumpf verschwinden, ohne sich noch einmal umzusehen, und nichts als ein gebrochenes Herz und ein altes blaues Arbeitshemd hinterlassen.

»Ein Souvenir?« fragte sie trocken und sah ihn über die Schulter hinweg an. »Das ich zu meinen Erinnerungsstücken legen und rausholen kann, um mich liebevoll an dich zu erinnern?«

Lucky trat einen Schritt zurück und zog die Stirn in Falten. »Tu's nicht, Serena.«

»Was denn?« Sie zog eine goldene Braue hoch. »Mich liebevoll an dich erinnern? Mich überhaupt an dich erinnern? Soll ich so tun, als hätte ich mich nie in dich verliebt? Wirst du das tun, Lucky? Wirst du so tun, als hättest du mir nie gesagt, daß du mich liebst?«

»Ich habe dir von Anfang an gesagt, was ich von dir will.«

Sie hob beide Hände, um seine Worte abzuwehren. Vor Wut schoß ihr das Blut in den Kopf und hämmerte ihr in den Schläfen. »Hör endlich auf, mir das einzutrichtern. Mir wird schon ganz schlecht! Es ist mir egal, was für Grenzen wir uns gesetzt haben. Es ist mir egal, daß es nur ein paar Tage waren. Was zwischen uns ist, ist weit mehr als bloß Sex, das weißt du genau.«

»Ich weiß, daß es nicht klappen kann«, erklärte er beharrlich und sah sie wütend an.

Sie erwiderte seinen Blick genauso unnachgiebig wie er. »Weil du es nicht willst.«

Lucky drehte sich mit erhobenen Händen herum, als wollte er jemandem an die Gurgel, so wütend war er plötzlich. Sie würde es ihnen beiden so schwer wie möglich machen. Sie würde die Fakten nicht einfach akzeptieren und gehen. Nein, nein, sie würde alles auseinandernehmen und analysieren und versuchen, ein Allheilmittel zu finden.

»Verdammt, Serena, du hast gesehen, was gestern nacht da

draußen passiert ist«, sagte er angespannt. Er starrte auf seine Schuhe, weil er sich zu sehr schämte, um ihr in die Augen zu sehen. »Willst du so einen Mann etwa heiraten? Vielleicht kann ich mich beim nächsten Mal nicht mehr bremsen.«

»Ich habe gesehen, was passiert ist«, sagte Serena leise und schmerzerfüllt. »Und ich habe gesehen, wie du es geschafft hast. Du hast mir das Leben gerettet. Und ich habe gesehen, wie du dich danach um mich gekümmert hast, und ich war auch da, als du mich geliebt hast. Ich liebe dich nicht weniger, weil du das mit Willis gemacht hast, Lucky. Wenn überhaupt, dann liebe ich dich deswegen um so mehr.«

Lucky schüttelte ungeduldig den Kopf und lief vor ihr auf und ab. »Das ist keine Liebe. Das ist Mitleid. Ich weiß, was du siehst, wenn du mich anschaust, Serena – einen armen, verrückten Kerl, um den sich irgend jemand kümmern muß.«

»Hör auf, Lucky Doucet«, fauchte Serena. Sie baute sich vor ihm auf und packte ihn an seiner Jeans, um ihn am Fortlaufen zu hindern. Sie funkelte ihn an, und aus den Augen in ihrem zerkratztem, fleckigem Gesicht loderte Zorn. »Ich wäre dir dankbar, wenn du aufhören würdest, meine Gefühle für mich zu interpretieren. Ich bemitleide dich nicht, du bemitleidest dich selbst. Du bist so verdammt stolz und starrköpfig, und deshalb kannst du den Gedanken nicht ertragen, daß du nicht perfekt bist, daß du Fehler und Schwächen hast wie jeder andere. Du treibst mich noch zum Wahnsinn, aber ich liebe dich. Unter all diesem Machogehabe steckt ein starker und guter und zärtlicher Mensch. Und du liebst mich. Sieh mir in die Augen und sag, daß du es nicht tust.«

Er wußte, daß genau das das Beste gewesen wäre, aber er brachte es nicht über sich. Er konnte einfach nicht in dieses wunderschöne, zerschundene Gesicht sehen und ihr sagen, daß er sie nicht liebte, wo er sie doch mehr liebte als sein Leben. Aber er konnte ihr auch nicht geben, was sie verdiente.

»Ich kann dir nicht die Liebe geben, die du verdienst.«

»Ich verdiene den Mann, den ich liebe.«

»Ich lebe im Sumpf«, sagte er. »Ich kann keine Menschen um

mich ertragen. Ich bin froh, wenn ich wieder einen Tag hinter mich gebracht habe, ohne verrückt zu werden. Was für eine Zukunft kann ich dir schon geben? Was habe ich dir zu bieten, Serena?«

Ihre Antwort war einfach und vernichtend: »Dein Herz.«

Lucky schloß die Augen vor Schmerz.

»Versuch mir nicht vorzumachen, du hättest keins. Du hast nur Angst, es zu verlieren.« Ihre Kehle war wie zugeschnürt, und in ihren Augen brannten Tränen. »Ich weiß, wie es ist, Angst zu haben, Lucky«, flüsterte sie.

Er schüttelte den Kopf, ohne sie anzusehen; seine Kiefer mahlten.

»Doch«, widersprach Serena. Sie sah ihn ernst und voller Liebe an. »Ich weiß, wie es sich anfühlt. Ich weiß, wie es ist, wenn dich die Angst im Griff hat und beherrscht. Und ich weiß auch, wie du sie besiegen kannst – nicht weil ich Psychologin bin, sondern weil ich die Frau bin, die dich liebt.«

»Ich muß gehen«, murmelte er mit abgewandtem Blick. Sein Gesicht war eine undurchdringliche Maske.

Serena spürte, wie die vergeblichen Anstrengungen gleich einem Zentnergewicht auf ihr lasteten. Er würde nicht nachgeben. Er würde sich in sich selbst zurückziehen und die Tür schließen, wie er es in den vergangenen Tagen so oft getan hatte, und keines der Mittel, die ihr Beruf ihr in die Hand gab, wäre imstande, sie zu öffnen. Ihre Liebe war der einzige Schlüssel, und Lucky ließ keinen Zweifel daran, daß sie nicht einmal damit die Ketten lösen konnte, die ihn an seine Vergangenheit banden.

»Sich zu verstecken ist keine Lösung, Lucky«, sagte sie traurig. »Du bist ein guter Mensch, ein starker Mensch, und du hast Talent. Du könntest so viel geben, wenn du nur aufhören würdest, vor dir selbst davonzulaufen.«

»Laß mich gehen, Serena«, sagte er leise. »Es ist besser für dich.«

Sie trat zurück, hob trotzig das Kinn und versuchte, die Tränen hochzuschniefen. »Du glaubst, du würdest das meinetwegen tun? Dein Großmut ist vollkommen unangebracht. Ich will ihn nicht. Ich will mit dir leben. Wir könnten so viel mehr haben, als du uns zugestehen willst, Lucky. Laß es mich wissen, wenn du das begriffen hast. Ich werde auf dich warten.«

Lucky musterte sie scharf. »Du gehst nicht nach Charleston zurück?«

»Nein.« Bis zu dieser Sekunde war sich Serena darüber nicht im klaren gewesen, aber jetzt kam die Antwort schnell und sicher. Es war die einzig mögliche Entscheidung. »Ich werde noch einmal hochfahren und meine Angelegenheiten regeln, aber das ist alles. Ich bin auf Chanson du Terre daheim. Hier habe ich meine Wurzeln, hier trage ich Verantwortung. Es wird Zeit, daß ich mich so sehe und akzeptiere, wie ich wirklich bin, nicht so, wie ich in Charleston sein möchte. Ich habe aufgehört, ein Feigling zu sein. Laß es mich wissen, wenn du damit aufhörst.«

Sie schenkte ihm einen letzten Blick, dann ging sie zur Tür.

Einer der Hilfssheriffs steckte den Kopf aus dem Gang herein. »Hey, Lucky, das Boot ist da. Sind Sie soweit?«

Serena blieb stehen und wartete auf seine Antwort, als wäre es die Antwort auf die Frage in ihrem Herzen. Lange blieb es still.

»Yeah«, sagte er schließlich leise und schwer. »Hauen wir ab.«

20. KAPITEL

»Serena? Bist du es?« bellte Gifford aus der Tiefe seines Arbeitszimmers.

Serena blieb mit den Koffern in der Hand vor der offenen Tür stehen. »Ja, Giff, ich bin's«, antwortete sie müde.

»Hey, Miz 'Rena«, rief Pepper und grinste sie aus seinem ledernen Lehnstuhl an. »Wirklich schön, daß Sie wieder da sind.«

»Danke, Pepper.« Sie wünschte, sie hätte sagen können, daß sie es schön fand, wieder hier zu sein, aber im Augenblick fühlte sie sich ausschließlich erschöpft. Sie hätte sich auf den alten Perserteppich zwischen die beiden schwarzen Hunde legen und zwei oder drei Wochen durchschlafen können. Die Hunde sahen bekümmert zu ihr auf. Einer brachte die Kraft auf, einmal leise zu bellen, und kippte dann, erschöpft von dieser Anstrengung, zur Seite.

Gifford löste sich von den Blaupausen auf seinem Schreibtisch und kam durch das Zimmer auf sie zu. Er sah so unternehmungslustig und gesund und streitsüchtig aus wie immer. Seine hohlen Wangen waren rosig, seine Augen strahlten. Das verwuschelte weiße Haar verriet, daß er es immer wieder mit den Fingern durchgekämmt hatte.

»Wo, zum Teufel, hast du gesteckt?« wollte er wissen. »Du hättest vor zwei Stunden kommen sollen. Odille hat so lange wie möglich mit dem Abendessen auf dich gewartet.«

»Es tut mir leid. Mein Flug hatte Verspätung.«

»Haben die keine Telefone da oben in Charleston?« fragte Gifford mit dem für ihn typischen Sarkasmus. Er sah sie tadelnd an, nahm ihr die Koffer ab und marschierte damit den Korridor hinunter.

Serena mußte alle Kräfte aufbieten, um ihn einzuholen. Der Mann war beinahe achtzig und konnte sie wahrscheinlich noch an seinem schlechtesten Tag in Grund und Boden stampfen. Es war nicht zu glauben.

Er blieb vor der Tür zu ihrem Zimmer stehen und stellte ihr Gepäck ab. »Deinetwegen hat sich ein alter Mann Sorgen gemacht, daß er dich vielleicht endgültig vertrieben haben könnte«, knurrte er, bevor er sich aufrichtete und ihr ins Gesicht sah. Das Funkeln war weicher geworden, statt dessen leuchtete Liebe und eine unausgesprochene Entschuldigung aus seinen Augen.

»Nein«, sagte Serena mit müdem Lächeln. »Du kannst mich nicht vertreiben, du alter Mann. Ich bin kein Feigling.«

»Verdammt noch mal, das bist du nicht.« Giffords Schultern hoben sich stolz. »Du bist wahrhaftig eine Sheridan.«

Er sah sie an, seufzte und wurde plötzlich ruhig und ernst. Dann legte er ihr seine verwitterten alten Hände auf die Schultern. »Ich bin froh, daß du wieder da bist, Serena. Ich weiß, ich habe dich dazu getrieben und gedrängt, aber du hättest trotzdem nein sagen können. Ich bin froh, daß du es nicht getan hast.«

Serena schlang ihre Arme um seinen mageren, harten Leib und drückte ihn. Ihre Beziehung hatte sich verändert und war komplizierter geworden, aber eine grundlegende Tatsache blieb.

»Ich liebe dich«, flüsterte sie, nachdem sie ihn wieder losgelassen hatte.

Gifford wurde rot und schaute auf seine Füße; es war ihm unangenehm, wenn solche Gefühle ausgesprochen wurden.

»Schnappst du dir den großen Cajun?« fragte er unvermittelt.

Die Frage überraschte Serena, traf sie zu unvorbereitet, als daß sie eine wohlüberlegte Antwort hätte geben können. Sie schüttelte den Kopf und sah zu Boden, denn sie fürchtete, daß ihr Großvater zuviel aus ihrer Miene deuten konnte.

»Was ist los? Ist er dir nicht gut genug, weil er keine Seidenanzüge trägt und nicht das *Wall Street Journal* liest?«

Das ließ Serenas Kinn hochfahren. Sie blitzte Gifford wütend an, weil sie verspätet begriff, daß er schon wieder auf ihr spielte wie auf einer gut gestimmten Fiedel. »Das ist es nicht, das weißt du genau«, antwortete sie leise.

»Lucky hat eine Menge durchgemacht, aber er ist ein guter Kerl«, erklärte Gifford unwirsch.

»Das weiß ich. Vielleicht merkt er es eines Tages sogar selbst. Ich kann ihn nicht dazu zwingen, es zu glauben.«

»Liebst du ihn?«

»Ja.«

Gifford runzelte die Stirn, bis seine buschigen weißen Brauen ein V der Mißbilligung über seinen Augen bildeten. »Du willst ihn, aber du schnappst ihn dir nicht?«

»Wir sprechen von einer Beziehung, nicht von einer Großwildjagd«, erwiderte Serena trocken. »Ich kann nicht mit einem Betäubungsgewehr in den Sumpf ziehen und ihn einfangen. Ich kann ihn nicht herschleifen und ihn zwingen, mich zu lieben. Lucky muß eine Menge Dinge aus seiner Vergangenheit aufarbeiten, und er muß sie allein aufarbeiten. Wenn er das tut – falls er das tut –, dann wird er vielleicht begreifen, wie gut wir zusammen passen.«

»Na, ich hoff's.« Giffords Stirn glättete sich, und er rieb sich das Kinn. »Ich will nicht glauben müssen, daß ich dich auf seiner Schwelle abgeladen hab', bloß damit dir das Herz gebrochen wird. Ich hatte mir bei der Sache ein paar Enkelkinder ausgerechnet.«

»Gifford!« entfuhr es Serena, deren Wangen sich zartrosa färbten.

Der Alte ließ keine Reue erkennen. Er hatte nicht einmal den Anstand, schuldbewußt auszusehen.

»Du siehst so spitz und dünn aus wie 'n Pekinesenwelpe«, beschwerte er sich, wobei er sie vom Scheitel bis zur Sohle in Augenschein nahm. »Ich lass' dir von Odille das Essen warm machen.«

Serena schüttelte den Kopf. »Das braucht sie nicht«, sagte sie gedankenverloren. »Ich habe im Flugzeug gegessen.«

Gifford schnaubte mißbilligend und marschierte den Korridor hinunter in Richtung Küche. »Das Zeug würd' ich nicht mal meinen Hunden vorsetzen.«

Serena sah ihm nach. Unter anderem hatte sie sich zur Heimkehr entschlossen, weil sie damit gerechnet hatte, daß Gifford sie nach allem, was geschehen war, brauchen würde. Was für ein Witz. Es gab keinen Zweifel daran, daß er für sich selbst sorgen konnte. Sie würde sich auf die Zehenspitzen stellen müssen, wenn sie sich auch nur mit ihm messen wollte.

Sie schleifte die Koffer in ihr Zimmer, wo sie sich die Schuhe von den Füßen trat, das nach der Reise zerknitterte Kostüm auszog, in ihren Bademantel schlüpfte und mit dem Auspacken begann, ehe sie vor Müdigkeit zusammenbrach.

Methodisch und mechanisch widmete sie sich ihrer Aufgabe. Anscheinend liefen ihre Bewegungen in letzter Zeit fast ausschließlich mechanisch ab. Sie fühlte sich wie ein Automat und widmete sich den täglichen Aufgaben mit offenkundig fehlendem Enthusiasmus. Als logisch denkendem, gebildetem Menschen war ihr klar, daß diese Lethargie irgendwann vergehen würde. Bis dahin blieb ihr nichts anderes übrig, als das Gefühl zu ertragen und sich von einem Tag zum nächsten zu schleppen. In philosophischen Momenten kam sie zu dem Schluß, daß diese Erfahrung ihr Mitgefühl für ihre Patienten steigern würde – sobald sie wieder Patienten hatte.

Sie war nach Charleston gefahren, um offene Fragen zu klären, um ihre Patienten an neue Therapeuten zu vermitteln, um ihre Wohnung zu verkaufen und sich von ihren Freunden zu verabschieden. All das war mit so wenig Aufwand wie möglich geschehen. Morgen würde sie nach Lafayette fahren, um sich Praxisräume zu suchen. Sie hätte sich darauf freuen sollen, aber sie konnte sich zu keinem Gefühl aufraffen, um die Taubheit in ihrem Inneren zu betäuben.

Zuviel war in zu kurzer Zeit geschehen. Ihre Emotionen hatten sich überhitzt und waren kurzgeschlossen worden. Ein reiner Schutzmechanismus. Jedes Gefühl tat weh, deshalb hatte ihr Gehirn die Fähigkeit zu fühlen abgestellt. Nur spätnachts kehrten ihre Gefühle zurück, wenn sie zu müde und zu einsam war, um sie noch länger unter Kontrolle zu halten. Dann entluden sie sich in schmerzhaften Stromstößen, bis sie sich noch ausgelaugter und zermürbter fühlte.

Ein Monat war vergangen, seit die Krise auf Chanson du Terre zu ihrem Höhepunkt gelangt war. Immer noch standen die Verhandlungen aus – gegen Mason, Willis und Perret, wie auch Perry Davis, der tatsächlich die Kontakte zwischen Mason und den beiden Ganoven geknüpft hatte. Burke war unbehellligt davongekommen. Abgesehen von seiner Habgier hatte es keine Beweise dafür gegeben, daß er mit irgendeinem Verbrechen in Verbindung stand. Shelby hatte bereits auf schuldig plädiert, da man sie lediglich der Mitwisserschaft angeklagt hatte, und war zu einer Bewährungsstrafe verurteilt worden. Sie und die Kinder waren zu Masons Eltern nach Lafayette gezogen. Die Masons hatten die Kaution für Mason aufgebracht und forderten nun angeblich seit langem ausstehende Gefälligkeiten ein, um ihm die besten Verteidiger zu beschaffen, die für Geld zu bekommen waren. Es gab Gerüchte, daß man ein Urteil auszuhandeln versuchte, um den Skandal einer öffentlichen Verhandlung zu vermeiden, aber das war noch nicht offiziell bestätigt worden.

Serena ließ das eigenartig kalt. Ihr lag nichts an einer Bestrafung oder Wiedergutmachung. Das enttäuschte Vertrauen, die verlorenen Illusionen konnte niemand reparieren oder ersetzen. Sie wollte die Sache endlich hinter sich bringen und ihr Leben weiterleben.

Gifford war ins Haus zurückgekehrt und machte weiter, als wäre alles, was geschehen war, nur eine ferne Erinnerung. Er vertiefte sich in die Pläne für einen neuen Geräteschuppen und in die Arbeit auf der Plantage. Pepper und James Arnaud hatten ihm den Krabbenfang als zusätzliche Einnahmequelle zum Zukkerrohr schmackhaft gemacht.

Wie immer kehrte das Leben langsam wieder in normale Bahnen zurück. Die Wunden heilten, und nur jene, die den ganzen Trubel durchgemacht hatten, spürten noch die zurückgebliebenen Narben.

Serena schichtete einen letzten Wäschestapel in die Kommode und drückte die Schublade zu. Als sie den Kopf hob, fiel ihr Blick auf ihr Bild in dem Spiegel an der Wand. Es war erstaunlich. Sie sah genauso aus wie damals, bevor die ganze Sache angefangen hatte. Die Schnitte und Kratzer, die sie aus der gräßlichen Nacht im Sumpf davongetragen hatte, waren längst verheilt, ohne ein Spur auf ihrer Haut zu hinterlassen. Ihr kam es vor, als hätte dieses einschneidende Kapitel ihres Lebens ein für alle Welt sichtbares Zeichen auf ihrem Gesicht hinterlassen müssen, aber die Narben waren in ihrem Inneren, in ihrem Herzen.

Lucky war damals mit dem Hilfssheriff weggegangen und nicht wiedergekommen. Serena war wütend, verletzt, verzweifelt gewesen. Sie hatte mit dem Gedanken gespielt, in den Sumpf zu gehen, um ihn zu suchen, sich aber schließlich dagegen entschieden. Es schnitt ihr ins Herz, ihn aufzugeben, aber sie wußte, daß es falsch gewesen wäre, ihn zu drängen. Lucky mußte die Entscheidung, zu ihr zurückzukommen, selbst treffen. Sie konnte ihn nicht zwingen, sie zu lieben. Sie konnte ihn nicht zwingen, sich eine gemeinsame Zukunft zu wünschen. Er mußte zu dem Schluß kommen, daß sein Leben ohne sie leer war. Er mußte begreifen, daß er seine Probleme nicht lösen würde, indem er sich vor der Welt versteckte.

Inzwischen war sie zu der schmerzvollen Erkenntnis gelangt, daß er diese Entscheidungen nicht fällen würde.

Vielleicht hatte sie sich in ihm getäuscht. Vielleicht liebte er sie doch nicht. Vielleicht hatte sie doch nur die Begierde zusammengeführt, die sie aufgrund der Umstände intensiver und wie unter dem Brennglas erlebt hatten. Vielleicht hatte nur sie etwas empfunden, das über bloße Leidenschaft hinausging. Vielleicht fühlte nur sie sich leer und verlassen.

Noch während sie die Schublade aufzog und das verblichene, blaue Arbeitshemd herauszog, schalt sich Serena. Das hier war nicht besonders klug. Es half jedenfalls kaum, ihren Liebeskummer zu lindern. Aber die innere Stimme war nicht übermäßig kritisch. Eine weise innere Stimme sagte ihr, daß sie Zeit brauchte. Keine ihrer praktischen Therapien würde etwas daran ändern, daß sie Lucky Doucet immer noch liebte, daß sie ihn vermißte und daß der Verlust schmerzte. Keine Beratung der Welt würde etwas daran ändern, daß sie sich jetzt, müde, wie sie war, und am Ende eines langen Tages, nach seiner Nähe sehnte und eine breite Schulter zum Anlehnen brauchte. Deshalb ließ sie zu, daß ihre Hände das alte blaue Arbeitshemd aus der Schublade zogen, das weiche Flanell hochhoben und an ihre Wange drückten, so daß sie seinen Duft einatmen konnte.

Es verging kaum eine Stunde, in der sie nicht an Lucky dachte und sich fragte, was er wohl gerade machte, ob es ihm gut ging, ob er immer noch Wilderer jagte. Sie mußte einfach ständig an ihn denken; sie stellte sich vor, wie er hinten in seiner Piroge stand und schweigend durch den Sumpf stakte oder wie er in seinem Atelier saß und vor einer Leinwand brütete. Ohne daß sie es wollte, dachte sie immer wieder an ihn und fragte sich, was er gerade tat, ob er sie wohl vermißte.

Er hatte getan, was er für richtig und anständig hielt, indem er sie verlassen hatte. Eine Ironie, wenn man bedachte, daß er ein Taugenichts war. Manchmal machte es sie wütend, wenn sie daran dachte – wie eigenmächtig er darüber befunden hatte, was das Beste für sie war –, und manchmal machte es sie tieftraurig, daß er glaubte, ihre Liebe nicht zu verdienen. Manchmal sagte sie sich, daß es vielleicht wirklich so am besten war, daß sie ihre Liebe zu ihm begraben und ihr Leben weiterleben sollte. Aber nachts, wenn sie in ihrem Bett lag und ins Dunkel starrte, konnte sie sich nie davon überzeugen.

Sie drückte das Hemd an ihre Brust, schloß die Augen und seufzte, als der Schmerz die Schutzmauer durchdrang, die sie um ihr Herz errichtet hatte. Durch die offenen Glastüren wehten die Düfte und Geräusche der Sommernacht herein. Und mit ihnen kam die Erinnerung an die Nacht, in der sie und Lucky sich in diesem Zimmer geliebt hatten.

Kein Mann hatte bisher solche Gefühle in ihr ausgelöst wie Lucky. Keiner vor ihm hatte die Barriere aus kühler Selbstbeherrschung überwunden und die wahre Frau in ihr zum Vorschein gebracht. Es ergab keinen Sinn. Sie hätte sich nie träumen lassen, sich in einen so düsteren, gefährlichen, groben Kerl zu verlieben. Und sie hätte sich nie träumen lassen, sich so tief und so schnell zu verlieben. Das Ganze entbehrte jeder Logik. Sie fand kein Muster dafür, keine analytische Antwort darauf, und dennoch war es so. Bei keinem Mann hatte sie sich so lebendig, so voller Leidenschaft gefühlt, nie hatte sie sich so nach der Verbindung mit einer anderen Seele gesehnt. Und sie hatte die traurige, tiefe Gewißheit, daß das auch nie mehr geschehen würde.

Hast du dich für mich so schön gemacht, Süße?

Die Worte wehten wie Rauch, wie Nebel auf dem Bayou durch ihre Erinnerung. Serena starrte in den Spiegel und stellte sich vor, wie er hinter ihr stand, wie seine glühenden, bernsteinfarbenen Augen über ihren Körper wanderten, wie seine Künstlerhände auf ihren Schultern zu liegen kamen und sie gegen seinen Leib zogen. Sie schloß die Augen, preßte sein Hemd an ihren Busen und glaubte sich eine Sekunde lang in seinen Armen.

»Serena?«

Ihr Herz machte einen Satz, und sie drehte sich zur Tür.

»Shelby.« Sie konnte weder ihre Überraschung noch die anderen Gefühle verhehlen, die in ihr wach wurden, als sie ihre Schwester in der Tür stehen sah. Seit jenem schicksalhaften Tag in Giffords Arbeitszimmer hatten sie kein Wort miteinander gewechselt. Serena hatte es nicht über sich gebracht, ihrerseits die Initiative zu ergreifen, und Shelby hatte ebenfalls keine Bereitschaft dazu gezeigt. Serena hatte sich gefragt, wie lange dieser Zustand wohl andauern würde. Anscheinend sollte ihre Frage schon bald beantwortet werden.

»Darf ich hereinkommen?« fragte Shelby förmlich wie eine Fremde.

»Ja. Natürlich.« Serena verschränkte die Arme vor der Brust, so daß sich Luckys Hemd dazwischen verfing.

»Ich bin nur vorbeigekommen, um die letzten Sachen abzuholen«, erklärte Shelby, nachdem sie eingetreten war und die Tür hinter sich geschlossen hatte.

Serena widersprach nicht, obwohl sie wußte, daß Shelbys und Masons Sachen längst gepackt und zu den Talbots nach Lafayette geschickt worden waren. Shelby hatte den entscheidenden ersten Schritt getan. Was machte es für einen Unterschied, ob sie einen Vorwand brauchte?

Serena beobachtete, wie ihre Schwester langsam durch das Zimmer ging. Wie mit gedrosselter Energie zog Shelby hier ein Zierdeckchen gerade, rückte dort einen Lampenschirm zurecht. Wie immer war sie tadellos gekleidet, in ein zierlich bedrucktes Strandkleid mit weitem Rock. Jedes honiggoldene Härchen war an seinem Platz in dem weichen Knoten in ihrem Nacken. Der teure Schmuck, den sie so liebte, fehlte auffallend. Sie trug lediglich den Verlobungsring mit dem Diamanten.

Serena musterte sie mit eigenartig unpersönlicher Neugier. Die eben erwachten, verwirrenden Gefühle waren wieder verschwunden, und sie fühlte sich wieder leer und verbraucht. Nur ein vages Mißtrauen den Motiven ihrer Schwester gegenüber war geblieben.

»Du bist wohl immer noch wütend auf mich«, sagte Shelby. Sie klang fast beleidigt, als würde sie Serena nicht das Recht zugestehen, wütend zu sein, aber ihre Bewegungen und schnellen Seitenblicke verrieten, daß sie sich vor der Antwort auf ihre Bemerkung fürchtete.

»Nein.« Serena drehte sich um und blickte sie im Spiegel an.

Shelby schaute auf und sah sie stirnrunzelnd an. »Serena, die Edle«, erklärte sie verbittert. »Das hätte ich mir denken können. Vergib all deinen Schuldigern.«

»Ich habe nicht gesagt, daß ich dir vergeben habe. Ich habe nur gesagt, daß ich nicht wütend bin. Ich empfinde keine Wut, wenn ich an dich denke.«

»Was denn dann?«

Serena schwieg einen Augenblick und überlegte ihre Antwort. »Ich weiß nicht, ob es einen Namen hat. So etwas wie Trauer, schätze ich, aber anders, viel schlimmer.«

Ihre Blicke begegneten sich im Spiegel. Shelby sah plötzlich wirklich traurig aus.

»Wir waren nie besonders gut als Schwestern, was?« fragte sie leise.

Serena schüttelte den Kopf. »Nein. Das waren wir wohl nicht.«

Shelby kam ein paar Schritte näher, bis sie nebeneinander

standen, aber ohne sich zu berühren, ähnlich, aber nicht gleich. Ihr Blick war auf die Frau im Spiegel geheftet. »Wie können wir uns nur so ähnlich sehen und so unterschiedlich sein?« flüsterte sie, als würde sie sich die Frage selbst stellen.

Serena schwieg. Es gab keine leichte Antwort darauf. Als Psychologin hätte sie eine Reihe von Theorien dazu aufzählen können, aber als Schwester bedeutete ihr keine davon etwas. Als Schwester wußte sie bloß, daß sie und Shelby auf zwei verschiedenen Seiten einer Kluft standen, die zu weit und zu tief war, als daß man sie überbrücken konnte. Vielleicht hätten sie vor langer Zeit einmal Gemeinsamkeiten finden und zueinander gelangen können, aber das war vorbei, und beide wußten es.

»Ich wünschte, es wäre nicht alles schiefgelaufen«, meinte Shelby mit Tränen in den dunklen Augen.

Eine weiterreichende Entschuldigung würde sie nicht bekommen, dachte Serena traurig. Keine Reue, kein Ausdruck des Bedauerns für das, was geschehen war und was hätte geschehen können. Shelby war unfähig, irgendwelche Schuld auf sich zu nehmen. Sie war wie ein Dieb, dem es leid tat, daß die Polizei ihn auf frischer Tat ertappt hatte, der aber nicht das Verbrechen bereute. Es tat ihr nur leid, daß alles schiefgelaufen war.

»Ich auch«, sagte Serena leise, wohl wissend, daß sie beide verschiedene Dinge meinten. Die Leere in ihr wurde plötzlich von einer Flut von Gefühlen überspült, unter denen, so wie sie vorhin zu Shelby gesagt hatte, etwas wie Trauer das stärkste war. Vielleicht waren sie beide physisch am Leben, aber was zwischen ihnen gewesen war, war tot, und sie wollte es betrauern wie einen Geliebten.

»Also wirklich, Serena«, murmelte Shelby, die immer noch auf ihre Spiegelbilder starrte, »du siehst wirklich fertig aus.«

»Ich komme schon zurecht.«

»Ja, das wirst du bestimmt.«

»Und du?«

»Wir werden es schon schaffen«, erklärte Shelby und reckte das Kinn vor.

Sie trat einen Schritt zurück. Der Abstand zwischen ihnen

wurde größer. Shelbys Spiegelbild wurde kleiner. Als sie an der Tür angelangt war und den Knauf drehte, fand Serena endlich die Sprache wieder.

»Shelby?« Ihre Blicke trafen sich im Spiegel. »Paß auf dich auf.«

Eine einsame Träne rollte ihrer Schwester über die Wange, und ein trauriges Lächeln lag um ihren Mund. »Du auch.«

Serena sah ihr nach. Sie fühlte sich, als hätte sie einen Teil ihrer selbst verloren, den sie nie wirklich kennengelernt hatte. Dann kletterte sie todmüde und mit gebrochenem Herzen ins Bett, rollte sich um Luckys Hemd zusammen und tat das einzige, was sie in letzter Zeit wirklich gut konnte – sie weinte sich in den Schlaf.

Gifford schlüpfte leise ins Zimmer. Er stellte das Tablett auf der Kommode ab und trat ans Kopfende des Bettes, um seine schlafende Enkelin zu betrachten. Die Tränen auf ihren Wangen waren immer noch feucht, ihr Atem ging noch unruhig. Sie knüllte ein altes blaues Arbeitshemd in den Händen und sah plötzlich wieder aus wie das Krabbelkind, das damals keinen Schritt ohne seine gelbe Schmusedecke unternommen hatte.

Er erinnerte sich an den Tag, als man ihre Mutter beerdigt hatte. Damals war er in der Nacht hereingeschlüpft, um nach den Mädchen zu sehen, weil Robert zu sehr in seiner Trauer gefangen gewesen war, um daran zu denken. Serena hatte schlafend auf ihrer Decke gelegen, immer noch in dem kleinen schwarzen Samtkleid und den weißen Strumpfhosen, die sie zur Beerdigung getragen hatte, und mit einem Lederschuh am Fuß. Die Tränen auf ihren Wangen waren noch feucht gewesen, und in ihrer Hand hatte sie die schäbige alte Decke gehalten.

Er erinnerte sich daran, als wäre es gestern gewesen, obwohl er heute nacht jedes einzelne Jahr spürte, das seitdem vergangen war. Die Liebe, die er damals für Serena empfunden hatte, war kein bißchen schwächer geworden. Es machte keinen Unterschied, daß Serena inzwischen zur Frau geworden war und daß das Leben alles komplizierter gemacht hatte. Er spürte ihren

Schmerz immer noch intensiver als seinen eigenen. Die Trauer über das, was Shelby getan hatte, wurde durch die Trauer, die Serena empfand, verstärkt. Die Qualen, die ihr Luckys Treuebruch bereitete, brachen ihm beinahe das Herz.

Er wußte, daß er sie jahrelang gedrängt und manipuliert hatte, aber er hatte das immer aus Liebe zu ihr getan, und er konnte es nicht ertragen, sie leiden zu sehen. Er konnte nicht ändern, was zwischen ihnen vorgefallen war, und er konnte die Kluft zwischen ihr und Shelby nicht überbrücken, aber er konnte wenigstens versuchen, diesem groben Cajun-Klotz etwas Verstand einzubläuen. In Anbetracht der Umstände war es sogar das mindeste, was er tun konnte.

Lucky überprüfte ein letztes Mal das Seil, das am Bug des halb gesunkenen Ruderbootes befestigt war, und watete dann aus dem Bayou ans Ufer. Es war heißer als ein Sommertag im Hades. Die Sonne brannte trotz der Feuchtigkeit auf seinen nackten Rücken und färbte ihn noch dunkler. Der Schweiß floß in Strömen. Er streifte sich ein Paar alter Lederhandschuhe über und packte, ohne sich um die Hitze zu kümmern, das Seilende, das er um den Stamm einer alten Eiche geschlungen hatte. Dann konzentrierte er sich ganz und gar auf seine Aufgabe.

Seit Wochen beschäftigte er sich schon damit, Schrott aus dem Bayou zu bergen; er arbeitete von Sonnenaufgang bis Sonnenuntergang und hatte inzwischen schon Dutzende illegaler Müllkippen beseitigt, auf denen rücksichtslos alte Kühlschränke, Eisenbetten, Öfen, Matratzen, Fahrräder und Reifen abgeladen worden waren. Es war eine Aufgabe, die dringend getan werden mußte, der er sich ganz und gar widmen konnte und die ihn so erschöpfte, daß er darauf hoffen durfte, nachts wenigstens ein paar Stunden Schlaf zu finden.

Nötigenfalls benutzte er eine Motorwinde, aber erst, nachdem er lange genug versucht hatte, das Objekt mit den Händen herauszuziehen – was es auch war. Die Anstrengung vertrieb die lästigen Gedanken und sorgte dafür, daß die Schmerzen in seinen Muskeln alle anderen Schmerzen überlagerten.

Jetzt nahm er das Seil auf und zog langsam an, bis er sich mit ganzer Kraft in den Boden stemmte, um das Boot Zentimeter um Zentimeter aus dem Wasser zu heben. Er wuchtete, bis jeder Muskel angespannt war und der physische Schmerz alle Gedanken aus seinem Kopf vertrieb. Schweißperlen flossen über sein nasses Stirnband und brannten ihm in den Augen. Er stemmte sich tiefer und zerrte, daß ihm das Blut in den Ohren brauste. Er hörte den Außenbordmotor nicht einmal, bis der Aluminiumkahn fast am Ufer war.

Aus dem Augenwinkel sah er Gifford und stöhnte insgeheim. Warum konnten die Leute ihn nicht in Ruhe lassen? Er packte wieder zu und legte sich erneut in das Seil, konzentrierte sich doppelt so stark auf die Aufgabe und zog das Boot weitere zehn Zentimeter auf das Ufer zu. Der Außenbordmotor erstarb abrupt, aber Lucky schuftete weiter, als hätte er Gifford Sheridan noch gar nicht bemerkt.

»Ich hatte mal 'n Muli, das konnte genauso ziehen«, bemerkte der Alte gedehnt. »Aber ich schätze, es war bedeutend klüger als du.«

Lucky füllte seine Lungen mit feuchter Luft, packte erneut das Seil und zog wieder an, daß die Muskelstränge in seinem Hals und seinen Schultern hervortraten. Der Bug des alten Ruderbootes machte einen Satz nach vorn, als sich das Heck aus dem Schlamm löste. Innerhalb weniger Minuten hatte er das Wrack halb auf dem Trockenen. Dann ließ er das Seil los und kippte das Boot um, damit das Wasser herausfloß. Gifford schaute ihm geduldig unter dem Schirm seiner schäbigen alten John-Deere-Kappe hervor zu.

»Was machst du hier?« knurrte Lucky, ohne auch nur aufzusehen. Er zog einen kleinen Anker aus dem Boot heraus und legte ihn auf dem Ufer ab. »Ich dachte, du hättest alles, was du willst, Alter.«

»Was kümmert es dich, ob ich das hab' oder nicht? Weiß doch jeder, daß du dich nur für dich selbst interessierst.«

Lucky leerte schweigend das Boot. Das hatte er nicht nötig. Sein Leben war schon elend genug, ohne daß er diesen streitsüchtigen alten Kerl am Hals hatte. Er hatte getan, was er tun mußte. Und damit basta.

»Du hast ihr das Herz gebrochen«, erklärte Gifford lakonisch.

Lucky zuckte innerlich zusammen. Die Worte schnitten wie eine Peitsche in zarte Haut. Bis zur Hüfte im Wasser, konzentrierte er sich ganz auf den Unrat im Boot. »Ich habe sie nicht darum gebeten, sich in mich zu verlieben.«

»Nein, aber sie hat es trotzdem getan, oder nicht? Weiß der Himmel, was sie in dir sieht. Wenn ich dich so anseh', dann sehe ich bloß einen störrischen, selbstsüchtigen Kerl, der zu versessen auf seine Selbstbestrafung ist, um zu merken, daß er gar nichts mehr zu büßen hat.« Gifford zuckte mit den Achseln und seufzte, ohne seine listigen, dunklen Augen auch nur eine Sekunde von Lucky zu nehmen. »Mann, ich weiß nicht, vielleicht quälst du dich ja gern. Vielleicht gefällt dir die Vorstellung, daß du in Frieden mit einer wunderbaren Frau leben könntest, aber alles aufgegeben hast, nur um zu leiden. Die Katholiken lieben ihre Märtyrer.«

Die mordlustigen Blicke, mit denen ihn Lucky durchbohrte, ließen ihn nicht einmal mit der Wimper zucken. Der Alte saß vornübergebeugt, hatte die Unterarme auf die Schenkel gestützt und ließ die riesigen Hände zwischen den Knien baumeln, als hocke er hinter einer Angelrute und würde darauf warten, daß ein Fisch anbiß. Lucky drehte sich unvermittelt um und watete mit dem alten Ruderboot im Schlepptau ans Trockene. Als das Boot wie ein gestrandeter Wal auf der Seite lag, drehte er sich wieder zu Gifford um.

»Es war am besten so.«

Gifford schnaubte. »Es war am leichtesten so.«

»Das war es nicht!« Angriffslustig machte Lucky einen Schritt auf den Aluminiumkahn zu. »Glaubst du, ich hab' sie zum Vergnügen sitzenlassen? Nein. Aber was für ein Leben könnte ich ihr bieten? Was für einen Ehemann würde ich denn abgeben?«

»Keinen besonderen, solange du dich nicht am Riemen reißt. Und ich glaube nicht, daß das in nächster Zeit passieren wird«, antwortete Gifford sarkastisch. »Schätze, ich kann genausogut heimfahren und Serena sagen, daß sie schön blöd ist, sich deinetwegen jede Nacht in den Schlaf zu weinen.«

Der Schlag traf ins Ziel, genauer, als Gifford ahnen konnte. Lucky hatte Serena weinen gehört. Er war eines Nachts auf der Galerie von Chanson du Terre gestanden, nur um einen Blick auf sie zu erhaschen, nur um seine Sehnsucht ein kleines bißchen zu stillen. Er hatte gesehen, wie sie zusammengerollt auf dem Bett lag und in das Hemd weinte, das er ihr gelassen hatte. Er hatte sich eingeredet, daß er richtig gehandelt hatte; er verdiente ihre Tränen nicht. Aber der Klang und die Vorstellung hatten ihm beinahe das Herz gebrochen.

»Ich kann ihr nicht das geben, was sie braucht«, meinte er und starrte auf seine Schuhe.

»Was braucht sie denn deiner Meinung nach, Lucky? Geld? Einen Bürohengst als Mann? Serena verdient selbst genug. Und wenn sie einen Büromenschen heiraten wollte, hätte sie sich längst einen suchen können. Sie braucht nur deine Liebe. Wenn du das nicht zustande bringst, dann bist du bei Gott wirklich zu bedauern.«

»Sie weiß, daß ich sie liebe«, gab Lucky widerwillig zu.

»Dann komm zurück.«

»Ich kann nicht.«

Gifford fluchte. Seine Geduld erschöpfte sich immer schneller. »Verdammt noch mal, Junge, warum denn nicht?«

Lucky sah ihn lange und eindringlich an. Ein Mundwinkel hob sich zu einem schwachen, höhnischen Lächeln. »Ich habe meine Gründe.«

Die Kiefer des Alten mahlten, und rote Flecken traten ihm aufs Gesicht, aber er zügelte sein Temperament. »Tja, Lucky«, meinte er schließlich mit einem tiefen Seufzer, »du lebst ja ganz gut so allein hier draußen.« Er fingerte nach dem Anlasser und umfaßte den Griff. »Mach dir keine Sorgen wegen Serena. Sie kommt schon wieder auf die Beine. Sie ist eine Sheridan.«

Der Motor spuckte und erwachte brüllend zum Leben, dann fuhr Gifford davon. Lucky blieb zurück, aufgewühlt wie das Bayou im schäumenden Kielwasser des Aluminiumbootes.

Als er bei Sonnenuntergang sein Tagwerk beendet hatte und auf dem Heimweg war, hatte sich das Gefühl immer noch nicht gelegt. Als er gegen Mitternacht in seinem Atelier auf dem Boden saß und griesgrämig im Mondlicht auf seine Bilder schaute, war es noch genauso stark. Er hatte in den letzten Wochen seine Gefühle einigermaßen in Schach halten können, indem er sie verleugnet hatte, ihnen ausgewichen war und sie begraben hatte, doch jetzt stiegen sie wieder an die Oberfläche wie Öl auf dem Bayou. Sie klebten an ihm, ließen sich nicht abschütteln, nicht einmal jetzt, wo er versuchte, das Gemälde auf der Staffelei zu betrachten.

Seit Wochen hatte er nicht mehr gemalt. Er hatte gehofft, Frieden darin zu finden, genau wie damals, als er aus Mittelamerika zurückgekommen war, aber als er den Pinsel in die Hand genommen und Farbe auf die Leinwand aufgetragen hatte, hatte er nichts empfunden, was sich mit dem Frieden vergleichen ließ, den er so kurz in Serenas Armen gefunden hatte, und den er wohl nie wieder finden würde.

Es war eine unangenehme Erkenntnis. Der Trost, den er einst hier gefunden hatte, war ihm nun verwehrt. Er hatte die Liebe zurückgewiesen, die Serena ihm geschenkt hatte, doch das hatte ihm keinen Frieden, sondern nur Leid in Gestalt einer entsetzlichen, zermürbenden Einsamkeit eingebracht. Er fühlte sich, als wäre ihm das Herz aus dem Leibe gerissen worden.

Immer wenn er in den Sumpf hinausging, mußte er daran denken, wie sie ihm, ihrer Angst zum Trotz, ihr Vertrauen geschenkt hatte. Die Erinnerung an sie spukte in seinem Haus. Er hatte keine einzige Nacht in seinem Bett verbracht, weil er nicht darin liegen konnte, ohne daran zu denken, wie sich ihr Körper neben dem seinen angefühlt hatte. Jedesmal, wenn er sich umdrehte, glaubte er den Duft ihres Parfüms wahrzunehmen. Er konnte ihre Anwesenheit spüren, aber konnte sie nicht berühren, sie nicht sehen, sie nicht in die Arme nehmen und von ihr die Dunkelheit in seiner Seele vertreiben lassen.

»Laß mich in Frieden, Serena«, murmelte er und richtete sich mühsam auf.

Die Gefühle schlugen höher, verbrannten und quälten ihn. Er marschierte vor der Staffelei auf und ab, beide Hände an den Kopf gepreßt. Plötzlich wurde ihm klar, daß es kein Entkommen gab. Er konnte arbeiten bis zum Umfallen und würde dennoch diese Gefühle nicht loswerden; sie würden nur auf eine Gelegenheit warten, ihn zu peinigen. Er konnte sich bis zur Bewußtlosigkeit betrinken, und dennoch würden sie den Nebel des Vergessens durchdringen.

Wütend schrie er auf, riß das unvollendete Gemälde von der Staffelei, rammte es mit aller Kraft in den Boden und zerknickte dabei den Spannrahmen wie einen Zahnstocher. Er ließ die Reste einfach fallen und stolperte wie blind nach hinten.

»Laß mich in Frieden, Serena!« brüllte er zum Himmel. Er schwankte auf den Arbeitstisch zu, wischte mit dem Arm darüber und schleuderte Flaschen wie Pinsel zu Boden. Und über den Lärm hinweg heulte er gepeinigt: »Laß mich in Frieden! Laß mich in Frieden!«

Er taumelte durch den Raum, krümmte sich wie unter Schmerzen, gab schließlich erschöpft den Kampf gegen seine Gefühle auf. Langsam sank er zurück auf den Boden, bis er auf der Leinwand kniete, wo sie sich zum erstenmal geliebt hatten. Er fühlte sich so leer und verlassen wie noch nie in seinem Leben. Er legte den Kopf in den Nacken, schaute hinauf zu den Dachluken und in das kalte, weiße Mondlicht. Tränen rannen ihm aus den Augenwinkeln, über seine Schläfen, in sein Haar.

Er hatte nicht darum gebeten, sich zu verlieben. Er hatte nur seine Ruhe gewollt. Jetzt war er so einsam, daß er es nicht mehr aushalten konnte.

Es war die Hölle auf Erden, und Gifford hatte die Frechheit besessen, ihm vorzuwerfen, daß er es sich leichtgemacht hätte.

Serena hatte ihn als Feigling beschimpft. Sie hatte behauptet, er würde sich selbst bemitleiden, er würde ihrer Liebe keine Chance geben.

Natürlich hatte er Angst. Er hatte gewußt, daß sie schließlich nur darunter leiden würden, und er hatte in seinem Leben schon genug Schmerzen ertragen.

Aber jetzt litt Serena, seinem edlen Opfer zum Trotz, und er erlebte eine Agonie, wie er sie noch nie erlebt hatte. Dies war weit schlimmer als alles, was Ramos und seine Kumpane sich hatten einfallen lassen, denn diesmal gab es keine Gnade, keine Linderung, keine Hoffnung auf Erlösung. Er vermißte Serena so sehr. Es schmerzte, sie nicht berühren zu können. Seine Schuldgefühle und das Wissen, daß sie recht hatte, quälten ihn.

Er war ein Feigling. Er hatte Angst davor gehabt, wieder zu fühlen. Er hatte Angst davor gehabt, Serena an sich heranzulassen, weil er sich davor gefürchtet hatte, was sie in ihm sehen würde, aber sie hatte ihn durchschaut, hatte all seine Seiten kennengelernt – gute wie schlechte –, und sie liebte ihn trotzdem.

Was für ein Idiot war er eigentlich, so einer Frau den Laufpaß zu geben? Was für ein Idiot war er eigentlich, so zu leiden?

Ein edelmütiger Idiot, der die Frau, die er liebte, zu ihrem Besten abgewiesen hatte. Ein ängstlicher Idiot, der sich vor der Liebe fürchtete. Ein Idiot, der ihr nichts zu bieten hatte außer sich selbst, weil sein Leben zur bloßen Existenz verkommen war.

Und was jetzt?

Lucky starrte lange und eindringlich auf das Bild am Boden. Es lag in einem Haufen vor ihm, kaputt und wertlos. Er konnte es wegwerfen, oder er konnte auch versuchen, es zu retten; er konnte die Leinwand neu aufspannen, das Gemälde neu beginnen.

Tiefe Ruhe senkte sich über ihn, als er die Antwort vernahm.

Wenn Serena einen besseren Menschen verdiente, als er war, dann würde er ein besserer Mensch werden müssen. Wenn er ihr nichts zu bieten hatte, dann mußte er sich ändern, denn er wollte nicht ohne sie leben. Er wollte sich seiner Vergangenheit nicht opfern. Sie hatte ihm schon zuviel geraubt – seine Jugend, seine Hoffnungen, seine Familie. Serena würde er sich nicht auch noch nehmen lassen.

Es war an der Zeit, die Vergangenheit hinter sich zu lassen und den ersten Schritt zu wagen. Er hatte einen langen Weg vor sich, bevor er sich wieder als ganzer, geheilter Mensch fühlen konnte, aber er würde es nie schaffen, wenn er nicht den ersten Schritt machte, und so, wie es war, war sein Leben nicht mehr lebenswert.

Langsam griff er nach der kaputten Leinwand und richtete sich auf.

21. KAPITEL

Serena stand auf dem Gehsteig und sah zu dem Schild über der schwarzlackierten Tür auf. RICHARD GALLERY stand in fließenden Goldbuchstaben auf schwarzem Grund. Das schmale, dreistöckige Backsteingebäude drängte sich zwischen ähnlichen Bauten, die mehr als einmal in ihrer langen Geschichte liebevoll restauriert worden waren. Vor den Fenstern waren verschnörkelte schmiedeeiserne Gitter, und aus den Blumenkästen quollen scharlachrote Geranien und dunkelgrünes Efeu. Zwei Türen weiter saß ein junger Mann auf einem Treppenvorsprung und spielte Saxophon. Gleich hinter ihm hatten sich New Orleanser wie Touristen in einem Straßencafé zum Abendessen niedergelassen. Auf der Straße klapperte eine von einem Muli gezogene Kutsche vorbei, deren Kutscher seinen Passagieren die Geschichte des Viertels erläuterte. Eine typische heiße Sommernacht in New Orleans.

Die Adresse im French Quarter stimmte mit der auf der Einladung in ihren Händen überein, aber Serena zögerte trotzdem. Vor vier Monaten hatte sie Lucky zum letztenmal gesehen. Bis heute hatte er keinen Versuch unternommen, Kontakt mit ihr aufzunehmen, und das hier konnte man kaum als persönliche Geste werten – eine vorgedruckte Einladung, die von einer Kunstgalerie verschickt worden war. Es bedeutete bloß, daß er sie in seine Adressenkartei aufgenommen hatte. Wie schmeichelhaft.

Ein paar Touristen quetschten sich lachend und plappernd an ihr vorbei, umspülten sie wie ein Bach einen Fels. Serena rührte sich nicht. Sie sah auf die Einladung in ihren Händen und erinnerte sich daran, wie sie sich gefühlt hatte, als sie den Brief geöffnet hatte. Es war eine Mischung von Freude und Trauer gewesen – Freude, weil Lucky den ersten Schritt gemacht hatte, weil er sich bemühte, sein Leben wieder in richtige Bahnen zu bringen, und Trauer, weil sie in diesem Leben keine Rolle spielte.

Sie hatte sich damit abgefunden, daß sie ihn nicht vergessen konnte. Sie lebte ihr Leben ohne ihn, aber sie bezweifelte, daß sie sich jemals ganz von ihm würde lösen können. Im Gegenteil, sie wußte, daß sie das nie können würde, denn sie erwartete ein Kind von ihm.

Sie nagte an ihrer Unterlippe und starrte auf die Galerietür. Den ganzen Weg bis hierher hatte sie sich eingeredet, daß sie das nur Luckys wegen tat, um ihn zu unterstützen. Aber in Wahrheit gab ihr dies Gelegenheit, ihm auf einigermaßen neutralem Boden zu begegnen, und diese Gelegenheit brauchte sie. Sie würde ihm ruhig und gelassen erklären, daß er zwar Vater wurde, daß sie aber nichts von ihm erwartete. Sie würde ihm das Klischee der kühlen Intellektuellen vorspielen, und dann würde sie wahrscheinlich in Ohnmacht fallen.

»Gehen wir jetzt rein, oder wolltest du es dir nur von außen anschauen?«

Serena zuckte zusammen. Sie drehte sich zu dem Mann um, der darauf bestanden hatte, sie nach New Orleans zu begleiten. David Farrell, blond und gutaussehend, sah sie freundlich an. Ein sanftes Lächeln lag um seinen breiten Mund.

Sie hatte mit David und einem weiteren Kollegen eine Gemeinschaftspraxis eröffnet, und sie waren bald gute Freunde geworden. David war ein guter Gesprächspartner, verständnisvoll und einfühlsam. Serena hatte sich ihm zu ihrer Überraschung schon wenige Tage nach ihrer ersten Begegnung anvertraut, was ihr gar nicht ähnlich sah. Er wirkte so vertrauenswürdig, daß sich ihm jeder anvertrauen wollte. Dieser Wesenszug machte ihn zu einem erfolgreichen Psychiater und beliebten Freund. Serena wußte aus zuverlässiger Quelle, daß er von den Frauen Lafayettes als erstklassiger Heiratskandidat gehandelt wurde.

Er hatte darauf bestanden, sie nach New Orleans zu fahren, um ihr moralischen Beistand zu leisten. Jetzt stand er neben ihr, die Hände in den Hosentaschen vergraben, und wartete geduldig auf eine Antwort. Serena warf ihm einen kurzen Blick zu.

»Ja, wir gehen rein. Ich wollte nur sichergehen, daß wir richtig sind, sonst nichts.«

David zog die Brauen hoch. »Mmm.«

»Spar dir das für deine Patienten, Dr. Farrell«, erwiderte sie trocken und trat ein.

Die Galerie war kühl und hell. Grellweiße Wände dienten den Gemälden als Hintergrund, die Lichter waren strategisch auf die Arbeiten gerichtet, die gebleichten Holzböden auf Hochglanz poliert. Beeindruckend viele Besucher schlenderten herum, bewunderten Luckys Werke, plauderten miteinander, knabberten an winzigen Canapés und tranken Weißwein aus tulpenförmigen Gläsern. Cajun-Musik schwebte aus geschickt versteckten Lautsprechern, zu leise, um wirklich wahrgenommen zu werden.

Serena merkte, daß sie das Land an den Bayous vermißte, und mußte unwillkürlich lächeln. In Charleston hatte sie solche Ereignisse genossen, jetzt dagegen wünschte sie sich, sie könne auf der Galerie von Chanson du Terre sitzen, Pepper und Gifford beim Streiten zuhören, während aus dem Hintergrund ein Two-Step dröhnte.

Sie konnte sich Lucky nicht in dieser Umgebung vorstellen. Er war zu groß, zu wild, zu ursprünglich. Während sie sich einen Weg durch die Menge suchte, erwartete sie beinahe, daß er plötzlich in seiner Arbeitshose und ohne Hemd auftauchte.

»Er hat wirklich Talent«, bemerkte David hinter ihr.

Sie waren vor einer Skizze stehengeblieben, die das Bayou im bronzefarbenen Licht des Sonnenuntergangs zeigte. Serena betrachtete das Bild; unwillkürlich erinnerte sie sich daran, wie sie Luckys Arbeiten zum erstenmal gesehen hatte und wie sie sich vor seiner Staffelei geliebt hatten.

»Ja«, murmelte sie. »Er hat wirklich Talent. Es freut mich, daß er das endlich gemerkt hat.«

»Sieht aus, als würden es heute abend eine ganze Menge Leute merken. Ich glaube, dein Mr. Doucet wird ganz ordentlich verdienen. Hast du ihn schon gesehen?«

»Nein.«

»Nun«, sagte David und nahm einem vorbeikommenden Ober ein Glas Wein ab, »du brauchst nur einen Ton zu sagen, und ich mache mich unsichtbar.«

Serena blieb wie angewurzelt stehen. Sie spürte Luckys Blick wie einen Scheinwerfer auf ihrem Rücken, dann drehte sie sich langsam herum. Ihr stockte der Atem, als sich ihre Blicke quer durch den Raum trafen. Er starrte sie an, als wäre sie die einzige Frau auf der Welt, und ignorierte dabei vollkommen die beiden Galeriebesucher, die auf ihn einredeten. Serena fühlte sich leicht benommen, als er auf sie zukam. Er bewegte sich mit der Grazie einer Raubkatze, mit einer mühsam gezügelten Kraft, die hier vollkommen fehl am Platz wirkte, aber selbst die Städter waren klug genug, ihm den Weg freizumachen.

Serena stählte sich gegen den Aufruhr der Gefühle, den sein Anblick in ihr auslöste. Sie schenkte ihm einen kühlen Blick und sagte: »Mein Gott, Sie haben dich sogar dazu gekriegt, ein Hemd anzuziehen. Heute ist *wirklich* ein besonderer Tag.«

Er runzelte die Stirn, strich aber mit der Hand über die Krawatte, die er bereits am Kragen seines Anzughemdes gelockert hatte. In seiner gebügelten, kaffeefarbenen Leinenhose, dem elfenbeinfarbenen Hemd und mit der braunen Seidenkrawatte sah er umwerfend gut aus. Sein Haar war immer noch ungebändigt und lang, aber der Schnürsenkel, mit dem er es normalerweise zuammenhielt, war durch etwas Feineres ersetzt worden. Serena spürte ein nervöses Flattern in ihrem Magen. Sie war nicht sicher, ob sie diesen Lucky kannte. Sie merkte, daß sie wünschte, er wäre tatsächlich in seiner Arbeitshose gekommen.

»Ich wußte nicht, ob du kommen würdest«, sagte er unwirsch. Sein Blick musterte den Mann neben ihr. Sein Kiefer schob sich vor.

»Natürlich bin ich gekommen. Ich habe eine Einladung gekriegt«, antwortete Serena leicht sarkastisch. Sie streckte ihm zum Beweis den Umschlag entgegen. »Ich habe einen Freund mitgebracht. Ich hoffe, das stört dich nicht. Dies ist David Farrell. David, Lucky Doucet.«

David reichte ihm die Hand. »Es ist mir ein Vergnügen.«

Lucky antwortete nicht. Er schien vor Anspannung fast zu vibrieren.

David verkniff sich ein Lächeln und trat einen Schritt zurück. »Also, ich werde mich mal umsehen. Ihr beide habt euch wahrscheinlich eine Menge zu erzählen.«

Serena sah ihn in der Menge untertauchen, dann drehte sie sich wieder Lucky zu. Er mustere sie, und sein Blick war so verstörend wie eh und je. Selbst nach so langer Zeit merkte Serena, wie ihr Körper auf seine Nähe reagierte. Ihr Herz schlug schneller. Ihr war warm, und sie glaubte plötzlich, jeden einzelnen Nerv zu spüren.

Sie zwang sich, diese Empfindungen zu ignorieren, und sah ihn freundlich an. »Herzlichen Glückwunsch zu dieser Ausstellung, Lucky. Ich weiß, was sie dir bedeutet. Ich freue mich sehr für dich.«

Lucky schwieg. Er war zu sehr damit beschäftigt, Serena anzusehen. Nächtelang hatte er wach gelegen und sich nach ihr gesehnt, aber er hatte es sich versagt, zu ihr zu gehen, ehe er ihr etwas zu bieten hatte. Jetzt schwelgte er in ihrem Anblick, nahm jedes Detail in sich auf – das honigfarbene, sanft gewellte Haar, das zarte Rosa der Wangen und des Mundes, die dunkelbraunen glänzenden Augen, das energisch vorgereckte Kinn. Sie trug eines ihrer adretten Kostüme, eine marineblaue Bluse und einen rechteckig geschnittenen, zweireihigen Blazer, doch Lucky ertappte sich dabei, wie er sie sich in nichts als dem alten, blauen Arbeitshemd vorstellte, das er ihr gelassen hatte. Er fragte sich bitter, ob er sie wohl jemals darin sehen würde, oder ob sie es schon für ihren »Freund« getragen hatte.

»Du siehst gut aus«, sagte er, wobei er sich überlegte, was sie an sich hatte, das sie ein bißchen anders aussehen ließ.

»Du auch«, flüsterte sie.

»Wie geht es Giff?«

»Gut.«

Bon Dieu, dachte er, es gab so viel, was er ihr sagen wollte, aber er stand da wie ein Affe und machte höflich Konversation mit ihr, als wäre sie eine Fremde. Vielleicht würden die Worte kommen, wenn er sie erst lang genug angesehen hatte – als könnte das je geschehen. Aber andererseits war er noch nie ein begnadeter Redner gewesen. Viel lieber hätte er sie geküßt. Er wollte sie in seine Arme nehmen und ihren weichen, warmen Körper an seinem spüren. Er wollte die Nadeln aus ihrem Haar ziehen und mit den Händen in der seidigen Pracht wühlen. Er wollte sie ausziehen und seinen Körper mit ihrem vereinen, um jenen unglaublichen Frieden zu spüren, den er nur bei ihr gefunden hatte.

Aber sie war mit einem anderen Mann gekommen.

Ein Finger bohrte sich in Luckys Arm. Er drehte den Kopf und schleuderte einen wütenden Blick auf den Galeriebesitzer Henri Richard, einen schlanken Mann von etwa vierzig Jahren, der für Luckys Geschmack ein bißchen zu kosmopolitisch war. Lucky hatte sich in den letzten Wochen zu oft vorbeten müssen, daß dieser Mann eine der besten Galerien in der Stadt führte und daß Danielle, Luckys Schwägerin, einiges auf sich genommen hatte, um sie beide zusammenzubringen. Nur der Respekt vor Danielle hielt ihn davon ab, Richard zu sagen, daß er sich zum Teufel scheren sollte. Das und die Tatsache, daß dies die Gelegenheit war, Serena zu zeigen, wie sehr er sich verändert hatte.

Richard überspielte Luckys abweisenden Blick und deutete auf die exotisch aussehende Frau an seiner Seite. »Sie müssen unbedingt Annis kennenlernen, Lucky«, erklärte er. »Sie ist Kunstkritikerin bei der *Times*.«

»Hat man Ihnen keine Manieren beigebracht?« fragte Lucky mit samtweicher Stimme. »Ich habe mich gerade mit Miss Sheridan hier unterhalten.«

Richards hohe Jochbögen röteten sich. Die Kunstkritikerin musterte Lucky mit unverhohlenem Interesse.

Richard machte einen Schritt auf Lucky zu und flüsterte ihm ebenso leise wie steif ins Ohr: »Annis ist eine sehr bedeutende Persönlichkeit in der Kunstbranche.«

»Dann macht es Ihnen bestimmt nichts aus, ihr in den Arsch zu kriechen«, brummte Lucky. »Ich habe was Besseres zu tun.«

Serena räusperte sich leise. »Lucky, ich sehe, daß du beschäftigt bist. Wir können uns später unterhalten.«

»Wir können uns jetzt unterhalten.« Er drehte sich zu ihr herum und warf ihr einen warnenden Blick zu. Dann nahm er sie am Arm und steuerte auf die Hintertür zu. »Nichts wie raus hier. Hier drinnen kriege ich keine Luft.«

»Aber deine Vernissage –«

»Kann auch ohne mich stattfinden.«

»Lucky!« protestierte Serena zwischen zusammengebissenen Zähnen, um nicht allzuviel Aufmerksamkeit zu erregen. »Diese Leute sind gekommen, um dich zu sehen.«

Lucky marschierte weiter; er hatte die Brauen tief über die Augen gezogen und das Kinn vorgeschoben. »Wenn sie wegen der Bilder gekommen sind, wunderbar. Wenn sie gekommen sind, weil's was umsonst gibt, ist mir das egal. Wenn sie gekommen sind, um mich anzuglotzen, dann können sie sich zum Teufel scheren; ich werde nicht ausgestellt.«

Die Gäste teilten sich wie das Rote Meer, als er auf die Tür zu stampfte, gefolgt von Serena, die Mühe hatte, mit ihm Schritt zu halten. Sie durchquerten die kleine Küche, ohne sich um die neugierigen Blicke der Leute vom Büffetservice zu kümmern, und traten in den Hof, den sich mehrere Gebäude in diesem Block teilten.

Gepflasterte Wege führten sternförmig zu einem leise plätschernden Steinbrunnen in der Mitte. Die warme Abendluft duftete nach den Blumen, die überall in verschwenderischer Pracht blühten. Messinglaternen leuchteten im Dämmerlicht.

»Du hast Glück, daß man grobes, exzentrisches Benehmen bei Künstlern amüsant findet«, kommentierte Serena trocken, während sie sich von Lucky zu einer Bank am anderen Ende des Gartens führen ließ.

»Yeah, ich werd' bestimmt einschlagen, was?«

»Wie eine Bombe. Glaubst du, ich bekomme noch mal ein Gefühl in meinen Arm?«

Lucky fluchte auf französisch und ließ sie abrupt los. Inzwischen hatten sie die schmiedeeiserne Bank erreicht, die unter einem Bougainvilleabusch stand. »Ich kann mich in so einer Menge nicht entspannen«, erklärte er wie zur Entschuldigung.

Serena lächelte ihn sanft an. »Ich hatte den Eindruck, du kommst ganz gut zurecht.«

Seine großen Schultern hoben sich zu einem verlegenen Achselzucken und sackten dann wieder herab. »Ich gebe mir Mühe.«

In Serena regte sich das gefährliche Bedürfnis, ihn zu berühren. Sie wollte ihm helfen. Sie wollte ihn umarmen und ihm erklären, wie stolz sie auf ihn war. Statt dessen setzte sie sich. Lucky war in den letzten Monaten glänzend ohne sie ausgekommen. Ganz offensichtlich bemühte er sich wirklich, die Probleme aufzuarbeiten, die ihm seine Vergangenheit bereitete. Serena wußte, daß sie stolz auf ihn sein konnte, aber sie durfte an seinem Sieg nicht teilhaben. Wenn sie überleben wollte, mußte sie emotional wie physisch auf Distanz zu ihm gehen.

»Bist du zurechtgekommen?« fragte er unvermittelt. Sein Blick bohrte sich wie ein Suchscheinwerfer in ihr Gesicht.

»Sicher«, antwortete sie langsam und ohne Überzeugung. »Mir geht's gut.« Wenn *gut* mit liebeskrank und einsam gleichzusetzen war. Sie hätte ihm die Wahrheit sagen können, aber sie hatte sich vorgenommen, zumindest ihren Stolz zu wahren.

Die Stille im Garten hüllte sie ein. Der Brunnen plätscherte vor sich hin. Hinter den Häusern hörte man wie aus weiter Ferne die Stadt – ein Auto hupte, jemand rief ein paar Worte, aus einem Fenster irgendwo über ihnen drang leiser Jazz.

Lucky hörte nichts davon. Er stand vor ihr, spürte seine engen neuen Schuhe und fragte sich, ob er sich wohl um die Zukunft mit der einzigen Frau gebracht hatte, die er jemals wirklich geliebt hatte.

»Ich habe dich vermißt«, erklärte er plötzlich.

Serena starrte ihn verblüfft an. Sie glaubte, das Herz müsse ihr stehenbleiben. Sie merkte, daß ihr der Atem stockte.

»Ich habe dich entsetzlich vermißt, Serena.«

»Warum bist du dann nicht zu mir gekommen?« Der Schmerz, den sie in den vergangenen Monaten durchlebt hatte, stieg in ihr auf und schnürte ihr die Kehle zu.

»Das konnte ich nicht. Ich hatte dir nichts zu bieten. Ich wollte nicht als gebrochener Mann zu dir kommen.«

»Ich habe dich trotzdem geliebt.«

»Liebst du mich immer noch?« fragte Lucky. Sein Blick nahm ihren gefangen und hielt ihn fest, während er auf ihre Antwort wartete.

»Ich habe die letzten vier Monate versucht, dich zu vergessen.«

»Und hast du es?«

Serena schwieg. Sie starrte ihn an, haßte ihn, weil er ihr das antat, weil er alle Mauern einriß, die sie in den letzten Wochen errichtet hatte, weil er sie ihrer vorgetäuschten Ruhe beraubte. Er beugte sich über sie, stemmte ein Knie auf die Sitzfläche der Bank und hielt sich mit den Händen links und rechts von ihr an der Lehne fest.

»Hast du mich vergessen, Serena?« fragte er mit leiser, rauchiger Stimme.

Serena versuchte, den Kopf abzuwenden, aber er legte ihr eine Hand unters Kinn und hob es an, bis sie ihm in die Augen sehen mußte.

»Nein«, flüsterte sie mit bebender Stimme. Eine einzelne Träne hing in ihren Wimpern und rollte dann über ihre Wange. Damit war auch die letzte Hoffnung, ihren Stolz wahren zu können, dahin. »Nein.«

»Was, zum Teufel, tust du dann mit einem anderen Mann hier?«

Die Eifersucht war unschwer aus seinem Tonfall herauszuhören. Serena riß die Augen auf. »David? Er ist nur ein Freund. Wir arbeiten zusammen.«

»Ihr seid kein Liebespaar?«

»Nein!« fauchte sie wütend. »Außerdem geht dich das gar nichts an.«

Lucky trat einen Schritt zurück und stemmte die Hände in die Hüften. Sein finsterer Blick verdüsterte sich, bis er nachtschwarz war. »Das geht mich sehr wohl etwas an, *chère*.«

»Ach wirklich?« fragte Serena sarkastisch, wobei sie eine Braue ironisch hochzog. »Und warum, wenn ich fragen darf?«

»Weil ich dich liebe!« dröhnte Lucky.

Plötzlich war es absolut still. Serena starrte ihn an, ohne einen Ton herauszubringen, ohne einen Muskel rühren zu können. Lucky starrte schwer atmend zurück.

»Ich liebe dich«, wiederholte er leise und ohne Wut.

Langsam und ohne den Blick von Lucky zu wenden, stand Serena auf. »Ich hatte dich schon aufgegeben«, flüsterte sie. »Ich habe so lange auf dich gewartet.« Sie schüttelte den Kopf. Tränen stiegen ihr in die Augen und ließen alles vor ihr verschwimmen. »Sag es noch einmal«, flüsterte sie, als er die Arme um sie schloß. »Bitte, sag es noch einmal.«

»Ich liebe dich.« Jedes Wort war ein Kuß auf ihre Schläfe. Lucky drückte sie an sich und genoß das Gefühl, ihren Körper an seinem zu spüren. »*Je t'aime, ma chérie. Je t'aime.*«

Er preßte sie an sich, suchte ihren Mund, küßte sie innig und verlangend. Nach den langen Monaten ohne sie fühlte er sich wie ausgehungert. Seine Zunge berührte die ihre und kostete den süßen Mund, dann ließ er von ihr ab und küßte die Tränen von ihren Wangen und aus ihren Wimpern.

»Nicht weinen, *chère*. Nicht weinen«, sagte er. »Jetzt wird alles gut.«

Serena konnte nichts dagegen tun. Die Gefühle waren zu stark, ihre Selbstkontrolle zu schwach. Sie barg ihr Gesicht an Luckys breiter Schulter und weinte unter der Flut von Gefühlen, die sie überschwemmten. Sie klammerte sich an Lucky, suchte seine Stärke und dankte Gott dafür, daß sie ihn wieder in den Armen halten durfte.

»Heirate mich, Serena.« Seine Stimme klang angespannt und heiser vor Liebe. »Ich brauche dich. Ich kann mein Leben um hundertachtzig Grad wenden, aber selbst dann ist es keinen Cent wert, wenn du nicht bei mir bist. Heirate mich.«

Serena hob den Kopf, sah zu ihm auf und brachte ein zitterndes Lächeln zustande. Er war ein harter Mann, eigensinnig und stolz; ein Leben mit ihm wäre weder einfach noch langweilig, aber ein Leben ohne ihn schien der Mühe nicht wert. Ihre Liebe sprengte die Grenzen jeder Vernunft, aber was hatte Vernunft auch mit Liebe zu tun? Ihr Herz hatte unter seinen Panzer gesehen und einen Mann erblickt, den zu lieben sich lohnte. Und nun gestand er ihr seine Liebe.

»Heirate mich, Serena«, sagte er wieder.

»Ja«, flüsterte sie.

»Ich will Kinder mit dir haben.«

»Ja.« Ihr Lächeln wurde breiter. Zugleich nahm sie seine Hand und führte sie an ihren leicht vorgewölbten Bauch.

Sie brauchte nichts zu sagen. Lucky las es ihr von den Augen ab. Ihm wurde warm ums Herz, als er sich vorstellte, wie sie ihr Kind hielt, wie sie ein dunkelhaariges Baby an ihrem Busen stillte. Plötzlich schien das Leben, das er beinahe weggeworfen hätte, wieder lebenswert. Er zog Serena in seine Arme und hielt sie fest. Die Liebe, die er spürte, durchfuhr ihn wie ein reinigender Sturm und wehte die letzten Spuren der Dunkelheit von seinem Herzen.

Schließlich ließ er sie wieder los und wischte mit den Daumen die letzten Tränen von Serenas Wangen. Er wirkte ernst. »Ich weiß nicht, ob ich ein guter Ehemann sein werde, *chère*«, gab er zu. »Ich war so lang allein. Länger, als du ahnst.«

»Keine Angst«, antwortete Serena und legte eine Hand auf seine glatte Wange. »Du wirst nie mehr allein sein.«

»Meine Frau wird bei mir sein.«

»Immer.«

NACHWORT

Ich hoffe, die Lektüre von *Mangrovenfieber* hat Ihnen genausoviel Vergnügen bereitet wie mir das Schreiben. Der Süden Louisianas ist ein einzigartiger Landstrich mit einer einzigartigen Geschichte, in der sich auf einzigartige Weise verschiedene Kulturen mischten. Ich habe versucht, Ihnen diesen kulturellen Reichtum nahezubringen – auch durch Worte und Sätze im Französisch der Cajuns.

Das Französisch der Cajuns unterscheidet sich vom Hochfranzösischen etwa so wie das elisabethanische Englisch vom Amerikanischen. Der Dialekt entwickelte sich unabhängig von der Sprache im Mutterland. In ihm leben viele altertümliche Worte und Wendungen weiter, zu denen neue aus anderen Sprachen hinzugekommen sind. Es gibt unzählige Dialektvarianten, da diese Sprache über Generationen hinweg nur mündlich weitergegeben wurde. Der Wortschatz des Cajun-Französisch kann zu etwa sechzig Prozent in einem französischen Wörterbuch nachgeschlagen werden. Die übrigen Worte gibt es ausschließlich im Patois.

Erst in jüngster Zeit gab es Bemühungen, die Sprache auch durch die Schrift zu bewahren, die allerdings von erbitterten Kontroversen begleitet wurden. Es gab Auseinandersetzungen darüber, wie die Sprache am besten gerettet werden kann, welcher Dialekt der »korrekte« ist und ob die Sprache überhaupt gerettet werden soll. Manche bezeichnen sie verächtlich als »schlechtes Französisch«. Ich dagegen betrachte sie als einzigartigen Bestandteil eines einzigartigen Erbes, das unbedingt bewahrt werden sollte.

Für die Cajun-Wendungen in meinem Roman *Mangrovenfieber* stütze ich mich auf *Conversational Cajun French* von Harry Jannise und Randall P. Whatley sowie auf Übersetzungen einiger

Cajun-Lieder der Gruppe Beausoleil. Ich danke diesen Menschen für ihre Bemühungen, das Französisch der Cajuns am Leben zu erhalten.

GLOSSAR DER IM BUCH VERWENDETEN FRANZÖSISCHEN WORTE UND WENDUNGEN

allons gehen wir
américain(e) amerikanisch
baire Moskitonetz
bien, ma chère, casse pas mon cœur Liebling, brich mir nicht das Herz
bon Dieu guter Gott
bonsoir guten Abend
bourré Kartenspiel der Cajuns
ça c'est de la couillonnade das ist Unfug
c'est assez es reicht
c'est bien es ist gut
c'est une affaire à plus finir es ist eine endlose Geschichte
c'est pas ton affaire das geht dich nichts an
c'est toi que j'aime du bist es, die ich liebe
Chanson du Terre Lied der Erde
cher/chère/chère catin/chérie Liebes, Liebling usw.
coonass (englisch) beleidigender Ausdruck für einen Cajun, etwa: »Waschbärenhintern«
Dieu Gott
espèces de tête dure Starrkopf
foute ton camp d'ici mach, daß du wegkommst
il n'a rien il va pas faire es gibt nichts, was er nicht tut
j'aime faire l'amour avec toi ich würde gerne mit dir schlafen
je t'aime ich liebe dich
je te blâme pas ich mache dir keinen Vorwurf
ma douce amie meine süße Freundin
mais non aber nein
mais yeah aber ja
ma jolie fille mein hübsches Mädchen

maman Mama
ma petite meine Kleine
merci Dieu Gott sei Dank
mon ami mein Freund
mon ange mein Engel
mon cœur mein Herz
mon 'tit cœur mein kleines Herz
m'sieur Kurzform von *monsieur,* mein Herr
non nein
oui ja
pas de bêtises ohne Witz
pichouette kleines Mädchen
rien nichts
viens komm
viens ici komm her

PATRICIA CORNWELL

Kay Scarpetta steht vor einem Rätsel:
Ein verschwundenes Manuskript ist der einzige
Anhaltspunkt für die Suche nach dem Täter...

»Patricia Cornwell versetzt uns
mit ihrer Kultfigur Kay Scarpetta in Entsetzen
und hypnotische Spannung.«
Cosmopolitan

44230

GOLDMANN

DANIELLE STEEL

Abschied von St. Petersburg
Roman 41351

Alle Liebe dieser Erde
Roman 6671

Doch die Liebe bleibt
Roman 6412

Es zählt nur die Liebe
Roman 8826

Familienbilder
Roman 9230

Das Geschenk
Roman 43741

Glück kennt keine Jahreszeit
Roman 6732

Das Haus hinter dem Wind
Roman 9412

Das Haus von San Gregorio
Roman 6802

Herzschlag für Herzschlag
Roman 42821

Jenseits des Horizonts
Roman 9905

Die Liebe eines Sommers
Roman 6700

Liebe zählt keine Stunden
Roman 6692

Nachricht aus der Ferne
Roman 43037

Nie mehr allein
Roman 6716

Nur einmal im Leben
Roman 6781

Palomino
Roman 6882

Der Preis des Glücks
Roman 9921

Der Ring aus Stein
Roman 6402

Sag niemals adieu
Roman 8917

Schiff über dunklem Grund
Roman 8449

Sternenfeuer
Roman 42391

Töchter der Sehnsucht
Roman 41049

Träume des Lebens
Roman 6860

Unter dem Regenbogen
Roman 8634

Väter
Roman 42199

Verborgene Wünsche
Roman 9828

Verlorene Spuren
Roman 43211

Vertrauter Fremder
Roman 6763

Ein zufälliges Ereignis
Roman 43970

GOLDMANN